U0101253

〔唐〕杜　甫　著
〔宋〕魯　訔　編次
〔宋〕蔡夢弼　會箋
曾祥波　新定斠證

新定杜工部草堂詩箋斠証

五

上海古籍出版社

新定杜工部草堂詩箋斠證卷第四十五

大曆三年移居公安下岳陽所作

移居公安山館

〇公安，荆州東南邑也。〇【魯曰】按郡國志：武陵郡孱陵縣，漢左將軍劉備來鎮，號左公，因改曰公安。

南國晝多霧，北風天正寒。路危行木梢〔一〕，身遠宿雲端。〇遠，樊作迥。山鬼吹燈滅，〇【趙次公曰】屈原九歌有山鬼篇：余處幽篁兮終不見天。〇蕪城賦：木魅山鬼，昏見辰趨。厨人語夜闌。雞鳴問前館，世亂敢安然〔二〕。

【校記】

〔一〕梢，元本、古逸叢書本作「杪」。

〔二〕安然，元本、古逸叢書本作「求安」。

夜〔一〕○【王洙曰】一作「秋夜客舍」。

露下天高秋水清，空山獨夜旅魂驚〔二〕：疏燈自照孤帆宿，新月猶懸雙杵鳴。南菊再逢人臥病〔三〕，○甫有消渴病也。北書不至雁無情。○謂長安家書不來也。○【王洙曰】范彥龍詩：寄書雲間雁，爲我西北飛。步簷倚杖看牛斗，銀漢遥應接鳳城。○【趙次公曰：「鳳城，言長安也。」】公懷望長安也。○三輔黄圖：長安城南爲南斗形，北爲北斗形，至今人呼京城爲「斗城」是也。

【校記】

〔一〕此首與卷四十七夜重出。

〔二〕元本、古逸叢書本「空山」句下有注文：「王粲詩：獨夜不能寐。」

〔三〕元本、古逸叢書本「甫」上尚有「菊一作國」一句。

送覃二判官○一作「覃十二判官」。

先帝弓劍遠，○帝，一作皇。○【趙次公曰】指肅宗也。○【王洙曰】郊祀志：黄帝鑄鼎於荆山。

鼎成，有龍垂髯下迎黄帝而去，餘小臣不得上，迺持龍髯，髯拔，墮其弓，乃抱其弓與髯而號。小臣餘此生。○甫自言也。蹉跎病江漢，不復謁承明。○【趙次公曰】甫先爲左拾遺，嘗謁肅宗於承明殿矣。○三輔黄圖：漢未央宫有承明殿，著述之所也。餞爾白頭日，永懷丹鳳城。○【趙次公曰】公懷長安帝城也。昔秦女吹簫，鳳集其屋，因名「鳳城」。遲遲戀屈宋，○【王洙曰：「屈原、宋玉。」】屈原、宋玉，皆楚大夫也。渺渺卧荆衡。○【趙次公曰】甫時旅寓於荆渚〔一〕、衡山也。○書禹貢：荆及衡陽惟荆州。魂斷航舸失，○航，何唐切。舸，古我切。楚人以大船曰舸。○【趙次公曰】言望覃大夫之去船，黯然分别而魂斷也。天寒沙水清。肺肝若稍愈，亦上赤霄行。○【趙次公曰：「公亦有意於歸長安帝京而見君也。」】公亦戀長安之帝京也。

【校記】

〔一〕渚，元本、古逸叢書本作「者」。

醉歌行贈公安顔少府請顧八題壁

○【贈公安顔少府請顧八題壁，九家集注杜詩依例爲「王洙曰」，杜陵詩史、分門集注、補注杜詩引作「王洙曰」。】

神仙中人不易得，○【趙次公曰】晉王恭字孝伯，少有好譽，清操過人，嘗被鶴氅裘涉雪而行，孟昶窺見之，歎曰：「此真神仙中人也！」又，王右軍見杜洪，歎曰：「目如黑漆，此神仙中人也。」顏氏之子才孤標。○【王洙曰：「顏氏，公安少府也。」】題注。天馬長鳴待駕馭，○鹽鐵論：騏驥負鹽車，垂頭於太行之坂，見伯樂，則噴而長鳴。秋鷹整翮當雲霄。○【王洙曰】天馬、秋鷹，喻負俊逸之才以待用也。君不見東吳顧文學，○【王洙曰】謂吳人顧況也。君不見西漢杜陵老。○【王洙曰】前漢都長安，後漢都洛陽。長安在洛陽之西，故前漢謂之西漢。甫長安杜陵人也。詩家筆勢君不嫌，○【師古曰。又，王洙曰：「甫爲詩，請顧寫也。」】詩家，甫自言其能詩。筆勢，指顧況善書也。詞翰升堂爲君掃。○【趙次公曰：「公自言詩家之詞，與顧君筆勢之翰，升顏少府之堂，各爲之一掃也。」又，師古曰：「甫爲此詩贈公安少府顏氏，請顧文學題于公壁，故云『詞翰升堂爲君掃』。」】請文學之翰，書杜老之詞于顏少府公堂之壁也。是日霜風凍七澤，○【王洙曰】子虛賦：楚有七澤。烏蠻落照銜赤壁。○梁益記：嶲州嶲山，其地接諸蠻部，有烏蠻、白蠻。嘉魚圖經：赤壁山在縣西北步道七十里。酒酣耳熱忘頭白，○【師古曰】甫不以老邁爲辭也。○【杜田補遺。又，杜陵詩史、分門集注、補注杜詩引作「王洙曰」。】楊惲傳：酒酣耳熱，聲嗚嗚而歌秦聲。○【杜田補遺。又，杜陵詩史、分門集注、補注杜詩引作「修可曰」。】又，魏文帝與〔一〕吳質書：昔日遊處，每至觴酌流行，絲竹並奏，酒酣耳熱，仰而賦詩，忽然不自知其樂。感君意氣無所惜，一爲歌行歌主客。○【師古曰】歌謂發揚主客之德。○【趙次公曰】主則顏少府，客則甫與顧也。

【校記】

〔一〕與，元本、古逸叢書本作「廣」。

移居公安敬贈衛大郎○鈞。

衛侯不易得，余病汝知之。雅量涵高遠，○涵，一作極。○【魯曰】袁宏夏侯太初贊：淵哉太初，宇量高雅。清襟照等夷。○【趙次公曰】。又，杜陵詩史、分門集注、補注杜詩引作「尹曰」。○【袁粲啓王儉詩：老夫亦何寄，之子照清襟。○【王彦輔曰】夷，平也。謂平交也。平生感意氣，少小愛文辭。河海由來合，風雲若有期。○【趙次公曰】言文辭之必效也。○【王洙曰】古詩：風雲若〔一〕會遇。形容勞宇宙，○【趙次公曰】言憔悴而空老於世也。質朴謝軒墀。○【趙次公曰】言無復在於朝也。自古幽人泣，流年壯士悲。水煙通徑草，秋露接園葵。○【趙次公曰】述其移居於公安之景物也。入邑豺狼鬭，○【趙次公曰】豺狼，喻盜賊。○【趙次公曰：「言入邑之豺狼，以有所争而相鬭也。」】言時境内未寧也。傷時烏雀飢。○飢，一作饑〔二〕。○【趙次公曰】言傷弓之鳥以創病而飢，喻窮困之民艱於食也。白頭供宴語，○【趙次公曰】白頭，公自謂。可以陪衛公宴閑之話也。烏几伴棲遲。○【趙次公曰】言遷於公安，惟有烏皮几爲伴其幽棲也。交態遭輕薄，〇【王洙曰】古詩：五陵輕薄兒。今朝豁所思。

【校記】

〔一〕若，元本、古逸叢書本作「苦」。

〔二〕饑，元本作「飢」。

公安送韋二少府匡贊

逍遥公後世多賢，〇【杜田補遺。又，杜陵詩史、分門集注、補注杜詩引作「師古曰」。】逍遥公，指韋瓊也。〇【杜田補遺】北史韋瓊傳：瓊字敬遠，孝寬之兄。志尚夷簡，澹於榮利，徵辟不屈。所居之宅，枕帶林泉，對玩琴書，蕭然自逸。周文帝敕有司日給河東酒一升，號之曰逍遥公。唐舊書：韋嗣立爲中書門下三品，嘗於驪山營別業，中宗親往幸焉，封爲逍遥公，名其所居爲清虛原、幽棲谷。按世系表云：韋氏九房，以瓊之後爲逍遥公房，嗣立之後爲小逍遥公房，蓋以別之也。送爾維舟惜此筵。念我能書數字至，〇【王洙曰】能書，一作常能。將詩不必萬人傳。〇【趙次公曰】言思念我，則寄將我之詩去，則不必傳之萬人也。時危兵甲黃塵裏，日短江湖白髮前。〇【趙次公曰】言髮已白矣，而短景中之江湖在其前也。古往今來皆涕淚，斷腸分手各風煙。

贈虞十五司馬

遠師虞秘監，○【趙次公曰。又，集千家注批點杜工部詩集引作「公自注」。】世南。今喜識玄孫。○爾雅釋親：子之子爲孫，孫之子爲曾孫，曾孫之子爲玄孫。形象丹青逼，家聲氣〔一〕宇存。○美世南之善書也。○善世南之爲文也。淒涼憐筆勢，浩蕩問辭源。爽氣金天豁，○謂金德之盛天高氣清也〔二〕。清談玉露繁。○時款〔三〕虞公之高論，灑然如露之繁也。佇鳴南嶽鳳，○喻虞之飛鳴如鳳也。○【師古曰】南嶽，衡山也。○【王洙曰】劉公幹贈弟詩：鳳皇集南嶽，奮翅凌氣〔四〕氛。欲化北溟鯤。○喻虞之變化如鯤也。○【王洙曰】莊子：北溟有魚，其名爲鯤，化而爲鳥，其名爲鵬。交態知浮俗，○【趙次公曰】鄭當時傳：翟公書其門曰：「一貧一富，乃知交態。」儒流不異門。○【王洙曰】儒家者流，同門而異户。過逢連客位，日夜倒芳樽。沙岸風吹葉，雲江月上軒。百年嗟已半，四座敢辭喧。書籍終相與，○【師古曰。又，趙次公曰：「今公所云，正欲以書籍相與，但故園隔在青山之外也耳。」】甫欲悉以書籍與虞，冀虞傳甫之業也。○【趙次公曰】魏志：王粲字仲宣，蔡邕見而奇之。時邕才學顯著，貴重朝廷，賓客盈座。聞粲至，倒屣迎之，曰：「此王公孫，有異才，吾不如也。吾家書籍當盡與之。」南史：王筠字元禮，幼而好學，沈約每見筠文咨嗟，嘗謂曰：「蔡伯喈見王仲宣，稱曰：『王公之孫，吾家書籍悉當相與。』僕雖不敏，請附斯言。」青山隔故園。

【校記】

〔一〕氣，元本、古逸叢書本作「器」。

〔二〕「爽氣」句下注，元本、古逸叢書本作：「虞公之清氣，如秋之豁然也。月令：立秋之日，盛德在金。」

〔三〕款，元本、古逸叢書本作「疑」。

〔四〕氣，古逸叢書本作「紫」。

公安縣懷古

野曠呂蒙營，○【鄭卬曰】十三州志：吴文帝封吕蒙爲孱陵侯，營於公安。○【王洙曰】：「吴將呂蒙營於公安。」荆州圖經：呂蒙屯此公安縣北。江深劉備城。○【趙次公曰】：「劉備曾爲荆州牧。」劉備爲荆州牧，都公安。寒天催日短，風浪與雲平。灑落君臣契，○【趙次公曰】言先主與諸葛亮契合也。風〔一〕騰戰伐名。維舟倚前浦，長嘯一含情。

【校記】

〔一〕風，古逸叢書本作「飛」。

公安送李二十九弟晉肅入蜀余下沔鄂

○【趙次公曰】晉肅，即李賀之父。韓退之嘗爲賀作辯諱。○沔，今之漢陽也。

正解柴桑纜，○【鄭卬曰】柴桑，地名，屬江州。○【趙次公曰】甫將欲下沔、鄂也。仍看蜀道行。○【趙次公曰】送弟晉肅入蜀也。檣烏相背發，○【趙次公曰】船檣上刻爲烏形也。塞雁一行鳴。○【鄭卬曰】行，胡郎切。○列也。○【趙次公曰】紀序别之時也。南紀連銅柱，○【趙次公曰】晉天文志：東循嶺徼達甌閩，是謂南紀，所以限蠻夷也。○【王洙曰】：「銅柱在交州，馬援所立。」【廣州記：馬援到交趾，立銅柱，爲漢之極界。西江接錦城。○前注。憑將百錢卜，飄泊問君平。○【趙次公曰】前漢嚴遵字君平，蜀郡人。卜筮於成都市，日閲數人，得百錢，足自養，則閉肆下簾。

北風

北風破南極，朱鳳日威垂。○【王洙曰】威，一作低。○顧愷之鳳賦：朱冠赫以雙翹。洞庭秋欲雪，鴻雁將安歸。○【趙次公曰】南極，所以言楚地。北風吹南極，而鳳威垂而無氣象，洞庭秋雪，而鳴雁寒無所歸，喻君子值時之亂，於是乎失所也。十年殺氣盛，○【趙次公曰】自天寶十四載至大曆三年，凡十三年矣，而云「殺氣盛」，舉其大數耳。六合人煙稀。○【王洙曰】言殘弊也。吾慕漢初老，時清猶茹芝。○【趙次公曰】漢老，謂四皓也。避秦之亂隱於商山，逮漢之初，可以出矣，而猶茹芝，蓋畏禍之心未能已也。○皇甫謐高士傳：秦坑黜儒術，四皓於是乎作歌曰：「莫莫高山，深谷逶迤。曄曄紫芝，可以療飢。」

憶昔行

憶昔北尋小有洞，○【王洙曰】茅君内傳：大天之内有玄中洞天三十六所，第一王屋山之洞，名曰「小有清虛之天」。○【趙次公曰】王屋在河東垣縣東北。洪河怒濤過輕舸。○【鄭卬曰】舸，古我切。○船名。○【王洙曰】南楚江、湘，江船大者，謂〔一〕之舸。辛苦不見華蓋君，艮岑青輝慘么麽。○【鄭卬曰】么，烏堯切。麽，亡果切。○【趙次公曰。又，劉良曰：「小也。」】么麽，細也。○【趙次公曰：「艮岑，二詩皆言之，的是王屋之處。」又，師古曰：「崑崙東北之岑。」】艮岑，乃王屋山東北之岑也。○【趙次公曰】按集有昔遊詩曰「昔謁華蓋君，深求洞宮脚。玉棺已上天，白日已寂寞」，夢弼詳考二詩之意，蓋甫遊王屋，本欲謁華〔二〕蓋君，適值華蓋〔三〕君已死矣。○【王洙曰】葛仙翁傳：崑崙，一曰玄圃，一曰積〔四〕石，一曰瑶房，一曰華蓋，仙人所居。千崖無人萬壑静，三步迴頭五步坐。○【師古曰】甫昔遊小有洞，不憚〔五〕辛勤，冀遇華蓋之君。〔六〕○【趙次公曰：「言華蓋君，招之而不來也。」】然跂〔七〕而迴望，招之而不來也。秋山眼冷魂未歸，○【趙次公曰】宋玉招魂：魂兮歸來。此反之也。仙賞心違淚交墮。○【趙次公曰】言欲爲仙賞之遊，而事與願違，所以悲也。弟子誰依白茅室，○【王洙曰。又，趙次公曰：「白茅室，則莊子云『築特室，席白茅』也，一作白石室，非。」】茅，一作石。○昔廣〔八〕成子築寺室，席〔九〕白茅。盧老獨啓青銅鎖。○【師古曰】時有盧道人結茅山下居焉，甫謁之，訪其仙術焉。昔葛仙翁與費長房跳壺中，忽見殿閣崔嵬，皆鎖閉，葛喝之，煙霧四起，鎖自開闢。今以盧比葛仙翁也。○【鄭卬曰：「盧遨，見淮南子。」】或曰：盧老，謂盧敖也。淮南應道訓：盧敖遊乎北海，見一士焉，軒軒然迎風而舞，顧見盧敖，舉臂而竦身，遂入雲中。巾拂香餘搗藥塵，階除灰死燒丹火。○【王洙曰】除，一作前。玄圃滄洲莽空闊，○【師古曰】玄圃、滄洲，指仙境也。金節羽衣飄婀娜。○【鄭卬曰】婀，於可切。哪，奴可切。婀娜，美也。落日初霞閃餘映，○【趙次公曰】言華蓋君金節羽毛之所往來，有落日初霞之輝映也。王仲宣詩：山岡有餘映。倏忽東西無不可。○倏，音叔。倏忽，犬疾走也。○【師古曰】言盧老得仙術飛空，無往不可也。松風磵水聲合時，○【鄭卬曰】磵，居晏〔一〇〕切。青兕黃熊啼向我。○【師古曰】甫以乘興而來遊，樂極則感物，而以哀繼之，蓋興盡欲將反故也。○【王洙曰】説文：兕如野牛而青。徒然咨嗟撫遺跡，至今夢想仍猶佐。○【趙次公曰：「舊本『猶作』字作『佐』字，當是『作』字，但音『佐』而已。此南人之語音。公詩又曰『主人送客何所作』，自注云音『佐』，可見矣。公之今句則言今猶作此夢也。」】佐，疑當是作〔一一〕

字，音左耳。○【趙次公曰】公在山中愁寂不堪，撫循華蓋君之舊迹，形之夢想，尚猶見之也。秘訣隱文須内教，晚歲何功使願果。更討衡陽董鍊師，○【王洙曰】討，一作覓。○【趙次公曰】以爲求仙須得有功行而傳秘術，不見〔一二〕華蓋君，却思南遊而訪董鍊師。○【師古曰。又，王洙曰：「董鍊師，神仙也，隱於衡陽。」】鍊即〔一三〕董京威也，隱於衡陽。南遊早鼓瀟湘柂。○【師古曰：「柂之所以正船也。」】柂，正船木也。

【校記】

〔一〕謂，元本、古逸叢書本作「未」。

〔二〕華，元本作「差」。

〔三〕蓋，元本、古逸叢書本作「盡」。

〔四〕積，元本、古逸叢書本作「霬」。

〔五〕憚，元本作「悼」。

〔六〕辛勤冀遇華蓋之君，元本作「堇不皆迴華蓋之君」，古逸叢書本作「勞以求迴華蓋君」。

〔七〕跂，元本作「枝」，古逸叢書本作「延佇」。

〔八〕廣，元本、古逸叢書本作「人」。

〔九〕席，元本、古逸叢書本作「廣」。

〔一〇〕晏，元本作「安」，古逸叢書本作「桉」。

〔一一〕作，元本、古逸叢書本作「后」。

〔一二〕見，元本、古逸叢書本作「命」。

〔一三〕即，元本、古逸叢書本作「師」。

宴王使君宅題二首

漢主追韓信，〇【王洙曰】韓信傳：信數與蕭何語，奇之。至南鄭，諸將道亡者數十人，何聞信亡，何自追之。蒼生起謝安。〇【王洙曰】晉謝安字安石，放情丘壑，累辟不就。及年餘四十，征西大將軍桓温請爲司馬。將發，中丞高崧戲之曰：「卿屢違朝旨，高卧東山。諸人每相與言：『安石不肯出，其如蒼生何？』」吾徒自飄泊，世事各艱難。逆旅招邀近，他鄉意緒寬。不才甘朽質，高卧豈泥蟠。〇甫所以自謙也。〇【王洙曰】揚子：龍蟠于泥。

汎愛容霜鬢，留歡上夜關。〇【王洙曰：「一作夜闌。子美父諱閑，諸家本辨兩處非閑字，此亦可知其誤矣。」又，趙次公曰：「舊本正作卜夜閑。卜夜字，左傳云：臣卜其晝，未卜其夜也。一作上夜關，蓋以公父諱閑，當避閑字也。殊不知公有云『娟娟戲蝶過閑幔』，則亦臨文不諱矣。然今句當以

『上夜關』爲正，蓋首兩句便對，而『夜關』字方對『霜鬢』也。」】一作「留歡卜夜闌」。○【趙次公曰】左氏傳：臣卜其晝〔一〕，未卜其夜。自吟詩送老，相勸酒開顏。戎馬今何地，○【趙次公曰】老子四十六章：天下無道，戎馬生于郊。鄉園獨在山。江湖墮清月，酩酊任扶還。

【校記】

〔一〕晝，原作「畫」，元本作「書」，據古逸叢書本改。

覽柏中允兼子姪數人除官制詞因述父子兄弟四美載歌絲綸

○【趙次公曰】按正異：中允，當作中丞。師民瞻亦作中丞。○或以爲恐非貞〔二〕節。夢弼按：是詩言「紛然喪亂際，見此忠孝門。蜀中寇亦甚，柏氏功彌存。深誠補王室，戮力自元昆。三止錦江沸，獨清玉壘昏」，當是有功於蜀者。方是時，崔旰之殺郭英乂，正節與瀘州楊子琳帥師同討平之。杜鴻漸鎮蜀，表正節授邛州刺史。以此考之，則當知是正節無疑矣。○【趙次公曰】按集又有柏大兄弟山居、柏學士茅屋、寄柏學士草堂、贈柏二別駕、覽鏡呈柏中丞、觀宴將士諸詩。然茅屋草堂詩皆不及功名之事，但皆稱其讀書爲學耳。○疑是二詩，乃正節未於邛州立功之前所作也。

紛然喪亂際，見此忠孝門。○【王洙曰】晉卞壺傳：徵士翟湯歎曰：「父死於君，子死於父，忠孝之道，萃于一門。」蜀中寇亦甚，柏氏功彌存。深誠補王室，勠力自元昆。○【趙次公曰】父子兄弟有功於行陣，則詩人宜以忠孝稱之。三止錦江沸，○【王洙曰】錦江，謂蜀人織錦濯之於江，因以得名。○【趙次公曰】甫自來蜀，三見成都之亂，蓋寶應元年徐知道反，永泰元年崔旰反，殺郭英乂，大曆三年七月楊子琳以瀘州刺史反，此錦江之三沸也。獨清玉壘昏。○【王洙曰】玉壘，山名。高名入竹帛，新渥照乾坤。子弟先卒伍，芝蘭疊璵璠。○【師古曰】芝蘭，香草。璵璠，美玉。芝蘭與璵璠相疊，喻舉族皆賢也。同心注師律，○【王洙曰】易師卦：初六，師出以律。灑血在戎軒。絲綸實具載，○【王洙曰】緇衣：王言如絲，其出如綸。紱冕已殊恩。○【師古曰】時崔旰殺郭英乂，柏正節與楊子琳討平之。然正節父子兄弟皆盡忠孝之節，率先士卒，注意師律，血流於兵，重〔二〕其英聲義氣，載之絲綸，天子褒以紱冕，其皇恩故已優偓矣。奉公舉骨肉，誅叛經寒温。○【師古曰。又，趙次公曰：「誅叛者，前年之事，至今作詩時，已經一寒一温也。」】謂討賊歷涉四時之久也。金甲雪猶凍，○【師古曰】言威嚴可畏，賊不寒而慄也。朱旗塵不翻。○【師古曰】謂雲旗所指，煙塵遂息也。每聞戰場說，欻激懦氣奔。○欻，許勿切，暴起也。○【師古曰】謂聞柏氏之風者，懦夫亦爲激昂而興起也。聖主國多盜，○【師古曰】聖人因多難而興，國家多盜而能解紛治劇，此其所以爲聖人也。賢臣官則尊。○【師古曰】置官以待賢士，惟臣之賢，始尊之以官也。方當節鉞用，必絶祲沴根。○沴，徒典切。○【鄭卬曰】又音戾。○祲，氣也。○【趙次公曰】以其有功，遂使之膺節鉞之用，必能止祅沴不祥之氣，以報朝廷也。吾病日迴首，○日，一作思。雲臺誰再論。○【師古曰】甫以多病甘自退縮，惟迴首屬望柏氏畫像雲臺，再論其功。柏氏忠孝萃于一門，此亦唐家之盛事也。○【王洙曰】後漢二十八將論：永平中，顯宗追感前世功臣，乃圖畫二十八將於南宮雲臺。○又，永平中馬援女立爲皇后，顯宗圖畫建武中名臣列將於雲臺，以椒房故，獨不及援。東平王蒼觀圖，言於帝曰：「何故不畫伏波將軍像？」帝笑而不言。作歌挹盛事，推轂期孤騫。○【鄭印曰】推，都迴切。○【師古曰。又，趙次公曰：「公自負其詩所稱美，可以推柏公而使之孤騫也。」】甫作是詩以歌其事，庶幾天子舉而用之，推轂而進，其勢騫揚，特出衆人之表故也。○【王洙曰】鄭當時傳：其推轂士。顏師古曰：言薦舉人如車轂之運轉也。

【校記】

〔一〕貞，古逸叢書本作「正」。

〔二〕重，古逸叢書本作「車」。

留別公安太易沙門

隱居欲就廬山遠，○【趙次公曰】謂惠遠大師也。麗藻初逢休上人。○【趙次公曰。又，王洙曰：「湯，休上人。」】詩僧湯惠休也。數問舟航留制作，○數，色角切，頻也。○【趙次公曰】言來問甫之舟航，而留甫之制作也。長開篋笥擬心神。○【趙次公曰】言爲太易而開篋笥，於是心神擬議合與何篇也。沙村白雪仍含凍，○張衡西京賦：日北至而含凍。○【趙次公曰】司馬相如上林賦：其北則含凍裂地。江縣紅梅已放春。先踏爐峰置蘭若，○慧遠廬山記：山在潯陽南濱宫亭湖，北對小江〔一〕山，東南有香爐山，其上氛氲若香煙。周景式廬山記：東西二〔二〕峰氤氲若煙，有似香爐蘭若。詳見前注。徐飛錫杖出風塵。○前注。

【校記】

〔一〕江，古逸叢書本作「孤」。

〔二〕二，元本、古逸叢書本作「三」。

曉發公安數月憩息此縣

北城擊柝復欲罷，東方明星亦不遲。鄰雞野哭如昨日，物色生態能幾時。舟楫眇然自此去，○江文通雜體詩：眇然萬里遊。江湖遠適無前期。○【趙次公曰】謂此去未知所止也。此門轉眄已陳迹，○【王洙曰】晉王羲之蘭亭序：俛仰之間，以爲陳迹。藥餌扶吾隨所之。○【王洙曰】謝靈運遊南亭詩：藥餌隨所止，衰疾忽在斯。

歲晏行

歲云暮矣多北風，瀟湘洞庭白雲中。漁父天寒網罟凍，莫徭射雁鳴桑弓。○【九家集注杜詩引作「師尹曰」，杜詩趙次公先後解引作「趙次公曰」，杜陵詩史、分門集注、補注杜詩、集千家注批點杜工部詩集引作「杜定功曰」。】莫徭者，蜑夷名。隋地理志：長沙郡雜有夷蜑，名曰莫徭。自言其先祖有功，常免征役，故以爲名。去年米貴闕軍食，今年米賤大傷農。高馬達官厭酒肉，此輩杼柚茅茨空。○【王洙曰】穀貴則傷民，穀賤則傷農。○況復聚斂太重，杼柚不作，而茅屋爲之空虛也。○【王洙曰】詩：小東大東，杼柚其空。箋：政偏失也。○【杜田補遺】揚雄方言：東齊土作謂之杼，木作謂之柚。楚人重魚不重鳥，○【王洙曰。又，趙次公曰：「不重鳥，一作不重肉，非。鳥與射字、鴻字相應。」】鳥，一作肉。○魏武帝塘上行篇：莫用魚肉貴，棄捐葱與薤。休汝枉殺南飛鴻。況聞處處鬻男女，割慈忍愛還租庸。○別賦：割慈忍愛，離鄉去里。○【王洙曰】唐制：授之以口分世業田。凡授田者，丁歲納粟稻，謂之租。用人之力，歲不過二十日。不役者，日爲絹三尺，謂之庸。時民力困乏，於是有鬻男賣女以還租庸調者也。往日用錢捉私鑄，○兩漢人多盜鑄錢，梁武不禁私鑄，改鐵錢。○【王洙曰】唐制：盜鑄者死。天寶間，盜鑄益甚，雜以鐵錫，無復錢形。號公鑄者爲「官爐錢」。今許鉛錫和青銅。○【王洙曰】許，一作來。○綦毋氏錢神論：黃金爲父，白銀爲子，鉛爲長男，錫爲適婦。天性堅剛，須火終始。體圓應乾，孔方效地。刻泥爲之最易得，○【趙次公曰】刻泥，謂刻泥作模也。○宋略曰：泰始中，沈慶之啓通私鑄，而錢大壞矣。一貫長三寸，謂之「鵝眼錢」。減此者，謂之「綖環錢」。貫之以縷，入水不沉，市井不復料數，十萬不盈一掬。斗米一方，他物稱之。至是禁鵝眼、綖環。隋末，惡錢一千重一斤，或翦鍱裁紙糊雜用之也。好惡不合長相蒙。○【師古曰】言上下相蒙蔽，無復糾察也。○爲政如是，安得萬國不離亂乎？萬國城頭吹畫角，此曲哀怨何時終！

夜聞觱篥

○【鄭卬曰】觱，必吉切。篥，力質切。○胡樂也。

夜聞觱篥滄江上，○【王洙曰。又，杜陵詩史、分門集注、補注杜詩、集千家注批點杜工部詩集引作「師古曰」。】樂部觱篥者，笳管也。卷蘆爲頭，截竹爲管，出於胡也。○【師古曰】制法：角音九孔，漏聲五音，咸備唐，編入鹵部，各爲笳管用之。雅樂以爲管，六竅之制則爲鳳管，旋宫轉器以應律管者也。杜氏通典：觱篥本名悲篥，出於胡中，其聲悲。東夷有以卷桃皮爲之者，亦出南蠻。樂府雜録：觱栗者，大龜茲國樂，亦名悲篥，有類於笳也。衰年側耳情所嚮。鄰舟一聽多感傷，塞曲三更欻悲壯。○欻，許勿切，忽也。○【趙次公曰】胡笳有出塞、入塞曲也。積雪飛霜此夜寒，孤燈急管復奔湍。○奔，一作風。○【師古曰】謂風雜湍水之聲也。君知天地干戈滿，○【王洙曰】

地〔一〕，一作下。不見江湖行路難。○【王洙曰】湖，一作湘。○【趙次公曰】樂府解題：行路難，備言世路艱難及離別悲傷之意，多以「君不見」爲言。〔二〕

【校記】

〔一〕地，古逸叢書本作「也」。

〔二〕「備言」至「爲言」，元本、古逸叢書本無。

發劉郎浦

挂帆早發劉郎浦，○【趙次公曰：「自公安縣欲往岳州所經行之處。」又，杜陵詩史引「宋曰」：「浦屬峽州，甫擬下峽過衡陽，有此作。」】甫自公安縣經劉郎浦，擬過衡陽也。○【鮑彪曰。又，鄭卬曰：「在荊州。」黄鶴曰：「按十道志：劉郎浦在荊州。」】十道志：劉郎浦在荊州。○【鮑欽止曰】先主納吴女處也。故吕濛〔一〕詩云：吴蜀成婚此水潯，明珠步障屋黄金。誰將一女輕天下，欲换劉郎鼎峙心。○【趙次公曰：「劉郎浦，乃公安之下石首縣也。」薛夢符曰：「右按江陵圖經：劉郎浦在石首縣。」】荊州記：劉郎浦在石首縣沙步。疾風颯颯昏亭午。○【孫曰】亭，高貌。亭午，謂日正高也。舟中無日不沙塵，岸上孤村盡豺虎。○【王洙曰】喻盗賊之多也。○王粲七哀詩：豺虎立構患。○【趙次公曰】張孟陽詩：盗賊如豺虎。十日北風風未迴，客行歲晚晚相催。○晚相催，一作尤相催。白頭厭伴漁人宿，黄帽青鞋歸去來。○【趙次公曰】雖在江湖，厭與漁人爲伴。○【沈曰：「黄帽乃篷冠，青鞋乃芒鞋也。」】乃欲冠篷冠，履芒鞋。○【趙次公曰】歸林泉，深藏而高隱矣。陶潛有歸去來兮辭。

【校記】

〔一〕濛，古逸叢書本作「温」。

泊岳陽城下

江國踰千里，山城僅百層。岸風飜夕浪，舟雪灑寒燈。留滯才雖盡，○甫旅寓荆南。○【王洙曰：「太史公自序：太史公留滯周南。」】自比太史公留滯周南也。○【趙次公曰】任昉晚節著詩，欲假沈約，用事過多，辭不得流便，於是有才盡之談〔一〕也。艱危氣益增。圖南未可料，變化有鯤鵬。○【趙次公曰】甫方儘〔二〕南而往，故自比鵬之圖南也。○【王洙曰】莊子：北溟有魚，其名爲鯤。化而爲鳥，其名爲鵬。而今乃將圖南。

【校記】

〔一〕談，古逸叢書本作「歎」。

〔二〕儘，古逸叢書本作「嚮」。

纜船苦風戲題四韻奉簡鄭十三郎判官

○【九家集注杜詩、門類增廣十注杜詩依例爲「王洙曰」。】泛。

楚岸朔風疾，天寒鶬鴰呼。○鶬，千剛切。鴰，古活切。○【王洙曰】爾雅釋鳥：鶬，麋鴰。注：今呼鶬鴰。漲沙霾草樹，舞雪渡江湖。○【王洙曰】古詩：扁舟載風雪，半夜渡江湖。吹帽時時落，○落帽臺在荆州。○【王洙曰】陶淵明作孟府君傳：諱嘉，字萬年。爲桓温參軍。九月九日，温遊龍山，參佐畢集。有風吹嘉帽墮落，嘉不自覺。良久，如厠，温命取還之。維舟日日孤。○【王洙曰】詩：汎汎楊州〔一〕，紼纚維之。爾雅釋水：諸侯維舟。回聲置驛外，○【趙次公曰】以鄭莊置驛美鄭判官，因其同姓故也。○餘見前注。爲覓酒家壚。○【王洙曰】前漢相如傳：文君當壚。顔注：賣酒之家，累土爲壚，以居酒甕。四邊隆起，其一面高，形如鍛壚，故名壚耳。

【校記】

〔一〕州，據詩經當作「舟」。

大曆四年己酉在岳陽至潭遂如衡及回潭所作

登岳陽樓

○岳陽樓，開元四年張説自中書令除刺史，常與才士登此樓，有詩百篇列于壁。

昔聞洞庭水，○【鄭卬曰：「在岳州。」】洞庭湖在今岳州西南。○【王洙曰】風土記：陽羨縣東在太湖，中有包山，山下有洞穴潛行地中，無所不通，謂之洞庭地脉。○湘中記：湘水出於陽朔山，至洞庭爲太湖。日月若出入其中也。○【趙次公曰】戰國策：吴起對魏武曰：「昔者三苗之居，左彭澤之波，右洞庭之水。」今上岳陽樓。吴楚東南拆，○【趙次公曰】吴與楚相接，此實道洞庭闊遠之狀也。乾坤日夜浮。○【趙次公曰】言在乾坤之内，其水日夜浮也。親朋無一字，老病有孤舟。○【趙次公曰】此言於老病中，尚賴有孤舟可以浮泛，而生涯自若也。戎馬關山北，○【趙次公曰：「關山北，則言長安一帶也。」】關北，指言裴〔一〕安道兵戈未息也。○【王洙曰】老子四十六章：天下無道，戎馬生於郊。憑軒涕泗流。○【王洙曰】張孟陽登臺詩：遠望涕泗流。

【校記】

〔一〕裴，古逸叢書本作「長」。

陪裴使君登岳陽樓

湖闊兼雲霧，樓孤屬晚晴。禮加徐孺子，○【杜定功曰】甫以徐自比也。○【王洙曰】陳蕃傳：蕃爲豫章太守，不接賓客。唯徐穉來時設一榻，去則懸之。詩接謝宣城。○【趙次公曰】甫以謝比裴也。○【王洙曰】謝朓，字玄暉，爲宣城郡太守。時出新林浦向板橋有詩曰：江路西南永，歸流東北騖。天際識歸舟，雲中辨江樹。雪岸叢梅發，春泥百草生。○【趙次公曰】：「兩句實道眼前景物也。」記時也。敢違漁父問，○又以屈原自況也。○【王洙曰】屈原傳：屈原名平，楚懷王使屈原造憲令。屈平屬藁未定，上官大夫靳尚見而欲奪之，屈原不與。因讒之王，王怒而疏屈平。屈平憂思而作離騷。後懷王死，子襄王立，令尹子蘭使上官大夫短屈原於襄王，王怒而遷之。至於江濱，披髮行吟澤畔，顏色憔悴，形容枯槁。漁父見而問之曰：「子非三閭大夫歟？何故至此？」原曰：「舉世皆濁而我獨清，衆人皆醉而我獨醒，是以見放。」從此更南征。○甫自此欲之潭如衡也。○【王洙曰】宋玉招魂：獻歲發春兮汩吾南征。○【趙次公曰】。又，集千家注批點杜工部詩集引作「王洙曰」。】屈原離騷：濟沅湘以南征兮，就虞舜而陳辭。

贈韋七贊善

鄉里衣冠不乏賢，〇王隱晉書：廣平太守缺，宣帝謂鄭袤曰：「賢叔一大匠，盧子家、王子雝繼踵此郡，若使世不乏賢，當復相屈。」〇【杜田補遺。又，杜陵詩史、補注杜詩引作「蘇曰」。】南史袁粲傳：粲字景倩，幼孤，祖哀之，曰：「愍孫少好學，有清才。」叔父淑雅重之，語子弟曰：「我門不乏賢，愍孫必當復三公。」杜陵韋曲未央前。〇【王洙曰】未央宫基在長安，杜陵、韋曲皆郊外逼近之地。〇按，集有夏日李公見訪詩曰「貧居類村塢，僻近城南樓」是也。爾家最近魁三家，〇家，一作象。三家，謂三台爲冢宰。爾家近三家，言去北斗爲近也。〇【王洙曰：「公自注云云。」】天官書：斗魁下兩兩相比，爲三台。時論同歸尺五天。〇【王洙曰】同歸，一作因侵。〇言去帝居不遠也。〇【王洙曰：「公自注云云。」】俚語曰：城南韋杜，去天尺五。北走關山開雨雪，〇【王洙曰】山，一作河。南遊花柳塞雲煙。〇【王洙曰】雲，一作風。〇【鄭卬曰】塞，悉則切。洞庭春色悲公子，〇【王洙曰：「勾踐既滅吴，范蠡乘扁舟泛五湖。」】任昉述異記：洞庭湖中有釣洲〔一〕。昔范蠡乘扁舟至此遇風，止釣於洲上，刻石記焉。今有范蠡宅在湖中，多桑紵菜果焉。蝦菜忘歸范蠡船。〇【趙次公曰】言韋戀荆衡之〔二〕蝦菜而忘〔三〕歸，如范蠡遊五湖也。

【校記】

〔一〕洲，元本、古逸叢書本作「舟」。

〔二〕之，元本、古逸叢書本無。

〔三〕忘，元本、古逸叢書本無。

過南嶽入洞庭湖

洪波忽争道，岸轉異江湖。鄂渚分雲樹，衡山引舳艫。○【王洙曰】舳，音軸。艫，音盧。○【鄭卬曰】説文：舳，舟尾。艫，舟前也。○【王洙曰】漢武紀〔一〕：舳艫千里。李斐曰：舳，船後持柂處也。艫，船頭刺櫂〔二〕處也。翠牙穿裛槳，○【趙次公曰：「舊本作裛槳，槳字在韻書音獎，云所以隱船曰槳。今詳其義，乃菰蔣之蔣耳。蓋蒲有節，而蔣有牙也。師民瞻本直作蔣，是。公詩前篇曰『相趁鳧雛入蔣牙』，亦是蔣字。」】槳，王荆公作蔣，當從之。○裛，於及切，又於怯切。廣雅：蔣，菰也。張載泛湖詩：春菰牙〔三〕露翠，水荇葉連青。碧節吐寒蒲。○吐，一作上。古詩：新蒲起碧節。病渴身何去，春生力更無。壤童犁雨雪，漁屋架泥塗。欹側風帆滿，微冥水驛孤。悠悠迴赤壁，○【趙次公曰】赤壁在夏口之東、武昌之西。○【鄭卬曰】盛弘之荆州記：蒲圻縣沿江一百里，南〔四〕岸爲赤壁。周瑜大破魏武於烏林赤壁，東西二百八十里。浩浩略蒼梧。○【趙次公曰】蒼梧在洞庭西南之地，乃永州也。帝子留遺恨，○【趙次公曰】所以結蒼梧之語也。帝子，指舜之二妃娥皇、女英也。以其堯女，故謂之「帝子」。留遺恨，則以舜之南巡狩，崩於蒼梧之野故也。○【王洙曰】屈原九歌：帝子降兮北渚。曹公屈壯圖。○【趙次公曰】所以結赤壁之語也。曹公者，曹操也。屈壯圖，言戰敗于赤壁也。○【王洙曰】後漢獻帝紀：建武十三年，曹操自爲丞相，南征劉表。表卒，少子琮立。琮以荆州降操，操以舟師伐孫權，權將周瑜敗之於烏林赤壁。蜀〔五〕志周瑜傳：曹公入荆州，劉琮舉衆降，曹公得其水軍船、步兵數十萬。將士聞之皆恐。權延羣下問以計策，議者咸曰：「不如迎之。」瑜曰：「不然。操雖托名漢相，其實漢賊也。操自送死，而近〔六〕之耶？」瑜請得精兵三萬人，進往夏口，保爲將軍破之。」權曰：「老賊欲廢漢自立久，徒忌二袁、吕布、劉表與孤耳。今數雄已滅，惟孤尚存，與老賊勢不兩立。君言當擊，甚與孤合，此天以授孤也。」遂共圖計。逆曹公遇於赤壁，大破之。曹公敗退，還保南郡。劉備與瑜等復共追之，曹公留曹仁等守江陵，徑自北歸。聖朝光御極，○【趙次公曰】謂肅宗已恢復長安也。殘孽駐艱虞。○【趙次公曰】謂時吐蕃猶未息也。才淑隨厮養，○厮，思移切，賤也。○【趙次公曰】言才淑之人有隨於厮養者。○【王洙曰】張耳傳：有厮養卒。蘇林曰：厮，取薪者。養，養人者也。蒯通傳：隨厮養之役者，失萬乘之權。名賢隱鍛鑪。○【鄭印曰】鍛，都玩切，小冶也。○【趙次公曰】言名賢之士有隱於鍛鑪者。嵇康傳：初，康居貧，嘗與向秀共鍛於大木之下，以自贍給〔七〕。邵平元入漢，○【趙次公曰】甫以飄流未得歸長安，所以自歎其不如邵平也。○【王洙曰】蕭何傳：邵平，故秦東陵侯。秦破，爲布衣，貧，種瓜長安城東。瓜美，故世謂「東陵瓜」

也。張翰後歸吳。○【趙次公曰】甫以南下之遲，自比張翰之歸晚也。○【王洙曰】文苑傳：張翰字季鷹，吳郡人。入洛，晉齊王冏辟爲大司馬東曹掾。翰因見秋風起，乃思吳中菰米蓴菜鱸魚膾，曰：「人生貴得適志，何能羈官〔八〕數千里以要名爵乎？」遂命駕而歸。人皆謂之見幾。莫怪啼痕數，○數，色角切，頻也。危檣逐夜烏。○【王洙曰】檣乃掛帆木。○【趙次公曰】刻爲烏以瞻風也。謂之「逐烏」，則相逐同行之船也。陰鏗詩：檣轉向風烏。

【校記】

〔一〕紀，元本、古逸叢書本作「記」。

〔二〕翟，古逸叢書本作「濯」。

〔三〕牙，元本、古逸叢書本作「芽」。

〔四〕南，元本作「寺」，古逸叢書本作「對」。

〔五〕蜀，古逸叢書本作「吳」。

〔六〕近，元本、古逸叢書本作「迎」。

〔七〕贍給，元本、古逸叢書本作「給贍」。

〔八〕官，古逸叢書本作「宦」。

宿青草湖

○【鄭印曰】十道志：青草湖在岳州。○【薛夢符曰】荊州記：巴陵南有青草湖，因青草山爲名，與洞庭湖相連。周迴八百里。○【鄭印曰】范汪荊州記：青草湖夏月直渡百里，日月出没於湖中。〔一〕

洞庭猶在目，青草續爲名。宿槳依農事，○【趙次公曰】此言楚人於湖中種浮田，故船槳所宿之處依之也。郵籤報水程。○【趙次公曰】舟中所用以知時也。更漏謂之「郵籤」。古詩：雞人司漏轉更籤。寒冰争倚薄，雲月遞微明。湖雁雙雙起，人來故北征。○【趙次公曰】甫有思鄉之意，雁乃北征，人之不如也。

【校記】

〔一〕「周迴」至「湖中」，元本、古逸叢書本無。

宿白沙驛初過湖南五里

○【初過湖南五里，九家集注杜詩、門類增廣十注杜詩依例爲「王洙曰」，杜陵詩史、分門集注、補注杜詩引作「王洙曰」，集千家注批點杜工部詩集引作「公自注」。】

水宿仍餘照，人煙復此亭。驛邊沙舊白，○湘水記：湘水至清，深五六丈，見底了然，石子如樗〔一〕蒲五色相鮮〔二〕，白沙如雪，赤岸若朝霞，緑竹生焉。湖外草新青。萬象皆春氣，孤槎自客星。○甫自喻也。○【趙次公曰。又，王洙曰：「嚴君平客星犯牛斗事。」】博物志：近世有人居海上，每年八月見浮槎來，不失期。齎一年糧，乘之去，至一處，有城〔三〕郭屋舍，遥望宫中有婦人織，見一丈夫牽牛於渚次飲之，驚問：「此是何處？」答曰：「君至蜀問嚴君平，則知之。」因還，以問君平。君平曰：「某年某月日，客星犯牛、女。」正此人到天河時也。隨波無限月，的的近南溟。○【王洙曰】莊子：鯤化而爲鵬，海運則將徙於南溟。

【校記】

〔一〕樗，元本、古逸叢書本作「桃」。

〔二〕鮮，元本、古逸叢書本作「先」。

〔三〕城，元本、古逸叢書本作「郡」。

新定杜工部草堂詩箋斠證卷第四十六

大曆四年在潭州所作

湘夫人祠

○樂府序篇：洞庭之山，帝之二女居之。郭璞云：天帝之女，處江爲神。即列仙傳所謂「江妃」是也。劉向列女傳：帝堯之二女，長曰娥皇，次曰女英。堯以妻舜于嬀汭。舜既爲天子，娥皇爲后，女英爲妃。舜死於蒼梧，二妃死於江、湘之間，俗謂之湘君。湘中記曰：舜二妃死，爲湘水神，故曰湘君。○【王洙曰】韓愈黄陵廟碑曰：秦博士對始皇帝云：「湘君者，堯之二女，舜妃者也。」劉向、鄭康成亦皆以二妃爲湘君，而離騷、九歌既有湘君，又有湘夫人。王逸以爲湘君者自其水神，而謂湘夫人乃二妃。璞與逸俱失也。堯之長女娥皇爲舜正妃，故曰「君」，次女女英自宜降曰「夫人」也。故九歌謂娥皇爲君，女英爲帝子，各以其盛者推言之也。禮：有小君，明其正，自得稱君也。○吳曾又謂：考之敘篇，以郭璞、王逸爲失者，甚當；然山海經、列仙傳、湘中記、韓愈碑亦未爲得。按禮檀弓篇曰：舜葬於蒼梧之野，蓋三妃未之從也。故康成注曰：帝立四妃，象后妃四星，其一明者爲正妃，餘三小者爲次妃。帝堯因焉。至舜，不告而聚〔一〕，不立正妃，但三妃而已，謂之三夫人。離騷所歌湘夫人者，舜妃也。凡康成之論，本取帝王世紀耳。世紀云：長妃娥皇，無子。次妃女英，生商均。次妃癸比，生二女，宵明、燭光是也。夢弼謂：吴曾既以湘夫人爲舜之妃，而不言湘君者，又何也？

肅肅湘妃廟，〇【王洙曰】肅肅，敬也。詩思齊：肅肅在廟。空墻碧水春。蟲書玉佩蘚，燕舞翠帷塵。晚泊登汀樹，微馨借渚蘋。〇借，一作惜。蒼梧恨不盡，淚染在叢筠。〇述異記：舜葬於蒼梧之野，堯之二女娥皇、女英追之不及，慟哭下淚，霑竹，文悉爲斑斑〔二〕然。〇【趙次公曰】博物志：洞庭之山，堯帝之二女常泣以其涕，揮竹，竹盡成斑〔三〕。

【校記】

〔一〕聚，元本、古逸叢書本作「娶」。

〔二〕斑斑，元本、古逸叢書本作「班班」。

〔三〕斑，元本、古逸叢書本作「班」。

祠南夕望

百丈牽江色，○【王洙曰：「海賦：揭百丈。所以牽船也，連竹爲之。」】楚謂牽船索曰「百丈」。孤舟泛日斜。○泛，或作況，非是。興來猶杖屨，○【鄭卬曰】興，許應反。目斷更雲沙。山鬼迷春竹，○【王洙曰】屈原九歌山鬼篇：余處幽篁兮終不見天。湘娥倚暮花。○湘娥，謂舜妃娥皇、女英也。湖南清絶地，萬古一長嗟。

遣遇

磬折辭主人，○【饒曰】謂要曲如磬之折也。○【王洙曰】莊子漁父篇：孔子見漁父，曲腰折磬。○尚書大傳：天下諸侯受命於周，莫不磬折，玉音金聲。開帆駕洪濤。春水滿南國，○【炎曰】謂春水生也。朱崖雲日高。○【鄭卬曰】朱崖，即潭州之丹崖也。○【師尹曰】寰宇記：潭州仙宮。注〔一〕：南岳記：丹崖，即仙人宮也。舟子廢寢食，飄風争所操。○【王洙曰】言操舟乘風而行也。我行匪利涉，○【趙次公曰】易需卦：利涉大川。謝爾從者勞。○從，才用切。石間采蕨女，鬻菜輸官曹。○【王洙曰：「（菜）一作市。」趙次公曰：「鬻市，一作鬻菜，非。」】菜，一作市，一作米。丈夫死百役，暮返空村號。○【王洙曰】譏役斂〔二〕煩重也。聞見事略同，○【趙次公曰】言所聞所見皆似此，應官曹之誅求也。刻剥及錐刀。○【趙次公曰】言刻剥於民，非特取其大者，雖錐刀之瑣末微利，猶及之也。左氏傳：錐刀之末〔三〕。貴人豈不仁，視汝若莠蒿。索錢多門户，○【王洙曰】誅求不一也。喪亂紛嗷嗷。奈何黠吏徒，○【王洙曰：「姦黠吏也。」】黠，姦猾也。漁奪成逋逃。○【王洙曰：「姦黠吏也。漁，如漁獵然。不以法也。逋逃，走竄也。」】漁奪，謂侵奪如漁獵然，不以法也。所以下户皆走竄也。自喜遂生理，花時甘緼袍。○甘，或刊作貰。侍夜〔四〕切，貸也。○【師古曰：「甫覩百姓困於賦役，又自喜遂其生理，雖遇花時而衣緼絮，所甘心不辭也。」】甫覩百姓困於賦役如是，又自喜遂其生理。○【趙次公曰】雖遇花時可以單衣，而甘心衣緼絮而不辭，勝於逋逃之民矣。

【校記】

〔一〕注，古逸叢書本作「崖」。

〔二〕斂，元本、古逸叢書本作「款」。

〔三〕末，元本、古逸叢書本作「利」。

〔四〕侍夜，古逸叢書本作「始制」。

解憂

○【趙次公曰：「東坡先生云：『減米散同舟』至『拳拳期勿替』，杜甫詩固無敵。然自『致遠』以下句，真村陋也。此最其瑕謫，世人雷同，不復譏評，過矣。然亦不能掩其善也。東坡之説如此，然公之意亦以藉衆力而濟險，猶資百慮而持危者矣，故曰『理可廣』也。」】蘇子瞻嘗謂：讀公「減米散同舟」之句，則可以振貪儒於百世之下也。

減米散同舟，路難思共濟。向來雲濤盤，衆力亦不細。○【師古曰。又，王洙曰：「雲濤盤，灘名，極爲險阻。」】雲濤盤乃至險之灘。○【師古曰】實藉衆力操舟故得利涉，譬患難之際，賴衆力扶持，故得國安。是以昔賢計其安危，衣食與衆同享其充足，夫何憂患之不濟乎？甫之減米，亦爲國憂以天下之意者也。呀吭瞥眼過，○【王洙曰：「(吭)一作帆。」】吭，一作坑。○【鄭卬曰】呀，虛加切。○吭，胡郎切。瞥，匹[一]蔑切。○【師古曰】呀吭，乃灘口也。○【趙次公曰】或曰：呀坑者，淤[二]坑，如口之訝開者也。飛櫓本無蒂。○【師古曰】言至危也。得失瞬息間，○瞬，音舜，目動也。致遠猶恐泥。○【趙次公曰】論語文。百慮視安危，分明曩賢計。茲理庶可廣，拳拳期勿替。

【校記】

[一] 匹，元本、古逸叢書本作「四」。

〔二〕淤，元本、古逸叢書本作「於」。

宿鑿石浦

早宿賓從勞，仲春江山麗。飄風過無時，舟楫敢不繫。○【趙次公曰】舟楫遇風雨，不繫則流蕩矣。回塘淡暮色，日没衆星嘒。○嘒，呼惠切。○【趙次公曰】詩召南：嘒彼小星。○注：嘒，微貌。缺月殊未生，○【王洙曰：「缺，殘也。」】缺月，殘月也。青燈死分翳。○【王洙曰】青燈，言無光也。○【師古曰】分翳，謂半晴也。窮途多俊異，○【趙次公曰】俊異之士多困於窮賤，而膏澤不下於民，而愚鄙之人反多富貴，不恤乎民也。亂世少恩惠。○【師古曰】言賦斂橫出，而民不蒙其澤也。鄙夫亦放蕩，○甫自謙也。草草頻卒歲。○草草，勞貌。○【師古曰】卒歲，謂經歲勤動也。斯文憂患餘，聖哲垂易〔一〕繫。○【師古曰】言易之象、繫作於仲尼不遇之日。自古文士多因憂患中而作文，甫是詩之作蓋亦積滯而有所激耳。○【趙次公曰】繫辭：作易者其有憂患乎？

【校記】

〔一〕易，古逸叢書本作「象」。

早行

歌哭俱在曉，○【師古曰】歌者爲商旅，哭者爲征夫也。行邁有期程。○邁，遠行也。○【王洙曰】言遠行之期有定凖也。孤舟似昨日，○【王洙曰】言水行不覺進也。聞見同一聲。飛鳥數求食，○數，色角切，頻也。潛魚亦獨驚。前王作網罟，設法害生成。○【趙次公曰】鳥數出而求食，所以自飽。魚既潛而猶驚，所以求活。而小民利之，網羅其鳥，罟罩其魚，害物生成之性。甫觸而感之，反傷前王之設法。○【王洙曰。又，杜陵詩史引作「師古曰」。】作爲網罟，本欲以養民，後世反以此而害物也。喻制爲賦斂，本欲以平民，後世反以此而肆暴也。○【趙次公曰】繫辭：作結繩而爲網罟，以佃以魚。碧藻非不茂，高帆終日征。○藻，水菜也。○【師古曰】碧藻非不茂也，征帆終日淩轢，所以不能遂其性，微物尚然，況百姓乎？干戈未揖讓，崩迫開其情。○【趙次公曰】開放此情懷於終日征行之間也。○蕭太傅辭奪禮表：不勝崩迫之情。

過津口

○津口，屬江陵。左氏傳：楚子大敗於津。

南岳自兹近，○【王洙曰】南岳，謂衡山。○【師古曰】甫自夔迤邐如衡也。湘流東逝深。○水經：湘水出零陵始安縣陽海〔一〕山，至巴丘入於江。和風引桂楫，○【趙次公曰】梁元帝烏棲曲：沙棠作船桂爲楫。春日漲雲岑。回首過津口，○首，一作道。言水道回〔二〕旋也。而多楓樹林。○【趙次公曰】阮籍詩：湛湛長江水，上有楓樹林。白魚困密網，黄鳥喧嘉音。物微限通塞，惻隱仁者心。○【師古曰。又，趙次公曰：「白魚以羣而小，困於密網，物之所以塞者也。黄鳥以和風春日之際，而嘉音喧然，物之所以通者也。物之通塞，雖微不足道，而仁者於物每則隱其困塞矣。孟子曰：惻隱之心，仁之端也。夫雖有惻隱之仁，而無救於白魚之困，則亦前篇所謂『前王作網罟，設法害生成』者矣。」】魚鳥皆物之有生者也，鳥喧嘉音而魚困密網，或塞或通，亦猶人也有幸有不幸，此仁者之於微物，心每惻隱其困塞矣。聖賢兩寂寞，眇眇獨開襟。○傷時無君子，故獨披襟也。陶淵明經曲阿詩：眇眇孤舟逝。甕餘不盡酒，膝有無聲琴。○陸士衡詩：甕餘殘酒，膝有横琴。

【校記】

〔一〕陽海，古逸叢書本作「海陽」。

〔二〕回，元本、古逸叢書本作「面」。

次空靈岸

○【鄭卬曰】空靈，當作空舲，刀筆誤耳。酈元水經：湘水縣有空舲峽。驚浪雷奔，險同三峽。十道四番志湘水載：空舲灘。

沄沄逆素浪，○【師古曰】逆浪，謂泝流也。落落展清眺。○【師古曰】言去巴峽之阻，漸入寬平之鄉也。幸有舟楫遲，得盡所歷妙。空靈霞石峻，楓栝隱奔峭。○【王洙曰】栝，或作枯。○【鄭卬曰：「古活切，木名。」師古曰：「柏也。」】栝，古活切，柏也。○【師古曰。又，王洙曰：「奔，奔流也。峭，危峭也。」】奔，謂奔流。峭，謂峰峭也。青春猶無私，白日已偏照。○【師古曰。又，王洙曰：「爲山嶺障閡，故偏照也。」】言崗巒互爲日所出沒也。可使營吾居，終焉託長嘯。○【師古曰】甫至此喜其景物之佳，欲託居焉。毒瘴未足憂，兵戈滿邊徼。嚮者留遺恨，耻爲達人誚。迴帆覬賞延，○覬，羈致切，見也。佳處領其要。

宿花石戍

○【鮑彪曰】唐志：潭州長沙有花石戍。

午辭空靈岑，夕得花石戍。岸疏開闢水，○【師古曰】言天地開闢以來有此水，非禹之所鑿也。木雜今古樹。地蒸南風盛，春熱西日暮。○【師古曰】言四時多南風，其地春熱也。四序本平分，○【師古曰】宋玉九辯：皇天平分四時兮，竊獨悲此凛秋。氣候何迴互。茫茫天造間，○【趙次公曰】易：天造草昧。理亂豈恒數。○【師古曰】四序平分，寒暑皆自有節，何此地之氣候差互乎？乃知天地造化治亂之理，亦無常數也。繫舟盤藤輪，○【師古曰】言藤蔓盤結如車輪也。策杖古樵路。罷人不在村，○【鄭卬曰】罷，音疲。○倦也。○【師古曰。又，王洙曰：「罷人，言民困於征役而罷敝。不在村，不安居也。」】言民困於征賦，逋竄而不安居也。野圃泉自注。柴扉雖蕪沒，農器尚牢固。山東殘逆氣，吳楚守王度。○【趙次公曰】山東，今之河北也。○【趙次公曰。又，王洙曰：「安史之亂，王命之所及者，吳、楚、蜀而已。」】安史之亂，惟吳、楚知所尊王命也。誰能扣君門，下令減征賦。○【師古曰。又，趙次公曰：「欲扣君門而與之減征賦也。」】言無人以重斂請於君，爲之薄征賦以恤民也。

早發

有求常百慮，○【師古曰】無求則無慮。凡有求者，不免有憂也。斯文亦吾病。以茲朋故多，窮老驅馳併。○【師古曰。又，趙次公曰：「公之意以爲有所求人，必多爲思慮，然吾以斯文自任，衆所共知，而亦爲吾病，何也？乃下句云『以茲朋故多，窮老驅馳併』也，蓋人以吾任斯文者，多是朋友故舊，今則散在他處，欲見之，自是驅馳頻併也。」】文所以明道，治〔一〕於文者，亦吾之病。君子以文會友，以此故多朋友，是以驅馳頻併矣。早行篙師怠，席挂風不正。昔人戒垂堂，○【王洙曰】袁盎傳：盎謂上曰：「千金之子不垂堂。」今則奚奔命。○【趙次公曰。又，門類增廣十注杜詩引作「杜云」，杜陵詩史、分門集注、補注杜詩引作「修可曰」。】左氏傳：巫臣通吳於晉，子重、子反於是乎一歲七奔命。濤飜黑蛟躍，日出黃霧映。○【王洙曰】鮑照詩：騰沙鬱黃霧，飜浪揚白鷗。煩促瘴豈侵，○【師古曰。又，趙次公曰：「今言於此困於煩促，豈是瘴欲相侵乎？」】言迫於煩熱，豈不爲瘴毒所傷乎？頹倚睡未醒。○【王洙曰】未，一作還。○【鄭卬曰】醒，協〔二〕佞切。○醉歇也。○【師古曰】爲舟行之早也。僕夫問盥櫛，暮顔靦青鏡。○【鄭卬曰】靦，佗典切。○面慙也。○【王洙曰】言晚年衰醜，有慙於對鏡也。隨意簪葛巾，仰慙林花盛。側聞夜來寇，幸喜囊中净。艱危作遠客，○作，則箇切，又臧祚切。干請傷直性。○【王洙曰】謂有求於人也。薇蕨餓首陽，○餓，謂不肯食周粟也。○【王洙曰】伯夷傳：武王已平殷亂，天下宗周，而伯夷、叔齊耻之，義不食周粟，隱於首陽山，采薇而食之，遂至餓死。粟馬資歷聘。○【王洙曰】昔六國以粟馬金帛資蘇秦、張儀，使之歷聘。賤子欲適從，○【師古曰】適，或音的，主也。疑悟此二柄。○【王洙曰】二柄，謂采薇及歷聘也。○【師古曰】一出一處，使人疑惧。今甫欲適從其一故也。○韓愈詩亦云：居閑食不足，從官力難任。兩事常害性，一生長苦心。

【校記】

〔一〕治，杜陵詩史作「泥」。

〔二〕協，元本、古逸叢書本作「叶」。

次晚洲

參錯雲石稠，○【王洙曰】言雲石互相雜也。○【趙次公曰】謝靈運詩：泝流觸驚隱，臨圻阻參錯。坡陁風濤壯。○【梅曰】坡陁，高大貌。○【趙次公曰】顏延年年〔一〕詩：春江壯風濤。晚洲適知名，○【梅曰】晚洲非素〔二〕有名，因甫而名著也。秀色固異狀。棹經垂猿把，身在度鳥上。○【王洙曰】言春水漲而船行高也。擺浪散帙妨，危沙折花當。羈艱暫愉悅，○艱，一作離。羸老反惆悵。中原未解兵，吾得終疏放。○【趙次公曰】甫傷時之擾攘，吾豈得終疏放而不憂懼〔三〕且流落乎？

【校記】

〔一〕年，古逸叢書本作「之」。

〔二〕素，元本、古逸叢書本作「秦」。

〔三〕懼，元本、古逸叢書本作「愳」。

登白馬潭

水生春纜没，日出野船開。宿鳥行猶去，叢花笑不來。人人傷白首，處處接金盃。莫道新知要，南征且未迴。○甫自此以如衡也。

歸雁

聞道今春雁，南歸自廣州。○世傳雁不過衡陽，故劉孝綽詩有「洞庭春水緑，衡陽旅雁歸」之句。今言「歸自廣州」，著異也。見花辭漲海，○【趙次公曰】謝承後漢書：陳茂常渡漲海，交阯七郡皆從漲海入。避雪到羅浮。○羅浮山記：羅浮者，蓋總稱也。羅，羅山。浮，浮山。二山合體，謂之羅浮。在增城、博羅二縣之界。有羅水南流，注于海。舊説相傳浮山自會稽來，今山上猶有東方草木。是物關兵氣，何時免客愁。年年霜露隔，不遇〔一〕五湖秋。○【趙次公曰】五湖霜雪之多，雁之不宜，故隔而秋不過也。

【校記】

〔一〕遇，古逸叢書本作「過」。

野望

納納乾坤大，○裴遜之詩：納納江海深。行行郡國遥。○【王洙曰】古樂府詩：行行重行行。○謝惠連西陵遇風詩：行行道轉遠，去去情彌遲。陸士衡詩：行行遂已遠。雲山兼五嶺，○【王洙曰】張耳傳：南有五嶺。顔師古曰：嶺者，西自衡山之南，東窮于海，一山之限耳。別標名，則有五焉。○【杜田補遺。又，門類增廣十注杜詩引作「新添」。補注杜詩引作「黄曰」。】裴氏廣州記：大庾、始安、臨賀、桂陽、揭陽，是爲五嶺。○【杜田補遺。又，補注杜詩、集千家注批點杜工部詩集引作「黄曰」。】鄧德明南康記：大庾嶺，一也。桂陽甲騎〔一〕嶺，二也。九真都龐嶺，三也。臨賀萌渚嶺，四也。始安越成〔二〕嶺，五也。顔曰：裴説是也。風壤帶三苗。○【王洙曰】舜典：竄三苗于三危。注：三苗，國名。三危，西裔。野樹侵江闊，春蒲長雪消。○【趙次公曰】蒲長於雪消之後也。扁舟空老去，無補聖明朝。

【校記】

〔一〕甲騎，古逸叢書本作「騎甲」。

〔二〕成，古逸叢書本作「城」。

入喬口長沙北界

○【按，長沙北界，杜陵詩史、補注杜詩作「魯曰」，分門集注作「王洙曰」，集千家注批點杜工部詩集引作「公自注」。】

漠漠舊京遠，遲遲歸路賒。殘年傍水國，落日對春華。樹蜜早蜂亂，○【杜田補遺。又，杜陵詩史引作「師古曰」。】樹蜜，枳椇也。或作枳柜。荆湘多此木，甫以記土地之所有也。○廣志：枳柜，葉似蒲柳，子似珊瑚。其味如蜜，出南方。○【杜田補遺】崔豹古今注：枳椇子，一名樹蜜，一名木錫賓。形卷曲，核在實外。味甘美如錫蜜。江泥輕燕斜。賈生骨已朽，悽惻近長沙。○【王洙曰】賈誼傳：誼年少，頗通諸家之書。文帝召爲博士，遷太中大夫。誼欲更定法令，天子議以誼任公卿之位，絳、灌、東陽侯馮敬之屬害之，迺毁誼。於是天子後亦疏之，以誼爲長沙王太傅。誼既謫去，歲餘，文帝思誼，徵拜爲梁王太傅。後歲餘，誼亦死。

銅官渚守風

○【鄭卬曰】寰宇記：銅官山在湘縣南一百一十八里，與長沙分界。

不夜楚帆落，○不，樊作亦。避風湘渚間。水耕先浸草〔一〕，野春〔二〕火更燒山。○【王洙曰】漢武紀：火耕水耨。應劭曰：燒草，下水種稻。草稻與並生，高七八寸，因悉芟去，復下水灌之，草死，獨稻長，所謂「火耕水耨」。早泊雲物晦，逆行波浪慳。○逆行，謂泝流而上也。飛來雙白鶴，○【杜田補遺。又，杜陵詩史、分門集注引作「師古曰」。】吴兢樂府解題：艷歌何嘗行，亦曰飛鶴行。○【杜田補遺。又，杜陵詩史、分門集注、補注杜詩引作「師古曰」。】古調云：飛來雙白鶴，乃從西南來。過去杳難攀。

【校記】

〔一〕元本、古逸叢書本「水耕」句下有「浸子鴆切」四字。

〔二〕野春，宋本衍一字，作「野」作「春」俱可。元本作「野」，古逸叢書本作「春」。

北風

○【九家集注杜詩、門類增廣十注杜詩依例爲「王洙曰」，補注杜詩作「王洙曰」，集千家注批點杜工部詩集作「公自注」。】新康江口，信宿方行。

春生南國瘴，氣待北風蘇。向晚霾殘日，○【趙次公曰：「言晚之後蒸鬱也，所以生瘴云云。實言昏曀之狀也。」】言晚之後瘴氣鬱蒸人昏曀也。初宵鼓大鑪。○【趙次公曰：「言如大爐之火，則蒸熱甚矣。」】言蒸熱如大爐之火也。○【趙次公曰】莊子大宗師篇：以天地爲大爐。爽携卑濕地，聲拔洞庭湖。○【趙次公曰】言風之清爽雄大如此也。萬里魚龍伏，三更鳥獸呼。○【趙次公曰】魚龍懼而藏伏，鳥獸驚而呼鳴，則風之勢可知矣。滌除貪破浪，○【趙次公曰】南史宗慤傳：慤年少，叔父問其所志，答曰：「願乘長風，破萬里浪。」愁絶付摧枯。執熱沉沉在，凌寒往往須。且知寬疾肺，不敢恨危塗。再宿煩舟子，○【趙次公曰】左氏傳：信宿爲再。衰容問僕夫。今晨非盛怒，○【趙次公曰】盛怒，謂風也。宋玉風賦：浸淫溪谷，盛怒於土囊之口。便道却長驅。隱几看帆席，雲山湧坐隅。○【王洙曰：「言浪若雲山也。」趙次公曰：「末句『雲山湧』，則言浪如之也。」】言波浪之湧如雲山也。

雙楓浦

輟棹青楓浦，雙楓舊已摧。自驚衰謝力，不道棟梁材。浪足浮紗帽，皮須截錦苔。◎【趙次公曰】趙子櫟曰：今欲乘此楓泛江而上天，於此戴紗帽而浮其上，則浦水之浪自足浮之。楓皮上有苔蘚，不能不滑，故須截去錦苔而後可乘也。江邊地有主，暫借上天迴。◎異苑〔一〕：烏傷陳氏有女未醮，着履徑〔二〕上大楓樹嶺，了無危閡。顧曰：「我應爲神，今便〔三〕長去。」家人悉出見之〔四〕，舉手辭訣，於是飄聳輕越，極睇乃没。

【校記】

〔一〕苑，古逸叢書本作「記」。

〔二〕徑，元本、古逸叢書本作「經」。

〔三〕便，元本、古逸叢書本無。

〔四〕悉出見之，元本、古逸叢書本作「曰何不」。

望嶽〇【王洙曰】爾雅釋山：霍山爲南嶽。風俗通：衡山，一名霍山。〇後漢志：長沙郡衡山在東南。注引郭璞云：山别名岣嶁。〔一〕湘中記：衡山有玉牒，禹案其文以治水。遥望衡山如陣雲，沿湘千里，九回九背，廼不復見。〇【趙次公曰】荆州記：衡山，五嶽之南嶽也。朱陵之靈臺，太虚之寶洞，上承冥宿，銓德鈞物，故名衡山。下踞離宫，攝〔二〕位火鄉〔三〕，赤帝館其巔，祝融託其陽也。

南嶽配朱鳥，〇【趙次公曰】寰宇記：衡山在潭州之湘潭縣，以其宿當翼軫度，應機衡也。〇【王洙曰】風俗通：嶽者，稱考功德黜陟之，故謂之嶽。四方皆有七宿，各成一形。東方成龍形，西方成虎形，皆南首而北宅〔四〕。南方成鳥形，北方成龜形，皆西首而東尾。以南方之宿象鳥，故謂之朱鳥七宿也。秩禮自百王。〇【趙次公曰】言望祀之禮其來尚矣。〇【王洙曰】舜典：望秩於山川。注：諸侯境内名山大川，如其秩次望祭之。謂五嶽牲禮視三公，四瀆視諸侯，其餘視伯子男。欻吸領地靈，〇欻，許勿切，疾貌。〇【趙次公曰】大戴禮：天地祝曰：皇皇上天，照臨下土。集地之靈，降其風雨。澒洞半炎方。〇澒，一作鴻。淮南精神訓：澒濛鴻洞，莫知其門。邦家用祀典，在德非在馨〔五〕。〇【趙次公曰】尚書君陳：黍稷非馨，明德惟馨。巡狩何寂寥，有虞今則亡。洎吾隘世網，〇洎，一作汩〔六〕。行邁越瀟湘。〇【趙次公曰】甫之所以行邁者，以世網隘窄，故欲曠懷於江湖之上也。渴日絶壁出，○渴，一作遏。○【趙次公曰】難逢日霽以望其高峰，於日如渴也。蓋如渴雨之渴也。漾舟清光旁。祝融五峰尊，峰峰次低昂。○峰峰，或作三峰。紫蓋獨不朝，争長嶫相望。○長，丁文切。嶫，音業，山貌。言五〔七〕峰相峙而立，有如争長也。○【趙次公曰】攷之衡山記，有芙蓉峰、紫蓋峰、石門峰。〔八〕而韓愈詩曰〔九〕：須臾晝掃衆峰出，仰見突兀撑青空。紫蓋連延接天柱，石廩騰擲推祝融。則又有天柱峰、祝融峰，爲五峰矣。○【王洙曰】：「祝融，峰名也。朱陵、祝融、紫蓋、石菌、芙蓉，所謂五峰也。」【植萱録：始著五峰，一曰祝融，二曰紫蓋，三曰〔一〇〕天柱，四曰密雲，五曰石廩。然今山中有七十二峰，其特高者此五峰耳。○嶽之諸峰皆朝於祝融，獨紫蓋一峰勢轉東去。昔有朝士題曰：紫蓋自知天尚遠，低迴無語獨朝東。語雖不高，亦頗有意。恭聞魏夫人，羣仙來翺翔。○祝融峰上有青玉壇，名魏夫人壇。○【杜田補遺】韓愈南岳夫人内傳：姓魏，名華，字賢安。晉司徒舒之女。讀書，好神仙。年二十四，父母强嫁，適太保掾南陽劉文，生二子。託疾，乃異室治舊集，潔齊百日。太極真人、方諸青童、暘谷神主、清虚真人一降其室，授以仙經隱書。後携二子渡江，立壇起家，謹修道法於南岳，有四真人降之，夫人再拜，乞長生度世。景林真人曰：「虚星早鑒爾之用心太極，已注子於玉札，刻石上清丹文錦籍，應爲紫虚元君、上真司命。」又加名山之號，封南嶽夫人，治南嶽。有時五峰氣，散風如飛霜。牽迫恨脩途，未暇仗高岡。○未，一作何。歸來覬命駕，○覬，覊致切，見也。沐浴休玉堂。三歎問府主，曷以贊我皇。牲璧忍衰俗，○忍，一作感。神其思降祥。○【師古曰】甫感衰亂之俗廢祀典而不舉，今欲以特璧禮神，庶使岳神贊翊聖君而降福祥矣。

【校記】

〔一〕自「爾雅」至「名岣」，元本、古逸叢書本無。嶁，古逸叢書本作「按」。
〔二〕攝，元本、古逸叢書本作「聶」。
〔三〕鄉，元本、古逸叢書本作「卿」。
〔四〕宅，古逸叢書本作「尾」。
〔五〕在馨，元本、古逸叢書本作「馨香」。
〔六〕汨，古逸叢書本作「泊」。
〔七〕五，古逸叢書本作「三」。
〔八〕自「有如」至「石門峰」，元本、古逸叢書本無。
〔九〕而韓愈詩曰，元本無，古逸叢書本作「韓詩」。
〔一〇〕曰，元本、古逸叢書本無。

二月至潭州所作

小寒食舟中作

佳辰强飲食猶寒，○飲，一作飯。○【趙次公曰】其猶食是寒物，此爲小寒食言之也。隱几蕭條戴鶡冠。○【鄭卬曰】鶡，何葛切。○【趙次公曰】謂隱者之冠也。春水船如天上坐，○【余曰】唐沈雲卿詩：船如天上去，魚似鏡中懸。○【趙次公曰。又，余曰：「邵氏聞見録云：少陵此句本沈雲卿『船如天上坐，人似鏡中行』，『船如天上去，魚似鏡中懸』也。或以此論少陵之妙。予謂少陵所以獨立千載之上者，不但有所本也。三百篇之作，果何本哉？」】又：船如天上坐，人似鏡中行。老年花似霧中看。娟娟戲蝶閑過幔，片片輕鷗下急湍。雲白山青萬餘里，○沈雲卿詩：雲白山青千萬里，幾時重謁聖明君。愁看西北是長安。○【王洙曰】一作「愁看直北至長安」。

清明二首

朝來新火起新煙，○【王洙曰】周禮：司爟氏仲春以木鐸修火禁於國中。注：爲季春將出火也。○【趙次公曰】按唐制：清明日賜百官新火。賈島詩：清風吹柳絮，新火起厨煙。湖色春光浄客船。繡羽銜花他自得，紅顔騎竹我無緣。○【趙次公曰】甫感文禽銜花之自得，歎人之不如也；穉子騎竹馬而戲，傷己之老而不若也。○杜氏幽求：子年五歲，有鳩車之樂。十歲，有竹馬之樂。胡童結束還難有，楚女腰支亦可憐。不見定王城舊處，○【王洙曰】定王，乃長沙定王。○漢景帝子也。○【鄭卬曰】寰宇記：潭州長沙縣定王廟，在縣東一里，廟連岡，高七丈，俗謂之定王岡也。長懷賈傅井依然。○賈傅，乃賈誼也。○【杜田補遺】又，杜陵詩史、分門集注、補注杜詩引作「修可曰」。】盛弘之荆州記：湘川南寺之東賈誼宅，有井，即誼所穿。宅今爲陶侃廟，種柑猶有存者。○酈道元水經注：長沙郡廨西陶侃廟，云舊是賈誼宅，有一井，誼所鑿，極小而深，上斂下大，其狀如壺。旁有一脚石床，纔容一人坐。○【鄭卬曰】寰宇記：賈誼廟在長沙縣南六十里，廟即誼宅，中有井，上圓下方。○【王洙曰】韓愈井詩：賈誼〔一〕宅中今始見。虚霑焦舉爲寒食，○焦，一作周。甫言旅寓對景，不足於饌，爲「虚霑」耳，故繼有「貫籍卜錢」之句也。○【王洙曰】劉向新序：晉文公反國，召咎犯而將之，召艾陵而相之。介子推無爵，推曰：「有龍矯矯，將失其所有。蛇從之，周流天下。龍入深淵，得其安所。有蛇從之，獨不得甘雨。」遂去而之介山之上。文公求之，不得，乃焚其山。遂不出而焚死。後漢周舉傳：舉遷并州刺史。太原一郡，舊俗以介子推焚骸，有龍忌之禁，至其亡月，咸言神靈不樂舉火，猶是士民每冬〔二〕輒一月寒食，莫敢煙爨。老小不堪，歲多死者。舉既到州，乃作弔書，以置子推之廟，言盛冬〔三〕去火，殘損民命，非賢者之意，以宣示愚民，使還温食。於是衆惑少解，風俗頓革。注：龍星，木之位也。春見東方，心爲大火，懼火之盛，故爲之禁火。俗傳子推以此日被焚而禁火也。實藉君平賣卜錢。○【趙次公曰】前漢王貢傳序：蜀有嚴君平，修身自保，卜筮於成都市。以爲卜筮者賤業，而可以惠衆人。裁日閲數人，得百錢足自養，則閉肆下簾，而授老子。鍾鼎山林各天性〔四〕，濁醪麤飯任吾年。○【趙次公曰】擊鍾而食，列鼎而烹，富貴人之事也。山林，則隱逸之人雖處貧賤而甘之，則與好富貴者各天性耳。既無盛饌，姑且濁醪粗飯而已。○左氏傳：宋左師每食擊鍾。家語：子路南游於楚，列鼎而食。莊子徐無鬼篇：魏武侯見徐無鬼曰：「先生居山林久矣。」

【校記】

〔一〕誼，三本皆闕，據韓愈原詩補。

〔二〕冬，元本、古逸叢書本作「春」。

〔三〕冬，元本、古逸叢書本作「春」。

〔四〕元本、古逸叢書本「鍾鼎」句下有注文：「謂窮通異趣也。」

此身飄泊苦西東，〔一〕右臂偏枯半耳聾。〔二〕○【趙次公曰】黄帝素問言風曰：「或爲偏枯。」寂寂繫舟雙下淚，悠悠伏枕左書空。○【師古曰】右臂既偏枯，書空者惟左手耳。○【趙次公曰】世說：殷中軍被廢，在信安，終日惟書空作字。揚州吏民尋義逐之，竊視唯作「咄咄怪事」四字而已。十年蹴踘將雛遠，○蹴，七宿切。踘，渠竹切。蹋也。○【師古曰】十年蹴踘，言軍興也。將雛遠，喻挈子遠遊也。○【王洙曰】梁冀傳注引劉向別録：蹴踘，黃帝所作。或曰起於戰國之時，乃兵勢也。○所以講武，知有材也。萬里鞦韆習俗同。○甫言去鄉之遠，而習俗皆同也。荆楚歲時記：春節懸長繩於高木，士女袨服坐立其上推引之，名鞦韆。楚俗謂之施鉤，涅盤經謂之胸索。○【王洙曰】古今藝術圖曰：鞦韆，北方山戎之戲，以習輕趫者。○或云：齊桓公北伐，山戎之戲始傳中國。然考之字書，則曰：秋韆，繩戲也。今其字從革，實未嘗用革。按王延壽作千秋賦，正言此戲，則古人謂之千秋。或謂出自漢宮祝壽辭也，後人妄易其字爲「鞦〔三〕韆」，而語復顛倒耳。黃魯直有詩：未到清明先禁火，還依桑下繫千秋。又：牽花蹴踏千秋索，桃李嬉遊二月晴。皆用「千秋」字，蓋得其實也。旅雁上雲歸紫塞，○【杜田補遺。又，杜陵詩史、分門集注、補注杜詩引作「孝祥曰」。】崔豹古今注：秦築長城，土色皆紫，故云紫塞也。○塞者，塞也。所以擁塞夷狄也。○【王洙曰】蕪城賦：南馳蒼梧深雪〔四〕，北走紫塞雁門。○【杜田補遺。又，杜陵詩史、分門集注、補注杜詩引作「孝祥曰」。】按集又有官池〔五〕春雁詩：青春欲盡急還鄉，紫塞寧論有舊霜。家人鑽火用青楓。○按周官四時變國火，謂春取榆柳，夏取杏棘，季夏取桑柘，秋取柞楢，冬取槐檀，而夏之三月特兩改焉，所以使不積而致毒也。周禮夏官：司爟氏掌行火之政令，四時變國火，以救時疾。論語：鑽燧改火。禮含文嘉：燧人始鑽木取火，炮生爲熟也。秦城樓閣煙花裏，○【王洙曰】煙，一作鶯。漢主山河錦繡中。風水春來洞庭闊，○【王洙曰：「風水，一作春去。」】一作春去春來。○【趙次公曰】四句懷長安而嘆其在湘潭也。白蘋愁殺白頭翁。○雲溪友議：劉禹錫自言昔過洞庭，曾作一詩，既而思杜員外落句「年去年來洞庭上，白蘋愁殺白頭翁」，鄙夫之言，有媿於杜。

【校記】

〔一〕元本、古逸叢書本「此身」句下有注文：「謂避亂在荆楚也。」

〔二〕元本、古逸叢書本「右臂」句下有注文：「半，一本作左。」

〔三〕鞦，元本、古逸叢書本作「秋」。

〔四〕深雪，古逸叢書本作「漲海」。

〔五〕池，元本、古逸叢書本作「也」。

風雨看舟前落花戲爲新句

江上人家桃樹枝，春寒細雨出疏籬。影遭碧水潛勾引，○【鄭卬曰】勾，古侯切。○曲也。○【趙次公曰】古樂府薄命篇：艷花勾引落。風妬紅花却倒吹。吹花困癲〔一〕旁舟楫，水光風力俱相怯。赤憎輕薄遮入懷，○【趙次公曰】赤憎，方言也。珍重分明不來接。

濕久〔二〕飛遲半欲高，縈沙惹草細於毛。蜜蜂胡蝶生情性，偷眼蜻蜓避百勞。○【師古曰】是時甫在舟中，覩江上佳景，春風細雨，碧水紅花，互相映帶，不勝喜樂，因戲爲新句以歌詠之。雖眼前之事皆可樂，然猶有輕薄可憎者，但惟珍重謝之，分明不來相接，以至微物猶能牽沙匿草，蜂蝶尚生情性，況人而不能動情乎？蜻蜓避百勞之惡鳥，恐爲所害，言人豈不如蜻蜓〔三〕，尚能全身遠害乎？

【校記】

〔一〕癲，元本、古逸叢書本作「懶」。

〔二〕久，元本、古逸叢書本作「火」。

〔三〕蜓，元本、古逸叢書本作「廷」。

岳麓山道林二寺行

○長慶御史唐扶使南海道長沙詩曰：「兩祠物色采拾盡，壁間杜甫真少恩。」時沈傳師觀察南海詩曰：「鏘金七言陵老杜，入木八法蟠高軒。」韋瞻岳麓道林詩曰：「沈裴筆力鬬雄壯，宋杜辭原兩風雅。」袁皓侍御道林記曰：「長沙四寶在道林：沈傳師、裴休筆札，宋之問、杜甫篇章。」

玉泉之南麓山殊，○【王洙曰】玉泉，地名。山足曰麓。○【趙次公曰】蓋衡山之足也。道林林壑争盤紆。○盤紆，回環也。○【杜田補遺】又，門類增廣十注杜詩引作「杜云」，杜陵詩史、分門集注、補注杜詩、集千家注批點杜工部詩集引作「修可曰」，杜陵詩史、分門集注又引作「師古曰」。】盛弘之荆州記：長沙西岸有麓山，其下有精舍，左右林嶺環迴。泉間傍有樊石，每至嚴冬，其水不停霜雪。○【趙次公曰】張衡南都賦：谿壑錯謬而盤紆。寺門高開洞庭野，○【趙次公曰】洞庭湖在岳州之前。殿脚插入赤沙湖。○【趙次公曰】赤沙湖在永州。○水經注：澧水出武陵東，與赤沙湖水會。湖水北流通江，而南注澧。五月寒風冷佛骨，六時天樂朝香爐。○【趙次公曰】言天樂來朝于佛寺焚香之爐也。阿彌陁經：極樂國土〔一〕常作天樂，黄金爲地，晝夜六時，天雨曼陁羅華。地靈步步雪山草，○【杜田補遺。又，杜陵詩史引作「師古曰」。】楞嚴經：雪山大力白牛，食其山中肥膩香草，其糞微細，可合和也。僧寶人人滄海珠。○【王洙曰：「言性圓明而無瑕纇也。」】言僧之性圓明如旃檀之珠而無瑕翳也。○又觀佛三昧經：佛腋下垂五摩尼珠。○【趙次公曰】唐閻立本嘗稱狄仁傑曰：「可謂滄海之遺珠矣。」塔劫宫墻壯麗敵，○【師古曰】按集有八哀贈李邕詩：「龍宫塔廟湧，浩劫浮雲衛。」又玉臺觀詩：「浩劫因王造，平臺訪古遊。」○餘見前注。香厨松道清涼俱。○香，一作石。言佛寺香積之厨、夾道之松，俱清涼如甘露也。蓮花交響共命鳥，○【王洙曰：「一作池。」】花，樊、陳並作池。○阿彌陁經：極樂國土有七寶池、八功德水，光滿其中，池底純以金沙布地，池中蓮華大如車輪，微妙香潔，又有奇妙雜色之鳥，白鶴、孔雀、鸚鵡。○【杜田補遺。又，杜陵詩史引作「師古曰」。】舍利、迦陵頻伽、共命之鳥，是諸衆鳥晝夜六時出和雅音，其音演暢五根、六力、七菩提分、八聖道分，如是等法。○其土衆生聞是音已，悉皆念佛、念法、念僧。金牓雙迴三足烏。○【杜田補遺。又，杜陵詩史引作「師古曰」。】言寺額之金牓，字勢迴翔如三足烏形也。○【趙次公曰】淮南精神訓曰：中有蹲烏。許慎注：謂三足烏也。方丈涉海費時節，○【師古曰】海中有三神山，秦始皇遣人入海求之，歷時不得，故曰「費時節」也。○郊祀志：始皇至海上，使人齎童男女入海求蓬萊、方丈、瀛洲三神山諸仙人不死之藥。船交海中，皆以風爲解，曰：「未能至，望見之焉。」○【王洙曰】天台賦：涉海則有方丈、蓬萊。玄圃尋河知有無。○【趙次公曰：「玄圃，崑崙山之别名。」】玄圃，指崑崙。○言崑崙河水之所出，其源〔二〕之遠不可得而尋也。爾雅：河出崑崙。東方朔十洲記：崑崙有三角，其一角正西，曰玄圃臺。淮南墜形訓：崑崙之丘，或上倍之，是謂玄圃，大帝之居。○【王洙曰】張騫贊：禹本紀言河出崑崙，自張騫使大夏之後，窮河源，烏覩所謂崑崙者乎？暮年且喜經行近，春日兼蒙暄暖扶。飄然班白身奚適，旁此煙霞茅可誅。○【王洙曰：「言方丈、玄圃遠在何處，皆不可得往，不若今岳麓寺之傍近可即而居也云云。楚詞：誅鉏草茅以全生乎。言當暮年欲誅鉏草茅，旁此而居也。」趙次公曰：「誅茅，所以卜居也。字則楚辭云：寧誅鋤草茅以力耕乎？」又，師古曰：「暮年喜托此斬茅以居，兼得日暖扶杖。」】甫以麓山道林之近，猶騰於方丈、玄圃之遠，晚年喜託此地，斬茅以居，兼得乘春日之融和，可以扶杖而遊覽也。屈原卜居：寧誅鋤草茅以力耕乎？桃源人家易制度，○易，以豉切。○【趙次公曰】桃源在今鼎州，乃秦人避亂之地。易制度，言其宮室朴略，易爲制度。○餘見前注。橘洲田土仍膏腴。○寰宇記：橘州在長沙縣西南四里，江中時有大水，洲渚皆没，此洲獨存。湘中記：昭潭無底橘洲浮。注：昭潭，水至深處。橘州，每大水，洲渚皆没，橘洲獨存。潭府邑中甚淳古，太守庭内不喧呼。昔遭衰世皆晦迹，今幸樂國養微軀。依止老宿亦未晚，○【王洙曰】老宿，謂僧之年臘高者。富貴功名焉足圖。久爲野客尋幽慣，○野客，樊作謝客。晉謝安傳：安字安石，弱冠詣王濛，清言良久。既去，濛子修曰：「此客何如大人？」濛曰：「此客亹亹，爲來逼人。」王導深器之。寓居會稽，出則漁弋山水，入則言詠屬文。遂棲遲東土，常往臨安山中，坐石室，臨濬谷，雖放情丘壑，然游賞必以妓女從。細學何顒免興孤。○【師古曰】孤，乃孤負也。○【趙次公曰】：「何顒在後漢黨錮傳，乃急義名節之士，與今詩句不相干。或曰：應是周顒，而所傳之誤。周顒宋人，長於佛理，終日長蔬，雖有妻子，獨處山舍。若作周顒，則於賦二寺詩并『野客尋幽』之下爲有説。」】後漢何顒字伯求，南陽襄鄉人。尚氣節，感友人之義，而爲之復父讎。與李膺善，後爲宦者所陷，變名姓亡，奔匿汝南山間，所至皆親其豪傑，有聲荆、豫之間。袁紹慕之，私與往來，結奔走之友。石林葉夢得詩話：何顒，見漢之黨錮傳，蓋俠者。與是詩之義不類，當作周顒。按南史周顒傳：顒字彦倫，音辭辯麗，長於佛理。每賓客會同，顒虚席晤語，辭韵如流，聽者忘倦。清貧寡微，終日長蔬。按集又有「何顒興未忘」之句。一重一掩吾肺腑，○王洙曰：一重一掩，謂山也，如吾肺腑。仙鳥仙花吾友于。○一作山鳥山花。論語：惟孝友于兄弟。故昔人多以兄弟爲友于。後漢史弼傳：陛下隆於友于，不忍恩絶。曹植求通親親表：今之否隔，友于同憂。陶淵明詩：再喜見友于。皆不成文理。今雖子美亦有此病，豈非徇流俗之過〔三〕耶？洪駒父云：此歟後語也。宋公放逐曾題壁，○【王洙曰：「宋之問之貶也，途經於此，有詩尚在壁間。」又，集千家注批點杜工部詩集引王洙注文作「公自注」。】宋公，謂宋之問也。按之問初貶瀧門，又流欽州，嘗道經此寺，尚有留題在於壁間。物色分留與老夫。○【王洙曰。又，趙次公曰：「舊本正作『分留與老夫』，一作待，當以待爲正。」】與，一作待。○老夫，甫自謂也。○【師古曰】言今至此，復得以吟詠其景物也。

【校記】

〔一〕土，元本、古逸叢書本作「王」。

〔二〕源，元本、古逸叢書本作「原」。

〔三〕過，元本、古逸叢書本作「遇」。

客從

客從南溟來，遺我泉客珠。○【趙次公引作「任昉述異記云云」。】泉客，即泉仙也，謂之鮫人。搜神記：南海之外有鮫人室，水居如魚，不廢機織，其眼泣則出珠。珠中有隱字，欲辨不成書。緘之篋笥久，以俟公家須。開視化爲血，哀今徵斂無。○【趙次公曰】言泉客之珠從眼泣所出，至於化爲血矣，猶慮公家之徵斂而無以供之。○【師古曰】蓋甫寓意公家徵斂而索其無有之物也。詩云「俾出童羖」是也。

絶句六首

日出籬〔一〕東水，雲生舍北泥。竹高鳴翡翠，○翡，赤羽雀。翠，青羽雀。其羽可以爲飾。沙僻舞鵾雞。○鵾，音昆。或作鶤。爾雅：鷄三足爲鶤。張揖注上林賦：鵾鷄，黄白色，長頸赤喙。

【校記】

〔一〕籬，元本、古逸叢書本作「離」。

藹藹花蘂亂，飛飛蜂蝶多。幽棲身懶動，客至欲如何。

鑿井交椶葉，○椶，祖紅切。或曰：交椶作井綆也。或又以爲不然〔一〕。開渠斷竹根。扁舟輕裊纜，小徑曲通村。〔二〕

【校記】

〔一〕或又以爲不然，元本、古逸叢書本無。

〔二〕元本、古逸叢書本「小徑」句下有注文：「余謂新鑿之井，以椶葉交敷於井底以障其泥土，取其水之易清也。」

急雨梢溪足，斜暉轉樹腰。隔巢黄鳥並，翻藻白魚跳。○跳，徒聊切，躍也。○【王洙曰】藻，水草也。

舍下笋穿壁，庭中藤刺簷。○【王洙曰。又，趙次公曰：「刺，一作到。『到』不如『刺』字之新奇也。」】刺，一作到。○【王洙曰】刺，七亦切。地晴絲冉冉，江白草纖纖。

江動月移石，溪虚雲傍花。鳥棲知故道，帆過宿誰家。

奉酬寇十侍御錫見寄四韻復寄寇

往别郇瑕地，○【王洙曰。又，杜陵詩史、補注杜詩引作「師古曰」。】郇瑕，晉地也。○【趙次公曰】春秋時河東解縣，西北有郇瑕城，在唐屬河中府解縣。於今四十年。○【師古曰】甫與寇别於晉地，迨今凡四十年矣。來簪御府筆，○【王洙曰】魏略：大會，殿中侍御史簪白筆，側陛而坐。上問曰：「此何官也？」辛毗對曰：「御史簪筆書過，以記不法。」故泊洞庭船。○【師古曰】言頭簪白筆，浮洞庭之舟而來荆、衡間也。詩憶傷心處，春深把臂前。○【趙次公曰】思在郇瑕分别之時也。南瞻按百越，黄帽待君偏。○【趙次公曰】言寇侍御今來按察南楚，諸郡之人皆戴黄帽艤舟以待之也。○【師古曰】黄冠，謂以竹皮爲冠也。○【趙次公曰】前漢鄧通傳：以濯船爲黄頭郎。師古曰：濯，讀曰櫂，能持櫂行船也。土勝水，其色黄，故刺船之郎皆著黄帽，因號曰「黄頭郎」也。

上巳日徐司録林園宴集

鬢毛垂領白，花蘂亞枝紅。欹倒衰年廢，招尋令節同。薄衣臨積水，○薄，一作蕩。吹面受和風。有喜留攀桂，○【王洙曰】劉安招隱士詩：攀援桂枝聊淹留。無勞問轉蓬。○古詩：爲客離轉蓬。

江南逢李龜年

岐王宅裏尋常見，○【黄鶴曰】岐王範，睿宗子。○明皇弟。明皇代邸舊好，每侍帝，諸王並席。崔九堂前幾度聞。○甫自注：崔九，即殿中監崔滌，中書令湜之弟。弟，魯作姪。正是江南好風景，落花時節又逢君。○松窗雜録：開元間，禁中尚千葉芍藥，即今牡丹也，植於興慶池東沉香亭前。會花繁開，明皇乘月，夜召太真妃，以步輦從之。詔選梨園子弟中尤者，得樂十六色。李龜年以歌擅一時之名，手捧檀板，押衆樂前，將歌，明皇曰：「賞名花，對妃子，焉用舊詞！」遽命李龜年持金花牋賜翰林李白進清平調詞三章。白欣承詔旨，猶苦宿醒未解，因援筆賦之曰：「雲想衣裳花想容，春風拂曉露華濃。若非羣玉山頭見，會向瑤臺月下逢。」「一枝紅艷露凝香，雲雨巫山枉斷腸。借問漢宮誰得似，可憐飛燕倚新粧。」「名花傾國兩相歡，長得君王帶笑看。解釋春風無恨〔一〕意，沉香亭北倚欄干。」龜年遽以詞進，上令梨園子弟調撫絲竹，遂促龜年以歌。雲溪友議：明皇樂工李龜年奔迫江潭，曾於湖南採訪使筵上唱：「紅豆生南國，秋來發幾枝。贈公多採摘，此物最相思。」又云：「清風明月苦相思，蕩子從戎十載餘。征人去日殷勤囑，歸雁來時數附書。」此詞皆王摩詰所作也，至今梨園歌之。座中皆慘然。○【王洙曰】明皇雜録：天寶中，上命宮中女子數百人爲梨園子弟，皆居宜春北院。上素曉音律，時有馬仙期、李龜年、賀懷智，自是音響殆不類人間。李龜年特承顧遇，於東都通遠里大起宅架堂，甲於都下，僭侈之制逾於公侯。後流落江南，每遇良辰勝景，常爲人歌數闋，坐客聞之，莫不掩涕罷酒。

【校記】

〔一〕恨，元本、古逸叢書本作「限」。

湘江宴餞裴二端公赴道州

白日照舟師，〇舟師，謂水軍也。朱旗散廣川。羣公餞南伯，〇餞，謂祖席也。〇【王洙曰】南邦〔一〕，道州也。〇【師古曰】州長曰伯。肅肅秩初筵。〇【師古曰】肅肅，敬也。〇【王洙曰】詩：賓之初筵，左右秩秩。鄙人奉末眷，佩服自早年。義均骨肉地，懷抱罄所宣。〇【王洙曰：「末眷，謂於裴有親也。早年，少年也，自少已佩服其德矣。」又，杜陵詩史、補注杜詩引作「師古曰」。】鄙人，甫自謙於裴爲末親，自幼年已佩服其德，是以欲盡其底藴以告之也。盛名富事業，無取愧高賢。〇【趙次公曰】高賢，指裴也。〇【王洙曰。又，杜陵詩史、補注杜詩引作「師古曰」。】戒裴宜以功業著聲名，使無愧於高賢也。不以喪亂嬰，保愛金石堅。〇【王洙曰。又，杜陵詩史、補注杜詩引作「師古曰」。】又戒之無以喪亂嬰懷抱，保全節操，當如金石之堅也。計拙百寮下，氣蘇君子前。〇【師古曰】甫自謙其爲計則拙，其爲道州謀則氣義宏矣。會合苦不久〔二〕，〇【王洙曰】苦，或作共。哀樂本相纏。〇【師古曰】言欲别去，極樂則繼之以哀也。交遊颯向盡，〇【師古曰】颯，衰颯也。宿昔浩茫然。促觴激萬慮，掩抑淚潺湲。〇【師古曰】交遊之中，衰替向盡，平昔契舊，回首颯然，况今促觴行酒，寧不感萬慮而涕淚爲之潺湲乎！〇【王洙曰】屈原九歌：横流涕兮潺湲。熱雲集曛黑，〇曛，日入〔三〕也。缺月未生天。白團爲我破，〇【師古曰。又，九家集注杜詩引「師尹曰」：「以熱困於摇扇，故曰『爲我破』也。」】別筵夜熱，團扇爲之摇破也。華燭蟠長煙。鴰鶡催明星，○一作鶡鷃，一作鴰鶬。

○【趙次公曰】鴰，音括。鶡，音曷。鴰鶡，求旦鳥也。解袂從此旋。上請減兵甲，下請安井田。○【師古曰】夜已闌矣，始分袂旋歸，故甫又以兵甲井田爲戒。古人謂贈之以言者，此也。永念

病渴老，附書遠山巔。

【校記】

〔一〕邦，元本、古逸叢書本作「伯」。

〔二〕久，元本、古逸叢書本作「及」。

〔三〕入，古逸叢書本作「久」。

寄李十四員外布十二韻新除司議郎萬州別駕雖尚伏枕已聞理裝○【新除司議郎萬州別駕雖尚伏枕已聞理裝，杜陵詩史、分門集注、補注杜詩引作「王洙曰」，九家集注杜詩、集千家注批點杜工部詩集引作「公自注」。】

名參漢望苑，○【趙次公曰】司議，太子府官也。○【王洙曰】漢博望苑，武帝爲戾太子置之，使

通賓客，從其所好。職述景題輿。○尚書大傳：古者諸侯之於天子，五年一朝，見其身，述其職。述者，述其所職也。○【王洙曰】周景爲豫州刺史，辟陳蕃爲别駕，蕃不就，景題别駕輿曰「陳仲舉坐」也。○仲舉，乃蕃之字也。巫峽將之郡，荆門好附書。○【趙次公曰】預囑其無相忘也。遠行無自苦，○戒之以自保也。内熱比如何。○比，毗至切，近也。○【王洙曰】内熱，言熱中也。莊子：我其内熱歟？正是炎天闊，那堪野館疏。黄牛平駕浪，○【師古曰】黄牛峽浪高與峽齊也。○【王洙曰】郭景純詩：高浪駕蓬萊。畫鷁上凌虚。○鷁，倪歷切。○【九家集注杜詩、杜陵詩史、分門集注、補注杜詩引作「修可曰」。】船頭畫爲鷁，以壓水神。○【師古曰】泝流而上，如凌虚空也。試待盤渦歇，○【師古曰】盤渦，言水迴洑如碾碓然。○【王洙曰】江賦：盤渦谷轉。方期解纜初。○【趙次公曰】水漲則有盤渦。今甫勸李且休行。○待峽浪少歇，方可解纜以行也。○【師古曰】或曰：甫意欲待峽水平穩，即解纜訪李員外也。故末章有「帆發弊廬」之句。悶能過小徑，自爲摘嘉蔬。○【王洙曰】自，一作日。○【趙次公曰】自此已下，約李員外訪其居也。○【王洙曰】陶淵明詩：摘我園中蔬。渚柳元幽僻，村花不掃除。宿陰繁素㮈，○陰，一作雲。㮈，奴帶切，正作奈，果名。廣志：奈有青、赤、白三種。過雨亂紅蕖。○【王洙曰】紅渠，謂荷花也。寂寂夏先晚，○【趙次公曰】以處所幽寂，雖夏未晚，而此地先晚，將似秋矣。泠泠風有餘。江清心可瑩，竹冷髮堪梳。○【王洙曰】堪，一作宜。直作移巾几，秋帆發弊廬。

江閣卧病走筆寄呈崔盧兩侍御

客子庖厨薄，江樓枕席清。衰年病秪瘦，長夏想爲情。滑憶雕胡飯，○【王洙曰】憶，一作喜。西京雜記：菰之有米者，長安人謂之雕胡。香聞錦帶羹。○【薛夢符曰】荆、湘間有花，名錦帶。其花條生，如郁李仁，春末方開，紅白如錦。初生葉柔脆可食。○【師古曰：「薛夢符云：荆、湘間有花，名錦帶。其花條生，如郁李，春末方開，紅白如錦。初生葉柔脆可食。渚宫又謂之『文官花』。安陸王彦輔中散云：錦帶，吐綬雞也。其肉脆美，堪作臛。錦帶花，則予親見之。謂吐綬雞爲錦帶，則傳記所不載。彦（按，指王彦輔。）固博學而文，恐其言亦有所據。」】或曰：錦帶，吐綬雞也。其肉脆美，堪作臛。○王彦輔曰：錦帶，魚名。今興國軍有之。溜匙兼暖腹，誰欲覓盃甖。○覓，一作致。

潭州送韋員外超〔一〕牧韶州

○韋超〔二〕以都郎官爲領南軍司馬，卒，贈同州刺史。子夏卿，太子少保，贈左僕射。又，迢女嫁元稹，韓愈志夫人墓銘云：夫人諱叢，字茂之。

炎海韶州牧，風流漢署郎。○假漢美唐也。分符先令望，○漢書音義：符以代古之珪璋，從簡易也。與郡守爲符者，謂各分其半，在〔三〕留京師，右以與之。至郡合符，符合，爲聽受之。同舍有輝光。○【趙次公曰】甫亦是員外郎，故於韋員外可謂之「同舍」矣。白首多年疾，秋天昨夜涼。洞庭無過雁，書疏莫相忘。○【趙次公曰】言自洞庭而往，彼雖無過雁以寄書去，而彼中書信却不可忘。

【校記】

〔一〕超，古逸叢書本作「迢」。

〔二〕超，古逸叢書本作「迢」。

〔三〕在，元本、古逸叢書本作「左」。

潭州留別杜員外院長

韋迢

江畔長沙驛，相逢纜客船。大名詩獨步，○【趙次公曰：「指言杜公。」】美甫之善詩也。○魏王粲，字仲宣。○【趙次公曰】曹植與楊脩書：今作者，仲宣獨步於漢南。小郡海西偏。○【趙次公曰】小郡，韋迢自謂其爲韶州也。地濕愁飛鵬，○【王洙曰】賈誼謫爲長沙王太傅，以長沙卑濕，自傷壽不得長。有鵬飛入誼舍，迺爲鵬賦以自廣。天炎畏跕鳶。○跕，大牒切，墮貌。○【王洙曰】漢馬援傳：吾在浪泊、西里間，虜未滅之時，下潦上霧，毒氣熏蒸，仰視飛鳶，跕跕墮水中。去留俱失意，把臂共潸然。○潸，所姦切。詩大東：潸焉出涕。

江閣對雨有懷行營裴二端公

南紀風濤壯，○【王洙曰：「（南極）一云南紀。」】一作南極。陰晴屢不分。野流行地日，江入度山雲。層閣憑雷殷，○殷，於謹切。雷聲也〔一〕。長空水面文。○【王洙曰。又，趙次公曰：「層閣憑雷殷，言當雷殷之際，在層閣憑欄之時也，合對『長空面水文』矣。舊正作『水面文』，非。」】一作面水。雨來銅柱北，應洗伏波軍。○以馬伏波比裴端公也。○【王洙曰：「伏波，馬援也。嘗征武陵蠻，立銅柱以勒功。」】昔馬援拜伏波將軍，請擊五溪蠻夷。廣州記：援到交趾，立銅柱，爲漢之極界。○【趙次公曰】銅柱在今驩州。周武王伐紂，會大雨，太公謂之「洗兵雨」。今雨自銅柱而來，因有「洗伏波軍」之句。○蓋時有長沙之亂也。

【校記】

〔一〕雷聲也，元本、古逸叢書本作「詩殷其雷」。

早發湘潭寄杜員外院長　韋迢

北風昨夜雨，江上早來涼。楚岫千峰翠，湘潭一葉黃。故人湖外客，白首尚爲郎。○【趙次公曰】故人，指子美老而爲員外郎也。漢馮唐、顔駟皆白首爲郎。相憶無南雁，何時有報章。○【趙次公曰】詩大東：不成報章。

酬韋韶州見寄

養拙江湖外，朝廷記憶疎。深慙長者轍，○【趙次公曰】言見過之無人也。○【王洙曰】陳平傳：平家乃負郭窮巷，席爲門，然門外多長者車轍。重得故人書。○【趙次公曰】言書問之不至也。○【王洙曰】古詩：客從遠方來，遺我一書札。相去萬里餘，故人心尚爾。白髮絲難理，新詩錦不如。雖無南過雁，看取北來魚。○【趙次公曰】今甫答韋迢「無南雁」之句，故以「北來魚」戲之也。○蓋謂雁不過衡陽，而瀟湘北流〔一〕故也。

【校記】

〔一〕元本、古逸叢書本「流」下有「之」字。

新定杜工部草堂詩箋斠證卷第四十七

大曆四年秋至潭州所作

千秋節有感二首

○【趙次公曰】千秋節，明皇生辰之節名也。

自罷千秋節，頻傷八月來。○【王洙曰】唐玄宗紀：上以降誕日宴百僚於花萼樓，百僚表請每年八月三日爲千秋節，王公以下獻寶鏡及承露囊。先朝常宴會，壯觀以〔一〕塵埃。鳳紀編生日，○言禮官書誕節於鳳曆也。左氏昭公十七年傳：鳳鳥氏，曆正也。龍池塹劫灰。○塹，七艷切，坑也。○【梅曰】蓋符命之先兆也。○【杜田補遺】唐六典注：興慶宮也。即玄宗龍潛舊宅所居。此宅東有舊井，忽湧爲小池，常有雲氣，或黄龍見其中。至景龍中，其地浸廣，遂澒洞爲龍池焉。○【王洙曰：「武帝穿昆明池，悉是灰墨。有外國胡道人云：『此是天地劫滅之餘。』」又，杜陵詩史引作「饒曰」。】

曹毗志：漢武鑿昆明池極深，見灰墨，無復土，舉朝不解，以問東方朔。朔對：「不知。請問西域胡人。」至後漢明帝時，外國道人來，有憶方朔言者，乃以武帝時灰墨問之。胡人云：「天地大劫將盡，則劫灰。此乃劫灰之餘。」方知朔言有驗。湘川新涕淚，○【趙次公曰】公自言其身之所在而感泣者也。秦樹遠樓臺。○【趙次公曰】甫言去長安之遠，遥望其樹與樹〔二〕臺，俱不見也。寶鏡羣臣得，金吾萬國迴。○【逸曰】金吾將軍，掌禁衞者。衢樽不重飲，○【趙次公曰】謂當時賜宴之酒，羣臣皆得霑飲，正如衢樽也。淮南繆稱訓：聖人之道，猶中衢而致樽邪？○過者斟酌，多少不同，各得其所宜。是故得一人所以得百人也。白首獨餘哀。○時甫以病而戒酒也。

【校記】

〔一〕以，古逸叢書本作「已」。

〔二〕樹，元本、古逸叢書本作「樓」。

御氣雲樓敞，○明皇雜録：千秋節，上宴勤政樓，大陳聲樂。含風綵仗高。仙人張内樂，○【杜田正謬。又，杜陵詩史、分門集注、補注杜詩引作「杜定功曰」。】宣室志：唐玄宗夢仙子十餘輩御卿雲而下，列於庭，各執樂器而奏之，其度曲清越，殆非人世也。及樂闋，有一仙子前曰：「陛下知此樂乎？此神仙紫雲曲也。今傳陛下，爲唐正始音。」○【杜田正謬。又，杜陵詩史、分門集注、補注杜詩引作「趙次公曰」。】鄭棨開元傳信記：玄宗謂高力士曰：「吾昨夜夢遊月宮，月宮諸仙娱〔一〕予以上清之樂，寥亮清越之音，非人間所聞也。酣飲久之，合奏諸樂以送客。吾歸，其曲凄楚動人，杳杳在耳。吾遂以玉管尋之，盡得其聲。」力士請曲名，上曰：「紫雲曲。」遂載于樂。今太常刻石存焉。王母獻宮桃。〇【杜田正謬】漢武故事：七月七日，西王母降於承華殿上。迎拜，請不死之藥。母曰：「帝滯情不遺，慾心尚多，不死藥未可致也。」以桃七枚，母自噉二枚，以五枚與帝。帝食桃，欲留核種之。母笑曰：「此桃千年一熟，非可下土種也。」羅襪紅蕖艷，〇【趙次公曰】謂宫人之襪如荷花也。洛神賦：羅襪生塵。金羈白雪毛。〇【趙次公曰】謂馬絡頭之華飾也。曹植詩：白馬飾金羈，連翩西北馳。舞階銜壽酒，〇謂陳樂以祝壽也。〇【趙次公曰】舜典：舞干羽於兩階。〇豳風：春酒以介眉壽。走索背秋毫。〇【鄭卬曰】索，昔各切，繩也。〇謂走索以爲戲也。〇【趙次公曰】西京賦：跳丸劍之揮霍，走索上而相逢。聖主他年貴，〇【趙次公曰】追言玄宗之昔日也。邊心此日勞。〇【趙次公曰】言今在邊遠之地而感望也。桂江流向北，〇江南有桂林樹也。滿眼送波濤。〇【趙次公曰】以見公北望長安之切矣。

【校記】

〔一〕娱，元本、古逸叢書本作「子」。

夜〔一〕○【王洙曰】一作「秋夜客舍」。

露下天高秋水清，空山獨夜旅魂驚。○【杜定功曰】王粲詩：獨夜不能寐。疏燈自照孤帆宿，新月猶懸數杵鳴。南菊再逢人卧病，○【王洙曰】菊，一作國。北書不至雁無情。○謂長安之信不來也。步簷倚杖看牛斗，○【王洙曰：「（蟾）一作簷。」趙次公曰：「步櫩，櫩字與簷、檐一也。舊正作步蟾，非。上林賦云：步櫩周流。李善注曰：步櫩，步廊也。謝惠連詩：房櫳引傾月，步檐結清風。劉孝綽望月詩云：微光垂步檐。庾信詩：步櫩朝未掃。是已。」】簷，一作櫩，一作蟾。銀漢遥應接鳳城。○【趙次公曰】鳳城，指長安。○上直北斗也。

【校記】

〔一〕此首元本、古逸叢書本無。與卷四十五夜重出。

晚秋長沙蔡五侍御飲筵送殷六參軍歸澧州覲省

佳士欣相識，慈顔望遠遊。○【趙次公曰】佳士，指殷六也。慈顔，則殷之母也。言望其遠遊而歸也。甘從投轄飲，○【趙次公曰】言甘從蔡侍御之飲也。○【王洙曰】陳遵傳：遵嗜酒，每大會，賓客滿堂，輒關門取客車轄投井中，雖有急，終不得去。肯作置書郵。○【趙次公曰】言殷參軍不肯爲人携書也。○【王洙曰】世説：殷羡，字洪喬。作豫章太守，臨去，都下士人因附百許函書。既至石頭，悉擲水中，因祝曰：「沉者自沉，浮者自浮。殷洪喬不能作置書郵。」高鳥黄雲暮，○【趙次公曰】淮南地形訓：黄泉之埃，上爲黄雲。寒蟬碧樹秋。○【趙次公曰】江淹詩：碧樹先秋落。湖南冬不雪，吾病得淹留。○甫嘗有渴病故也。

湖南送敬十使君適廣陵

相見各頭白，其如離别何。幾年一會面，○耿純傳：如欲面會，宜出傳舍。○【趙次公曰】古詩：會面安何〔一〕知。今日復悲歌。少壯樂難得，歲寒心匪他。氣纏霜匣滿，○【趙次公曰】喻劍在匣中而氣騰矣。冰置玉壺多。○【王洙曰：「樂府：清如玉壺冰。」趙次公曰：「言心之清也。」】言心之清，如玉壺冰也。遭亂實漂泊，濟時曾琢磨。形容吾校老，膽力爾誰過。秋晚嶽增翠，風高湖湧波。○【趙次公曰】魏文帝浮淮賦：驚風泛，湧波駭〔二〕。騫騰訪知己，淮海莫蹉跎。

【校記】

〔一〕何，元本、古逸叢書本作「可」。

〔二〕駭，三本闕，據曹丕賦原文補。

長沙送李十一銜

與子避地西康州，洞庭相逢十二秋。○【師古曰】廣東有康州，故別蜀康州爲西康州。○【趙次公曰】初同避地於西康州，凡十二秋，而復相逢於洞庭也。遠媿尚方曾賜履，○【趙次公曰】甫嘗爲右拾遺，則蒙尚方賜履矣。○【師古曰】尚方，乃主造御器用也。○【趙次公曰】王喬傳：顯宗世爲葉令。喬有神術，每月朔望，嘗自縣詣臺朝。帝怪其來數，而不見車騎，密令太史伺望之。言其臨至，輒有雙鳧自東南飛來。於是候鳧至，舉羅張之，但得一雙舃焉。乃詔尚方省視，則四年中所賜尚書官屬履也。竟非吾土倦登樓。○【王洙曰】王粲登樓賦云：雖信美而非吾土兮，曾何足以少留。久存膠漆應難並，○【趙次公曰】言雖有膠漆之好，而才器相遠爲難比，蓋公自謙也。雷義傳：義與陳重爲友。時人語曰：「膠漆自謂堅，不如陳與雷。」一辱泥塗遂晚收。○【師古曰】言李銜初得罪而流落汨没，及晚年稍見録用也。○【趙次公曰】左氏傳：絳縣老人曰：「使吾子辱在泥塗久矣。」李杜齊名真忝竊，○【趙次公曰】甫自謙也。○【王洙曰】杜密傳：黨事既起，密免歸，與李膺俱坐，而名行相次，時人稱李杜焉。又：李固與杜喬亦齊名一時。○羊祜遜開府表：臣忝切雖久，未若今日兼文武之極寵。朔雲寒菊倍離憂。○九歌：思公子兮徒離憂。

奉贈盧五丈參謀琚

○【趙次公引作「公自注」，杜陵詩史、分門集注、補注杜詩引作「王洙曰」，集千家注批點杜工部詩集引作「公自注」。】時丈人使自江陵，在長沙待命恩旨，先支〔一〕率錢米。

恭惟同自出，○【趙次公曰】盧參謀與甫蓋同舅氏也。○【王洙曰】左氏成公十三年傳：晉侯使呂相絶秦，曰：「康公，我之自出。」注：晉外甥也。妙選異高標。入幕知孫楚，○【王洙曰】晉孫楚，字子荆。始參鎮東軍事，復參石苞驃騎軍事。披襟得鄭僑。○【王洙曰】鄭僑，即子産也。○【趙次公曰】左氏襄公二十九年傳：吴公子札聘於鄭，見子産，如舊相識，與之縞帶，子産獻紵衣焉。丈人藉才地，○【趙次公曰】丈人，指盧參謀也。閥閱冠雲霄。○【杜田補遺。又，杜陵詩史、分門集注、補注杜詩引作「師古曰」。】言盧丈積日累月立功，而致表揭高於雲霄也。車千秋傳：無閥閱功勞。顔師古注：閥，積功也。閱，經歷也。營造法式曰：唐六品以上，通用烏頭大門，又曰表揭，又曰閥閱。義訓云：表揭，閥閱是也。俗呼爲櫺星門。老矣逢迎拙，相於契託饒。○【趙次公曰】言雖衰老，拙於逢迎，而與盧丈相於，所以契託饒縱也。賜錢傾府待，争米駐船遥。○【師古曰】謂待恩旨未到，先支錢米，以民心焦急也。鄰好艱難薄，氓心杼軸焦。○軸，當作柚。○【趙次公曰】盧丈使自江陵，蓋當艱難之際，杼軸空而民心焦敖，則不可多斂以爲鄰好之奉也。○【薛夢符曰】揚雄方言：土作謂之杼，木作謂之軸。詩：小東大東，杼柚其空。客星空伴使，○使，所吏切，從命者。○【趙次公曰】甫自謂伴盧之爲使星也。○後漢李郃傳：字孟節，南鄭人，善河圖風星，召署幕門候吏。和帝分遣使者微服單行，觀採風謠。使者二人到益部，投郃候舍。時夏夕露坐，郃因仰視問曰：「二君發京師時，寧知朝夕遣二使邪？」二人默然，驚曰：「何以知之？」郃指星示云：「有二使星向益州分野，故知之耳。」寒水不成潮。○【師古曰】言水淺也。峽人以春水生乃行船也。素髮乾垂領，○【鄭卬曰】乾，居寒切。○枯也。○【趙次公曰。又，杜陵詩史、分門集注、補注杜詩亦引作「師古曰」。】今自言其老矣。○【王洙曰】秋興賦：素髮颯以垂領。銀章破在腰。説詩能累夜，醉酒或連朝。○【趙次公曰】皆公自述也。藻翰惟牽率，○【王洙曰】左氏傳：牽率老夫。○謝宣遠答靈運詩：牽率酬嘉藻。湖山合動摇。○言爲詩得湖山之助也。時清非造次，興盡却蕭條。天子多恩澤，蒼生轉寂寥。休傳鹿是馬，○【師古曰】言天子聰明也。○【王洙曰】昔秦相趙高指鹿爲馬。莫信鵩如鴞。○如，陳作爲。○【師古曰】言毋愁遷謫也。○【趙次公曰】昔賈誼謫爲長沙王傅，有鵩似鴞，飛入坐隅，廼爲賦以自廣。未解依依袂，還斟泛泛瓢。流年悲蟋蟀，○【王洙曰】詩：蟋蟀在堂，歲聿云暮。體物幸鷦鷯。○【王洙曰】莊子：鷦鷯巢於深林，不過一枝。孤負滄洲願，○【師古曰】

滄洲，神仙所居。誰云晚見招。○見，一作具。○【趙次公曰】左太冲詩：馮公豈不偉，白首不見招。

【校記】

〔一〕支，元本、古逸叢書本作「友」。

登舟將適漢陽

春寒〔一〕棄汝去，○【趙次公曰】甫二月到潭州，因居焉。則自春所有之宅，名曰春宅。秋帆催客歸。○【趙次公曰】將歸秦亭也。庭蔬尚在眼，浦浪已吹衣。生理飄蕩拙，有心遲暮違。○【趙次公曰】遲暮，謂晚年也。離騷：恐美人之遲暮。中原戎馬盛，○【趙次公曰】老子四十六章：天下無道，戎馬生於郊。遠道素書稀。○【趙次公曰。又，門類增廣十注杜詩引作「杜云」，杜陵詩史、分門集注、補注杜詩引作「修可曰」。】古詩：呼童烹鯉魚，中有尺素書。塞雁與時集，檣烏終歲飛。○【趙次公曰】帆檣之上，刻爲烏形，以占風。鹿門自此往，○【趙次公曰】後漢隱逸傳：龐德公携妻子隱於鹿門山。永息漢陰機。○【趙次公曰】莊子天地篇：子貢南遊，過漢陰，見一丈人將爲圃畦，鑿隧而入井，抱甕而出灌。子貢曰：「有械於此，一日浸百畦。用力寡而見功多，夫子不欲乎？」爲圃者笑曰：「吾聞之師，有機械者必有機事，有機事者必有機心。吾非不知，羞而不爲也。」

【校記】

〔一〕寒，元本、古逸叢書本作「宅」。

重送劉十弟判官

分源豕韋派，○【趙次公曰】言劉與杜同出也。漢高帝紀贊曰：春秋〔一〕：晉史蔡墨有言：陶唐氏既衰，其後有劉累，學擾龍，事夏孔甲，范氏其後也。而大夫范宣子亦曰：祖自虞以上爲陶唐氏，在夏爲御龍氏，在商爲豕韋氏，在周爲唐杜氏。晉主夏盟，爲范氏。別浦雁賓秋。○【王洙曰】月令：仲秋之月，鴻雁來賓。年事推兄忝，○以年齒〔二〕推之，則甫忝爲兄矣。人才覺弟優。○以人才論之，則劉覺爲優矣。經過辨酆劍，○【王洙曰】張華傳：雷煥曰：「寶劍之精，上徹於天。」華即補煥爲豐城令，掘獄屋基，得雙劍，一曰龍泉，一曰太阿。意氣逐吴鈎。○吴鈎，寶刀名也。○【趙次公引作「李善注引越絶書」。】闔閭内傳：闔閭既寶莫耶之劍，復命於國中作金鈎，令曰：「能爲善鈎者，賞之百金。」吴作鈎者甚衆，而有人貪王之重賞也，殺其二子，以血釁金，遂成二鈎，獻於闔閭。○【王洙曰】鮑照結客少年行：錦帶佩吴鈎。垂翅徒衰老，○【王洙曰】馮異傳：始雖垂翅回溪，終能奮翼澠池。先鞭不滯留。○【趙次公曰】劉琨傳：少與祖逖爲友，聞逖被用，與親故書曰：「吾枕戈待旦，志梟逆虜。嘗恐祖生先吾著鞭。」本枝凌歲晚，高義豁窮愁。他日臨江待，長沙舊驛樓。

【校記】

〔一〕漢高帝紀贊曰春秋，元本、古逸叢書本作「左氏傳」。

〔二〕齒，元本、古逸叢書本無。

暮秋將歸秦留別湖南幕府親友

水闊蒼梧野，○野，樊作晚。蒼梧，今之梧州也。天高白帝秋。途窮那免哭，○【趙次公曰】晉阮籍傳：率意獨駕，不由徑路，車跡所窮，輒慟哭而反。身老不禁愁。大府才能會，諸公德業優。北歸衝雨雪，誰憫弊貂裘。○【王洙曰】誰，一作俱。○【趙次公曰】甫以蘇秦自比也。○戰國策：蘇秦說李兑，兑送秦黑貂之裘、黄金百鎰。及說秦王，書十上而說不行，黑貂之裘弊。後漢東平王蒼傳：上疏求朝帝，以冒涉寒露，遣賜貂裘。注：貂，鼠屬，大而黄黑。出丁零國。

送盧十四弟侍御護韋尚書靈櫬歸上都二十韻

素幕渡江遠，朱幡登陸微。○【趙次公曰】朱幡，丹旐也。悲鳴駟馬顧，○李陵詩：轅馬顧悲鳴。石崇明君詞：轅〔一〕馬且悲〔二〕鳴。失涕萬人揮。參佐哭辭畢，門闌誰送歸。○史記：張儀願爲門闌走卒。○【趙次公曰】後漢顯宗幸鄴，勞賜門闌走卒。從公伏事久，之子俊才稀。長路更執紼，○紼，音弗，索也。所以牽喪車，執之以致其力，而助其車行也。此心猶倒衣。○【王洙曰】詩：顛倒裳衣。感恩義不小，懷舊禮無違。墓待龍驤詔，○【趙次公曰】此言韋尚書歸柩，如晉龍驤將軍之葬柏谷，大營塋域也。○【杜田正謬。又，杜陵詩史、分門集注、補注杜詩引作「修可曰」。】唐史遺事：武后幸洛陽，至閿鄉縣，車騎不進。召巫問之，巫曰：「龍驤將軍王濬云：『臣墓在道南桓谷山中，每爲採樵所苦，聞大駕至，故來哀求。』」后遂詔：墓百步禁樵。臺迎獬豸威。○【鄭卬曰】豸，宅買切。○【趙次公曰】豸，侍御史冠也。言韋尚書歸柩至上都，而送之者盧侍御如此也。胡廣漢官儀：御史四人，持書，皆法冠。一名柱豸，一名獬豸。獬豸，獸名，知人曲直而觸邪佞也。深衷見士則，○言盧之誠實可爲法式也。○【趙次公曰】世説：鄧艾年十二，至潁川，讀陳太丘碑文，曰：「言爲世範，行爲士則。」遂自名範，字士則。後宗族有與同者，遂改名艾。雅論在兵機。○言盧之議〔三〕論長於兵機也。戎狄乘妖氣，塵沙落禁闈。○【趙次公曰】言吐蕃陷京師也。往年朝謁斷，○【趙次公曰。又，杜陵詩史、分門集注、補注杜詩引作「修可曰」。】言去上都之久，而斷朝謁也。他日掃除非。○【趙次公曰】言掃除吐蕃不得上策，所以爲非也。但促銅壺箭，○【王洙曰】促，一作整。○【趙次公曰】欲上未明，求衣而早朝也。○張衡滴水轉渾天儀制曰：以銅爲器，再疊差置，實以清水，下各開孔，以玉虬吐漏水入兩壺，右爲夜，左爲晝。又曰：以左手把箭，右手指刻，以別天時早晚。

商夔刻漏法：爲器三重圓，皆徑尺，上鑄金爲司辰，具衣冠，以兩手執箭。休添玉帳旂。○【趙次公曰】言不必添兵也。玉帳，將軍之帳也。○何遜孤憤文：杳無玉帳之旂。動詢黄閣老，○【趙次公曰】黄閣老，三公也。肯慮白登圍。○【趙次公曰】言天子雖屢詢老臣，而莫知以白登之圍爲慮者，此豈勸親征之徒歟？○或曰：言天子資謀於韋尚書，由是收復吐蕃也。○【王洙曰】前漢匈奴傳：高帝至平城，冒頓縱兵三十餘萬，圍於白登。高帝乃使間厚遺閼氏，廼開一角，於是高帝得出，與大軍合，而冒頓引兵罷。使劉敬結和親之約。萬姓瘡痍合，○【趙次公曰】言其困於誅求役使也。羣兇嗜慾肥。○【王洙曰】兇，一作雄。○【趙次公曰】言將帥乘此爲驕也。刺規多諫諍，○【趙次公曰】此所望於盧侍御也。端拱自光輝。險約前王體，風流後代希。○【趙次公曰】言盧侍御之登對，所論之事如此也。對敭期特達，○【鄭卬曰】敭，與揚同。衰朽再芳菲。○【趙次公曰】言對敭天子之前，當在特達，而勿委靡，則衰朽之人再獲芳菲，言同受其樂也。空裏愁書字，○此已下甫自述也。○【王洙曰】世説：殷浩被廢，在信安，終日恒書空，作「咄咄怪事」四字而已。山中疾採薇。○【王洙曰】伯夷傳：周武王已平殷亂，天下宗周，而伯夷、叔齊耻之，義不食周粟，隱於首陽山，採薇而食之。撥盃要忽罷，○要，讀平聲。○【趙次公曰】言韋已死，與盧既别，撥盃共飲之要已罷矣。抱被宿何依。○【趙次公曰】甫爲左拾遺，嘗抱被就韋尚書同舍而宿，今又無所依也。○蔡質漢官儀：尚書郎入直臺中，官供新青縑白綾，或錦被，晝夜更宿。眼冷看征蓋，兒扶立釣磯。清霜洞庭葉，故就別時飛。○【王洙曰】九歌湘夫人章：洞庭波兮木葉下。

【校記】

〔一〕轅，元本作「之」。

〔二〕且悲，古逸叢書本作「悲且」。

〔三〕議，元本、古逸叢書本作「談」。

暮秋枉裴道州手札率爾遣興寄遞呈蘇渙侍御

久客多枉友朋書，素書一月凡一束。○【趙次公曰】古詩：客從遠方來，遺我尺素書。虛名但蒙寒温問，泛愛不救溝壑辱。○【師古曰。又，王洙曰：「言友朋之書雖多，但蒙寒温之問，而不足拯憂也。」】泛愛，謂朋友之書禮數雷同，但止於寒温之問，故不救溝壑失所之辱也。○【趙次公曰】孟子：志士不忘在溝壑。齒落未是無心人，舌存耻作窮途哭。○【王洙曰】張儀傳：儀遊説諸侯，嘗從楚相飲，已而楚相亡璧，意儀盜之，執儀掠笞數日，不服，醳之。妻曰：「子毋讀書游説，安得此辱乎？」儀曰：「視吾舌尚在不？」妻笑曰：「舌在也。」儀曰：「足矣。」遂入秦見惠王，以爲客卿。阮籍傳：籍率意獨駕，不由徑路，車跡所窮，輒慟哭而反。道州手札適復至，○漢書音義：札，木簡之薄小者也。時未多用紙，故以札而書。紙張要自三過讀。○南史王筠傳：筠少好書，老而彌篤。

○【趙次公曰】廣略：去取三過五抄。盈把那須滄海珠，○沈懷遠南粵〔一〕志：海中有明月珠。○【薛夢符曰。又，杜陵詩史、分門集注引作「師古曰」。】唐閻立本稱狄仁傑曰：「可謂滄海遺珠。」入懷本倚崑山玉。○【趙次公曰。又，杜陵詩史、分門集注引作「師古曰」。】世說：毛曾與夏侯玄共坐，時人謂「蒹葭倚玉樹」。○晉郤詵對策爲天下第一，猶桂林一枝、崑山片玉。○【趙次公曰。又，杜陵詩史、分門集注引作「師古曰」。】余謂：「滄海珠」、「崑山玉」，皆喻道州手札也。撥棄潭州百斛酒，○荆州記：長沙有酃湖，周迴三里，取湖水爲酒，酒〔二〕極甘。按集有曰「夜醉長沙酒」是也。蕪没瀟岸千株菊。○【師古曰。又，王洙曰：「言得書而有所思也。」】甫既得其手札，有所懷思，不暇飲酒對菊，故云「撥棄」、「蕪没」也。使我晝立煩兒孫，令我夜坐費燈燭。○【師古曰】長者坐，少者立，晝立煩兒孫，夜坐費燈燭，言日夜思之而忘食息也。憶子初尉永嘉去，○【鄭卬曰：「永嘉，温州縣。」】永嘉縣，屬温州。○按集，甫有送裴二尉永嘉詩。紅顔白面花映肉。軍符侯印取豈遲，紫燕緑耳行甚速。○【趙次公曰】紫燕，文帝自代還所乘。又疑緑耳，穆王八駿之一。皆良馬也。○【師古曰】言道州負超逸之才，其視軍符侯印，取之若甚速，豈困於永嘉之一尉乎？聖朝尚飛戰鬭塵，濟世宜引英俊人。○鶡冠子：德百人者，謂之英。德萬人者，謂之俊。黎元愁痛會蘇息，夷狄跋扈徒逡巡。○【師古曰】夷狄，指禄山也。○跋扈，猶强梁也。○【師古曰。又，王洙曰：「如用得其人，則黎民蘇而夷狄服也。」趙次公曰：「徒逡巡者，言其空自遷延，不久掃蕩也。」】言聖朝得其人，則民安寇平，雖祿山跋扈不臣，徒自遷延，復何慮哉！授鉞築壇聞意旨，○言天子將命裴道州之爲將也。淮南兵略訓：君召將，親操鉞，持頭，授將軍其柄，曰：「從此上至天者，將軍制之。」將已受鉞，答曰：「國不可從外治也，軍不可從中御也。」○【王洙曰】漢高紀：漢王齋戒設壇，拜韓信爲大將軍。頽綱漏網期彌綸。○【師古曰】言政刑雕弊，賴裴道州經綸以裨補之。郭欽上書見大計，○【王洙曰】晉御史大夫郭欽言戎狄强獷，歷世爲患，今西北方戎狄雜居，恐百代之後，宜及平吳之功，以復上郡。帝不許。干寶著論：思郭欽之謀，而悟夷狄之有釁。劉毅答詔驚羣臣。○【王洙曰】晉劉毅傳：武帝問毅曰：「卿以朕方漢何帝？」對曰：「可方桓、靈帝。」曰：「吾德雖不及古人，猶克爲政，又平吳，混一天下，方之已甚乎？」〔三〕對曰：「桓、靈賣官，錢入官庫。陛下賣官，錢入私門。以此言之，殆不如也。」帝大笑曰：「桓、靈之世，不聞此語。今有直臣，故不同也。」〔四〕他日更僕語不淺，○更，古行切。○【師古曰】郭欽、劉毅皆以喻裴道州昔嘗抗疏直言，他日必蒙帝禮遇也。○【王洙曰】儒行篇：孔子對魯哀公曰：「遽數之，不能終其物。悉數之，乃留更僕。」注：僕，大僕也。君燕朝，而正位掌擯相更之者，爲久將倦，故使之相代也。〔五〕明公論兵氣益振。○【鄭卬曰】振，之人切。○奮也。○【趙次公曰】左思詠史詩：酒酣氣益振。〔六〕傾壺簫管黑白髮，○黑，王作動。○【王洙曰：「黑，一作理。」趙次公曰：「一作理字，淺也。」】或作理。○【王洙曰。又，杜陵詩史、分門集注引作「師古曰」。】言得裴道州書，而白髮再黑也。〔七〕舞劍霜雪吹青春。○【王洙曰：「儛，與舞同。」】舞，或作儛，音同。

○【師古曰】言奏樂舞劍而和氣襲人也。〔八〕宴筵曾語蘇季子，後來傑出雲孫比。○【王洙曰】蘇秦，字季子。○【趙次公曰。又，杜陵詩史、分門集注引作「師古曰」。】甫與裴道州宴會間嘗談蘇侍御，故以侍御爲蘇秦之雲孫。雲孫，謂遠孫也。爾雅釋親：七世孫曰雲孫。〔九〕茅齋定王城郭門，○指言道州之門也。前漢長沙定王發以母唐兒無寵，故王卑濕貧國。○【師尹曰】十道志：道州即漢封長沙定王之地。○又，輿地志：禪林山在道州，定王於其處葺茅爲屋子以居。〔一〇〕藥物楚老漁商市。○指言道州之市也。荆州記：道州戰國時屬楚。漢有□老□貨藥於瀟水之濱，後合丹成仙去。蘇味道九江詩：漢商幾徘徊。〔一一〕市北肩輿每聯袂，○甫以市北阮氏美裴也。○【師尹曰】楚國先賢傳：諸阮居市北而富，以車徒每出，肩輿數十至上，連袂牽車，飲酣自若。郭南抱瓮亦隱几。○【鄭卬曰】隱，於靳切。○憑也。○【師古曰】甫茅齋在郭門之外，每抱瓮灌畦，或隱几而座，自比南郭子綦也。○【王洙曰】莊子齊物論：南郭子綦隱几而坐。又，天地篇：漢陰丈人將爲圃畦，鑿隧而入井，抱瓮而出灌。〔一二〕無數將軍西第成，○【師古曰。又，師尹曰：「杜言時危，無數將軍皆得治第宅，勉蘇早起濟世爾。」】言當時將帥平禄山、思明之亂，以取富貴，皆建第宅也。○【趙次公曰】後漢馬融爲大將軍西第頌，以此頗爲正直所羞。〔一三〕早作丞相山東起。○【趙次公曰：「山西出將，山東出相也。舊注改作『東山』，便引謝安爲證，非是。公亦何拘於西對東邪！」】山東，一作東山。○【師古曰】甫冀裴道州、蘇侍御早起以爲宰相也。○【趙次公曰】趙充國傳贊：山東出相。〔一四〕烏雀苦肥秋粟菽，○【師古曰。

又，趙次公曰：「上句以比無功受祿。」】喻小人貪位慕祿也。〔一五〕蛟龍欲蟄寒沙水。○【師古曰。又，趙次公曰：「下句又以比賢材之潛藏。」】喻君子於此時反退藏也。〔一六〕天下鼓角何時休，陣前部曲終日死。○【趙次公曰】傷時干戈之未息也。以引下句，激昂二公之致功名。○【師尹曰】前漢音義：大將軍行有五部，部有曲也。〔一七〕附書與裴同〔一八〕示蘇，此生已愧須人扶。○【師古曰：「須人扶，言衰老。」】自言衰老無力也。〔一九〕致君堯舜付公等，早據要路思捐軀。○【師古曰】要路，謂仕路之顯要者也。〔二〇〕

【校記】

〔一〕粵，元本、古逸叢書本作「奧」。

〔二〕酒，元本、古逸叢書本作「至」。

〔三〕又平吳混一天下方之已甚乎，元本、古逸叢書本作：「方之桓、靈，不亦甚乎？」

〔四〕「對曰」至「同也」，元本、古逸叢書本無。

〔五〕「他日」句下注文，元本、古逸叢書本無。

〔六〕「明公」句下注文，元本、古逸叢書本無。

〔七〕「傾壺」句下注，元本、古逸叢書本作：「黑，王作動，或作理。」

〔八〕「舞劍」句下注，元本、古逸叢書本作：「項莊舞劍。」

〔九〕「後來」句下注，元本、古逸叢書本作：「蘇秦字季子。爾雅雲詩。」

〔一〇〕「茅齋」句下注，元本、古逸叢書本無。

〔一一〕「藥物」句下注，元本、古逸叢書本作：「定王城漁商市，乃潭州地。」

〔一二〕「郭南」句下注，元本、古逸叢書本作：「抱瓮隱几，出莊子。」

〔一三〕「後漢」至「所羞」，元本、古逸叢書本作：「衛青傳：上爲青治第。」

〔一四〕「早作」句下注，元本、古逸叢書本作：「謝安起於東山。」

〔一五〕「喻小」至「禄也」，元本、古逸叢書本無。

〔一六〕「喻君」至「藏也」，元本、古逸叢書本作：「鹿門隱公歎曰：秋稔菽粟，鳥雀甚肥。又鮑宰云：鸞鳳棲荆艾，蛟龍蟄寒水。」

〔一七〕「陣前」句下注，元本、古逸叢書本無。

〔一八〕同，元本、古逸叢書本作「因」。

〔一九〕「此生」句下注，元本、古逸叢書本無。

〔二〇〕「早據」句下注，元本、古逸叢書本無。

奉贈李八丈判官曛〔一〕

我丈時英特，宗枝神堯後。○【王洙曰】神堯，唐高祖也。珊瑚市則無，○喻李判官姿質如至寶之難得也。○【趙次公曰】述異記：鬱桂郡有珊瑚市，海客市珊瑚處也。○【師古曰：「洽聞記：拂林國出珊瑚，生水底，大船載鐵網下水取之。」】南州異物志：珊瑚生大奉國，有洲在漲海中，名「珊瑚樹洲」。底有盤石，水深二十餘丈，珊瑚生於石上。初生白，軟弱似菌。國人乘大船，載鐵網沒在水下。一年便生網目上中，其色尚黄，枝柯交錯，高三四尺。三年色赤，便以鐵發其根，繫網於船，絞車舉網還。裁鑿姿意。騄驥人得有。○【師古曰】喻李判官俊逸如良馬之希有也。○【趙次公曰：「騄耳與騏驥，穆天子八駿中有之，故云『人得有』。」】穆天子傳：緑耳、赤驥，穆王之駿馬也。早年見標格，秀氣衝星斗。○言李少年才氣衝牛斗也。○【王洙曰：「劍埋没於豐城，而氣衝星斗之間。言不可掩也。」】張華傳：豐城寶劍之氣，上徹於牛斗。事業富清機，○【師古曰】言其有機謀，故能建立事業也。○【師尹曰】李膺書：清機妙譽。○【趙次公曰。又，杜陵詩史、補注杜詩引作「師古曰」，補注杜詩、集千家注批點杜工部詩集又引作「蘇曰：思友詩云云」。】曹顔遠思女詩：清機發妙理。官曹貞獨守。○【師古曰】謂能守官忠正也。頃來樹嘉政，皆已傳衆口。艱難體貴安，○【師古曰】體，謂政體也。○【師古曰。又，王洙曰：「言於艱難之際，能脱略細務也。」趙次公曰：「言時方艱難，爲政不擾，所以其大體貴在安静。」】艱難之際，貴以清淨爲體，而不擾亂也。冗長吾敢取。○【鄭卬曰】長，直亮切，多也。○【師古曰。又，王洙曰：「言於艱難之際，能脱畧細務也。」趙次公曰：「凡物之剩者爲冗長。云云。陸機文賦：今言爲政，本分之外，其如物之冗長者，吾不取之。吾字，指李八丈之自言也。」李自言不以煩碎爲務也。○【薛夢符曰】文選：文固無取乎冗長。區區猶歷試，○【趙次公曰】舜典：歷試諸難。炯炯更特〔二〕久。○炯，户頂切，明也。○【師古曰：「言持心始終。」】言持心炯炯然，有始終也。討論實解頤，○【王洙曰】匡衡傳：匡説詩，解人頤。操割紛應手。○【趙次公曰】莊子天道篇：得之於手而應於心。篋書積諷諫，宮闕限奔走。○【趙次公曰】雖有諫書之多，積滿朝篋，而身則限隔，不能造宮闕也。入幕未展材，○【王洙曰】材，一作懷。○【師古曰。又，薛夢符引作「晉史云云」。】世説：桓温與郄超議芟夷朝臣，條牒既定，其夜同宿。明晨起，呼謝安、王坦之入，擲疏示之。郄猶帳内，謝含笑曰：「郄生可謂入幕之賓矣。」秉鈞孰爲偶。○【趙次公曰。又，杜陵詩史、補注杜詩引作「師古曰」。】美李有宰相之材，無有與之匹敵矣。○【王洙曰】詩小雅：秉國之鈞。所親問淹泊，○【趙次公曰】泊，與薄同。泛愛惜衰朽。○【師古曰】甫言杜與李同出於陶唐氏。○甫冀李無忘其親愛，眷其窮而憐其老也。於李也。○【師尹曰：「古詩：南翁獨守窮。」】古詩：南翁守窮道。垂白辭南翁，○【師古曰】南翁，甫自言寓居荆南。○而辭別指塞翁也。甫委身之，窮達希慕之也。○【王洙曰】淮南人間訓：近塞上之人，有善術者。馬無故亡而入胡，人皆弔之，其父曰：「此何遽不爲福乎？」居數月，其馬將胡駿馬而歸。人皆賀之，其父曰：「此何遽不能爲禍乎？」家富馬良，其子好騎，墮而折髀。人皆弔之，其父曰：「此何遽不爲福乎？」居一年，胡人大入塞，丁壯者引弦而戰，近塞之人死者十九，此獨以跛之故，父子相保。委身希北叟。○【師古曰】北叟，○【趙次公曰】通幽賦云：

北叟頗識其倚伏。真成窮轍鮒，○【王洙曰】莊子外物篇：莊周顧視車轍中有鮒魚焉，曰：「子何爲者邪？」對曰：「我東海之波臣也。君豈有斗升之水而活我也？」或似喪家狗。○喪，讀去聲。○【王洙引作「孔子世家云云」。又，趙次公曰：「見家語與史記。」】家語：孔子纍纍然如喪家之狗。秋枯洞庭石，○【趙次公曰】水落石出，所以爲枯也。風颯長沙柳。○【趙次公曰：「當是時之秋也。」】皆記時也。高興激荆衡，○【趙次公曰】洞庭、長沙、荆南、衡陽，皆相連之地也。知音爲回首。○【師古曰】言有所思於李也。○淮南修務訓：師曠之欲善調鐘，以爲後世之有知音者也。

【校記】

〔一〕元本、古逸叢書本無此篇。

〔二〕原文如此，「特」或當作「持」。

奉寄河南韋尹丈人甫弊廬在偃師承韋公頻有訪問故有下句

〇【按，「甫弊廬在偃師承韋公頻有訪問故有下句」，趙次公注、集千家注批點杜工部詩集引作「公自注」，分門集注、補注杜詩引作「王洙曰」。】〇後漢郡國志：河南尹。注：秦三川郡，高帝更名。世祖都洛陽。建武十五年，改曰河南尹。應劭漢官儀曰：尹，正也。

有客傳河尹，逢人問孔融。〇【師古曰】謂客來，傳説河南韋尹詢甫動静如何。〇【王洙曰：「孔融，公自比也。」】故甫得以孔融自喻也。〇【趙次公曰：「李膺爲河南尹，孔融造門爲上客也。」】孔融傳：融字文舉，幼詣京師。時河南尹李膺簡重自居，不妄接士。融欲觀其人，故造膺門，語門者曰：「我是李使君通家子弟。」門者言之。膺請融曰：「高明祖父嘗與僕有恩舊乎？」融曰：「先君孔子與君先人李老君同存比義，而相師友。則融與君累世通家。」衆坐莫不歎息。〇又曰：河南尹何進當遷爲大將軍，楊賜遣融奉謁賀進，不時通，融即奉謁還府，投劾而去。客有言於進曰：「孔文舉有重名，公不如因而禮之。」進然之。既拜辟融舉高第，爲侍御史。青囊仍隱逸，〇【師古曰】甫自言逸居幽隱也。〇【王洙曰】郭璞傳：璞妙於陰陽算曆。有鄭公者，客居河東，精於卜筮，璞從之受業。公以青囊中書九卷與之，由是遂洞五行。門人嘗竊青囊書，未及讀，而爲火所焚。章甫尚西東。○【師古曰】甫自謂蹤跡無定也。○【王洙曰】儒行篇：孔子曰丘，少居魯，衣縫掖之衣。長居宋，冠章甫之冠。鼎食爲門户，○【趙次公曰：「言河尹之貴。」】言不若韋尹之榮貴。○【王洙曰】列鼎而食，閥閱而居也。詞場繼國風。○【趙次公曰：「言河尹之能詩。」】又美韋尹之善詩。○【王洙曰：「詩之國風。」】可以繼乎詩之國風也。尊榮瞻地絶，○【王洙曰：「言地望崇重。」趙次公曰：「以其尊榮而瞻其地位崇絶也。」】尊榮，言韋尹地望崇高也。疏放憶途窮。○【趙次公曰】疏放，甫自謂不仕也。憶途窮，言韋尹眷問之也。○阮籍傳：率意獨駕，不由徑路，車跡所窮，輒慟哭而反。濁酒尋陶令，○【師古曰】謂以濁酒自適也。○梁昭明太子撰靖節徵士傳：陶淵明，字元亮。性嗜酒，爲彭澤令。公田悉令種秫，曰：「吾常得醉於酒，足矣。」嘗有詩曰：我有旨酒，與汝樂之。丹砂訪葛洪。○【師古曰】謂以丹砂自養也。○【趙次公曰】葛洪傳：洪字稚川，好學寡欲，禮辟不就。以年老欲鍊丹，以祈還壽，聞交趾出丹，求爲勾漏令。帝從之。洪乃上羅浮山鍊丹。江湖漂短褐，○謂避地而流落於潭湘也。甯戚叩牛角，歌曰：短布裁〔一〕衣不〔二〕掩骭。霜雪滿飛蓬。○謂垂老而冒犯霜雪，亦紀時也。○【王洙曰】詩伯兮：首如飛蓬。牢落乾坤大，○【趙次公曰】天地廣大，我獨牢落，若無所容身也。周流道術空。○【趙次公曰】雖挾道術，竟於周流之際成〔三〕空而無用也。謬慙知薊子，○【鄭卬曰】薊，居〔四〕例切。○【師古曰】薊子，比韋氏。甫自慙見於韋氏也。○【王洙曰】後漢方術傳：薊子訓有神異之道，流名京師，士大夫皆承風而慕之。真怯笑揚雄。○【師古曰】甫以貧窶爲時訕笑，有若揚雄爲當世所嘲也。○【王洙曰】揚雄傳：雄草太玄，或嘲雄以玄尚白，雄解之曰：「今子迺以鴟梟而笑鳳凰，執蝘蜓而嘲龜龍，不亦病乎！子徒笑我玄之尚白，吾亦笑子之病甚，不遭臾跗、扁鵲，悲夫！」盤錯神明懼，○【師古曰】盤錯，言政事煩劇。韋尹善能割斷，人畏其威如神明也。○【王洙曰：「虞詡曰：『不遇盤根錯節，何以知道利器。』」虞詡傳：鄧騭與虞詡不平，欲以吏法中傷詡。後朝歌賊殺長吏，州郡不能禁，乃以詡爲朝歌長。故舊皆弔，詡笑曰：「志不求易，事不避難，臣之職也。不遇盤根錯節，何以別利器乎！」始到，賊駭，咸稱神明。謳歌德義豐。○如鄭之歌子産、漢之歌岑君是也。尸鄉餘土室，○後漢志：河南偃師有尸鄉。帝王世紀：尸鄉在縣西二十里。後漢袁閎傳：黨事將作，閎遂散髮絶世，欲投迹山林。以母老，不宜遠遁〔五〕，乃築土室四周於庭，不爲户，自牖納飲食而已。後黄巾賊起，相約不入其閭〔六〕。難説祝雞翁。○【王洙曰。又，趙次公曰：「舊本又云：一作『誰話鬭雞翁』。公題下注云：『故廬在偃師云云。』以義詳之，『難説』字當以『誰話』爲正……或云：難説，謂難説得到也。衆人難得説到，而韋丈人獨念之。亦有義，然講解費力。」】難説，一作誰話。○【師古曰】甫自比也。○【王洙曰】劉向列仙傳：祝雞翁，雒人，居尸鄉北山下。養雞百餘年，皆有名字，呼名即種別而至。○賣雞及子，得千餘萬，輒置錢去之吴，作養魚池〔七〕。後升吴山，白鶴、孔雀數〔八〕百止其旁。

【校記】

〔一〕裁，古逸叢書本作「單」。

〔二〕不，元本無，古逸叢書本作「裁」。
〔三〕成，元本、古逸叢書本作「咸」。
〔四〕居，古逸叢書本作「若」。
〔五〕遁，古逸叢書本作「道」。
〔六〕間，元本、古逸叢書本作「間」。
〔七〕池，古逸叢書本作「翁」。
〔八〕數，古逸叢書本無。

別董頲○【鄭卬曰】頲，他頂切。

窮冬急風水，逆浪開帆難。士子甘旨闕，不知道里寒。○【師古曰】孝子薦其甘旨。○【師古曰。又，王洙曰：「急於養父母，故不知道里寒。」】董頲以甘旨有闕，急於奉親，故不知道里之寒也。有求彼樂土，○【王洙曰】詩：適彼樂土。南適小長安。○【趙次公曰】此言逆浪開帆，若在潭州言之，逆浪則往衡州而南矣。○【師古曰】或曰：小長安，乃成都也。明皇幸蜀後改爲西京，故云「小長安」。○【趙次公曰】夢弼按：光武紀：小長安。注引續漢書：胊陽縣有小長安，故城在今鄧〔一〕州南陽縣西。十道志：小長安屬鄧州。○【師古曰】時趙公守此，故董頲適而謁之也。别我舟楫去，覺君衣裳單。素聞趙公節，兼盡賓主歡。已結門廬〔二〕望，無令霜雪殘。○【趙次公曰】趙公必守鄧州也。○董以甘旨久闕，離母而往見之，故母戒其早歸，無爲霜雪所殘也。○【趙次公曰】戰國策：齊王孫賈事閔王，王出走，賈失王之處。其母曰：「女朝去而晚來，則吾倚門而望。女暮出而不還，則吾倚閭而望。汝今事王，王出走，汝不知其處，女尚何歸？」老夫亦解纜，○老夫，甫自謂也。脱粟朝未餐。○【薛夢符曰】公孫洪〔三〕傳：洪〔四〕食一肉，脱粟飯。飄蕩兵甲際，○時有吐蕃之亂也。幾時懷抱寬。漢陽頻寧静，○【鄭卬曰】漢陽，謂漢水之陽。○寧静，無寇也。峴首試考槃。○【鄭卬曰】峴，胡典切。山名，在襄陽縣東十里。○【師古曰】甫欲寄居焉。○【趙次公曰】襄陽與鄧州相連。甫因董之往鄧，故語及之。○【王洙曰】詩鄘風：考槃在澗。○【師尹曰】注：考，成。槃，樂也。○陳少南傳：考，擊〔五〕也。槃，器也。擊其器而自樂也。當念著皂帽，○皂，在早切。魏志管寧傳：魏自黄初至於青龍，徵命相仍，常以八月賜牛酒。詔問青州刺史程喜：「管寧爲守節高乎？」喜上言：「寧有族人管貢，説寧常著皂帽，布襦袴布裙，隨時單複出入閨庭〔六〕。○【趙次公曰】按集有曰「白帽應須似管寧」是也。采薇青雲端。○【師古曰】：「昔管寧不應辟命，嘗著白帽。甫欲效之。」】甫欲效管寧著皂帽，采蕨於峴山之端也。○伯夷傳：伯夷、叔齊隱於首陽山，采薇而食之，歌曰：「登彼西山兮，采其薇矣。」○【趙次公曰】枚乘樂府：美人在雲端。

【校記】

〔一〕鄧，古逸叢書本作「湇」。

〔二〕廬，元本、古逸叢書本作「閭」。

〔三〕洪，古逸叢書本作「弘」。

〔四〕洪，古逸叢書本作「弘」。

〔五〕擊，古逸叢書本作「槃」。

〔六〕庭，古逸叢書本作「闐」。

奉送魏六丈佑少府之交廣

○【鄭卬曰】交廣，乃海南郡。

賢豪贊經綸，功成名空垂。○一作空名。子孫没不振，○【王洙曰：「（子孫不振耀）一云『子孫没不振』。」】一作「子孫不振耀」。歷代皆有之。鄭公四葉孫，長大常若飢。○長，丁丈切。○【師古曰】自古賢者之後多不振，魏徵封鄭公，而佑乃四葉孫，常困於飢寒也。衆中見毛骨，○【趙次公曰】晉元帝紀：帝幼嗣位琅邪，嵇康異之，謂人曰：「琅邪王毛骨非常，殆非人臣之相。」猶是麒麟兒。○【趙次公曰】南史徐陵傳：陵年數歲，家人携以候沙門寶誌，摩其頂曰：「天上石麒麟。」磊落貞觀事，致君樸直辭。○【王洙曰：「鄭公在貞觀時，多所獻替。新史言犯顔正諫議者，謂雖賁、育不能過。」】貞觀，太宗年號也。是時魏鄭公多所獻替，嘗白太宗曰：「願陛下俾爲良臣，毋俾爲忠臣。」家聲蓋六合，○【師古曰】謂其家聲滿乎天地四方也。行色何其微。○【師古曰】謂佑以少府之交廣也。遇我蒼梧野，○【師古曰】蒼梧，今梧州也。忽驚會面稀。○稀，少也。○【師古曰】言少相見也。議論有餘地，○【趙次公曰】莊子養生主篇：恢恢乎必有餘地矣。公侯來未遲。○【師古曰】言爲卿相未晚也。虛思黃金貴，○【師古曰】言黃金不足羨也。○【王洙曰。又，趙次公曰：「（黃金遺）舊本正黃金貴，非，蓋淺近也矣。」】或曰：貴，當作遺。○【趙次公曰】方〔一〕在貧困，故思以黃金爲饋也。自笑青雲期。○【師古曰】以卑官爲可哂也。○【趙次公曰】或曰：言貴達如在青雲之上，自笑其期之遠也。長卿病渴久，武帝元同時。○【師古曰】甫有渴疾，故自比相如。相如雖遇武帝，官亦不顯。○【王洙曰】司馬相如傳：字長卿。蜀人楊得意爲内監，侍上，上讀子虛賦而善之，曰：「朕獨不得與此人同時哉！」得意曰：「臣邑人司馬相如自言爲此賦。」上驚，乃召問相如。季子黑貂弊，得無妻嫂欺。○甫亦以蘇秦自比也。○【王洙曰】秦字季子。戰國策：蘇秦説李兑，兑送秦〔二〕黑貂之裘、黃金百鎰。秦得以西入於秦，説秦王。書十上而説不行，黑貂之裘弊，其黃金百斤盡，資用乏絕，去秦而歸。形容枯槁，面目黧黑。歸至家，妻不下紝，嫂不爲炊。尚爲諸侯客，獨屈州縣卑。○按集甫有詩云「甫也諸侯老賓客」是也。或謂上四句皆指魏佑，恐非也。南遊炎海甸，○【趙次公曰】謂魏佑之南海爲少府也。○【師古曰】甸，郊甸也。浩蕩從此辭。○甫言與魏從此分別而遠去也。左氏傳：請從此辭。窮途仗神道，○言舟行之險，神其相之也。世亂輕土宜。○【師古曰。又，王洙曰：「不可安於土也。」趙次公曰：「言其不懷土也。」】言避亂而輕去鄉里也。解帆歲云暮，○言別時以窮冬矣。○【趙次公曰】詩：歲聿云暮。可與春風歸。○言魏之行，早春可至交廣矣。出入朱門家，○此已下言交廣繁富也。華屋刻蛟螭。○廣雅：有鱗曰蛟龍，無角曰螭龍。玉食亞王者，○【師古曰】侯門奢侈亞於王者，足見綱紀亂矣。○【王洙曰】洪範：惟辟玉食。樂張游子悲。○【趙次公曰】以魏爲客也。○莊子天運篇：北門成問於黃帝曰：「帝張樂於洞庭之野，乃不自得。」漢高紀：游子悲故鄉。顔注：游子，行客也。侍婢艷傾城，○外戚傳：李延年歌：一顧假〔三〕人城，再顧傾人國。綃綺輕霧霏。○【王洙曰】輕，一作煙。掌中琥珀鍾，行酒雙逶迤。○【師古曰】逶迤，匝貌。新歡繼明燭，梁棟星辰飛。兩情顧眄合，珠碧贈於斯。○【師古曰】交廣多珠翠，儻與侯門投合，必蒙珠翠之惠也。上貴見肝膽，下貴不相疑。○【王洙曰】相，一作見。心事披寫間，氣酣達所爲。○【王洙曰】達，一作遠。○【師古曰】人相知，貴相知心，是以所爲無疑忌也。錯揮鐵如意，莫避珊瑚枝。○【師古曰】雖珊瑚寶，擊碎之不吝，况其他乎！○【王洙曰】世説：石崇與王愷争豪。武帝，愷之甥也，每助愷，嘗以一珊瑚樹高二尺許賜愷，枝柯扶疏，世罕其比。愷以示崇，崇視訖，以鐵如意擊之，應手而碎。愷聲色甚厲，崇乃命左右悉取珊瑚樹，有高三尺四尺者六七枚如愷。愷罔然自失。始兼逸邁興，○【王洙曰】兼，一作無。終慎賓主儀。○【師古曰】雖然負此逸興，要在慎賓主之儀，斯能全其交。如甫之於嚴武，不慎其儀，幾爲武所殺，故甫以是戒之也。戎馬闇天宇，○謂有兵革之亂也，嗚呼生别離。○屈原九歌：悲莫悲兮生别離。

【校記】

〔一〕方，元本、古逸叢書本作「公」。

〔二〕「李兑送秦」，元本、古逸叢書本作「趙王王資以」。

〔三〕假，元本、古逸叢書本作「傾」。

别張十三建封湖南觀察使韋之進辟參謀○建封乃劉文静外曾孫。甫父閑爲兖州司馬，建封之父玠時客兖州，有契好。○【趙次公曰】按唐書：玠，南陽人，少豪俠。安禄山反，挺奇節軒落，使者以他聞，玠游江左，不言功。以建封贈秘書監。裴虬薦起建封湖南觀察使韋之進，辟置參謀，授左清道兵曹參軍。不樂吏職，輒去。建封初隨父客隱兖州，少喜文章，能辨論，慷慨尚氣，自許以功名顯。盜賊起蘇〔一〕、常間，建封到賊屯，開諭禍福，一日降數千人。

嘗讀唐實録，○【師古曰】實録，謂國史也。國家草昧初。劉裴首建議，龍見尚躊躇。

〇見，形甸切。〇【王洙曰】劉文静大業末爲晉陽令，裴寂爲晉陽宫監，時唐高祖鎮太原，二人察上有大志，又見秦王器度非常，乃與決〔二〕大計。將發，上猶不從，文静因裴寂開説，又令寂交於秦王，遂得進議起兵也。秦王撥亂姿，〇【趙次公曰】秦王，即太宗也。一劍總兵符。汾晉爲豐沛，〇【師古曰。又，王洙曰：「汾晉，唐公故鄉，喻若漢祖之豐沛也。」】昔漢高起於豐沛，今高祖興于汾晉，是以汾晉爲豐沛也。暴隋竟滌除。宗臣則廟食，〇宗，尊也。〇【王洙曰。杜陵詩史又引作「師古曰」。】漢高以蕭何、曹參爲宗臣，今甫以劉裴比之。廟食，謂配享于廟也。後嗣何疏蕪。〇【師古曰。又，趙次公曰：「其家祭祀自至於疏蕪，蓋以子孫之不顯達也。」】喻子孫寥寂也。彭城英雄種，宜膺將相圖。〇彭城劉文静之望，言其文武俱備也。爾惟外曾孫，倜儻汗血駒。〇【師古曰。又，王洙曰：「建封，劉文静外孫也。汗血駒，天馬種。倜儻，言其不羈之才。」】建封乃文静之外孫，爲人倜儻，如汗血駒有千里之才也。眼中萬少年，用意盡崎嶇。〇【王洙曰】少年雖多，用意皆不若建封。相逢長沙亭，〇【王洙曰：「長沙，潭州。」趙次公曰：「時公在潭州，與建封相見也。」】相遇於潭州之亭也。乍間〔三〕緒業餘。乃吾故人子，〇故人，謂張玠也。童丱聯居諸。〇丱，古患切，束髮兒。〇【趙次公曰】詩：總角丱兮，日居月諸。揮手灑衰淚，仰看八尺軀。〇【師古曰】指建封堂堂一人也。内外名家流，風神蕩江湖。范雲堪晚交，〇晚，或作結。〇【師古曰】時甫年老大，建封年少，故云「堪〔四〕晚交」也。〇【王洙曰】梁書：范雲初與高祖遇於齊竟陵王子良邸，又嘗接里閈。

高祖受禪，雲嘗侍讌〔五〕。高祖謂臨川王宏等曰：「我與范尚書少親善，申四海之敬〔六〕。今爲天下主，此禮既革，汝宜代拜，呼范爲兄。」二王下席拜，與雲同車還尚書省，時人榮之。雲好節尚奇，專趣人之急，少時與領軍長史王駭善，駭亡於官舍，貧無居宅，雲乃迎喪還家，躬營含斂。嵇紹自不孤。○【師古曰】甫得建封，可以屬托其子也。○【王洙曰】晉山濤傳：字巨源〔七〕，少與嵇康善。康後坐事臨誅，謂紹曰：「巨源在，汝不孤矣。」擇材征南幕，○【王洙曰】昔晉杜預爲征南大將軍。○今韋之進爲湖南觀察使，故甫以之進比杜預也。時之進辟建封爲幕職參謀。潮落回鯨魚。○潮，一作湖。○【趙次公曰】非既爲幕客，而主人不禮之，故如鯨魚之去落潮矣。得無激昂慟哭，欲有陳於朝廷如賈誼乎？而又有與主告絶之書如樂毅乎？○故有下句。載感賈生慟，○【師古曰】言時危也。○【趙次公曰】賈誼傳：誼謫長沙王太傅，上疏陳政事，其略言：事勢可爲痛哭者一，可爲流涕者二，可爲長太息者六。復聞樂毅書。○【師古曰】言帝猜〔八〕疑諸將，不能推誠任下也。○【王洙曰】樂毅傳：毅爲燕伐齊，下齊七十餘城。會昭王死，燕惠王疑毅，得齊反間，乃使騎劫代毅。毅畏誅，遂降趙。惠王後悔，乃使人讓樂毅，且謝之。毅亦報遺惠王書焉。夏侯玄曰：觀樂生遺燕惠王書，知機合道，以禮始終者與。主憂急盜賊，師老荒京都。○【王洙曰。杜陵詩史又引作「師古曰」。】言兵久無功也。舊丘復〔九〕税駕，○【王洙曰】舊丘，故里也。税駕，言得止息也。○【趙次公曰。杜陵詩史又引作「師古曰」。】當主憂臣辱之時，勉建封罷權還故里也。大厦傾宜扶。君臣各有分，管葛本時須。○【師古曰】

管、葛以比建封也。○【趙次公曰】管仲之於齊，葛亮之於先主，君臣相契，皆定分也。又勉建封之行矣。高義雖爲〔一〇〕霰雪嚴，未覺栝柏枯。○【師古曰】惜乎時不見用，譬之栝柏不以歲寒而變易也。高義在雲臺，○【趙次公曰】昔漢顯宗追感前世功臣，乃圖形於南宮雲臺。嘶鳴望天衢。○【趙次公曰】以駿馬比之，可善致遠也。羽人掃碧海，○【趙次公曰】羽人，神仙也。以其飛升，如有羽毛焉。十洲記：扶桑在碧海中，上有大帝宮，東王所治，水不鹹苦，正作碧色。功業竟何如。○【師古曰】當此時，賢臣欲建功業，如羽人之掃碧海，其事茫昧而難爲力耳。○【趙次公曰】或曰：仙人之掃碧海，以言其無一塵一芥之汚，蓋以澄清天下爲譬也。以建封爲羽人，其所望之深矣。

【校記】

〔一〕蘇，元本、古逸叢書本作「司」。

〔二〕決，古逸叢書本作「定」。

〔三〕間，元本作「問」，古逸叢書本作「聞」。

〔四〕堪，古逸叢書本作「甚」。

〔五〕嘗侍讌，古逸叢書本作「□符□」。

〔六〕敬，古逸叢書本作「故」。

〔七〕源，元本、古逸叢書本作「原」。

〔八〕猜，元本、古逸叢書本作「積」。
〔九〕復，古逸叢書本作「豈」。
〔一〇〕爲，古逸叢書本作「當」。

舟中夜雪有懷盧十四侍御弟

朔風吹桂水，大雪夜紛紛。暗度南樓月，○【黄鶴曰：「南樓在武昌，庾亮諸佐吏共登者。」】南樓，謂庾亮之樓也。寒深北渚雲。○【趙次公曰】九歌：帝子降兮北渚。燭斜初近見，舟重竟無聞。不識山陰道，聽雞更憶君。○聽，讀平聲。山陰在今會稽之東。○【趙次公曰】語林：王子猷居山陰，大雪。夜開室命酌，四望皎然。因詠招隱詩，忽憶戴安道。

對雪

北雪犯長沙，○【晏殊曰】北地多雪，長沙南郡，偶有之，故云犯也。胡雲冷萬家。隨風且開葉，○【王洙曰：「（間）一作開。」趙次公曰：「一作間葉，雖以間字爲去聲，亦無義。」】開，一作間，一作聞，當從開字。○【趙次公曰】言雪隨風舞於葉上而開也。帶雨不成花。○【趙次公曰】謂爲雨所混融，而六出花之狀不明也。金錯囊徒罄，○【趙次公曰】謂乏錢也。○【杜時可曰：「漢書曰：王莽鑄大錢，又造錯刀，以金錯其文。此錢形之如刀而金錯之之證也。」】按，金錯刀即王莽所鑄錢。王莽居攝，變漢制，以周錢有子母相權，於是更造大錢，徑寸二分，重十二銖，文曰「大錢五十」。又造契刀、錯刀，其環如大錢，身形如刀，長二寸，文曰「契刀五百」。錯刀，以黃金錯其文，一刀直五千。與五銖錢凡四品，並行。○韓退之潭州泊船詩：聞道松醪賤〔一〕，何須惜〔二〕錯刀。銀壺酒易賒。無人竭浮蟻，○言獨酌遲也。○【趙次公曰】釋名：酒有泛齊〔三〕，浮蟻在上。有待至昏鴉。○【王洙曰：「公自注云云。」】公自注：何遜詩：城陰度塹黑，昏鴉接翅飛。

【校記】

〔一〕賤，古逸叢書本作「時」。

〔二〕惜，古逸叢書本作「措」。

〔三〕齊，元本作「得」。酒有泛齊，古逸叢書本作「酒名也得」。

新定杜工部草堂詩箋斠證卷第四十八

大曆四年冬至潭州所作

冬晚送長孫漸舍人歸州

參卿休坐幄，○【師古曰】參卿，言長孫坐於帷幄爲參謀也。○【趙次公曰】或曰：甫自言也。甫爲劍南節度參謀，謂之「參卿」。甫前爲之而今罷，所以謂之「休坐幄」也。按玉臺集盧思道有和徐參卿秋夜擣衣詩，題目並呼官爵。蕩子不還鄉。○【趙次公曰】甫自謂也。列子天瑞篇：人有去鄉土遊於四方不歸者，世謂之狂蕩之人也。○【王洙曰】古詩：蕩子行不歸。南客瀟湘外，○【趙次公曰】甫北人而寓湘潭，是爲南客。西戎鄠杜傍。○鄠，胡古切。○【師古曰】言吐蕃陷京城也。○【趙次公曰】大曆三年，吐蕃寇靈、邠。四年，又寇靈州。○鄠、杜，二縣名。○【王洙曰】漢鄠屬扶風，杜屬京兆。衰年傾蓋晚，○【趙次公曰】家語致思篇：孔子之郯，遭程子於塗，傾蓋而語。○【王洙曰】又，鄒陽傳：傾蓋如故。費日繫舟長。○【趙次公曰】言自留滯而未行也。會面思來札，○【趙次公曰】言欲會面則每思其來札，所以預屬其寄書也。○【王洙曰】古詩：會面安可期。又〔一〕：遺我一書札。銷魂逐去檣。○【王洙曰】別賦：黯然銷魂。雲晴鷗更舞，風逆雁無行。○【趙次公曰】記別時景物也。匣裏雌雄劍，吹毛任選將。○吴越春秋：干將、莫耶之劍，能决吹毛遊塵。

【校記】

〔一〕又，古逸叢書本無。

暮冬送蘇四郎徯兵曹適桂州

飄飄蘇季子，六印佩何遲。○【王洙曰】蘇秦傳：秦字季子，歎曰：「使我有淮陽〔一〕負郭田二〔二〕頃，吾豈能佩六國相印乎！」早作諸侯客，兼工古體詩。爾賢埋照久，○【王洙曰】阮步兵詩：沈醉似埋照。余病長年悲。○淮南子：木葉落，長年悲。盧綰須征日，○以蘇徯比樊噲也。○【王洙曰】盧綰傳：上使使召綰，稱病不行。上怒曰：「綰果反。」使樊噲擊綰。綰遂亡入匈奴。樓蘭要斬時。○又以蘇徯比介子也。○【趙次公曰】傳介子傳：先是，樓蘭嘗殺漢使者。平樂監傳介願〔三〕往刺之，於是遣之。介子持節使，誅樓蘭安〔四〕歸，首縣之北闕。歲陽初盛動，○【趙次公曰】時十二月，二陽生矣。王化久磷緇。○磷，力刃切。緇，側其切。爲入蒼梧廟，看雲哭九疑。○【趙次公曰】因送蘇徯適桂州而思舜。舜巡狩，崩於蒼梧之野，而葬于九疑之山。○按，蒼梧，今梧州也。檀弓篇：舜葬於蒼梧之野。劉向列女傳：舜陟方，死於蒼梧。○【師古曰】山海經：九疑山，舜所葬，在長沙零陵界。湘中記：九疑山在營道縣，九山相似，行者疑惑，因名九疑。盛弘之荆州記：九疑山盤基數郡之界，連峰接岫，競遠争高，含霞卷霧，分隔天日。郡國志：九疑山有九峰，一曰丹朱，二曰石城，三曰樓溪，形如樓，四曰娥皇，下有舜妃廟，五曰舜源，六曰女英，舜墓在此峰下，七曰簫韶，八曰華蓋，九曰紀林。

【校記】

〔一〕據史記，「淮陽」當作「睢陽」。

〔二〕二，古逸叢書本作「三」。

〔三〕願，古逸叢書本作「子」。

〔四〕安，古逸叢書本作「王」。

風疾舟中伏枕書懷三十六韻奉呈湘南親友

軒轅休製律，○【王洙曰】史記本紀：黄帝名軒轅。前漢律曆志：黄帝使伶倫自大夏之西、崑崙之陰，取竹之嶰〔一〕谷生，有竅厚均者，斷兩節間而吹之，以爲黃鍾之宮。制十二〔二〕筒，以聽鳳之鳴，其雄鳴爲六，雌鳴亦六，比黃鍾之宮而皆可以生之，是爲律本。虞舜罷彈琴。○【王洙曰：「甫自注云云。」】公自注：伏羲造瑟，神農作琴，舜彈五絃之琴，歌南風之詩，有〔三〕矣。○【王洙曰】樂記：舜作五絃之琴，以歌南風。尚錯雄鳴管，○軒轅之制律，所以通八節之氣，而調八方之風。今風之疾，是見律管之錯而不能和諧也。猶傷半死心。○【師古曰】虞舜之彈琴，所以歌南風而阜財解慍。今風之疾，又見琴心之傷而多怨怒也。○【王洙曰】枚乘七發：龍門之桐，高百尺而無枝，中鬱結而輪囷，根扶疎以紛離，其根半死半生，冬則烈風舞霰飛雪之所激，使琴摯斬斫以爲琴。聖賢名古邈，○【趙次公曰】言造琴律之聖賢，其名已古遠矣。羈旅病年侵。○范蔚宗詩：聞道雖已積，年力互頹侵。陸士衡詩：前路既已久，後塗隨年侵。舟泊常依震，○【王洙曰】震，東方也。○【趙次公曰】時泊舟於東岸也。湖平早見參。○【王洙曰。又，趙次公曰：「舊早一作半，非。」】早，一作半。○【王洙曰】參，曉星也。鮑照詩：曉星見差落。如聞馬融笛，○【師古曰】言嚴武死也。○【王洙曰】馬融傳：善鼓琴，好吹笛，有長笛賦。序：性好音律，能鼓琴吹笛。○【趙次公曰】賦曰：正瀏漂〔四〕以風冽。若倚仲宣襟。○【師古曰】言甫無所依也。○【趙次公曰】或曰：疾風之來舟中，如吹笛之所召，倚樓之所逢也。王粲登樓賦：憑軒檻以遥望兮，向北風而開襟。故國悲寒望，○【趙次公曰：「故國，長安也。悲當寒望之中。」】故國，指長安、洛陽也。當歲寒之際，望之而悲也。羣雲慘歲陰。○【趙次公曰】歲陰，謂歲晚也。○【王洙曰】謝惠連雪賦：歲將暮，時既昏，寒風積，愁雲繁。水鄉霾白屋，楓岸疊青岑。○【趙次公曰】楚岸多楓樹。○似白楊，葉圓而歧，有脂而香。鬱鬱冬炎瘴，濛濛雨滯淫。鼓迎非祭〔五〕鬼，○【趙次公曰】楚俗好巫祀。○【王洙曰】論語：非其鬼而祭之，諂也。○【師古曰：「巴、蜀多淫祀，如事烏鬼之類。」】又集有曰「家家養烏鬼」是也。彈落似鴞禽。○【王洙曰】賈誼傳：誼謫爲長沙王太傅，有鵩飛入誼舍。鵩似鴞，不祥鳥也。乃爲賦以自廣。興盡纔無悶，○【王洙曰】易：遯世而無悶。愁來遽不禁。生涯相汩没，○莊子曰：吾生也有涯。時物自蕭森。○【王洙曰】自，一作〔六〕正。疑惑樽中弩，○【師古曰】言久病也。○【杜田補遺。又，杜陵詩史、分門集注、補注杜詩、集千家注批點杜工部詩集引作「修可曰」，杜陵詩史、補注杜詩又引作「師古曰」。】抱朴子曰：予祖郴爲汲令。注〔七〕：應劭風俗通作汲令。應郴以夏至日請主簿杜宣飲酒，北壁上有懸赤弩，照於杯中，形如蛇。宣惡之，及飲，得疾。後郴知之，延宣於舊處設酒，其見如初。郴指謂宣曰：「此弩影耳。」宣疾遂瘳。○庾信卧病窮愁詩云：留蛇嘗疾首，映弩屢驚心。淹留冠上簪。○【師古曰】言不見用也。○【趙次公曰】冠簪，卿大夫之禮也。致仕閑散者，謂之「投簪」。今〔八〕之淹留冠上簪，則甫以猶未能遽棄冠冕也。○倉頡篇：簪，笄也，所以持冠也。牽裾驚魏帝，○【趙次公曰】言爲左拾遺時諫房琯不宜廢，而肅宗怒之也。○【王洙曰】魏志：辛毗字佐〔九〕治，文帝欲徙冀州士家十萬户實河南，時連蝗，民饑，不可。毗曰：「陛下欲徙士家，其計安出？」上曰：「吾不與卿共議。」毗曰：「安得不與臣議？」帝不答，起入内。毗隨而引其裾，帝遂徙其半。投閣爲劉歆。〇【趙次公曰】今云爲劉歆，則又論瑄既貶邠州刺史，而甫出爲華州司功，以若揚雄投閣爲劉棻故也。〇【王洙曰】揚雄傳：雄字子雲，大司馬王音奇其文雅，召爲門下史，與王莽、劉歆並。及莽篡位，用符命，甄豐皆爲上公。莽既以符命立，欲絶其原，而豐子尋、歆子棻復獻之，莽誅豐父〔一〇〕子，投棻四裔。辭所連及，時雄校書天禄閣，使者來，欲收雄，雄恐，迺從閣上自投下，幾死。莽聞其故，迺棻嘗從雄學作奇字，有詔勿問。狂走終奚適，〇謂飄落未知所止也。〇【王洙曰】禮：吾舍魯奚適。微才謝所欽。〇【師古曰】荷諸公禮待也。〇【王洙曰】陸士衡詩：寤寐靡安豫，願言思所欽。吾安藜不糝，〇【王洙曰】莊子讓王篇：孔子窮於陳、蔡，藜羹不糝。女貴玉爲琛。〇【趙次公曰：「女，古汝字。」】女，讀爲汝。〇【趙次公曰】指湘南親友也。〇晉馬岌詩：其人如玉，爲國之琛。烏几重重縛，〇【趙次公曰：「烏皮几也。」】謂烏皮几之弊也。鶉衣寸寸針。〇荀子大略篇：子夏衣若縣鶉。哀傷同庾信，〇【趙次公曰】庾信有哀江南賦。述作異陳琳。〇【趙次公曰】甫自謙，以爲述作不能似陳琳也。魏志：陳琳字孔璋，太祖愛其才，以爲管記室。軍國書檄，多琳所作。琳作檄成，呈太祖。太祖先苦頭風疾發，卧讀琳作，翕然而起，曰：「此愈我疾。」數加厚賜。十暑岷山葛，〇【師古曰】謂十年在蜀。〇【趙次公曰：「言葛則蜀中出布故也云云。葛以御夏，故云暑。」】遇暑而衣絺也。〇後漢志：蜀郡岷山在西徼外。三霜楚户砧。〇【師古曰】謂三年在楚。〇【趙次公曰：「楚户言砧，則楚俗多擣寒衣故也。」】逢霜而聞擣衣砧聲也。○【趙次公曰：「以清明而言，故巴嚛火曰九鑽，則自庚子數至戊申，在西、東蜀，在夔，九年見清明也。以暑服而言，故岷山有曰十暑，其與上在西、東蜀，在夔者九年同，而大曆二年有閏六月，又可以當一暑矣，蓋言『九暑』可也，著十字以著見其閏焉。」】或曰：甫以乾元己亥冬至蜀，不以著計，起明年庚子，至大曆四年，是爲「十暑」。時已在湖南，猶言岷山，蓋以永泰乙巳夏至于雲安。雲安、荆湖，皆楚地，至是合爲五霜，而云「三霜」者，獨以峽中言之也。○【趙次公曰】按集又有曰「九鑽巴嚛火，三蟄楚祠雷」之句。叨陪錦帳坐，○【趙次公曰】甫爲尚書工部員外郎故也。○蔡質漢官典質：尚書郎夜更直於建禮門内，給臥錦帳。久放白頭吟。○【趙次公曰】謂以老而久不爲詩也。西京雜記：相如將聘茂陵人女爲妾，卓文君作白頭吟以自絶，乃止。反樸時難遇，○【師古曰】言未見治平也。忘機陸易沉。○【趙次公曰】無水而沉，謂之陸沉。○【杜田補遺。又，杜陵詩史、補注杜詩引作「師古曰」。】莊子：孔子曰：方且與世違而心不屑與之俱，是謂陸沉者也。應過數粒食，○【師古曰】言諸親友餽食也。○【王洙曰】張華鷦鷯賦：巢林不過一枝，每食不過數粒。得近四知金。○【師古曰】又言諸公賜金也。○【王洙曰】楊震傳：震遷東萊太守，之郡，昌邑令王密謁見，至夜，懷金十斤以遺震。震曰：「故人知君，君不知故人，何也？」密曰：「暮夜無知者。」震曰：「天知，神知，我知，子知，何謂無知？」密愧而出。春草封歸恨，○【師古曰】言未得還鄉也。○【王洙曰】劉安招隱詩：王孫遊兮不歸，春草生兮萋萋。源花費獨尋。○【師古曰】言尚避亂也。○桃源山在今鼎州桃源縣之南二十里，西北乃沅〔一一〕水曲流，而南有障山，東帶鈔鑼溪，周回三十有二里，所謂「桃花源」也。○【王洙曰】陶淵明桃花源記曰：晉太康中，武陵人捕魚，緣溪行，忽逢桃花林。芳草鮮美，屋舍儼然，黄髪垂髫，怡然自樂。便邀還家，爲設酒食，自云先世避秦之亂，率妻子邑人來此，不復出。遂與外人間隔。轉蓬憂悄悄，○言旅寓而憂乎爲國矣。○【王洙曰】詩：憂心悄悄。行藥病涔涔。○涔，鋤簪切，漬也。言消渴而懼乎飲藥矣。○【王洙曰】鮑照有行藥至城東橋詩，注謂：昭有疾服藥，行以宣導之。漢外戚傳：霍光夫人顯謀毒許皇后，后免身，取附子并合太〔一二〕醫大丸以飲皇后。有頃，曰：「我頭涔涔也。藥中得無有毒？」瘞夭追潘岳，○瘞，於罽切，埋也。○【師古曰】悼嚴武之亡也。○【師古曰】潘岳傷弱子序曰：瘞于亭東。○【杜田補遺】又，杜陵詩史、補注杜詩引作「師古曰」。】又西征賦：夭赤子於新安，坎路側而瘞之。亭有千秋之號，子無七旬之期。持危覓鄧林。○【師古曰】言嚴武之死，朝廷失大才也。○史記禮書：楚人阻之以鄧林。○【王洙曰】注引山海經：夸父死，棄其杖，化爲鄧林。列子湯問篇：夸父不量力，欲追日景，逐之於嵎谷之際，渴，欲得飲，越飲河、渭，河、渭不足，將北飲大澤，未至，道渴而死，棄其杖，尸膏肉所浸，生鄧林，彌廣數千里。蹉跎翻學步，○【師古曰。趙次公曰：「甫自傷其方隨流俗也。」】甫亦失其故步，而隨乎流俗也。○【王洙曰】莊子秋水篇：壽陵餘子之學行於邯鄲，失其故行〔一三〕，直匍匐而失〔一四〕。感激在知音。○【師古曰。趙次公曰：「甫自傷其無識之者也。」】公感激在於諸公之知己，而傷其無識之者也。○【趙次公曰：「子期死，伯牙破琴絶絃，身不復鼓。」】魏志王粲傳：昔伯牙絶絃於鍾期，痛知音之難遇也。却假蘇張舌，○【王洙曰：「蘇、張，蘇秦、張儀也。」】蘇秦、張儀歷説諸國。高誇周宋鐔。〇鐔，徐心切，劍鼻也。〇【王洙曰】莊子説劍：王曰：「天子之劍何如？」曰：「天子之劍，以燕石爲鋒，齊岱爲鍔，晉、魏爲脊，周、宋爲鐔，韓、魏爲鋏〔一五〕。」納流迷浩汗，〇浩汗，水大貌。〇【王洙曰】海賦：騰湧浩汗。峻址得嶔崟。〇嶔崟，山高貌。子虚賦：嶔崟參若〔一六〕。城府開清旭，〇【趙次公曰。又，杜陵詩史、補注杜詩引作「蘇曰」。】美諸公在幕府也。松筠起碧潯。〇筠，一作篁。潯，徐林切，水涯也。〇【趙次公曰】公自言其舟在江旁〔一七〕也。披顔争倩倩，〇【趙次公曰】言往被承諸公之顔，争爲倩倩然，言笑以相待也。詩：巧笑倩兮。逸足競駸駸。〇【趙次公曰】美諸公之俊逸也。〇【王洙曰】詩云：載驟駸駸。朗鑑存愚直，〇【趙次公曰】愚直，公自謂也。朗鑑，則所以望諸公也。皇天實照臨。〇【王洙曰】左氏傳：皇天后土，實聞此言。公孫仍恃險，侯景未生擒。〇【趙次公曰】言當時節度使有恃險如蜀公孫述之在夔州，有攻陷城邑如梁侯景之陷臺城者也。書信中原闊，〇言家鄉之書不至也。干戈北斗深。〇言兵革未息也。〇【趙次公曰】長安之城，上直北斗。畏人千里井，〇言畏乎人則有千里之井也。〇【趙次公曰】金陵記：南計吏止于傳舍間，及將就路，以馬殘草瀉於井中而去，謂無再過之期。不久，復由此，飲于此井，遂爲昔時剉草刺喉而死。故後人戒之曰：「千里井，不瀉剉。」又曰：「千里井，不堪唾〔一八〕。」〇【薛夢符曰】或曰：西山十二真君傳：許真君弟子施岑斬蛟，中其股，遂奔入豫章城西門外横泉井中。真君尋井脉追之，直至長沙。問俗九州箴。〇言問乎俗，則有九州之箴也〔一九〕。

○【王洙曰】揚雄傳贊：箴莫善於虞箴，作州箴。晉灼曰：謂九州之箴也。〔二〇〕戰血流依舊，軍聲動至今。葛洪尸定解，○【師古曰】以喻嚴武服金石而化去也。○【王洙曰】晉葛洪傳：洪字稚川，窮覽典籍，尤好神仙導養之法。辭辟不就，以年老欲鍊丹，以祈遐壽，聞交趾出丹，求爲勾漏令。帝從之。遂止羅浮山鍊丹。卒時年八十一，視其顏色如生，體亦柔軟。舉尸入棺，甚輕如空衣，世以爲尸解得仙。○真誥：人死必視其形，如生人，皆尸解也。視足不青，皮不枯，皆尸解也。目有光如生人，亦尸解也。髮脱而失形骨，亦尸解也。許靖力難任。○【趙次公曰】甫言南征而避亂也。○【王洙曰】蜀志許靖傳：少與從弟劭俱知名，並有人倫臧否之稱，而私情不協，排擯靖，不得齒叙也。○【趙次公曰】王郎嘗與靖書曰：「足下周流江湖，以暨南海，歷觀夷俗，可謂徧矣。」如靖之力，還可勝任。家事丹砂訣，無成涕作霖。

【校記】

〔一〕嶰，古逸叢書本作「解」。

〔二〕二，古逸叢書本無。

〔三〕有，元本、古逸叢書本作「是」。

〔四〕漂，古逸叢書本作「溧」。

〔五〕非祭，元本、古逸叢書本作「祭非」。

〔六〕作，元本、古逸叢書本作「似」。
〔七〕注，元本、古逸叢書本作「生」。
〔八〕今，古逸叢書本作「令」。
〔九〕佑，元本、古逸叢書本作「佐」。
〔一〇〕父，古逸叢書本作「公」。
〔一一〕乃沅，古逸叢書本作「有流」。
〔一二〕太，元本、古逸叢書本作「大」。
〔一三〕行，古逸叢書本作「步」。
〔一四〕失，元本、古逸叢書本作「歸」。
〔一五〕鋏，古逸叢書本作「夾」。
〔一六〕若，古逸叢書本作「差」。
〔一七〕旁，元本作「帝」，古逸叢書本作「臯」。
〔一八〕唾，元本、古逸叢書本作「垂」。
〔一九〕元本、古逸叢書本「也」後尚有一句：「左傳襄公四年：虞人之箴曰：茫茫禹跡，畫爲九州。」
〔二〇〕「晉灼」至「箴也」，元本、古逸叢書本無。

幽人

〇【師古曰】幽人，乃幽隱之人。按唐書拾遺：惠昭、荀珏與甫交善，常以詩相倡酬。此詩思之，故以二子目爲幽人。〇【師古曰。又，王洙曰：「易：履道坦坦，幽人貞吉。」】取易「履道坦坦，幽人貞吉」之義也。

孤雲亦羣遊，神物有所歸。〇有，一作識。麟鳳在赤霄，〇麟，疑作靈。何嘗一來儀。〇嘗，一作當。〇【師古曰】神物，謂龍也。龍翔而雲從，喻聖人出而賢人應之。舜韶九成，而鳳皇來儀，蓋鳳之爲物，有道則見。今雲之未遇神龍，鳳不遇有道之世〔一〕，雲則無所歸，鳳則不來儀，是以賢人幽隱，此其時也。往與惠荀輩，中年滄洲期。〇【門類增廣十注杜詩引「杜云」：「海中十洲，其一曰滄洲。」又，杜陵詩史、分門集注、補注杜詩引作「師古曰」。】海上有十洲，乃神仙所居，滄洲是其一也。甫往與惠昭、荀珏二子約中年功名成，遂爲滄海之遊也。〇或曰：惠，謂謝惠連；荀，謂荀雍，與靈運、何長瑜以文章賞會，共爲山澤之遊，時人謂之「四友」。予謂當從拾遺之言爲是。天高無消息，棄我忽若遺。〇【師古曰】謂自別以來，悄無音耗，殆恐二子以予信道不篤，見疵於予，是以棄我若遺，而無所思也。〇【王洙曰】詩谷風：棄予如遺。郭泰機詩：衣工秉刀尺，棄我忽若遺。內懼非道流，〇【師古曰】按集有曰「道意久衰薄」，又曰「丹砂負前諾」，是故有此句者也。幽人見瑕疵。洪濤隱笑語，〇樊作語笑。鼓枻蓬萊池。〇枻，以制反，楫也。〇【師古曰】海上有三島，一曰蓬萊，二曰方丈，三曰瀛洲。孫楚賦：舟人鼓枻而揚歌。崔嵬扶桑日，○【師古曰。又，王洙曰：「山海經曰：日出陽谷，浴于咸池，拂於扶桑。」】淮南天文訓曰：出于暘谷，拂于扶桑。○【趙次公曰：「山海經云：大荒之中，暘谷上有扶桑，十日所浴，九日居下枝，一日居上枝，皆載烏。」】山海經：黑齒之北曰暘谷，居水中，有扶桑，九日居下枝，一日居上枝，皆戴烏。○淮南本經訓：堯之時，十日並出，堯使羿射一日。許慎注：十日並出，羿射去九。○【杜田補遺】十洲記：扶桑在碧海中，有桑樹長數千丈，三千餘圍，兩樹同根，更相依倚，故曰「扶桑」。照耀珊瑚枝。○南州異物志：珊瑚生大秦國，有洲在漲海中，爲珊瑚樹。洲底有盤石，水深二十餘丈。珊瑚生於石上，枝柯交錯，高三四尺，大者圍尺餘。○【王洙曰】梁元帝馬詩：照耀珊瑚鞭。風帆倚翠蓋，○蓋，一作巘〔二〕。○【師古曰】翠蓋，即翠羽飾蓋也。○【王洙曰】張衡東京賦：飾翠羽之高蓋。暮把東皇衣。○【師古曰】東皇，乃東方青帝也。○【王洙曰】屈原九歌有東皇太一〔三〕章。嗽漱元和津，○【師古曰】元和津，乃天地一元之氣津液也。○【杜田補遺。又，門類增廣十注杜詩引作「集注」，杜陵詩史引作「孝祥曰」。】黃庭内景經：口爲玉池太和宮，漱咽靈液災不忤。注：口中液水爲玉津。又中黃經：但服元和，除五穀。注：服元和，謂咽津液也。所思煙霞微。○【師古曰】謂滄洲在煙霞深微之中也。知名未足稱，局促商山芝。五湖復浩蕩，歲暮有餘悲。○【師古曰】甫意謂若與惠、荀輩遊滄洲，則必鼓枻以拂扶桑之日，映照珊瑚之枝，順風挂帆，輕倚翠蓋，揖東皇，嗽元氣，隱於煙霞之表，雖功名赫赫，未足爲稱，雖四皓商山紫芝，猶爲局促，比此真藥，萬萬遠矣！奈何言不相副，今復飄泛五湖，尚爲羈旅，況年已暮，將與物化，豈不爲之悲傷乎！

【校記】

〔一〕世，古逸叢書本作「君」。

〔二〕巘，古逸叢書本作「鳳」。

〔三〕一，元本、古逸叢書本作「乙」。

大曆五年庚戌在潭州所作

奉贈蕭二十使君

昔在嚴公幕，俱爲蜀使臣。艱危參幕〔一〕府，○甫自注：嚴再領成都，余復參幕府。前後間紅〔二〕塵。○【趙次公曰：「廣德二年正月，合劍南東、西川爲一道，再以黄門侍郎嚴武爲節度使。公春晚自閬攜家歸蜀，再依武，武奏爲節度參謀。今贈蕭詩而云『間清塵』，則蕭是嚴公初鎮時入幕，而公在其再來時，所以爲『間』也。公自注之義亦明。」】蕭於嚴公初鎮時入幕，而甫在其再來時，遂爲間也。起草鳴先路，○【趙次公曰：「則蕭使君初自嚴幕而往，必爲舍人之職矣。唐制：舍人六人，正五品。上掌侍進奏參議表章，凡詔旨制敕璽書册命皆起草進畫，既下則署行。」」言蕭自嚴幕而往爲舍人，凡詔旨制敕璽書册命皆起草。乘槎動要津。○以言其貴也。○【趙次公曰】古詩：先據要路津。○餘見前注。王鳧聊暫出，○【趙次公曰】王喬傳：喬爲葉令，每月朔望嘗自縣詣朝。帝怪其來數，而不見車騎，密令太史伺望之，言其臨至，有雙鳧自東南飛來。於是候鳧至，舉羅張之，但得一舄焉。蕭雉只相馴。○【趙次公曰】蕭廣濟孝子傳：蕭芝至孝，除尚書郎，有雉數十頭飲啄而止。當上直，送至歧路；下直入門，飛鳴車前。終始任安義，○【趙次公曰】此以蕭使君比任安之事衛青，有終始之義也。○【杜田正謬。又，杜陵詩史、分門集注、補注杜詩、集千家注批點杜工部詩集引作「修可曰」。】按霍去病傳：衛青爲大將軍，霍去病爲驃騎將軍。定令，令秩禄與大將軍等。自是後青日衰，而去病日益貴。故人門下多去事去病，輒得官爵。惟獨任安不肯去。荒蕪孟母隣。○孟母，前注。聯翩匍匐禮，○【王洙曰】詩：凡民有喪，匍匐救之。意氣死生親。○【趙次公曰】鄭當時傳：翟公署其門曰：「一死一生，乃知交情。」○甫自注：嚴公歿後，老母在堂，使君温凊之問，甘脆之禮〔三〕，名數若己之庭闈焉。太夫人傾逝，襄〔四〕事又首諸孫，主典撫孤之情，不減骨肉，膠漆之契可知矣。張老存家事，○【趙次公曰】以張老比蕭使君，言能存嚴公之家，令諸孫奉太夫人襄事，哭於斯，聚國族於斯，不失其家也。按檀弓篇：晉獻文子成室，晉大夫發焉。張老曰：「美哉輪焉，美哉奂焉！歌於斯，哭於斯，聚國族於斯。」嵇康有故人。○【趙次公曰】以嵇康比嚴武。故人，指蕭使君也。○【王洙曰】晉山濤傳：字巨源，與嵇康善。康後坐誅，謂其子紹曰：「巨源在，汝不孤矣。」食恩慙鹵莽，○【趙次公曰】言蕭使君之心，舊食於嚴武之恩，尚慙報之鹵莽也。莊子則陽篇：爲禾耕而鹵莽之，則其實亦鹵莽而報予。鏤骨抱酸辛。○【趙次公曰】言蕭使君報嚴公之恩，銘鏤肌骨，常抱酸辛。阮嗣宗詩：悽愴抱酸辛。巢許山林志，○【趙次公曰】甫以巢父、許由自比也。○吕氏春秋：堯朝許由於沛澤之中，曰：「請屬天下於夫子。」許由遂之箕山之下、潁水之陽。○【趙次公引作「嵇康高士傳云云」。】皇甫謐逸士傳：巢父者，堯時隱人也。及堯讓位許由也，由以告巢父，巢父乃過清泠之水洗其耳。夔龍廊廟珍。○【趙次公曰】美蕭使君如舜時典樂之夔、納言之龍，言二人之材當爲廟堂之用也。鵬圖仍矯翼，○莊子：大鵬翼若垂天之雲，搏扶搖羊角而上者九萬里，絕雲氣，負青天，然後圖南。熊軾且移輪。○【趙次公曰】言蕭使君如大鵬之圖南，乃矯奮其翼，固當遂晉擢矣，而且爲太守，故憑熊車以移輪也。磊落衣冠地，蒼茫土木身。○【趙次公曰】甫自謙言其身如土木，亦在衣冠之列也。○【王洙曰】嵇康傳：康有風儀，而土木形骸，不自藻飾。塤篪鳴自合，○【趙次公曰：「於是再與蕭相見，如塤篪之合，而金石不移，所以瑩逾新也。」】言其友愛如塤篪之和也。○詩：何人斯，伯氏吹塤，仲氏吹篪。箋云：伯、仲，喻兄弟也。我與女恩如兄弟，其相應和如塤篪也。金石瑩逾新。○【趙次公曰：「於是再與蕭相見，如塤篪之合，而金石不移，所以瑩逾新也。」】謂其義節如金石之不變也。重憶羅江外，○【趙次公曰】羅江縣，屬綿州。〔五〕同遊錦水濱。○【趙次公曰】錦水，即成都也。結歡隨過隙，

○【趙次公曰】莊子知北遊篇：人生天地之間，若白駒之過隙，忽然而已矣。懷舊憶〔六〕霑巾。○【王洙曰】潘安仁懷舊賦：涕泫流而霑巾。曠絶含香舍，○【趙次公曰】甫爲尚書工部員外郎，而不得坐省，所以爲「曠絶」也。後漢志：尚書郎口含雞舌香，以其奏事，欲使氣芬芳也。稽留伏枕辰。○【趙次公曰】詩：展轉伏枕。停驂雙闕早，○追想昔爲拾遺朝謁之時也。迴雁五湖春。○【趙次公曰】言在潭湘之時也。不達長卿病，○【趙次公曰】昔相如有消渴之病，而甫亦有之，故自怪其不解省如此。從來原憲貧。○【趙次公引作「家語云云」】莊子讓王篇：原憲居魯，環堵之室，環坐而弦。子貢軒車不容巷，往見原〔七〕憲，曰：「嘻！先生何病？」憲曰：「憲聞之，無財謂之貧，學而不能行謂病。今憲貧也，非病也。」監河受貸粟，一起轍中鱗。○貸，吐代切。○【趙次公曰】此甫有求於蕭使君，冀其有以惠之也。○【王洙曰】莊子外物篇：莊周家貧，故往貸粟於監河侯。監河侯曰：「諾！我將得邑金，將貸子三百金，可乎？」莊周忿然作色，曰：「周昨來，有中道而呼者，周視車轍中有鮒魚焉。周問之曰：『鮒魚來，子何爲者邪？』對曰：『我，東海之波臣也。君豈有斗升之水而活我哉？』」

【校記】

〔一〕幕，古逸叢書本作「大」。

〔二〕紅，古逸叢書本作「清」。

〔三〕禮，古逸叢書本作「豊」。

〔四〕襄，古逸叢書本作「尚」。

〔五〕羅江縣屬綿州，元本、古逸叢書本作「羅江縣名」。

〔六〕憶，古逸叢書本作「益」。

〔七〕原，元本、古逸叢書本作「顔」。

奉送二十三舅録事之攝郴州○崔偉。

賢良歸盛族，○【趙次公曰】周禮：師氏掌發〔一〕國子，友行以尊賢良。賢則行〔二〕之傑，良則才之美也。吾舅盡知名。徐庶尚交友，○【趙次公曰】以徐庶美崔舅也。昔徐庶其所遊者，諸葛亮、龐士元、司馬德操之流而已。劉牢出外甥。○【趙次公曰】又以劉牢之比崔舅，而以無忌自比也。○劉牢之，晉人也。○【王洙曰】桓玄曰：「何無忌，劉牢之之外甥，酷似其舅。今舉大事，孰謂無成？」泥塗豈珠玉，○【趙次公曰】美崔舅有明珠白玉之質，豈宜辱在泥塗乎？環堵但柴荆。○【趙次公曰：「又公自言耳。」】甫自言貧居也。衰老悲人世，驅馳厭甲兵。氣春江上別，淚血渭陽情。○【王洙曰】詩：我送舅氏，曰至渭陽。舟鷁排風影，○【趙次公曰：「言崔舅之船。」】謂行舟也。○相如賦：浮文鷁。林烏反哺聲。○【趙次公曰】言崔舅侍太夫人以行也。束晳補亡詩：嗷嗷林烏，受哺于子。永嘉多北至，○【鄭卬曰】永嘉，晉帝年號也。○【王洙曰】永嘉之亂，衣冠南渡。

○【趙次公曰】言崔舅自北而來也。勾漏且南征。○【鄭卬曰】勾，古侯切。勾漏，邑名，屬交阯。○【王洙曰：「葛洪求爲勾漏令，以有丹砂也。」】晉葛洪聞交阯出丹砂，求爲勾漏令，至廣州，乃止羅浮山鍊丹。必見公侯復，○【趙次公曰】今〔三〕句可以見崔舅貴人子孫也。○【王洙曰】左氏傳：公侯必復其始。終聞盜賊平。郴州可涼冷，○可，或作頗。橘井尚凄清。○【趙次公曰】此據風土而言之也。蓋以南方多熱，而此郡獨涼矣。橘井在郴州。神仙傳：蘇耽將仙，謂其母曰：「以亭前橘葉神，使病者以井水服之，病即愈。」○郴州圖經：蘇耽將去，告母曰：「後二年，郴人大疫。」乃植橘鑿井，曰：「受病者但食一橘葉，飲水一盞，當自癒。」今郴州蘇仙觀乃其舊宅也。從役何蠻貊，○【王洙曰】論語：言忠信，行篤敬，雖蠻貊之邦行矣。居官志在行。○【王洙曰】左氏傳：當官而行。

【校記】

〔一〕發，古逸叢書本作「教」。

〔二〕行，元本作「取」，古逸叢書本作「材」。

〔三〕今，古逸叢書本作「此」。

送魏二十四司直充嶺南掌選崔郎中判官兼寄韋韶州

選曹分五嶺，○【趙次公曰】言崔郎中充嶺南掌選也。陸德明南康記：大庾嶺、桂陽騎田〔一〕嶺、九真都龐嶺、臨賀萌浩嶺、始安越城嶺，是爲五嶺。使者歷三湘。○【趙次公曰】言崔郎中出使歷三湘也。樂史寰宇記：湘潭、湘鄉、湘源，是爲三湘。才美膺推薦，○【趙次公曰】言魏司直爲人所薦而爲判官也。君行佐紀綱。○【趙次公曰】言魏之行，崔氏佐君之紀綱也。○【王洙曰】左氏傳：紀綱之僕。佳聲期共遠，○【王洙曰】期，一作斯。○共，樊作不。○【趙次公曰】謂魏、崔皆著佳聲而共遠也。雅節在周防。明白山濤鑒，○【趙次公曰】戒魏君之佐選事當以公也。○【王洙曰】晉山濤爲吏部尚書，前後選舉，周徧内外，而並得其才。後辭以疾，再居選職十有餘年。每一官闕，啓擬數人，甄人物各爲題目，時稱「山公啓事」。嫌疑陸賈裝。○【趙次公曰】又戒之以廉也。今魏君往嶺南充掌選判官，苟有千金之裝如陸賈，則爲嫌疑矣。○【王洙曰】陸賈傳：時中國初定，尉佗平南越，因王之。高祖使陸賈賜佗印，爲南越王。因説佗北面稱臣，佗説，賜賈橐中裝直千金，佗送亦千金。故人湖外少，○【趙次公曰：「故人湖外客，此是韋迢詩全句。公改一字，而精神健矣。」韋昭〔二〕詩：故人湖外客。春日嶺南長。憑報韶州牧，新詩昨寄將。○【王洙曰】寄，一作夜。

【校記】

〔一〕田，元本、古逸叢書本作「日」。

〔二〕「韋昭」當作「韋迢」。

送趙十七明府之縣

連城爲重寶，○【趙次公曰】此言秦王以十五城易趙和氏之璧，以喻趙明府之至貴也。茂宰得才新。○言得趙明府英茂之才而爲新宰也。○【杜田補遺。又，杜陵詩史、補注杜詩、集千家注批點杜工部詩集引作「蘇曰」。】謝玄暉和登孫權故城詩：茂宰深遐睠。李白贈義興宰詩：天子思茂宰。山雉迎舟楫，○【趙次公曰】謂仁及禽鳥而知所馴矣。江花報邑人。○【趙次公曰】謂恩被草木而知所喜矣。論交翻恨晚，○【趙次公曰】公與趙君晚方論交也。卧病却愁春。惠愛南翁悦，餘波及老身。○【趙次公曰】言施惠愛而南人喜悦，公自謂老身亦霑其餘波也。

人日寄杜二拾遺

○【趙次公曰】適於肅宗時爲李輔國毀短，下除太子少詹事。未幾蜀亂，出爲彭州刺史，又遷蜀州。

蜀州刺史高適

人日題詩寄草堂，○【王洙曰：「草堂，公所結於浣花。」】草堂在浣花溪上。遥憐故人思故鄉。○【王洙曰】故人，謂甫也。故鄉，謂長安也。柳條弄色不忍見，梅花滿枝空斷腸。○【王洙曰：「空，一作堪。」】空，樊作堪。身在南蕃無所預，○【王洙曰】南，一作遠。○【趙次公曰】南蕃，甫居荊蠻之地。無所預，言不預朝政也。心懷百憂復千慮。今年人日空相憶，明年此日知何處。○【王洙曰】此，一作人。一臥東山三十春，豈知書劍與風塵。○【王洙曰。又，趙次公曰：「舊本正作與風塵。說者以爲臥東山三十春，所以不復知有書劍之用，且不知有風塵之變。此說費力矣。老風塵，又所以引末句之言。蓋初以書劍從事，而至老却遭風塵，然雖龍鍾，而還爲太守，有媿於杜公爲東西南北之人也。」】與，一作老。○【王洙曰】風塵，言盜賊起也。龍鍾遠忝二千石，○【趙次公曰】龍鍾，行不進貌。○【趙次公曰：「二千石，漢刺史之秩。適初爲彭州，今爲蜀州，所以謂之還忝也。」】二千石，謂爲蜀州刺史也。愧爾東西南北人。○【王洙曰】孔子曰：丘也東西南北之人也。則以孔子歷聘比杜公矣。○【趙次公曰】按集甫有詩曰「甫也東西南北人」故也。

追酬故高蜀州人日見寄 ○并序

開文書帙中，檢所遺忘，因得故高常侍適往居在成都時，高任蜀州刺史人日相憶見寄詩，淚灑行間，讀終篇末。自枉詩已十餘年，莫記存沒又六、七年矣。

老病懷舊，生意可知。今海内忘形故人，獨漢中王〔二〕瑀與昭州敬使君超先在，愛而不見，情見乎辭。大曆五年正月二十一日，却追酬高公此作，因寄王及敬弟。○高適乾元中刺蜀州，永泰元年卒，至大曆五年，實六年矣。

自蒙蜀州人日作，○蒙，一作往。不意清詩久零落。○孔融與曹操書：海内知識，零落殆盡。謝靈運富春渚詩：萬事俱零落。今晨散帙眼忽開，○開，一作明。迸淚幽吟事如昨。○【師古曰】自高寄詩已十餘年，追思之，纔如昨日，言時光奄忽也。○倉頡篇：昨，隔日也。嗚呼壯士多慷慨，合沓高名動寥廓。○【師古曰】寥廓，指天地間也。歎我悽悽求友篇，○友，一作反。○【師古曰】反篇，言反〔三〕報之篇，即「追酬」也。感時鬱鬱匡君略。○【趙次公曰】對時而感，則其志鬱鬱，不得伸其匡君之謀略，徒忝二千石而已。錦里春光空爛熳，○【師古曰】錦里，乃蜀州也。瑶墀侍臣已冥寞。○【趙次公曰】適爲刑部侍郎、散騎常侍，乃天子玉墀之從臣。今追言其死而冥寞矣。○顔延年拜陵廟詩：衣冠終冥寞。瀟湘水國傍黿鼉，○瀟水出道州，湘水出全州，二水至永州合而爲一，以入洞庭。鄠杜秋天失鵰鶚。○【師古曰】甫，鄠杜人，今寄居湘水，傍近黿鼉，而不獲高翔遠舉，故云「失鵰鶚」也。東西南北更堪論，○言蹤無定。○【趙次公曰】以答高君「東西南北」之句。白首扁舟病獨存。○【趙次公曰】且言其扁舟寓於潭湘也。猶拱北辰纏寇盗，○猶，一作遥。○【師古曰。又，王洙曰：「北辰，象帝居，時猶爲盜據，未獲收復。」】北辰喻帝座，爲賊所據而未敢〔三〕復也。 欲傾東海洗乾坤。○【王洙曰】思欲滌蕩妖氛也。 邊塞西蕃最充斥，○最，一作正。○【師古曰。又，王洙曰：「西蕃，吐蕃也。充斥，猶縱横也。」】言吐蕃縱横也。 衣冠南渡多崩奔。○【師古曰。又，王洙曰：「南渡，避亂也。崩奔，蒼黄貌。」】衣冠，指士大夫南渡而避亂也。 鼓瑟至今悲帝子，○【師古曰】託言公主諸王亂離飄泊，故可悲也。○屈原遠遊篇：二女御九韶歌，使湘靈鼓瑟兮，令海若舞馮夷。○【趙次公曰】又，九歌篇：帝子降兮北渚。 曳裾何處覓王門。○【師古曰。又，王洙曰：「此言愛漢中王而不見也。」】託言漢中王瑀，乃甫所親愛者，不可得見也。○【王洙曰】鄒陽傳：何王之門不可曳長裾。 文章曹植波瀾闊，○【王洙曰】曹植，乃陳思王也。○七步成詩。 服食劉安德業尊。○【王洙曰】淮南王劉安作内、外、中篇之書，言服食神仙黄白之術、神仙事。○【師古曰】夢弼謂：曹植、劉安皆宗親，以比漢中王也。 長笛誰能亂愁思，○【王洙曰。又，趙次公曰：「舊本一作『愁笛鄰家亂愁思』。『鄰家』字雖是本出，而用字偪實，不如『誰能』字之宛轉也。」】誰能，一作鄰家。○【薛夢符曰】馬融傳：有雒客舍逆旅吹笛，融去京師逾年，暫聞甚悲而樂之，遂作長笛賦。○【趙次公曰】又，向子期思舊賦序：余與嵇康、吕安居止接近，今經其舊廬，鄰人有吹笛者，發聲寥亮，追思曩昔遊宴之好，故作思舊賦，云：濟黄河以泛舟，經山陽之舊居。 昭州詞翰與招魂。○【師古曰。又，王洙曰：「昭州，敬使君。」】昭州，指敬超先也。○【師古曰】善爲詞翰，可爲甫招魂也。 亂離之際，精神莽散，欲以詞招之也。○昔宋玉哀憐屈原，作招魂篇。

【校記】

〔一〕樊作「漢中郡王」。

〔二〕反，元本、古逸叢書本作「又」。

〔三〕敢，元本、古逸叢書本作「收」。

蘇大侍御涣靜者也旅于江側凡是不交州府之客人事都絶久矣肩輿江浦忽訪老夫舟檝而已茶酒内余請誦近詩肯吟數首才力素壯詞句動人接對明日憶其湧思雷出書篋几杖之外殷殷留金石聲賦八韻記異亦記老夫傾倒於蘇至矣

○唐藝文志：蘇涣詩一卷。少喜讀書，第廣德二年進士。湖南崔瓘辟從事，瓘死，走交廣。

龐公不浪出，○前注。蘇氏今有之。○【師古曰。又，趙次公曰：「龐公，後漢龐德公也。本傳：龐公者，南郡襄陽人。居峴山之南，未嘗入城府。」】昔龐德公居峴山之南，不應州府辟命，未嘗入城郭。○【師古曰。又，王洙曰：「言亦不交州府也。」】今蘇渙不交州府，頗有其風也。再聞誦新作，突過黄初詩。○【趙次公曰。又，杜陵詩史引作「師古曰」。】黄初，魏文帝即位年號。○【師古曰】蓋指曹子建文集也。○【趙次公曰】或曰：魏文爲太子，當後漢建安末，在鄴宮，七子從之遊，皆能詩。乾坤幾反覆，○【王洙曰】幾，一作洎。○幾，巨至切。揚馬宜同時。○【師古曰】言世代變遷，而名終不歇，可與揚雄、司馬相如齊名於當時也。今晨清鏡中，○【師古曰】指言江上也。勝食齋房芝。○【師古曰。又，趙次公曰：「今比蘇渙之詩，如房芝之可茹也。」】言讀蘇渙之詩，意味清新，過於茹靈芝也。○【王洙曰】郊祀志：漢武元封二年，芝生甘泉齋房。○本草：芝，輕身延年不老。余髮喜却變，白間生黑絲。○【王洙曰】生，一作添。○【師古曰。又，趙次公曰：「變白爲黑，以聞其詩之故。」】甫與蘇論文，喜而髮爲之變，文有益於人如此也。昨夜舟火滅，○昨，一作永。○【王洙曰】滅，一作接。湘娥簾外悲。○湘娥，謂娥黄〔一〕、女英也。百靈未敢散，○【王洙曰：「言百靈聞誦詩而皆來也。」趙次公曰：「湘娥悲，百靈未散，皆以聞其詩而然也。」師古曰：「皆言聽詩而感動之也。」】言湘靈聞誦詩而皆來聽之也。風破寒江遲。○【王洙曰：「（破）一作波。」趙次公曰：「一作風波，非。」】破，一作浪。○【趙次公曰】宗慤曰：「願乘長風，破萬里浪。」

【校記】

〔一〕黄，元本、古逸叢書本作「皇」。

送重表姪王砅評事使南海

○砅，與厲同，並音礪。説文：砅，履石渡水也。郡國志：漢武置南海郡，在洛陽南七千一百里。七城：蕃禺、博羅、中宿、龍川、四會、揭陽、增城。〔一〕

我之曾老姑，爾之高祖母。爾祖未顯時，歸爲尚書婦。○婦人謂嫁曰歸。○【趙次公曰】尚書，指王珪也。○言杜氏歸爲王珪之妻也。○【王洙曰】按唐書珪傳：貞觀十年，拜禮部尚書。〔二〕隋朝大業末，房杜俱交友。○【趙次公曰】隋大業間，王珪與房玄齡、杜如晦同學於河汾文中子，則交友可知矣。〔三〕長者來在門，○【王洙曰】陳平傳：以席爲門，門外多長者車轍。〔四〕荒年自糊口。○【師古曰】言凶年何暇具禮待人也。○莊子人間世篇：支離疏挫鍼治繲，足以糊口。〔五〕○【王洙曰】左氏傳〔六〕：糊其口於四方。家貧無供給，客位但箕箒。○【師古曰】言貧無餘物也。〔七〕俄頃羞頗珍，○一作頗羞珍。〔八〕寂寥人散後。○寥，一作寞。〔九〕入怪鬢髮空，吁嗟爲之久。自陳剪髻鬟，鬻市充杯酒。○杯，一作沽。○【王洙曰：「晉陶侃母常剪髮具酒食延賓客。」趙次公曰：「翦髮言其好客，未必實事。」暗使晉陶侃母嘗翦髮具酒食延賓客事，以形容之也。】此以陶侃母比王珪之母也。晉陶侃傳：侃早孤貧，爲縣吏。鄱陽孝廉范逵嘗過侃，時倉卒無以待賓，其母乃截髮以易酒肴，樂飲極歡。〔一〇〕上云天下亂，宜與英俊厚。向竊〔一一〕窺數公，經綸亦俱有。○【門類增廣十注杜詩、門類增廣集注杜詩引作「杜云」，杜陵詩史、分門集注、補注杜詩引作「修可曰」。】王珪傳：珪始隱居，時與房玄齡、杜如晦善，母李氏嘗曰：「兒必貴，然未知所與遊者何如人，而試與偕來。」會玄齡等過其家，李窺大驚，速具酒食，歡盡日。喜曰：「二客公輔才，汝貴不疑。」〔二〕次問最少年，虯髯十八九。○【鄭卬曰】髯，如占切。頰須也。○【趙次公曰】虯髯，指秦王，即太宗也。○按集八哀汝陽王詩「虯髯似太宗」是也。〔三〕子等成大名，皆因此人手。下云風雲合，龍虎一吟吼。○【師古曰】喻君臣唱和也。○【趙次公曰】易乾卦：雲從龍，風從虎。○聖人作而萬物覩。願展丈夫雄，○後漢趙溫曰：「大丈夫當雄飛，安能雌伏？」得辭兒女醜。秦王時在坐，真氣驚户牖。○珪母李氏識真主於側微，而唐史氏缺而不録，惜哉！及乎貞觀初，尚書踐臺斗。○【王洙曰：「珪正觀中以侍中輔政。」】夫以珪之賢，上稟訓於賢母李氏，下得助於賢妻杜氏，其爲臺鼎之宗臣也，宜矣！夫人常肩輿，上殿稱萬壽。○【王洙曰】夫人，指母李氏常以命婦預朝會也。○按唐會要：命婦朝謁，並不得乘擔子。其尊屬年高，特敕賜擔子者，不在此例。則珪母殆得特恩歟？後漢馮勤母年八十，每朝會，詔敕勿拜，令御者扶上殿。六宫師柔順，法則化妃后。○後漢曹世叔妻姓班氏，名昭，字惠姬。帝數召入宫，令皇后諸貴人師事焉。至尊均嫂叔，盛事垂不朽。鳳雛無凡毛，五色非爾曹。○【師古曰】爾曹，指王砯也。○昔蜀龐統號鳳雛。晉陸雲幼時，闞鴻〔四〕見而奇之，曰：「此兒若非龍駒，即是鳳雛。」○【趙次公曰】南史：謝超宗作殷淑儀誄，帝大嗟賞，謂謝莊曰：「超宗殊有鳳毛。」往者胡作逆，乾坤沸嗷嗷。〇【趙次公曰】謂安禄山作亂也。吾客在馮翊，〇【師古曰。又，趙次公曰：「馮翊，同州也。」】馮翊，郡名也。爾家同遁逃。〇【王洙曰。又，趙次公曰：「公避寇同州，其事顯矣。」】共〔一五〕避亂也。争奪至徒步，魂獨委蓬蒿。〇【師古曰】言幾死于草萊也。逗留熱爾腸，十里却呼號。自下所騎馬，右持腰間刀。左牽紫遊韁，〇【九家集注杜詩引作「公自注」，杜陵詩史、分門集注、補注杜詩引作「王洙曰」。】晉中興書：太和中，鄴下童謡曰：「青青御路楊，白馬紫遊韁。」飛走使我高。〇【王洙曰】公言天寶十五載避亂日，輟自馬載我，使走免難於危險之中也。苟活到今日，寸心銘佩牢。〇【王洙曰】懷輟馬之恩也。亂離又聚散，宿昔恨滔滔。水花笑白首，〇【師古曰：「水花，蓮花也。」】水花，即浪花。〇【趙次公曰】公時旅寓於潭也。春草隨青袍。〇【趙次公曰】以言王評事往南海也。〇【王洙曰】哀江南賦：青袍如草。廷評近要津，〇【師古曰】廷評，即評事也。要津，言官清要也。節制收英髦。〇【趙次公曰】言南海節度使幕中收録賢材。〇【師古曰】如王評事輩，真得人也。北驅漢陽傳，〇【趙次公曰】傳，張戀切。郵馬之謂也。〇言自北驅車而來南也。南泛上瀧舠。〇瀧，音雙。舠，音刀。〇【師古曰】言從此南泛海而往使也。〇廣韻：南人名急湍曰瀧。〔一六〕集韻：水名，在嶺南。韓愈瀧吏詩：南行逾六旬，始下樂昌瀧。〇【趙次公曰】釋名：船三百斛曰舠。〇【師古曰】舠，短也。江南所爲名，短而廣，安而不傾危也。家聲肯墜地，〇【趙次公曰】司馬子長報任安書：李陵既生降，頹其家聲。利器當秋毫。○【王洙曰：「虞詡曰：『不逢盤根錯節，何以知道利器？』」】虞詡傳：朝歌賊殺長吏，乃以詡爲朝歌長。故舊皆弔，詡笑曰：「志不求易，事不避難，臣之職也。不遇盤根錯節，何以別利器乎？」始到，賊駭散，咸稱神明。顔氏漢書音義：兔毫至秋而成，端極纖細，喻其小也。蕃禺親賢領，○蕃，蒲何切。禺，音愚。○【王洙曰：「縣名，屬廣州也。」鄭卬曰：「番禺，廣州屬縣。」】番禺，廣州屬縣。○【師古曰】今表姪王砯領之。籌運神功操。大夫出盧宋，○大夫，指王砯也。○【趙次公曰】盧謂盧奂，宋謂宋璟也。○【師古曰】二公節度南海，頗有廉德，今以王砯比之，而又高出乎其上也。○【杜田補遺】舊唐書：盧奂爲南海太守，謂自開元四十年廣府節度使清白者有四：裴伷先、李朝隱、宋璟及奂也。寶貝休脂膏。○【杜田補遺】謂王砯廉絜而不貪寶貝，以削民脂膏也。昔漢孔〔一七〕奮清潔，身處脂膏而未嘗自潤。洞主降接武，○降，户江切，服也。○【趙次公曰】廣東有溪蠻洞，其長謂之「洞主」。○【師古曰】聞王砯之賢，皆繼踵而歸順也。海胡舶千艘。○舶，捕格切，大船也。○【鄭卬曰】艘，蘇刀切，船總名也。○【師古曰】言船客皆來交易也。○【九家集注杜詩引作「杜田補遺」。又，門類增廣十注杜詩、門類增廣集注杜詩、杜陵詩史、分門集注、補注杜詩引作「薛夢符曰」。】番禺〔一八〕雜録：蕃商遠國，運奇貨非舶不可。船總名艘，猶今言幾隻也。○杜篤喻客：大船萬艘，轉漕相過〔一九〕。我欲就丹砂，跋涉覺身勞。○【師古曰】海南勾漏縣出丹砂，甫欲遊以就之，奈身勞頓不能往也。○【王洙曰】晉：葛洪字稚川，聞交趾出丹砂，求爲勾漏令，帝從之。至廣州，刺史鄧供留洪，乃止羅浮山鍊丹〔一〇〕。安能陷糞土，有志乘鯨鼇。○【師古曰】雖有志乘鯨鼇，不甘陷沒於糞土，其奈跋涉之遠何？或驂鸞騰天，聊作鳴鶴皐。○【師古曰】羨王砯鎮此，得就丹砂以鍊養，或能驂鸞御鶴，高舉以飛鳴也。○【王洙曰】別賦：駕鶴上漢，驂鸞騰天。○【趙次公曰】詩：鶴鳴于九皐。

【校記】

〔一〕題下注，元本、古逸叢書本無。

〔二〕「歸爲」句下注，元本、古逸叢書本作：「唐書：王珪母李氏。王珪貞觀十年拜禮部尚書。」

〔三〕「房杜」句下注，元本、古逸叢書本作：「王珪與房、杜同學於文中子，交友可知也。」

〔四〕「長者」句下注，元本、古逸叢書本無。

〔五〕「言凶」至「糊口」，元本、古逸叢書本無。

〔六〕左氏傳，元本、古逸叢書本作「左隱公十一年」。

〔七〕「客位」句下注，元本、古逸叢書本無。

〔八〕「俄頃」句下注，元本、古逸叢書本無。

〔九〕「寂寥」句下注，元本、古逸叢書本無。

〔一〇〕「鬻市」句下注，元本、古逸叢書本作：「晉陶侃母剪髮，具酒食，延賓客。」

〔一一〕竊，元本、古逸叢書本作「切」。

〔一二〕「經綸」句下注，元本、古逸叢書本作：「王珪與房玄齡、杜如晦善，母李氏嘗曰：『兒必貴，但未知所與游者何如人？』會玄齡等過其家，李驚曰：『二客公輔才，汝貴不疑也。』」

〔一三〕「虬髯」句下注，元本、古逸叢書本無。

〔一四〕鴻，元本、古逸叢書本作「鳴」。

〔一五〕共，元本、古逸叢書本作「昔」。

〔一六〕廣韻南人名急湍曰瀧，元本、古逸叢書本無。

〔一七〕孔，古逸叢書本作「龐」。

〔一八〕禺，元本、古逸叢書本作「馬」。

〔一九〕過，元本、古逸叢書本作「連」。

〔二〇〕丹，元本作「州」，古逸叢書本作「養」。

發潭州

夜醉長沙酒，○荆州記：長沙有酃湖，取湖水爲酒，酒極甘。曉行湘水春。岸花飛送客，檣燕語留人。○【趙次公曰】船檣上之燕也。〔一〕賈傅才未有，○【趙次公曰】賈誼傳：誼年少，頗〔二〕通諸家之書。文帝召爲博士，絳、灌、馮敬之屬害之。天子以誼爲長沙王太傅。褚公書絶倫。○【王洙曰】唐書褚遂良傳：博涉文史，尤工隸書。太宗嘗曰：「虞世南死後，無人可以論書。」侍中魏徵曰：「褚遂良下筆遒勁，甚得王羲之體。」太宗即日詔令侍書。太宗嘗出御府金帛購求羲之書跡，天下爭齎古書詣闕以獻，當時莫能辨其真僞。遂良備論所出，一無舛誤。永徽元年，高宗將廢皇后王氏，立昭儀武氏爲后。遂良極諫以爲不可，致笏於殿陛，曰：「還陛下此笏。」仍解印叩頭流血。帝怒，令引出。翌日，李勣奏曰：「此乃陛下家事，不合問外人。」帝乃立武昭儀爲后。左遷遂良潭州都督。高名前後事，回首一傷神。

【校記】

〔一〕「檣燕」句下注，元本、古逸叢書本作：「甫旅寓長沙，不遇知音而去，舟行觸目，惟江岸飛花，船檣語燕，似有送留之意也。」

〔二〕頗，元本、古逸叢書本作「頻」。

燕子來舟中作

湖南爲客動經春，燕子銜泥兩度新。舊入故園嘗識主，○指杜陵之故居也。如今社日遠看人。可憐處處巢居室，○【王洙曰】古詩：思爲雙飛燕，銜泥巢居室。何異飄飄託此身。暫語船檣還起去，穿花落水益霑巾。

上水遣懷

○本傳：大曆中，出瞿唐，下江陵，泝沅、湘，以登衡山。

我衰太平時，身病戎馬後。蹭蹬多拙爲，安得不皓首。○甫恨於亂中得病，及亂息時平，年又衰老，足見云爲乖拙，其蹭蹬失勢如此也。驅馳四海内，童穉日糊口。○莊子人間世篇：支離疏挫鍼治繲，足以糊口。○【王洙曰】左氏傳：糊其口於四方。但遇新少年，○言當權者皆晚〔一〕進也。少逢舊親友。低顔下色地，故人知善誘。後生血氣豪，舉動見老醜。○【王洙曰】言少年不相知，但以老醜見欺也。○【趙次公曰】阮籍詩：朝爲美少年，夕暮成老醜。窮迫挫曩懷，常如風中走。○【鄭卬曰】中，竹仲切。○【王洙曰】傷世態之薄也。朱叔元與彭寵書：伯通猶〔二〕中風狂走，自捐盛時。一紀出西蜀，於今向南斗。○【趙次公曰】甫自乾元二年入蜀，至大曆五年離蜀而在荆楚，乃南斗之分，殆十二年矣。孤舟亂春華，暮齒依蒲柳。○【王洙曰】暮齒，謂晚年也。○説文：楊，蒲柳也。○【王洙曰】顧况曰：蒲柳之姿，望秋先落。○【杜田補遺】北史：韋世康與子弟書：耄雖未及，壯年已謝。霜早楸梧，風先蒲柳。冥冥九疑葬，聖者骨已朽。○【王洙曰】山海經：蒼梧之川，其中有九疑山焉。舜之所葬〔三〕，九山相似，行者疑或〔四〕，故名之曰九疑。○真誥：夏商〔五〕詣鍾山，啗紫柰，醉金酒，服靈寶，行九真，而猶葬於會稽。帝舜服北戎長胡大王所獻之霜，十轉紫華，可以長生，與天地相傾，而猶葬于蒼梧之野。蓋尸解託死，示民有終也。蹉跎陶唐人，鞭撻日月久。○陶唐人，指羲和、望舒也。爲日月之御，鞭撻日月，故年華蹉跎也。舜雖大聖，死骨亦朽，人生何苦奔波，傷己之不自覺也。廣雅：日御謂之羲和，月御謂之望舒。中間屈賈輩，讒毀竟自取。○【趙次公曰：「屈則屈原，賈則賈誼。屈以大夫上官靳尚之譖，沉于汨羅。賈以絳侯勃、灌嬰之害，謫于長沙。皆眼前楚地之可弔者也。」又，門類增廣十注杜詩引作「杜云」，杜陵詩史、分門集注、補注杜詩、集千家注批點杜工部詩集引作「修可曰」：「屈原汨羅之沉，賈誼長沙之謫，皆眼前楚地之可弔者也。」】至若屈原、賈誼，皆以讒毀廢黜，困於長沙，投於汨羅，果何益乎！皆眼前之可弔者，此乃有所感〔六〕而言之矣。鬱没一悲魂，○没，樊作悒〔七〕。蕭條猶在否。崷崒清湘石，○崷，音酋。崒，蒼没切。崷崒，山峻貌。逆行雜林藪。篙工密逞巧，氣若酣盃酒。歌謳互激遠，回斡明受授。○【鄭卬曰】斡，烏括切。○轉也。○【趙次公曰】言篙工操舟若神，回旋斡轉，相呼相命，以求水脉，明得受授之術也。善知應觸類，○善，一作蓋。各藉脱穎手。古來經濟才，何事罕獨有。○【趙次公曰】謂善知此理者，應能觸類而推，凡事皆藉鋒穎脱見之手，乃能妙絶也。當今欲求經濟天下之才，如操舟之妙，何獨罕有乎，奈何雄才乏人？諷當時朝廷不能用人，非無才者也。蒼蒼衆色晚，○【趙次公曰】言天暮也。○【師尹曰】莊子逍遥遊篇：天之蒼蒼，其正色邪？

熊挂玄蛇吼。黄羆在樹巔，正爲羣虎守。○熊羆蛇虎，皆喻盗賊。禄山之亂，天下羣盗乘隙而起，無郡〔八〕無之也。考詩之寓意，虎畏羆，故羆升樹而守虎也。○【趙次公曰】柳子厚熊説：鹿畏貙，貙畏虎，虎畏熊。羸骸將何適，履險顔益厚。○甫冒險奔走，反思其故，益厚顔也。○【趙次公曰】詩：顔之厚矣。庶與達者論，吞聲混瑕垢。○言汩没流俗也。○【趙次公曰】左氏傳：國君含垢，瑜瑾匿瑕。

【校記】

〔一〕晚，元本作「之」，古逸叢書本作「新」。

〔二〕猶，古逸叢書本作「獨」。

〔三〕葬，元本、古逸叢書本作「有」。

〔四〕或，元本、古逸叢書本作「惑」。

〔五〕商，古逸叢書本作「禹」。

〔六〕感，元本、古逸叢書本作「以」。

〔七〕悒，元本、古逸叢書本作「邑」。

〔八〕郡，元本作「耶」，古逸叢書本作「地」。

同豆盧峰貽主客李員外賢子棐知字韻

鍊金歐冶子，○【趙次公曰】以寶劍比李員外也。○【鄭卬曰】吴越春秋：干將與歐冶子作劍，采五山之精，合六金之英，煉而爲劍。○【趙次公曰】又，越絶書：越王句踐有寶劍五，聞於天下。客有能相劍者薛燭，召而問之，對曰：「歐冶〔一〕回天之精，悉其伎倆，一曰純鈎，二曰湛盧，三曰鏌耶，四曰臺曹，五曰巨闕。」說文：鍊，冶金也。噴玉大宛兒。○【趙次公曰】以良馬比李員外也。○【杜田補遺】門類增廣十注杜詩、門類增廣集注杜詩引作「杜云」。】穆天子傳：天子遊于黄澤，使宫樂謡曰：「黄之澤，其馬噴玉，皇人壽穀。」○【黄希曰】前漢西域傳：大宛國多善馬，馬多汗血，言其先天馬子也。符彩高無敵，○言文章之炳焕也。○【九家集注杜詩引作「薛夢符曰」。又，杜陵詩史、分門集注引作「王彦輔曰」。】禮記：君子於玉比德焉。孚尹旁達，信也。注：孚尹，讀爲孚筠，謂玉采〔二〕色也。○【杜田補遺】曹子建七啓：佩則結緑懸黎，寶之微妙，符采照，矚流景。揚輝注：結緑縣黎，宋之寶也。符光景輝，皆彩也。左太沖蜀都賦：金沙銀鑠，符彩彪炳。魏文帝車渠盌賦：苞華文之光麗，發符彩而楊榮。聰明達所爲。○言聞見之廣博也。夢蘭他日應，○【王洙曰】左氏宣公三年傳：鄭文公有妾曰燕姞，夢天與己蘭，曰：「以是爲爾子。」以蘭有國香，人服媚之。既而文公見之，與之蘭而御之，生穆公，名蘭。折桂早年知。○【王洙曰】晉郤詵傳：以舉賢良對策上第。武帝於東堂會送〔三〕，問詵曰：「卿自以爲如何?」詵對曰:「臣舉賢良對策,爲天下第一,猶桂林之一枝,崑山之片玉。」爛熳通經術,光芒刷羽儀。○【王洙曰】易漸卦:鴻漸于陸,其羽可用爲儀。沈休文湖中雁詩:刷羽開摇漾。謝庭瞻不遠〔四〕,○【王洙曰:「晉史:謝太傅諸子若芝蘭玉樹,生於庭階。」】晉謝玄傳:玄字〔五〕幼度,少穎悟,與從兄朗爲叔父安所器重。安嘗戒約諸子弟,因曰:「子弟亦何豫人事,而正欲使其佳?」諸子莫有言者。玄答曰:「譬如芝蘭玉樹,欲使其生於庭階耳。」安悦。潘省會於斯。○【王洙曰:「潘安仁云:寓直於散騎之省。」】潘岳字安仁,少號奇童,才名冠世。嘗爲散騎侍郎。○【趙次公曰】今甫乃尚書工部員外郎,李乃主客員外郎,盧〔六〕亦〔七〕必省郎之官,相會於此也。唱和將雛曲,○【趙次公曰】樂府有鳳將雛之曲。田翁號鹿皮。○【趙次公曰】甫自喻也。○【王洙曰】劉向列仙傳:鹿皮翁,菑川人。少爲府小吏,機巧能成器械。岑山上有神泉,人不能至,乃作轉輪,懸閣拂道四成,遂著鹿皮衣留止其巔,食其芝草而飲神泉矣。

【校記】

〔一〕冶,元本、古逸叢書本作「合」。

〔二〕采,元本、古逸叢書本作「彩」。

〔三〕送,元本、古逸叢書本作「遊」。

〔四〕遠,元本、古逸叢書本作「足」。

〔五〕字，原作「自」，據元本、古逸叢書本改。

〔六〕盧，古逸叢書本無。

〔七〕亦，元本、古逸叢書本作「峰」。

詠懷二首

人生貴是男，○【王洙、師古引作「莊子」，趙次公引作「列子」。】家語：榮啓期對孔子曰：「天生萬物，唯人爲貴，吾既得爲人。男女之别，人以男爲貴，吾貴得爲男。是其所以爲樂也。」丈夫重天機。○人爲萬物之靈，丈夫所重者天機之靈也〔一〕。○【王洙曰】莊子天運篇：天機不張，五官皆備。未達善一身，得志行所爲。○【王洙曰】孟子：窮則獨善其身，達則兼善天下。○又曰：得志則澤加於民。嗟余竟轗軻，○轗，音坎。軻，音可，又口个切。○【師古曰】轗軻，失志貌。將老逢艱危。胡雛逼神器，○【王洙曰】胡雛，指安禄山、史思明也。逼神器，言陷長安也。○老子二十九章：天下神器，不可爲也。逆節同所歸。河洛化爲血，○【王洙曰】言安史亂，河、洛之間殺戮之多也。公卿草間啼。○【王洙曰】言公卿奔竄，故啼於草間也。○南史宋武帝紀：盧循寇南康、盧陵、豫章諸郡，郡守皆奔走，内外震駭。帝曰：「今兵士雖少，猶足一戰，若其克濟，臣主同休，如其不然，不復能草間求活也。」又見魏志。西京復陷没，翠蓋蒙塵飛。○【王洙曰】謂吐蕃陷京師，乘輿幸陝也。萬姓悲赤子，兩宫棄紫微。○【王洙曰】兩宫，謂玄宗、肅宗。○【師古曰】紫微垣，乃帝座也。倏忽向二紀，姦雄多是非。○【師古曰】言禄山敗，思明又起也。本朝再樹立，○【趙次公曰】本朝，指代宗也。未及貞觀時。日給在軍儲，上官督有司。○【師古曰。又，王洙曰：「國用尚乏屈，不免上下督責也。」】太宗正觀時，米斗三錢，行旅不齎糧。今國用尚乏，上下督責。故不及貞觀時也。高賢迫形勢，豈暇相扶持。○暇，魯作勝。○【師古曰】言進用者皆以勢援，何暇扶持於甫哉！疲茶苟懷策，○茶，奴結切。棲屑無所施。○【師古曰】疲茶，甫自言衰老，雖懷策略，何所施設？○【趙次公曰】莊子：茶然疲役，而不知其所歸。○古詩：末路苦棲屑。先王實罪己，愁痛正爲兹。○【師古曰】先帝於此時遂下詔痛自刻責也。○【王洙曰】左氏莊公十一年傳：禹、湯罪己，其興悖焉。西域傳贊：武帝末年，遂棄輪臺之地，而下哀痛之詔，豈非仁聖之所悔哉！歲月不我與，○【趙次公曰】論語：日月逝矣，歲不我與。蹉跎病於斯。夜看酆城劍，○【趙次公曰】張華傳：斗牛之間有紫氣，雷焕曰：「寶劍之精上徹於天耳，在豫章豐城獄。」回首蛟龍池。○【趙次公曰】周瑜傳：孫權以劉備領荆州牧。瑜曰：「以劉備而有關飛、張羽〔二〕，恐蛟龍得雲雨，終非池中物也。」○晉載記劉元海傳：蛟龍得雲雨，非復池中物。齒髮已自料，意深陳苦辭。○【師古曰。又，趙次公曰：「言自料其齒落髮脱，但意深詞苦，爲不能自已耳。」】甫自視齒髮豁凋，不復若寶劍、蛟龍之亨〔三〕奮也。

【校記】

〔一〕「靈也」下，元本、古逸叢書本尚有一句：「莊子又云：嗜欲深者天機淺。」

〔二〕關飛張羽，當作「關羽張飛」。

〔三〕亨，古逸叢書本作「高」。

邦危壞法則，○【師古曰】言祿山紊紀綱也。聖遠益愁慕。○【師古曰】言聖人已遠，思慕三代之治，不可復見也。飄飆桂水遊，○【師古曰】郴州桂陽之水北流入連州，今桂陽郡桂陽縣在桂水之陽也。悵望蒼梧暮。○【師古曰】甫流離至于桂水之濱，望蒼梧以懷虞舜之君不復作也。○蒼梧，今之梧州。真誥：夏禹詣鍾山，啗紫奈，醉金酒，服靈寶，行九真，而猶葬於會稽。帝舜服北戎長胡太王所獻白狼之霜，十轉紫華，可以長生，與天地傾，而猶葬于蒼梧之野。蓋尸解託死，示民有終者也。潛魚不銜鉤，走鹿無反顧。○【師古曰】皆喻賢人避世也。○【薛夢符曰】左氏傳：古人有言曰：「鹿死不擇音。」鋌而走險〔一〕，何能擇。皦皦幽曠心，拳拳異平素。○拳，屈也。○【王洙曰。杜陵詩史又引作「師古曰」。】亂離之際，不得遂其平昔幽曠之心，而反拳拳然卑屈其身以求全也。○曹植任城王誄：目想宮城，心存平素。潘岳寡婦賦：目仿髴乎平素。衣食相拘閡，○閡，五溉切。不通也。又，礙也。朋知限流寓。○【師古曰】謂舊友飄泛各在一隅也。風濤上春沙，十里浸江樹。

○一作「千里浸江樹」。逆行少吉日，○少，陳作値。○【師古曰】謂經歷風波之險也。時節空復度。井竈任塵埃，舟航煩數具。牽纏加老病，瑣細隘俗務。萬古一死生，胡爲足名數。多憂汙桃源，拙計泥銅柱。○【鄭卬曰】泥，乃計切。○不通也。○【師古曰】昔秦人避亂於桃源，今我泥於銅柱山，其計甚拙。又且多憂，得無汙辱於桃源乎？○桃源在武陵。○【王洙曰】晉陶淵明有桃花源記。○又，廣州記：馬援到交阯，立銅柱，爲漢之極界。餘見前注。未辭炎瘴毒，擺落跋涉懼。虎狼窺中原，焉得所歷住。○虎狼喻盜賊充斥。○【王洙曰】不可爲〔二〕久住計也。葛洪及許靖，○【趙次公曰】葛洪，字稚川。聞交阯出丹砂，求爲勾漏令。遂將子弟俱行，乃止〔三〕羅浮山鍊丹。許靖，字文休。避董卓之誅，走至交阯。後以劉璋所招，入蜀，爲先主臣。避世常此路。賢愚誠等差，自受合馳騖。○【鄭卬曰】騖，亡遇切。○驅也。○【師古曰】葛洪、許靖皆避世之高士，其賢如彼，愧吾之愚，困於馳騖也。羸瘠且如何，魄奪針灸屢。擁滯僮僕慵，稽留篙師怒。○【師古曰】謂僕夫既爲之慵倦，而舟人亦怒其遲留也。終當挂帆席，天意難告訴。南爲祝融客，○【師古曰】祝融司南方之火政也。○【鄭卬曰：「衡山上有祝融峰。」】故長沙郡南嶽衡山有祝融峰。○荆州記：南嶽衡山，朱陵之靈臺，太虛之寶洞，山承冥宿，銓德鈞物，故名衡山；下據離宮，攝位火鄉，赤帝館其嶺，祝融託其陽，故號南嶽也。勉彊親杖屨。結託老人星，羅浮展衰步。○【師古曰】甫欲養老于羅浮山，庶幾杖屨之遊也。○【趙次公曰。又，杜陵詩史、補注杜詩引作

「師古曰」。】茅君内傳：大天之内有地中之洞天三十六所。羅浮之洞，周回五百里，名曰朱明曜真之天。羅浮山記：羅浮者，蓋總稱焉。羅，羅山也。浮，浮山也。二山合體，謂之羅浮。在增城、博羅二縣之境。有羅水南流，注于海。神仙之所居也。

【校記】

〔一〕古逸叢書本「險」後有「急」字。

〔二〕爲，元本、古逸叢書本無。

〔三〕止，古逸叢書本作「入」。

新定杜工部草堂詩箋斠證卷第四十九

至衡州所作

杜員外兄垂示詩因作此寄上

郭受

新詩海内流傳困，舊德朝中屬望勞。○子美乃先朝舊德，天下仰望，冀其大用故也。郡邑地卑饒霧雨，○荆楚之地卑濕多霧障也。賈誼傳：誼既適長沙，長沙卑濕，乃爲鵩賦以自廣。江湖天闊足風濤。○峽江之風浪可畏也。○【王洙曰】顏延年詩：春江壯風濤。松醪酒熟旁看醉，○謂以松膠釀酒也。蓮葉舟輕自學操。○言舟輕如蓮葉。荆楚之人善操舟，子美久居此地，漸學爲之也。○【王洙曰】列子黄帝篇：顏回問乎仲尼曰：「吾嘗濟乎觴深之淵，津人操舟若神。吾問曰：『操舟可學耶？』曰：『可。能游者可教也。善遊者數能。』」春興不知凡幾首，衡陽紙價頓能高。○【集千家注批點杜工部詩集引作「鄭卬曰」。】世說：闡字仲祁，作揚都賦成，人競傳寫，都下紙爲之貴。○按鄭卬音義：衡陽出武家紙。

酬郭十五判官 ○受。

才微歲老尚虛名，卧病江湖春復生。藥裹關心詩總廢，○【師古曰】言心在療病，無暇於詩也。曹子建詩：藥裹隨杯酒。花枝照眼句還成。○【趙次公曰：「梁武帝春歌云：階上香入懷，庭中花照眼。」】魏武帝樂府：官下香入懷，庭中花照眼。只同燕石能星隕，○隕，羽敏切，落也。○【杜田補遺。又，杜陵詩史、分門集注引作「師古曰」。】闞子曰：宋之愚人得燕石於梧臺之側，藏之以爲大寶。周客聞而觀焉，主人齋七日，端冕玄服，以發寶櫃七重，客見之，俛而掩口胡盧而笑，曰：「此燕石也。其與瓦甓不殊。」主人大怒，曰：「盲瞽之言。」藏愈固，守愈謹。○【王洙曰】左氏傳僖公十六年：春，隕石于宋五。隕，星也。又，莊公七年：中夜星隕如雨。自得隋珠覺夜明。○【師古曰】言得郭判官之詩，如隨侯之珠也。○【王洙曰：「隋侯之珠，夜光之璧。隋珠徑寸，夜有光明。」】淮南子：隨侯之珠。許慎注：隨侯，漢姬姓諸侯也。隨侯見大蛇傷斷，以藥傅而塗之。後蛇於夜中銜大珠以報之。因曰「隋侯之珠」。蓋明月珠也。搜神記：隋珠徑寸，夜有光明。喬口橘洲風浪促，○【師古曰：「橘洲，乃荆、衡之地。」趙次公曰：「喬口，在潭州。」】橘洲在長沙郡之喬口。繫帆何惜片時程。○【師古曰】甫欲郭判官來訪己也。

歸雁二首

萬里衡陽雁，今年又北歸。○今衡山之陽有峰曰回雁，蓋南地燠而無雪，故雁望而居焉。雙雙瞻客上，一一背人飛。雲裏相呼疾，沙邊自宿稀。繫書無浪語，○無，一作元。○【趙次公曰】前漢蘇武傳：天子射上林中，得雁，足有繫帛書。○隋書：煬帝童謡曰：「桃李子，江水達楊州，宛轉花園〔一〕。莫浪語，誰道許。」愁寂故山薇。

【校記】

〔一〕古逸叢書本「園」下多「裏」字。

欲雪違胡地，先花別楚雲。却過清渭影，高起洞庭羣。塞北春陰暮，江南日色曛。○曛，日入也。傷弓流落羽，行斷不堪聞。○行，户剛切，列也。○【王洙曰】鮑照詩：傷禽惡強〔一〕驚，倦客惡離聲弦〔二〕。

【校記】

〔一〕强，元本、古逸叢書本作「弦」。

〔二〕弦，元本、古逸叢書本無。

白鳧行

君不見，○樂府解題：行路難，備言世路艱難及别離悲傷之意，多以「君不見」爲言。黄鵠高於五尺童，○【師古曰】甫追思少年之時也。化爲白鳧似老翁。○【王洙曰】似，一作象。○【師古曰】自傷今衰暮也。○述異記：鵠生五百年而紅，五百年而黄，又五百年而蒼，又五百年爲白鵠。故畦遺穗已蕩盡，○【師古曰】嘆家鄉爲寇盗所焚蕩也。天寒歲暮波濤中。○【王洙曰】歲，一作日。○【師古曰】喻罹患難也。鱗介腥膻素不食，○膻，一作臊。終日忍飢西復東。○【師古曰】言己不食不義之禄也。魯門鶢鶋亦蹭蹬，聞道如今猶避風。○如，樊作于。○【師古曰】甫自喻避亂依衡州也。○【趙次公曰】國語：海鳥鶢鶋止於魯東門外，展禽曰：「今兹海其有災乎？夫廣川之鳥獸常知避其灾。」是歲海多大風。故鶢鶋賦曰：海鳥鶢鶋，避風而至。

朱鳳行

○【趙次公曰】此篇托興君子、小人甚明。朱鳳乃衡山之物，因其物而有作，乃以爲興矣。

君不見，瀟湘之南衡山高，山巔朱鳳聲嗷嗷。○【趙次公曰】嗷嗷，衆口愁貌。詩鴻雁篇：哀鳴嗷嗷。側身長顧求其曹，○曹，一作羣。翅垂口噤心甚勞。○【師古曰。又，趙次公曰：「此譬君子之無朋也。」】鳳以喻君子。○【師古曰】時甫困於荆、衡，不得其志，故以垂翅噤口爲言。黄雀，喻細民也。言當兵興之際，小民勞困於征役也。下愍百鳥在羅網，黄雀最小猶難逃。○劉公幹贈從弟詩：鳳皇集南嶽，羞與黄雀羣。願分竹實及螻蟻，○螻蟻，亦喻細民也。韓詩外傳：黄帝齋于中宫，鳳乃蔽日而至，止帝東園，集帝梧桐，食帝竹實。盡使鴟梟相怒號。○鴟梟，喻小人也。○【師古曰。又，王洙曰：「時亂離日久，賢者思引其類有爲，而不可得者也。」】亂離日久，甫欲引其類以進，使澤下民，反爲小人之所疾，欲而不可得也。

衡州送李大夫赴廣州

○勉。

斧鉞下青冥，○【師古曰】青冥者，天也。言天子賜勉以斧鉞也。○【王洙曰】禮：諸侯賜斧鉞然後殺。○漢書杜詩傳：漢制以棨戟爲斧鉞。○【王洙曰】魏武帝九錫文：犯關干紀，是用錫公斧鉞。

樓船過洞庭。○【師古曰】謂船上有樓櫓。過洞庭，迤邐〔一〕之廣州也。○【王洙曰】漢武帝征南越，作樓船。北風隨爽氣，○【師古曰】言自北而南，帶爽氣而來也。南斗避文星。○【師古曰】謂北斗以南，惟公一人而已。美之之辭也。日月籠中鳥，○【師古曰。又，趙次公曰：「如籠中之鳥，局而不伸。」】喻局促不得騁也。○左思詠史詩：習習籠中鳥，舉翮觸四隅。乾坤水上萍。○【趙次公曰】喻流泛無定止也。○萍，季春浮水而生，江東謂之薸也。○【趙次公曰】黄庭堅曰：凡作詩須要開廣，如此句乃是學詩者一門户也。王孫丈人行，○【師古曰】行，音項，謂壽〔二〕也。○【趙次公曰：「指言李大夫，蓋其人宗室也。」】汧公李勉，乃鄭惠王之孫。○【王洙曰】前漢匈奴傳：匈奴曰：「漢天子，我丈人行也。」垂老見飄零。○此言李勉暮年赴嶺南節度也。

【校記】

〔一〕邐，元本、古逸叢書本作「邊」。

〔二〕壽，古逸叢書本作「儔」。

三月自衡州暫往潭州

旅夜書懷

細草微風岸，危檣獨夜舟。○【趙次公曰。又，杜陵詩史、分門集注、補注杜詩引作「杜定功曰」。】王仲宣詩：獨夜不能寐。星垂平野闊，月湧大江流。○【王洙曰】王仲宣詩：大江流日夜。名豈文章著，○著，直慮切，立也。官應老病休。○甫有肺疾也。飄飄何所似，天地一沙鷗。○【王洙曰】地，一作外。

清明

著處繁華矜是日，○著，直略切，觸〔一〕也。○【趙次公曰：「舊本矜作務，蔡伯世本作『矜是日』，是。」】一作「繁花務是日」。○【師古曰。又，王洙曰：「又云務足。」】或謂：務足，夸多也。所謂鬭草者，正此意也。長沙千人萬人出。渡頭翠柳豔明眉，争道朱蹄驕齧膝。○朱蹄，赤蹄也。○【趙次公曰】王褒聖主得賢臣頌：駕嚙膝，驂乘旦。應劭注：良馬低頭至膝，故曰嚙膝。馬怒有餘，常嚙其膝。此都好遊湘西寺，諸將亦自軍中至。○【趙次公曰：「舊本作『諸將之自軍中至』，師民瞻本『之』作『亦』，是。此實道其事耳。」】一作方自，一作遠自，一作亦云。馬援征行在眼前，○【師古曰】以馬援比衡州刺史也。○【王洙曰】馬援傳：援拜伏波將軍，南擊交趾女子徵側，又復擊五溪蠻夷。葛強親近同心事。○【師古曰。又，趙次公曰：「以比主帥之愛將。」】以葛強比衡州刺史之部將也。○【王洙曰】晉書：葛強，山簡愛將也。金鐙山下紅日晚，○鐙，與燈同。○【王洙曰：「（粉）一作日。」趙次公曰：「舊本作『紅粉晚』，當作『紅日晚』。」】日，一作粉，恐非。牙檣捩柂青樓遠。○【薛夢符曰】埤蒼：檣，帆柱也。○【師古曰】檣尾〔二〕銳如牙，故〔三〕曰「牙檣」。○捩，力結切，拗也。柂，徒可切，正舟木也。○【趙次公曰】青樓，則所祓禊〔四〕之處，岸上有之也。○【杜田補遺。又，杜陵詩史、分門集注、補注杜詩引作「薛夢符」，又引作「師古曰」。】古樂府劉生詩：座驚稱字孟，豪雄道姓劉。廣陌〔五〕適朱邸，大路起青樓。又，張正見採桑詩：倡狂不勝愁，結束下青樓。又，美女篇：青樓臨大道。古時喪亂皆可知，人世悲歡暫相遣。○人世，一作世人。弟姪雖存不得書，干戈未息苦離居。○離，一作難。逢迎少壯非吾道，○【師古曰】甫自謂老大干謁諸侯，俯仰於人，非其本性也。況乃今朝更祓除。○【王洙曰】祓除，乃上巳之日。○謂可以拂除災也。○【趙次公曰】周禮：女巫掌歲時，祓除釁浴。韓詩章句：鄭俗：三月上巳於溱、洧兩水之上秉蘭祓除。○沈約宋書：魏以後但用三日，不復用巳。○【趙次公曰】唐氣朔，大曆五年三月三日，清明。以是日清明適值上巳，則祓除之義尤明矣。

【校記】

〔一〕觸，元本、古逸叢書本作「獨」。

〔二〕尾，元本、古逸叢書本作「天」。

〔三〕故，元本、古逸叢書本作「人」。

〔四〕祓禊，元本作「佼揳」，古逸叢書本作「捩柁」。

〔五〕陌，元本、古逸叢書本作「借」。

題衡山縣文宣王廟新學堂呈陸宰

旄頭彗紫微，○【王洙曰】旄頭，胡星也。紫微，帝宫也。謂妖星犯帝座也。此追言安禄〔一〕山、史思明之亂中原，陷長安也。無復俎豆事。○俎豆，禮器也。○【王洙曰】謂當時之離亂，無復講明祭祀之禮也。金甲相排蕩，青衿一憔悴。○【師古曰】青衿，謂學士以青緣衣領也。父母在，則衣冠飾以青也。○【王洙曰】蓋時困於兵革，而不遑學校也。○詩子衿：刺學校廢也。嗚呼已十年，儒服弊于地。○【王洙曰】謂儒道不振也。征夫不遑息，學者淪素志。○【師古曰】謂其志不展也。我行洞庭野，○洞庭，屬岳州。欻得文翁肆。○欻，許勿反，忽也。○【師古曰】時指衡山縣學。○文翁，比陸宰也。○【王洙曰】昔漢文翁爲蜀郡守，興建學宮，以教蜀人，繇是大化，至今巴、蜀好文雅，文翁之化也。侁侁胄子行，○【鄭卬曰】侁，疏臻切，行貌也。○行，户郎切，列也。若舞風雩至。○雩，音于，祈雨祭名。○【王洙曰】胄子，謂元子以下至卿大夫子弟來從學者，若舞風雩而至也。論語云：春服既成，冠者五六人，童子六七人，浴乎沂，風乎舞雩，詠而歸。周室宜中興，孔門未應棄。○中，竹仲反。○【王洙曰】借周以喻唐也。言唐所以宜中興，則孔門豈可棄乎？蓋君君臣臣父父子子，百姓日用而不知者，皆在〔二〕是也。是以資雅才，涣然立新意。○【王洙曰。杜陵詩史、補注杜詩又引作「師古曰」。】雅才，美陸宰也。新學資〔三〕之成立爾。衡山雖小邑，首唱恢大義。○【王洙曰：「世亂而衡山能首建學校也。」】謂其邑雖小，而陸宰能首恢建學校也。因見縣尹心，根源舊宮閟。○【王洙曰】詩魯頌閟宮，頌僖公能復周公之宇也。講堂非曩構，大屋加塗墍。○【鄭卬曰】墍，巨至切，仰塗也。下可容萬人，墻隅亦深邃。何必三千徒，始壓戎馬氣。○【師古曰。又，王洙曰：「學校者，教化之所自也。魯侯能修泮宮，而淮夷攸服。則其所以折暴亂者，何必三千之徒？言文德足以服遠也。」】昔魯僖公能修泮宮，而服淮夷，今陸宰肇〔四〕建新學，文德自足以懷〔五〕遠，何必三千之徒始壓戎兵氣乎？○家語：孔子教人，束脩已上三千餘人。林木在庭户，密幹疊蒼翠。○言學中種木之茂也。有井朱夏時，轆轤凍堦戺。○【鄭卬曰】轆，盧谷切。

轤，落胡切。轆轤，圓轉木。〔六〕○言學中運水之具也。○【鄭卬曰】戺，鉏里切，砌也。耳聞讀書聲，殺伐災髣髴。○【鄭卬曰】髴，芳味切。○【趙次公曰】言此邦聞絃涌之聲而樂，彼兵革之患特覺其髣髴而已。故國延歸望，衰顏減愁思。南紀改波瀾，○改，陳作收。○【師古曰】言變其荆楚今日之風，而恩波遠被也。○南紀，前注。西河共風味。○【師古曰。又，王洙曰：「史記：子夏居西河教授，爲魏文侯師。共風味者，言人樂其教也。」】昔子夏居西河教授，今陸宰與之同，其風使人樂咀味其教也。○家語：卜子夏習於詩，以文學著名，教授於西河之上。魏文侯師事之，諮以國政〔七〕。采詩倦跋涉，載筆尚可記。○【王洙曰】尚可記，一作「記奇異」。高歌激宇宙，凡百慎失墜。○【師古曰。又，趙次公曰：「言采詩之官倦跋山涉水之勞，而不來采之，則史官之載筆尚可記陸宰之美也。」】大師采詩以觀風俗，今采詩之官倦於跋山涉水之勞，而不來采之，使陸宰之德政不聞于上，甫得不以是篇而記其美，以備國史之失墜乎？

【校記】

〔一〕祿，原作「鹿」，據元本、古逸叢書本改。

〔二〕在，元本、古逸叢書本作「有」。

〔三〕資，元本、古逸叢書本作「生」。

〔四〕肇，元本作「人」，古逸叢書本作「又」。

〔五〕懷，元本作「人」，古逸叢書本作「服」。

〔六〕轆轤圓轉木，元本、古逸叢書本作「天下之平木」。

〔七〕諮以國政，元本、古逸叢書本作「人以成正」。

入衡州

○【黃鶴曰】代宗大曆五年夏四月，湖南兵馬使臧玠殺其團練使崔瓘。○【王洙曰】又，湖南將王國良因之而反。○【黃鶴曰】公避地入衡州。

兵革自久遠，興衰看帝王。○【趙次公曰】兵革不息，徒自歲月之久，而興起其衰微，但看帝王處之如何耳！漢儀甚照耀，○【趙次公曰】光武紀：光武行司隸校尉，三輔吏士見司隸僚屬，喜曰：「不圖今日，復見漢官威儀也！」胡馬何猖狂。○假漢以言唐之法度未闕，而禄山、思明之亂中原，陷長安，何其猖狂悖謬，非義舉也！莊子：猖狂妄行。老將一失律，○【趙次公曰】言哥舒翰失守潼關也。○【王洙曰】易師卦：師出以律，失律凶也。清邊生戰場。君臣忍瑕垢，○言玄宗幸蜀，百官大臣皆流離道路也。○【王洙曰】左氏傳：國君含垢，瑜瑾匿瑕。河岳空金湯。○【趙次公曰】言君相初若含容，姦逆不即誅戮，故使河岳之地雖城固於金、池熱於湯，失守陷没，而空如之也。○光武贊：金湯失險。重鎮如割據，○【王洙曰】安史亂後，天下裂爲藩鎮，諸節度稍自威重，賦不上供，如一方之割據焉。權輕絶紀綱。軍州體不一，寬猛性所將。○【王洙曰：「各自爲政也。」】方鎮權重，朝廷反輕，是以紀綱弛而郡國各自爲政，寬猛惟性之所適，不復守王度也。嗟彼苦節士，○【趙次公曰】指崔瓘也。按新唐書：崔瓘以士行修謹聞。大曆中，爲湖南觀察使。時將吏習寬弛，不奉法，瓘少以禮法繩裁之，下多怨。素於圓鑿方。○言崔瓘之爲參佐，如方枘圓鑿之不相入也，其能致治乎？至若將校殺主帥以代節鎮，虜其妻子，唯遣一介請于朝，朝不能制，復姑息之，由是方鎮之禍尤愈於胡雛之亂華矣！管子：圓枘方鑿。○【王洙曰】屈原九辯：圓鑿而方枘兮，吾固知其齟齬以難入。寡妻從爲郡，兀者安短墻。○兀，五忽切，刖足也。莊子德充符篇：王駘，兀者也。凋弊惜邦本，○【趙次公曰】尚書：民爲邦本。哀矜存事常。○【趙次公曰】論語：如得其情，則哀矜而勿善〔一〕。麾旌非其任，府庫實過防。恕己獨在此，○或曰：恕〔二〕當作怒〔三〕。多憂增内傷。偏裨限酒肉，卒伍單衣裳。○當時總旌麾之任者，率非其人。賦役繁興，略不加存恤。人思爲亂，雖寡妻不免從爲力役。獨兀跛者始獲安居，此所以邦本凋弊也。民爲邦本，不務存恤。○【趙次公曰】復以裨將卒伍衣食之不繼，此軍所以亂也。元惡疑〔四〕是似，○【趙次公曰】元惡，指臧玠也。○迷是似，謂不别是非，誤害善士崔瓘也。聚謀泄康莊。○謀，或作諜。○【趙次公曰】謂聚謀而洩於通衢，則公然不顯矣。按瓘既以禮法繩裁，下故有多怨。别將臧玠、判官達奚覯忿争，覯曰：「今幸無事。」玠曰：「欲有事耶？」拂衣去。是夜以兵殺覯，瓘遑遽走，遇害。玠遂據潭州爲亂。○【薛夢符曰】爾雅：五達謂之康，六達謂之莊。○注：康，樂也。莊，盛也。言交道康樂繁盛也。竟流帳下血，大降湖南殃。○【王洙曰】臧玠既殺崔瓘，王國良因之而反。○【黃鶴曰】是時澧州刺史楊子琳、道州刺史裴虬、衡州刺史陽濟各出兵討玠。○宗室李勉爲御史中丞、京兆尹，大曆五年出爲廣州刺史，亦以兵討玠。故甫此句謂瓘發也。按集呈陽中丞通簡臺省諸公詩云「平生方寸心，反掌帳下難」，中丞即陽濟也。又云「宗英李端公，守職甚昭焕」，宗英即李勉也。此亦皆爲瓘發也。又呈聶耒陽詩云「麾下殺元戎，湖邊有飛旐」，亦爲瓘發也。烈火發中夜，高煙燋上蒼。至今分粟帛，殺氣吹沅湘。○【鄭卬曰】沅、湘，二水名。沅在象郡，湘即湘江。○水經云：沅出牂柯且蘭縣，入洞庭，會于江。湘水出零夷始安縣陽海山，至于巴丘，入于江。福善理顛倒，明徵天莽茫。○【趙次公曰】今以崔帥之謹而被刑，則福善之理豈不顛倒，明徵於天豈不莽茫乎？尚書：天道福善禍淫。又曰：明徵定保。銷魂避飛鏑，累足穿豺狼。○【王洙曰】言甫避亂奔走，危窘如穿豺狼間行也。隱忍枳棘刺，遷延胝跰瘡。○胝，丁尼切，皮厚也。跰，古典切，皮起也。○【王洙曰】言心痛悼喪亂，如忍棘刺手足而成瘡也。遠歸侍兒側，猶乳女在旁。久客幸脱免，暮年慚激昂。○【王洙曰】幸免於患也。蕭條向水陸，汩没隨漁商。報主身已老，入朝病見妨。悠悠委薄俗，鬱鬱回剛腸。參錯走洲渚，○【王洙曰】謝靈運詩：遡流觸驚急，臨圻阻參錯。○【趙次公曰】爾雅釋水：水〔五〕中可居曰洲，小洲曰渚。春容轉林篁。片帆在郴岸，○【鄭卬曰】郴，丑林切。桂陽縣也。通郭前衡陽。○【王洙曰】衡州也。華表雲鳥埤，○埤，避移切。雲鳥埤，言城高也。○【趙次公曰】或曰：

埤，恐作陣。名園花草香。旗亭壯邑屋，○【杜田補遺】三代世表：會旗亭下。注：市樓也。立旗於上，故名旗亭。張衡西京賦：旗亭五里，俯察百隊。魏都賦：抗旗亭之嶢嶭。烽櫓蟠城隍。○蟠，杜作卧。烽櫓者，設烽燧於櫓也〔六〕。○【趙次公曰】櫓者，城上守禦望樓。釋名：櫓，露上無復屋也。城隍者，城下之壕也。○説文：城池無水曰隍，有水曰池。○【趙次公曰】古今注：城者，盛也，所以盛受人物也。隍，城池之無水者也。中有古刺史，○【王洙曰】言衡州刺史愛民益政，有古刺史之風也。○以詩考之，刺史豈是崔侍御漼乎？盛才冠巖廊。○巖廊，朝廷所在也。○【杜田補遺】文穎前漢書音義：巖廊，殿下小屋也。本武帝以便馬獵，還宿殿陛巖下室中，故名巖廊。扶顛待柱石，○【趙次公曰】言刺史乃柱石之臣也。○吴志陸凱傳：宰相，國之柱石。獨坐飛風霜。○【趙次公曰】風霜，乃御史之任。○言今刺史有威嚴，可以爲御史也。昨者間瓊樹，○間，居莧切，厠也。○【王洙曰】甫自言昨得侍刺史，如間瓊樹然也。○【趙次公曰】世説：魏明帝使后弟毛曾與夏侯玄共坐，時人謂蒹葭倚玉樹。高談隨羽觴。○言觴之輕，如鳥羽之飛也。班婕妤賦：酌羽觴兮銷憂。注：爵也。○【王洙曰】陸士衡詩：四座咸同志，羽觴不可算。高談一何綺，蔚芳朝霞爛。○逸詩：羽觴隨流。無論再繾綣，○詩大雅：以謹繾綣。毛萇傳：反覆也。已是安蒼黄。○蒼黄，急遽〔七〕貌。言刺史待甫之情繾綣固結，已不可論，且感其安慰。避亂而來，其勢蒼黄也。劇孟七國畏，○【王洙曰】前漢游俠傳：劇孟以俠顯。吴、楚反時，條侯爲太尉，乘傳來討。至河南，得劇孟，喜曰：「吳、楚舉大事而不求劇孟，知其無能已。天下騷動，大將軍得之，若一敵國云！」馬卿四賦良。○【王洙曰】司馬相如，字長卿，有大人賦、子虛賦、上林賦、哀二世賦。○【趙次公曰】此甫以劇孟、馬卿比美刺史也。門闌蘇生在，○史記楚世家：張儀願爲門闌之〔八〕厮。後漢帝紀：明帝幸鄴，詔復門闌走卒。○【杜陵詩史、分門集注、補注杜詩引作「王洙曰」。】甫自注：蘇生，侍御涣也。勇鋭白起强。○嚴尤三將叙曰：平原君勸趙孝成王受馮亭，王曰：「受之，秦兵必至，武安君必將，誰能當之乎？」對曰：「澠池之會，臣察武安君小頭而面鋭，瞳子黑白分明，視瞻不轉者，執志强也。可與久持，難與争鋒也。」問罪富形勢，○【趙次公曰】言兵之形勢精强也。凱歌懸否臧。○否，彼彼〔九〕切。○【趙次公曰】謂蘇生涣在崔刺史門下之幕府，有若白起之勇鋭。○宜賴之以舉問罪之師，是以平臧玠而凱旋，其與鄰郡美惡懸絶，不相謀矣。○【趙次公曰】易師卦：師出以律，否臧凶。甫於末章自注云：「聞崔侍御潩乞師于洪府，師已至袁州。」此所謂「問罪」、「凱歌」者乎？氛埃期必掃，蚊蚋焉能當。○【趙次公曰】氛埃、蚊蚋，以比臧玠也。橘井舊地宅，仙山引舟航。○【趙次公曰】橘井、仙山，皆在郴州。甫欲自衡謀，欲引船以往郴也。○後漢志：桂陽郡。注〔一〇〕：縣南十數里有馬嶺山，山上有仙人蘇耽壇。○【趙次公引作「神仙傳」。】郴州圖經：蘇耽將去，告母曰：「後二年，郴人大疫。」乃植橘鑿井，曰：「受病者但食一橘葉，飲水一盞，當自愈。」○今郴州蘇仙觀乃其舊宅。馬嶺山，今謂之蘇仙山。其上有小石如桃核狀，郡人曰：「此所遺桃核也。」有邪病者，水磨服之，甚有驗。又見列仙傳。此行厭暑雨，厥土聞清凉。○甫言至此可以洗滌煩暑也。○【趙次公曰】按集崔三十三舅攝郴州詩有曰「郴州可凉冷，橘井尚凄清」是也。諸舅剖符近，○【王洙曰：「言諸舅皆作郡。」】美刺史諸舅皆剖符典郡者也。○時崔偉攝郴州，甫將往依焉。漢儀：銅虎符發兵，長六寸。竹使符出入調發。説文：符，分而合之爾。顔師古曰：右留京師，左以與之也。開緘書札光。頻繁命屢及，○頻繁，一作蘋蘩。磊落字百行。○謂舅氏崔偉屢次以書招甫，具禮相待也。江總外家養，○言有是舅必有是甥也。○【王洙曰】陳書：江總字總持，七歲而孤，依于外氏，聰敏有至性。舅吴平光侯蕭勱〔一〕名重當時，多所鍾愛，常謂總曰：「爾操行殊異，神彩英秀，後之知名，當出吾右。」謝安乘興長。○言爲政之暇，不妨登山之興味也。○【王洙曰】謝安傳：字安石，寓居會稽，出則漁弋山水，入則言詠屬文，無處世意。常往臨安山中，坐石室，臨濬谷，悠然歎曰：「此亦伯夷何遠？」又與孫綽等汎海，吟嘯自若。放情丘壑，每賞遊必常以妓女從也。下流匪珠玉，○【趙次公曰】公自謙其爲人特下流耳，非是珠玉之珍也。擇木羞鸞凰。○【趙次公曰】鸞鳳非梧桐不棲，甫今未有依托，故羞比之也。我師嵇叔夜，○【趙次公曰：「公自言其放曠懶散如嵇康。」】公自言欲效嵇康之恬静寡欲也。○嵇康傳：字叔夜。天質自然，恬静寡欲。含垢匿瑕，有寬大之量。世賢張子房。○【杜陵詩史、分門集注引作「王洙曰」。】【公自注：彼掾張勱。○【趙次公曰：「公自有本注，以美張勱也。」】夢弼謂：公以張勱比張子房之無智名勇功也。柴荆寄樂土，○【趙次公曰】樂土，指郴州。○甫避亂寄居于此地也。○【趙次公曰】詩：適彼樂土。鵬路觀翱翔。○佇觀刺史將爲朝廷擢用，如飛鵬之摶扶摇于九萬里也。○【趙次公曰】莊子逍遥遊篇：鵬之飛，其翼若垂天雲，水擊三千里，摶扶摇而上者九萬里。

【校記】

〔一〕善，元本、古逸叢書本作「喜」。

〔二〕恕，古逸叢書本作「怒」。

〔三〕怒，元本作「恕」。

〔四〕疑，古逸叢書本作「迷」。

〔五〕水，元本、古逸叢書本無。

〔六〕樐也，元本、古逸叢書本無。

〔七〕遽，原作「邃」，據古逸叢書本改。

〔八〕之，元本、古逸叢書本作「史」。

〔九〕彼彼，古逸叢書本作「補美」。

〔一〇〕注，元本、古逸叢書本作「在」。

〔一一〕勦，原作「勵」，據陳書江總傳改。

白馬

○後漢李憲傳：憲餘黨屯灊山，揚州牧歐陽歙不能剋。廬江人陳衆爲從事，請乘單車駕白馬往説而降之。人號「白馬從事」。魏志：龐德字令明，討關羽，與羽交戰，射羽中額。時德常乘白馬，羽軍謂之「白馬將軍」，皆憚之。

白馬東北來，○【趙次公曰】按皇朝九域志：衡州北至州界乃潭州。以公自南而北言之，則所見之馬爲東北來也，明矣。空鞍貫雙箭。可憐馬上郎，意氣今誰見。○此傷當時乘白馬者非李憲、龐德，而今憲、德不可復見也。近時主將戮，中夜傷於戰。○【蔡伯世曰】此詩乃潭州作，主將謂崔瓘也。○臧玠與達奚忿爭，拂衣去，是夜以兵殺瓘。時甫自潭州如長沙而逢亂也。○【鮑欽止曰：「商州也。崔屬楚，楚世家注：在今順陽郡南鄉、丹水二縣，有商城在於水中。乃知商於爲商州，即張儀欺楚王之地也。」又，王洙曰：「商，或作傷。」趙次公曰：「傷於戰，一作商於。按，商於者，山名，在虢州。與此潭州之亂無相干，斷不可取。」】或曰：按，傷於，一作商於，乃張儀欺楚王之地，即商州也。○【師尹曰】謂大曆三年，商州兵馬使劉洽殺其刺史殷仲卿，豈此歟？○【師古曰】説者又謂：是詩爲永王璘叛於楚而作。○夢弼謂：二説皆非也。喪亂死多門，嗚呼淚如霰。○【趙次公曰】屈原九歌哀郢篇：涕淫淫其如霰。○【趙次公曰。又，杜陵詩史、分門集注引作「師古曰」。】江文通雜詩：握手淚如霰。

迴棹

○【趙次公曰】甫本襄陽人也。時厭衡山之熱，憶峴山之涼，欲迴棹而往也。

宿昔世安命，○世，一作試。○【趙次公曰】莊子德充符篇：知其不可奈何而安之若命，唯有德者能之。自私猶畏天。○【趙次公曰】言雖私已自便，尚終不若小人之不畏天者也。勞生繫一物，爲客費多年。衡嶽江湖大，○【鄭卬曰】荆州記：衡山，南嶽也。周旋數百里，高四千一十丈。蒸池疫癘偏。○羅含湘中記：蒸水注湘。○【鄭卬曰】寰宇大定記：衡州衡陽縣，蒸水源出縣西如蒸山。水經：蒸水出唐安縣南，又東北至臨蒸至湘，謂之蒸口。○【趙次公曰】水以蒸而得名者，謂其氣如蒸也。散才嬰薄俗，○薄，一作舊。○【趙次公曰】以閑散之才爲薄俗所嬰繞，此同乎流俗之意。有跡負前賢。○【趙次公曰】蓋言賢者每以跡爲累，故以絶跡爲貴。今有留滯之跡，所以負媿於前賢矣。巾拂那關眼，○【趙次公曰】巾拂，所以莊肅形容之物。那關眼，則舟中放曠而不用矣。瓶罍易滿船。○【趙次公曰】言飲器之多也。火雲滋垢膩，○火雲，旱雲也。○【王洙曰】淮南冥覽訓：旱雲煙火。凍雨裛沉綿。○凍，音東。裛，音邑。○【王洙曰】沉，一作塵。○【趙次公曰】楚辭：使凍雨兮灑塵。○【王洙曰】張衡思玄賦：凍雨霈其灑途。注引爾雅：夏月暴雨謂之凍雨[一]。○沈休文蕭愐碑：因遇沉痾，綿留氣序。强飯蓴添滑，○【鄭卬曰】强，其亮切。○蓴，音純。水菜也。生水中，葉似梟葵浮水上，莖可噉。端居茗續煎。○【薛夢符曰】茶録：潭、邵之間，渠江中有茶。邵多毒蛇猛獸，鄉人每年採擷不過十五六斤，其色如鐵，芳草〔二〕異常，煎之無脚也。清思漢水上，凉憶峴山巔。○【王洙曰】漢水、峴山，皆襄陽也。○【趙次公曰】此在湘潭之時，最爲卑濕蒸鬱之處，故清思漢水而凉憶峴山也。公本襄陽人，豈懷鄉之語乎？順浪翻堪倚，○【王洙曰】江賦：冰〔三〕夷倚浪以傲睨。迴帆又省牽。吾家碑不昧，○【王洙曰：「杜預沉碑峴山之下。」】杜預字元凱，平吴立碑，一寘峴山，一〔四〕沉於江，求名千載也。王氏井依然。○吾家、王氏，假對。○【王洙曰：「王粲宅有井。」】吴〔五〕子襄沔記：王粲宅在萬山之東。襄陽耆舊傳：繁伯休卜宅，王粲鄰〔六〕同井。几杖將衰齒，茅茨寄短椽。灌園曾取適，○列女傳：於陵子終賢，楚〔七〕王欲以爲相，遂與妻俱逃，而爲人灌園。遊寺可終焉。遂性同漁父，○【趙次公曰】言同乎漢陰之漁父，不求名聞也。○【王洙曰：「屈原、莊子皆有漁父篇。」】莊子漁父篇：漁父刺船而去，延緣葦間。屈原漁父篇：屈原既放，遊於江潭。漁父見而問之，曰：「子非三間大夫與？」原曰：「舉世皆濁我獨清，衆人皆醉我獨醒。是以見放。」漁父曰：「聖人不凝滯於物，而能與世推移。世人皆濁，何不淈其泥而揚其波？衆人皆醉，何不哺其糟而歠其醨〔八〕？」乃鼓枻而去，歌曰：「滄浪之水清兮，可以濯吾纓。滄浪之水濁兮，可以濯吾足。」遂去，不復與言。成功異魯連。○【趙次公曰】言異乎仲連之却秦軍，下燕城，雖不受封，猶爲取名也。○【王洙曰】史記魯仲連傳：仲連責新垣衍帝秦，秦將聞之，却軍五十里。平原君趙勝欲封之，辭不受。田單攻聊城不下，魯連乃爲書以遺燕將，燕將見書自殺，田單遂屠而歸，而言魯連，欲爵之。魯連逃隱於海上，曰：「吾與富貴而詘於人，寧貧賤而輕世肆志焉。」篙師煩爾送，○【鄭卬曰】篙，始勞切。○進船竿也。朱夏及寒泉。○趙傁曰：語篙師云：「煩爾送我一去，猶朱夏之際得及寒泉之爲可挹也。」豈却乃往峴山乎〔九〕？

【校記】

〔一〕雨，古逸叢書本作「南」。

〔二〕草，古逸叢書本作「烈」。

〔三〕冰，元本、古逸叢書本作「水」。

〔四〕一，元本、古逸叢書本無。

〔五〕吴，元本、古逸叢書本作「吾」。

〔六〕鄰，元本、古逸叢書本作「願」。

〔七〕終賢楚，原作「楚終賢」，據古逸叢書本改。

〔八〕歠其醨，元本、古逸叢書本作「啜其釃」。

〔九〕「豈却」至「山乎」，元本、古逸叢書本無。

憶鄭南

鄭南伏毒寺，○【趙次公曰：「舊本『伏毒守』，難解，師民瞻作手，亦無義。一作寺，却似有理。蓋寺名伏毒，而在江心。」】寺名伏毒。○【黄鶴曰：「鄭南，當是華州鄭縣之南。」】在華州鄭南縣。○劉禹錫別集云：舅氏牧華州，前後由華覲謁，路經伏毒寺，曾題詩于梁。今典馮翊，望三峰，浩然生思，寄詩。有詩云：「曾作關中客，頻經伏毒巖。晴煙沙苑樹，晚日渭川帆。」謂此也。瀟灑到江心。○【趙次公曰】謂寺在江心而瀟灑也。石影銜珧閣，○【鄭卬曰】珧，音洮。○【黄鶴曰：「珧，玉色，言石似玉也。」】玉色鮮絜也。○珧，舊作珠，惟陳作珧，當從之。泉聲帶玉琴。○【趙次公曰】言泉聲如玉琴之韻也。風杉曾曙倚，○曙，常恕切，曉也。雲嶠憶春臨。萬里滄浪水，○滄浪，陳作蒼茫。○【王洙曰。又，趙次公曰：「舊本作『滄浪外』，師民瞻本作『滄浪水』，是。」】水，一作外。○【趙次公曰】寰宇記：邵州有漁父廟，乃屈原所逢之處。武崗縣有滄浪水。龍蛇只自深。○【趙次公曰】言滄浪水徒爲龍蛇之深藏，不似鄭南江心之可樂也。

舟中苦熱遣懷奉呈陽中丞通簡臺省諸公

媿爲湖外客，○【趙次公曰】公自媿爲客於洞庭湖之外。看此戎馬亂。中夜混黎甿，脱身亦奔竄。○【王洙曰。又，杜陵詩史、分門集注引作「師古曰」。】謂避臧玠之亂，入衡州也。平生方寸心，反當帳下難。○【趙次公曰：「舊本『反掌帳下難』。蔡伯世云：別本作反當，以上下詩意考之，當從別本。其説是。」】反當，舊作反掌，蔡作反當，今從之。○【師古曰。又，王洙曰：「謂崔瓘見殺也。」】帳下難，指崔瓘被殺也。○【師古曰】甫入衡州詩「竟流帳下血，大降湖南殃」。○呈聶耒陽詩「麾下殺元戎」，皆謂是也。嗚呼殺賢良，○【趙次公曰】賢良，指崔瓘也。○【王洙曰】按唐書：瓘爲治不煩苛，人便安之。居澧州二年，增户數萬，詔特進五階，以寵異政。不叱白刃散。○【趙次公曰】公自言平生有經世之心，而反當帳下有尚至於賊殺賢良，乃不能一叱白刃使散，蓋自以爲媿矣。吾非丈人特，○【師古曰】特，謂匹特也。没齒埋冰炭。○【師古曰】冰炭，謂與小人不相入也。○【薛夢符曰】論語：没齒無怨言。恥以風病辭，胡然泊湘岸。○【師古曰】臧玠之亂，欲召甫，甫以病辭，遂泊于湘岸。入舟雖苦熱，垢膩可溉灌。痛彼道邊人，形骸改昏旦。○【王洙曰。又，杜陵詩史、分門集注引作「師古曰」。】痛彼遇亂而死者也。中丞連帥職，○【趙次公曰】中丞，指陽濟也。舊唐書：衡州刺史陽濟出兵討臧玠。連師〔一〕，乃古諸侯之職也。封内權得按。身當問罪先，○【師古曰】謂封疆之内，刺史權得按察，故以兵來問罪也。縣實諸侯半。○【王洙曰。又，杜陵詩史、分門集注引作「師古曰」。】謂陽中丞封邑半於古諸侯也。士卒既輯睦，○【薛夢符曰】春秋左氏傳：宣十二年，隨武子曰：「昔歲入陳，今兹入鄭。民不罷勞，居〔二〕無怨讟，而卒乘輯睦，事不奸矣。」

啓行促精悍。○【師古曰】謂督促精悍之兵以討玠也。○【趙次公曰】詩小雅：戎車十乘，以先啓行。似聞上游兵，○【薛夢符曰。又，九家集注杜詩引作「杜田補遺」，杜陵詩史、分門集注引作「師古曰」。】前漢項羽傳：羽自立爲西楚霸王〔三〕，使人徙義帝，曰：「古之帝者，地方千里，必據上游。」乃徙義帝長沙郴縣。○【薛夢符曰】注：文穎曰：居水之上流也。游，或作流。顔師古曰：游即流也。稍逼長沙館。○【師古曰】長沙，屬潭州也。鄰好彼克修，○【趙次公曰。又，九家集注杜詩引作「師尹曰」：「中丞楊琳自澧上達長沙問罪，見子美後詩注。」】按集，公呈聶耒陽詩篇末自注云：楊中丞琳問罪將士皆自澧山〔四〕達長沙也。天機自明斷。南圖卷雲水，北拱戴霄漢。美名光史臣，長策何壯觀。○陽濟修講鄰郡好愛之機謀果斷。○【師古曰。又，王洙曰：「南圖，謂圖畫湖南也。北拱，謂誅亂鉏暴以尊王室也。如此則書於史臣者光美，而見於策略者爲壯觀也！」】圖畫湖南，卷盡雲水，掃除暴亂，北尊王室，如此則名聲光于史籀，而計策又何其壯觀也！○【杜田正謬。又，杜陵詩史、分門集注引作「師古曰」。】按集有送嚴公詩曰「南圖迴羽翮，北極拱星辰」。或説：南圖，蓋用莊子「鵬飛九萬里而圖南」故事也。驅馳數公子，咸願同伐叛。○【趙次公曰。又，杜陵詩史、分門集注、補注杜詩引作「師古曰」。】唐書：澧州刺史楊子琳、道州刺史裴虬、衡州刺史陽濟各出兵討玠。宗室李勉爲廣州刺史，亦以兵討玠也。聲名〔五〕哀有餘，夫何激衰懦。○【王洙曰。又，杜陵詩史、分門集注引作「師古曰」。】謂數公子之英聲節義，足以感激衰懦也。偏裨表三上，鹵莽同一貫。○【師古曰】偏裨，謂副將也。三上表章，以陳臧玠之無罪，其言崔瓘之減克軍士衣糧，率皆鹵莽不明乎瓘之用心也。○同乎一貫。始謀誰其間〔六〕，迴首增憤惋。○【師古曰】始謀者，指玠也。○【趙次公曰】問玠始初同謀者誰在其間，令我回首憤惋也。宗英李端公，○【杜田補遺。又，杜陵詩史、分門集注引作「師古曰」。】李端公，名勉，乃宗室之英秀者。爲御史中丞。大曆中，出爲廣州刺史，亦以兵討玠也。○【杜田補遺】梁邵陵王辭丹陽尹表：臣進非民譽，退異宗英。○【杜田補遺。又，杜陵詩史、分門集注引作「師古曰」。】李肇國史補：宰相相呼爲「堂老」，兩省相呼爲「閣老」，尚書丞郎相呼爲「曹長」，郎中、員外、御史、拾遺相呼爲「院長」，唯御史呼爲「端公」。守職甚昭焕。變通迫脅地，謀畫焉得算。○【師古曰。又，趙次公曰：「李公能變而通之，於賊兵追脅之地，用其謀畫，更得算計可行乎！」】謂李勉能釋脅從之人，以安衆心，足見其明權變，而知其謀畫之多也。王室不肯微，凶徒略無憚。此流須卒斬，神器資强幹。○【師古曰】謂李勉不肯令王室之微，必斬臧玠以幹正神器，亦使兇徒少有憚畏也。○【薛夢符曰】老子二十九章：天下神器，不可爲也。○【杜田補遺。又，杜陵詩史、分門集注、補注杜詩引作「薛夢符曰」。】班固西都賦：强幹弱枝，隆上都而觀萬國。○光武紀：博士丁恭議古封禪〔七〕，諸侯不過百里，利以建侯，取法於雷，强幹弱枝，所以爲治也。○【集千家注批點杜工部詩集引「薛夢符曰」：「後漢章帝時，宋意上疏曰：『春秋之義，諸父昆弟無所不臣，所以尊尊卑卑，强幹弱枝也。』」】宋均族子意爲尚書。肅宗親親之義篤，叔父濟南、中山二王及諸昆弟並留京師，不遣就國。上疏曰：「春秋之義，諸父昆弟無所不臣，所以尊尊卑卑，强幹弱枝也。」扣寂豁煩襟，皇天照嗟嘆。

○【師古曰】扣寂，言以詩發寂默，而豁煩悶之胸懷，冀皇天有以知之也。○【趙次公曰】陸士衡文賦：扣寂寞以求音。○宋之問曰：皇天見余嗟嘆。

【校記】

〔一〕師，古逸叢書本作「帥」。

〔二〕居，古逸叢書本作「軍」。

〔三〕王，元本、古逸叢書本作「上」。

〔四〕山，古逸叢書本作「上」。

〔五〕名，古逸叢書本作「節」。

〔六〕問，古逸叢書本作「問」。

〔七〕禪，古逸叢書本作「建」。

送顧八分文學適洪吉州

中郎石經後，八分蓋憔悴。○【師古曰】言自蔡中郎之後，八分書體雕零，故云「憔悴」也。○【王洙曰】後漢蔡邕拜中郎將，校書東觀，以經籍去聖益遠，文字多謬，俗儒穿鑿，疑誤後學。熹平中，表正求〔一〕定六經文字，靈帝許之。邕乃自書册于碑，使工鐫刻，立於太學門外。唐李邕兩京記：

正觀中，得蔡邕石經數板，皆八分書。顧侯運鑪錘，○鑪，音盧，竈也。○【鄭卬曰：「錘，之瑞切，鍛也。」】錘，之瑞、之蘂二切，鍛也。○【薛夢符曰】莊子大宗師篇：夫無莊之失其美，據梁之失其力，黄帝之亡其智，皆在鑪錘之間耳。筆力破餘地。○言顧侯之筆力，皆運轉鍛鍊，以成八分之書也。○【趙次公曰】莊子養生篇：恢恢乎其於遊刃必有餘地矣。昔在開元中，○開元，玄宗〔二〕年號也。韓蔡同贔屓。○【鄭卬曰】贔，平秘切。屓，虚器切。○【杜田補遺：「作力之貌。」又，杜陵詩史、分門集注引作「修可曰」，杜陵詩史又引作「師古曰」。】壯士作力貌。○【王洙曰：「開元中，韓擇木、蔡有鄰二人善八分。事見李潮八分歌注。」趙次公曰：「韓則韓擇木，蔡則蔡有鄰。」】韓謂韓擇木，昌黎人也，官至工部尚書、散騎常侍。蔡謂蔡有鄰，濟陽人也，官至冑曹參軍。○【趙次公曰】按集，公有李潮八分小篆歌「尚書韓擇木，騎曹蔡有鄰，開元以來書八分」是也。玄宗妙其書，是以數子至。御札早流傳，○【杜田補遺。杜陵詩史、補注杜詩、集千家注批點杜工部詩集又引作「師古曰」。又，王洙曰：「明皇師韓擇木，嘗於彩牋上八分書，賜張説。」集千家注批點杜工部詩集引作「公自注」：「明皇師韓擇木，嘗於彩牋上八分書，賜張説。」】書苑：唐明皇好圖畫，工八分章草，豐茂英特。初，張説爲麗正殿學士，獻詩明皇。自於彩牋上八分書，讚曰：「德重和鼎，功逾濟川。詞林秀發，翰苑光鮮。」所謂「御札流傳」者，此也。揄揚非造次。三人並入直，○【王洙曰】三人謂韓、蔡、顧也。恩澤各不二。顧於韓蔡內，辨眼工小字。○【師古曰】辨眼，謂於字中最號明眼者也。○【王洙曰】顧侯八分書外，尤善小字。分日示諸王，鈎深法更秘。文學與我遊，蕭疏外聲利。追隨二十載，浩蕩長安醉。高歌卿相宅，文翰飛省寺。○風俗通：寺，司也。今尚書御史官府所止，皆曰寺也。視我揚馬間，○【王洙曰：「視公如揚雄、司馬相如。」】顧侯喜甫，比之揚雄、司馬相如也。白首不相棄。驊騮入窮巷，必脱黄金轡。○【趙次公曰】顧侯騎驊騮來訪，必脱黄金轡者，言其富貴也。一論朋友難，遲暮敢失墜。古來事反覆，相見横涕泗。嚮者玉珂人，○【鄭卬曰】珂，丘何切。○【杜田補遺】螺屬，潔白如雪。老鵰入海所化。○【杜田補遺。又，杜陵詩史、補注杜詩引作「師古曰」。】神農本草：珂，貝類，大如鰒，皮黄黑而骨白。以爲馬飾，生南海。○唐書車服志：天寶中，京官朔望朝參，朱衣袴褶，五品以上有珂傘。凡車之制，三品以上珂九子，四品以上珂七子，五品珂五子。以下去珂。張華輕薄篇：文軒植羽蓋，乘馬佩玉珂。司馬光類篇：雀入大水，化爲蛤。鵰入海，化爲珂。誰是青雲器。○【師古曰】青雲器，言器之高遠也。○【王洙曰】此譏向之貴者，未必賢也。○【杜田補遺。又，杜陵詩史、補注杜詩、集千家注批點杜工部詩集引作「師古曰」。】晉阮咸，字仲容，爲始平太守。顔延年五君詠曰：仲容青雲器。才盡傷形體，病渴污官位。○【王洙曰】體，一作骸。○【師古曰】甫謙言己才已盡，況又病渴，豈可污辱官位乎？○【杜田補遺。又，杜陵詩史、補注杜詩引作「師古曰」。】齊江淹字文通，夢得五色筆，由是文章日新。復夢有人自稱郭璞，取之，後爲詩絶無美句。時人謂爲才盡。故舊獨依然，時危話顛躓。○躓，與疐同，跲也。我甘多病老，子負憂世志。胡爲困衣食，顔色少稱遂。遠作辛苦行，順從衆多意。舟楫無根蔕，蛟鼉好爲祟。况兼水賊繁，特戒風飆駛。○飆，卑遥切，暴風也。駛，疏吏切，疾也。崩騰戎馬險，○【師古曰】崩騰，即奔騰也。往往殺長吏。○【師古曰】軍興之際，賦斂慘刻，動殺長吏以叛也。子干東諸侯，勤勉防縱恣。○勤，或作勸。邦以民爲本，○【趙次公曰】尚書：民爲邦本。魚飢費香餌。○【師古曰】魚飢，喻民困顧。○【趙次公曰】使當勉諸侯厚施予，以恤民爲本也。請哀瘡痍深，告訴皇華使。○【趙次公曰】詩小雅〔三〕：皇皇者華。君遣使臣也。使臣精所擇，進德知歷試。惻隱誅求情，固應賢愚異。○【師古曰。又，王洙曰：「不可一概爲苛急，當存賢愚之用心爾。」】甫意欲顧侯告于皇華使，閔其瘡痍，精擇良吏以爲佐，勤恤民隱，無徒誅求，一概爲苛急，略無賢愚之異爾。烈士惡苟得，○惡，烏路切，憎也。俊傑思自致。○【師古曰】此戒顧侯無以不義而苟得，當自致富貴。○【趙次公曰：「皆以指言顧文學，所以責望之深矣。」】則其望之之深也。贈子猛虎行，○【王洙曰】樂府陸士衡猛虎行：渴不飲盗泉水，熱不息惡木陰。惡木豈無枝，志士多苦心。出郊載酸鼻。○【趙次公曰】高唐賦：寒心酸鼻。○竇憲傳：言之可爲酸鼻。

【校記】

〔一〕正求，古逸叢書本作「求正」。

〔二〕玄宗，原作「太宗」，據元本、古逸叢書本改。

〔三〕小雅，元本、古逸叢書本無。

聶耒陽以僕阻水書致酒肉療飢荒江詩得代懷興盡本韻至縣呈聶令陸路去方田驛四十里舟行一日時屬江漲泊于方田

○【鄭卬曰】耒陽，衡州東南屬縣。○【趙次公曰】大曆五年夏四月，臧玠殺崔瓘。○公由是避地入衡州，至耒陽，遊嶽祠。以大水，涉旬不得食。耒陽聶令具舟迎之，水漲，遂泊方田驛。今作此詩以謝之。

耒陽馳尺素，○【王洙曰】尺素，書也。見訪荒江渺。義士烈女家，○【王洙曰】史記刺客傳：聶政殺韓相，自死。其姊榮〔一〕伏尸哭，極哀，死政之旁。晉、楚、齊、衛聞之，皆曰：「非獨政能也，乃其姊亦烈女也。」風流吾賢紹。昨見狄相孫，許公人倫表。○【杜田補遺】杜陵詩史、分門集注、補注杜詩、集千家注批點杜工部詩集又引作「師古曰」。〕南史：孔休源爲晉安王長史，武帝勅王曰：「孔休源人倫儀表，當師事之。」前期翰林後，屈跡縣邑小。○【師古曰】狄相孫，指兼謨也。兼謨善人倫風鑒，許聶令以人倫之表。○【王洙曰。杜陵詩史又引作「師古曰」。】言聶才宜在翰林而反屈迹小縣也。○【趙次公曰：「舊本『前期翰林後』，蔡伯世云：別本作前朝。其説是。」】按，前期，一作前朝。○【趙次公曰】或謂：豈聶令之父祖嘗任翰林之職乎？知我礙湍濤，半旬獲浩溔。○【趙次公曰】溔，以沼切，大水貌。○【師古曰】言聶令知甫阻水也。○司馬相如上林賦：浩溔潢漾。魏都賦：河汾浩洋〔二〕而皓溔。○【趙次公曰】謝靈運山居賦：吐泉源之浩溔。麾下殺元戎，○【王洙曰。杜陵詩史又引作「師古曰」。】指臧玠殺崔瓘也。○按集有入衡州詩「竟流帳下血」，舟中苦熱詩「反當帳下難」是也。湖邊有飛旐。○【師古曰】飛旐，謂瓘之喪揚素旐也。孤舟增鬱鬱，○【師古曰】甫避亂衡州，屬江漲不得去，故愈鬱鬱然不樂也。僻路殊悄悄。○悄，憂貌。○【王洙曰】詩國風：憂心悄悄。側聽猿猱捷，仰羨鸛鶴矯。○捷，疾也。矯，舉也。○【師古曰】猿猱善跳擲，鸛鶴善飛翔，甫阻水，恨不能如猿猱與鸛鶴也。禮過宰肥羊，○【趙次公曰】詩伐木篇：既有肥羜。○毛萇傳：羜，未成羊也。○【王洙曰】曹子建詩：烹羊宰肥牛。愁當置清醥。○【杜田補遺。杜陵詩史又引作「師古曰」。】醥，匹〔三〕妙切，青白色。○【王洙曰】蜀都賦：置酒高堂，觴以醥清。○【杜田補遺】按，醥，或〔四〕本又作縹〔五〕，同匹〔六〕妙切，清酒也。○【杜田補遺。又，門類增廣十注杜詩引作「杜云」。杜陵詩史引作「薛夢符曰」，又引作「師古曰」，杜陵詩史、補注杜詩又引作「修可曰」。】揚雄酒賦：其味有宜春醪醴，蒼梧縹清。○【杜田補遺。又，杜陵詩史引作「修可曰」，又引作「師古曰」，分門集注引作「鄭卬曰」。另，王洙曰：「言聶令以肥羊、清醥，乃見於禮也。」】肥羊、清醥，皆言聶令待遇我之厚也。

人非西諭蜀，○【王洙曰。杜陵詩史又引作「師古曰」。】前漢司馬相如傳：唐蒙通夜郎，徵發巴、蜀吏卒，因〔七〕軍興法誅其渠帥，巴、蜀大驚。武帝聞之，使相如作檄以責唐蒙，因諭巴、蜀人。興在北坑趙。○興，許應切。○【師古曰】此甫之意謂臧玠之徒不可以言諭之，宜若趙卒悉坑之也。○【王洙曰：「秦將白起破趙，四十餘萬軍遂降。秦白起悉坑之。」杜陵詩史又引作「師古曰」。】史記白起傳：起善用兵，事秦昭王，號武安君。秦攻趙壘，數挑戰，趙將廉頗堅壁不出。秦使人爲反間，曰：「秦獨畏馬服子趙括爲將耳。」趙王聞反間之言，因使括代頗。秦使起爲上將軍。括至，擊秦軍，秦軍佯敗走，括出鋭卒自搏戰，秦軍射殺括，括軍敗走，四十萬人降起。起以爲趙卒反覆，而乃挾詐，盡坑殺之。方行郴岸静，○【師古曰】謂郴州無恙也。未話長沙擾。○【師古曰。王洙曰：「時臧玠殺崔瓘，長沙擾亂也。」】指臧玠之亂也。崔師乞已至，澧卒用矜少。問罪消息真，○【鄭卬曰：「澧，里第切。荆州湖名。」】澧，里弟切。荆湖州名〔八〕。○水經：澧水出武陵歷山之北。○【趙次公曰：「末句公之自注甚明。」九家集注杜詩依例爲「王洙曰」，杜陵詩史、分門集注、補注杜詩引作「王洙曰」，杜陵詩史、補注杜詩又引作「師古曰」，集千家注批點杜工部詩集引作「公自注」。】甫自注：聞崔侍御潩乞師於洪府，師已至袁州北。楊中丞琳問罪將士自澧上達長沙。開顔憩亭沼。○憩，去例切，息也。○【師古曰】此甫謂得以開顔而喜叛徒之已擒也。

【校記】

〔一〕榮，古逸叢書本作「嫈」。

〔二〕洋，古逸叢書本作「湃」。
〔三〕匹，元本、古逸叢書本作「四」。
〔四〕或，元本、古逸叢書本無。
〔五〕縹，元本、古逸叢書本作「鏢」。
〔六〕匹，元本、古逸叢書本作「四」。
〔七〕因，古逸叢書本作「用」。
〔八〕荆湖州名，元本作「荆湖州石」，古逸叢書本作「荆南州也」。

新定杜工部草堂詩箋斠證卷第五十

逸詩拾遺

瞿塘懷古

○【鄭卬曰】寰宇記：夔州瞿塘，在[一]東一里。

西南萬壑注，勍敵兩崖開。○勍，渠京切，彊也。地與山根裂，江從月窟來。削成當白帝，○水經：白帝山城門西，江有孤石，冬出二十餘丈，夏即没，有時纔出。空曲隱陽臺。○陽臺，乃巫山神女之臺也。疏鑿功雖美，○【九家集注杜詩、分門集注引作「王洙曰」，杜陵詩史、補注杜詩、集千家注批點杜工部詩集引作「吕本中曰」。】郭璞江賦：巴東之峽，夏后疏鑿。陶鈞力大哉。

【校記】

〔一〕古逸叢書本「在」下有「州」字。

送司馬入京

羣盜至今日，先朝忝從臣。歎君能戀主，久客羨歸秦。黄閣長司諫，丹墀有故人。向來論社稷，爲話涕霑巾。

惜别行送劉僕射○一有「判官」二字。

聞道南行市駿馬，○戰國策：燕昭王欲招賢者，以報齊讎。郭隗曰：「臣聞古之君人有以千金求千里馬者，三年不能得。涓人言於君曰：『請求之。』君遣之三月，得千里馬。馬已死，買其骨五百金，反以報君。君大怒，曰：『所求者生馬，安事死馬而捐五百金！』涓人對曰：『死馬且買之五百金，况生馬乎？必以王爲能市馬，馬今至矣。』於是不期年千里之馬至者三。今王誠欲致士，先從隗始。隗且見事，况賢於隗者乎，豈遠千里哉？」不限匹數軍中須。○軍，或作官。襄陽幕府天下異，主將儉省憂艱虞。祇收壯健勝鐵甲，豈因格鬬求龍駒。而今西北自反胡，麒麟蕩盡一匹無。龍媒真種在帝都，○漢郊祀志：天馬歌：天馬徠，龍之媒。子孫未落西南隅。向非戎事備征伐，君肯辛苦越江湖。江湖凡馬多顦顇，○與「憔悴」同。衣冠往往乘蹇驢。梁公富貴於身疏，號令明白人安居。俸錢時算〔一〕士子盡，府庫不爲驕豪虚。

以茲報主寸心赤，氣却西戎回北狄。羅網羣馬藉馬多，氣在驅除出金帛。劉侯奉使光推擇，滔滔才略滄溟窄。杜陵老翁秋繫船，扶病相識長沙驛。强梳白髮提胡盧，手把菊花路傍摘。○西京雜記：九月九日佩茱萸，食蓬餌，飲菊花酒，令人長壽。九州兵革浩茫茫，三歎聚散臨重陽。當杯對客忍流涕，不覺老夫神内傷。

【校記】

〔一〕算，古逸叢書本作「散」。

呀鶻行

○【鄭印曰】呀，虚加切，張口也。○鶻，音骨，又户骨切，鳥名。

病鶻孤飛俗眼醜，每夜江邊宿衰柳。清秋落日已側身，過雁歸鴉錯迴首。緊腦雄姿迷所向，疏翮稀毛不可壯。彊神迷復皂鵰前，俊才早在蒼鷹上。風濤颯颯寒山陰，熊羆欲蟄龍蛇深。念爾此時有一擲，失聲濺血非其心。

短歌行贈四兄

與兄行年校一歲，賢者是兄愚者弟。兄將富貴等浮雲，○論語：不義而富且貴，於我如浮雲。弟竊功名好權勢。○好，讀去聲。長安秋雨十日泥，我曹鞴馬聽晨雞。○鞴，皮視切。說文：車絥也。公卿朱門未開鎖，我曹已到肩相齊。吾兄睡穩方舒膝，不韈不巾〔一〕踏曉日。男啼女哭莫我知，身上須繒腹中實。今年思我來嘉州，嘉州酒重花滿樓。樓頭喫酒樓下卧，長歌短詠還相酬。四時八節還拘禮，女拜弟妻男拜弟。幅巾鞶帶不掛身，頭脂足垢何曾洗。○【門類增廣十注杜詩、門類增廣集注杜詩引作「杜云」。又，杜陵詩史、分門集注引作「修可曰」。】南史：陰子春，字幼文，身脂垢汗，脚數年一洗，言每洗則失財敗事。云在梁州，因洗足致梁州敗。吾兄吾兄巢許倫，○皇甫謐逸士傳：巢父者，堯時隱人也。及堯讓位許由也，由以告巢父，巢父曰：「汝何不隱若光，何故見若身、揚若名？汝非友也。」乃擊其膺而下之。由悵然不自得，乃過清冷之水洗其耳。一生喜怒長任真。日斜枕肘寢已熟，○枕，讀去聲。啾啾唧唧爲何人。○一作「何爲人」。

【校記】

〔一〕巾，古逸叢書本作「中」。

右五篇乃蘇州太守裴煜如晦所收，見舊集補遺。

虢國夫人

虢國夫人承主恩，平明上馬入宮門。○【鮑彪曰】唐書后妃傳：楊貴妃有姊三人，長曰大姨，封虢國。並承恩出入宮掖。却嫌脂粉涴顏色，淡掃蛾眉朝至尊。○【鮑彪曰】楊貴妃外傳：虢國夫人不施朱粉，自有艷態。

逃難

五十白頭翁，南北逃世難。疏布纏枯骨，奔走苦不暖。○暖，叶讀去聲。已衰病方入，四海一塗炭。乾坤萬里內，莫見容身畔。妻孥復隨我，回首共悲歎。故國莽丘墟，○故國，指長安也。鄰里各分散。歸路從此迷，涕盡湘江岸。

寄高適

楚隔乾坤遠，難招病客魂。○宋玉有招魂篇。詩名惟我共，世事與誰論。北闕更新主，○【黄鶴曰】謂代宗即位也。南星落故園。○謂南極老人星照於舊廬也。定知相見日，爛熳倒芳樽。

送靈州李判官

羯胡腥四海，回首一茫茫。血戰乾坤内〔一〕，氛迷日月黄。將軍專策略，幕府盛材良。近賀中興主，○中，竹仲切，又讀如字。神兵動朔方。

【校記】

〔一〕内，古逸叢書本作「赤」。

與嚴二郎奉禮别

别君誰暖眼，將老病纏身。出涕同斜日，臨風看去塵。商歌還入夜，巴俗自爲鄰。尚愧微軀在，遥聞盛德新。山東羣盜散，闕下受降頻。諸將歸應盡，題書報旅人。

巴西驛亭觀江漲呈竇使君二首

轉驚波作怒，即恐岸隨流。賴有杯中物，○張翰傳：使我有身後名，不如即時一樽酒。

還同海上鷗。○【九家集注杜詩依例爲「王洙曰」，分門集注、補注杜詩引作「黄曰」。】列子黄帝篇：海之上有好漚鳥者，每旦之海上從漚鳥游。其父曰：「吾聞漚鳥皆從汝游，取來吾玩之。」明日，之海上，漚鳥舞而不下。關心小剡縣，○剡縣，在今會稽之南。傍眼見楊〔一〕州。爲接情人飲，朝來減半愁。

【校記】

〔一〕楊，古逸叢書本作「揚」。

向晚波微緑，連空岸脚青。日兼春有暮，愁與醉無醒。漂泊猶杯酒，躊躇此日〔一〕亭。相看萬里外，同是一浮萍。

【校記】

〔一〕日，元本、古逸叢書本作「驛」。

遣憂

亂離知又甚，消息苦難真。受諫無今日，臨危憶故人。紛紛乘白馬，○言兵之衆也。後漢李憲傳：憲餘黨屯灊山，揚州牧歐陽歙不能討。廬江人陳衆爲從事，乘單車駕白馬往説，降之，人號「白馬從事」。又魏志：龐德與關羽交戰，射羽中額。德乘白馬，羽軍中謂之「白馬將軍」。又南史侯景傳：先是，童謡曰：「青絲白馬壽陽來。」景渦陽之敗，求錦，朝廷所給青布，及是皆用爲袍，采色尚青。景乘白馬，青絲爲轡，欲以應謡。擾擾着黄巾。言〔一〕盗之多也。○【王洙曰】後漢靈帝中平元年，鉅鹿人張角自稱黄天，其部帥有三十六萬人，皆着黄巾，同日反叛。隋氏留宫室，焚燒何太頻。

【校記】

〔一〕元本、古逸叢書本「言」上尚有「擾如雨切擾也」六字。

早花

西京安穩未，不見一人來。臘日巴江曲，山花已自開。盈盈當雪杏，艷艷待春梅。直苦風塵暗，誰憂容鬢催。

巴山

巴山遇中使，云自陝城來。盗賊還奔突，乘輿恐未回。天寒邵伯樹，○【王洙曰】

詩甘棠：美邵伯也。地闊望仙臺。○【九家集注杜詩依例爲「王洙曰」：「漢武立望仙臺。」杜陵詩史、分門集注引作「余曰」。】三輔黃圖：望仙臺，漢武所建。○又有望仙觀，在華陰縣。狼狽風塵裏，○唐段成式酉陽雜俎：狼、狽是兩物，狽前，足絶短，每行常駕兩狼，失狼則不能動，故世言事乖者稱「狼狽」。羣臣安在哉。

收京

復道收京邑，兼聞殺犬戎。○犬戎，指吐蕃也。衣冠却扈從，車駕已還宫。剋復誠如此，安危數在〔一〕公。莫令回首地，慟哭起悲風。

【校記】

〔一〕數在，古逸叢書本作「在數」。

巴西聞收京闕送班司馬入京

聞道收宗廟，鳴鑾自陝歸。傾都看黄屋，正殿引朱衣。劍外春天遠，巴西勑使稀。念君經世亂，匹馬向王畿。

花底

紫萼扶千蘂，黄鬚照萬花。忽疑行暮雨，何事入朝霞。恐是潘安縣，○【九家集注杜詩依例爲「王洙曰」，杜陵詩史、補注杜詩引作「蘇曰」。】潘岳，字安仁，爲河陽縣令。種植桃李，人號曰「河陽一縣花」。堪留衛玠車。○【九家集注杜詩依例爲「王洙曰」，杜陵詩史、補注杜詩引作「蘇曰」。】衛玠傳：字叔寶，風神秀異。總角乘羊車，見者皆以爲玉人，觀之者傾都。深知好顔色，莫作委泥沙。○按，作字廣韻在去聲，有兩音，一則箇切，一臧祚切，皆造也。

柳邊

祇道梅花發，那知柳亦新。枝枝總到地，葉葉自開春。○【王洙曰】曹植艷歌行：枝枝自相植，葉葉自相當。紫燕時翻翼，黄鸝不露身。漢南應老盡，霸上遠愁人。○公懷長安也。

送竇九歸成都

文章亦不盡，竇子才縱横。非爾更苦節，何人符大名。讀書雲閣觀，問絹錦官城。○絹，或作道。問絹乃時事爾〔一〕。我有浣花竹，題詩須一行。

【校記】

〔一〕爾，元本、古逸叢書本作「也」。

贈裴南部聞袁判官自來欲有按問

塵滿萊蕪甑，○言居官之廉也。○【王洙曰。又，杜陵詩史、補注杜詩引作「蘇曰」。】後漢范丹，字史雲。桓帝時爲萊蕪長，遭母憂，不到官。後辟太尉府，以狷急，常佩韋於朝。時欲以爲侍御史，因遁逃梁、沛間，乃結草室而居。有時絶粒，閭里歌之曰：「甑中生塵范史雲，釜中生魚范萊蕪。」堂橫單父琴。○言不勞而化也。○【王洙曰。又，杜陵詩史、補注杜詩引作「蘇曰」。】呂氏春秋：宓子賤治單父，彈鳴琴，身不下堂而單父治。人皆知飲水，○言其至清也。○【呂本中曰】晉鄧攸傳：元帝以攸爲太子中庶子。時吴郡闕守，人多欲之，帝以授攸。攸載米之郡，俸禄無所受，唯飲吴水而已。公輩不偷金。○偷，一作輸〔一〕。言其不貪也。○【王洙曰】前漢直不疑傳：爲郎，事文帝。其同舍有告歸，誤將持同舍郎金去。已而同舍郎覺亡，意不疑，不疑謝有之，買金償。後告歸者至而歸金，亡金郎大慙，以此稱爲長者。梁獄書因上，○陳其非罪也。○【師尹曰】鄒陽傳：去吴之梁，從孝王遊。陽爲人有智略，忼慨不苟合，介於羊勝、公孫詭之間。勝等疾陽，惡之孝王，孝王怒，下陽吏，將殺之。陽客遊，以讒見禽，廼從獄中上書曰：「臣聞忠不見報，信不見疑，臣以爲然，徒虛語耳。」書奏，孝王立出之，卒爲上客。秦臺鏡欲臨。○未詳〔二〕。獨醒時所嫉，○屈原漁父篇：原曰：「衆人皆濁我獨清，衆人皆醉我獨醒，是以見放。」羣小謗能深。即出黃沙在，何須白髮侵。使君傳舊德，已見直繩心。○【王洙曰】古詩：清如玉壺冰，直若朱絲繩。

【校記】

〔一〕輸，元本、古逸叢書本作「愉」。

〔二〕未詳，元本、古逸叢書本作：「西京雜記：秦咸陽宮有方鏡，廣四尺，高五尺九寸，表裏有明。人直來照之，影則倒見。以手捫心而來，則見腹胸五臟。有病在内，則掩心而照之，則知病之所在。又有女子有邪心者，則膽張而心動。始皇帝以此照宮人，膽張心動者則殺之。」

奉使崔都水翁下峽

無數涪江筏，○涪，扶鳩〔一〕切。水出徼外，南入漢。○【鄭卬曰】筏，房〔二〕越切，海中桴也。鳴橈總發時。別離終不久，宗族忍相遺。白狗黃牛峽，○【鄭卬曰】十道志：開州有白狗峽，二石隱起，如白狗也。○盛弘之荆州記：宜都西鄉〔三〕峽中有黄牛山，南〔四〕崖有重嶺疊起，最大高崖有石，如人負刀牽牛，人黑牛黄分明。黄牛北崖既高，江湍紆回，途經宿信，猶望見之。行人歌曰：「朝發黄牛，暮宿黄牛。三朝三暮，黄牛如故。」○【鄭印曰：「十道志：又有黄牛峽，高崖上有石，色黄如牛。」】十道志：在峽州，水經黄牛山，下有牛灘。南岸高崖間有石，如人負刀牽牛，人黑牛黄，故得此名。自此東入西陵，三峽之一也。在宜昌縣界。朝雲暮雨祠〔五〕。所過頻問訊，○過，古禾切。到日自題詩。

【校記】

〔一〕鳩，元本作「鳴」，古逸叢書本作「陵」。

〔二〕房，元本、古逸叢書本作「旁」。

〔三〕鄉，古逸叢書本作「鳩」。

〔四〕南，元本、古逸叢書本作「離」。

〔五〕「朝雲」句下，元本、古逸叢書本有注：「宋玉高唐賦序曰：旦爲朝雲，暮爲行雨，朝朝暮暮，陽臺之下。旦朝視之如其言，故爲立廟，號曰朝雲。」

題郪縣郭三十二明府茅屋壁

○【鄭印曰】郪，七稽切。縣名，屬梓州。

江頭且繫船，爲爾獨相憐。雲散灌壇雨，○【師尹曰。又，杜陵詩史、分門集注、補注杜詩引作「鄭印曰」：「博物志：太公爲灌壇令，武王夢婦人當道夜哭，問之，曰：『吾是東海神女，嫁於西海神童。我行，必有大風疾雨。今爲灌壇令當道，廢我行。』武王覺，召太公問之，果有疾風大雨從太公邑外過。吴叔雨賦：紆〔一〕灌壇之神馭，爲高唐之麗質。春青彭澤田。

○【師尹曰】晉陶潛傳：字元亮。爲彭澤令，在縣公田悉令種秫穀，曰：「令吾嘗醉於酒，足矣。」妻固請秔〔二〕，乃使二頃五十畝種秫，五十畝種秔。頻驚適小國，一擬問高天。别後巴東路，逢人問幾賢。

【校記】

〔一〕紆，元本、古逸叢書本作「緣」。

〔二〕秔，古逸叢書本作「税」。

遣悶戲呈路十九曹長

江浦雷聲喧昨夜，春城雨色動微寒。黄鸝並坐交愁濕，白鷺羣飛大劇乾。晚節漸於詩律細，誰家數去酒杯寬。○數，色角切，頻也。惟吾最愛清〔一〕狂客，○最，魯作醉。百遍相看意未闌。

【校記】

〔一〕清，元本、古逸叢書本作「請」。

隨章留後新亭會送諸君

新亭有高會，行子得良時。日動映江暮，風鳴排檻旗。絶葷終不改，○葷，許云切，辛臭菜也。勸酒欲無詞。○勸酒，一作勸醉。已墮峴山淚，○【王洙曰。又，杜陵詩史、分門集注、補注杜詩引作「鄭卬曰」：「在襄陽。羊祜作鎮日，立碑記功於此。」】晉羊祜傳：祜卒，襄陽百姓於峴山祜平生游憩之所建碑立廟，歲時饗祭，望其碑者莫不流涕。杜預因名爲「墮淚碑」。因題零雨詩。○詩東山：我來自東，零雨其濛。

東津送韋諷〔一〕閬州録事

聞説江山好，憐君吏隱兼。寵行舟遠泛，怯別酒頻添。推薦非承乏，操持義〔二〕去嫌。他時如按縣，不得慢陶潛。○【王洙曰：「陶潛爲彭澤縣令。」】陶潛傳：潛素簡貴〔三〕，不私事上官。郡遣督郵至縣，吏白應束帶見之。潛歎曰：「吾不能爲五斗米折腰，事鄉里小人。」即解印去縣，乃賦歸去來。

【校記】

〔一〕古逸叢書本「諷」下有「攝」字。

〔二〕義，古逸叢書本作「必」。

〔三〕貴，古逸叢書本作「易」。

客舊館

陳跡隨人事，初秋别此亭。○此，一作比。重來梨葉赤，依舊竹林青。風幔何時卷，○何〔一〕，一作前。寒砧昨夜聲。無由出江漢，愁緒月冥冥。○愁，一作秋。月，一作日。

【校記】

〔一〕何，元本、古逸叢書本作「砧」。

閬州奉送二十四舅使自京赴任青城

聞道王喬舄，名因太史傳。○【王洙曰】王喬傳：顯宗世爲葉令，每月朔望，常自縣詣臺朝。

帝怪其來數，而不見車騎，密令太史伺望之。言其臨至，輒有雙鳧自東南飛來。於是候鳧至，舉羅張之，但得一雙舄焉。如何碧雞使，把詔紫微天。○【杜定功曰】王褒傳：方士言益州有金馬、碧雞之寶，可祭祀致也。宣帝使褒往祀焉。後漢邛都夷傳：青蛉縣禺同山有金馬、碧雞，光景時時出見。秦嶺愁回馬，○【鄭卬曰】秦嶺在秦州。○三秦記：長安正南山名秦嶺，一名樊川。涪江醉泛船。○涪，扶鳩切。水出徼外，南入漢。青城漫污雜，吾舅意凄然。

愁坐

高齋常見野，愁坐更臨門。十月山寒重，孤城月水昏。葭萌氏種迥，○【鮑彪曰】唐志：葭萌，屬利州。左擔犬戎存。○【鮑彪曰】或曰：左擔，疑作武擔。見成都記。終日憂奔走，歸期未敢論。

陪鄭公秋晚北池臨眺

北池雲水闊，華館闢秋風。獨鶴先依渚，衰荷且映空。采菱寒刺上，踏藕野泥中。素楫分曹往，金盤小徑通。萋萋露草碧，片片晚旗紅。盃酒霑津吏，衣裳與釣翁。異方初艷菊，故里亦高桐。摇落關山思，淹留戰伐功。嚴城殊未掩，清宴已知終。何補參卿事，○【九家集注杜詩引「吕本中曰」：「何補參軍乏，一作參軍事。」杜陵詩史、補注杜詩、集千家注批點杜工部詩集引作「吕本中曰」：「（乏）一作事。」分門集注引作「王洙曰」。】事，一作乏。歡娱到薄躬。

去蜀

五載客蜀郡，一年居梓州。如何關塞阻，轉作瀟湘遊。世事已黄髮，殘生隨白鷗。安危大臣在，不必淚長流。

放船

收帆下急水，卷幔逐回灘。江市戎戎暗，山雲淰淰寒。○淰，式稔切。村荒無徑入，獨馬〔一〕怪人看。已泊城樓底，何曾夜色闌。

【校記】

〔一〕馬，古逸叢書本作「鳥」。

哭台州鄭司户蘇少監

故舊誰憐我，平生鄭與蘇。存亡不重見，喪亂獨前塗。豪俊何人在，文章掃地無。羈遊萬里闊，凶問一年俱。白首中原上，清秋大海隅。夜臺當北斗，泉路著東吴。得罪台州去，時危棄碩儒。移蓬閣後，穀貴没前〔一〕夫。流動〔二〕嗟何及，銜冤有是夫。道消詩興發〔三〕，心息酒爲徒。許與才雖薄，追隨跡未拘。班揚名甚盛，○班固、揚雄。嵇阮逸相須。○嵇康、阮籍。會取君臣合，寧詮品命殊。賢良不必展，廊廟偶然趨。勝決風塵際，功安造化鑪。從容拘舊學，○拘，一作詢。慘淡閟陰符。擺落嫌疑久，哀傷志力輸。俗依綿谷異，客對雪山孤。童稚思諸子，交朋列友于。○【王洙曰】論語：惟孝友于兄弟。情乖清酒送，望絶撫墳呼。瘧病餐巴水，瘡痍老蜀都。飄零迷哭處，天地日榛蕪。

【校記】

〔一〕前，古逸叢書本作「潛」。

〔二〕動，古逸叢書本作「慟」。

右二十七篇朝奉大夫員安宇所收

〔三〕發，古逸叢書本作「廢」。

送王侍御往東川放生池祖席

東川詩友合，○東川，梓州路也。此贈怯輕爲。況復傳宗近，空然惜别離。梅花交近野，草色向平池。儻憶江邊卧，歸期願早知。

軍中醉飲寄沈八劉叟

酒渴愛江清，餘甘漱晚汀。軟沙欹坐穩，冷石醉眠醒。野膳隨行帳，華音發從伶。數盃君不見，醉已遣沉冥。

惠義寺送王少尹赴成都○得峰字。

苒苒谷中寺，娟娟林表峰。欄干上處遠，結構坐來重。騎馬行春徑，衣冠起晚鍾。雲門青寂寂，此别惜相從。

右三篇見王原叔本。

過洞庭湖〇一作「舟泛洞庭」。

蛟室圍青草，龍堆隱白沙。〇【呂本中曰】隱，一作擁。護堤盤古木，迎棹舞神鴉。破浪南風正，回檣畏日斜。〇【王洙曰】回檣，一作歸舟。湖光與天遠，直欲泛仙槎。〇【王洙曰】一作「雲中千萬疊，底處上星槎」。〇王子年拾遺記：堯時有巨查浮于西海，查上有光若星月。查浮四海，十二年一周天，名「貫月槎」，又名「挂星查」。羽仙棲息其上。

右一篇見李希聲。〇【鮑欽止曰：「洪玉甫云：此詩廼人得之于江心一小石刻。王直方詩話亦載其説。」】王直方詩話云：得之於江心小石刻。

送惠二歸故居

惠子白駒瘦，歸谿惟病身。皇天無老眼，空谷值斯人。〇值，一作滯。崖蜜松花白，〇白，一作熟。言蜂採松花而成蜜也。〇【杜定功曰】圖經：宣州有黄連蜜，色味黄，小苦。雍、洛間有黎花蜜，如凝脂。亳州太清宫有檜花蜜，色小赤。並以蜂採其花作之，而性之温良，亦相近〔一〕也。山盃竹葉新。〇【王洙曰。又，分門集注引作「呂本中曰」：「山盃，一作村醪。」】盃，一作醪。〇【杜陵詩史、分門集注、補注杜詩引作「修可曰」。】張華薄命篇：蒼梧〔二〕竹葉青，宜城九醖酒。〇【杜田補遺】陳陰鏗竹詩：葉醞宜城酒。柴門了生事，黄綺未稱臣。○【王洙曰。又，補注杜詩引作「吕本中曰」。】黄，一作園。○前注。

【校記】

〔一〕近，元本、古逸叢書本作「尚」。

〔二〕梧，元本、古逸叢書本作「桐」。

右一篇見洪駒父詩話。劉路左車言嘗收得唐人雜編詩有之。

避地

避地歲時晚，○論語：賢者避世，其次避地。竄身筋骨勞。詩書遂墻壁，奴僕且旌旄。行在僅聞信，此生隨所遭。神堯舊天下，○神堯，唐高祖也。會見出腥臊。

右一篇見趙次翁本，題云「至德二載丁酉作」。

惠義寺園送辛員外二首

朱櫻此日垂朱實，○永徽圖經：櫻桃，洛中者勝，深紅色曰朱櫻，明黄色曰蠟櫻。郭外誰家負郭田。萬里相逢貪握手，高才仰望足離筵。

雙峰寂寂對春臺，萬竹青青照客盃。○【王洙曰】照，一作送。細草留連侵坐軟，殘花悵望近人開。同舟昨日何由得，並馬今朝未擬迴。直到綿州始分首，江邊樹裏共誰來。

右二篇見下園本。

長吟

江渚翻鷗戲，官橋帶柳陰。江飛競渡日，草見踏青心。已撥形骸累，真爲爛熳深。賦詩新句穩，不覺自長吟。

絶句三首

聞道巴山裏，春盤正好行。○行，趙作還。都將百年興，一望九江城。○城，趙作山。

水檻温江口，茆堂石笋西。○前注。移船先主廟，○前注。洗藥浣花溪。○前注。

没道春來好，○没，一作謾。狂風大放顛。吹花隨水去，翻却釣魚船。

【鮑欽止曰】右三絶句見謝克家任伯本，題云「得於真文肅家故書中，猶是吴越錢氏時人所傳，格律高妙，其爲少陵不疑矣」。

集注草堂杜工部詩外集

酬唱附録

晦日

太宗文皇帝

晦魄移中律，凝暄起麗城。罩雲朝蓋上，穿露曉珠呈。笑樹花分色，啼枝鳥合聲。披襟觀眺望，極目暢春晴。

秋日還京陝西十里作

薛稷

驅車越陝郊，北顧臨大河。此行見鄉邑，秋風水增波。西望咸陽塗，日暮憂思多。傅巖既紆鬱，首山亦嵯峨。操築無昔老，采薇有遺歌。客游節向换，人生知幾何。〇書：說築傅巖之野。注：傅巖在虞虢之界，河南郡境。界簿城東北十里。首陽山上有首陽亭一所。餘見前注。

寶劍篇

郭元振

〇越勾踐得昆吾山之赤銅，使工以白馬祠昆吾之神，以成八劍。

君不見，昆吾鐵冶飛炎煙，紅光紫氣俱赫然。良工鍛鍊經幾年，鑄作寶劍名龍泉。龍泉顔色如霜雪，良工咨嗟歎奇絶。琉璃匣裏吐蓮花，錯鏤金鐶生明月。正逢天下無風塵，幸得周防君子身。精光黯黯青蛇色，文章片片緑龜鱗。非直結交遊俠子，亦曾親近英雄人。何言中路遭棄捐，零落飄淪古獄邊。雖復沉埋無所用，猶能夜夜氣衝天。〇並見前注。

一柱觀

張說

〇甫詩云「江通一柱觀」，又「一柱全應近」，又「一柱觀頭眠幾回」，又「孤城一柱觀」。

舊說江陵觀，初疑神化來。空中結雲閣，綺靡隨風迴。奈何任一柱，斯焉容衆材。奇功非良世，今餘艸露臺。〇見前注。

劉郎浦

呂温

吴蜀成婚〔一〕此水潯，月珠步帳幄黄金。誰將一女輕天下，欲换劉郎鼎祚心。○前注。

【校記】

〔一〕婚，古逸叢書本作「濳」。

贈草聖張顛

○唐書本傳：旭往大醉呼叫狂走，乃下筆，或以頭濡墨書，世號張顛。

李頎

張公性嗜酒，豁達無所營。皓首窮艸隸，時稱太湖精。露頂據胡床，長叫三五聲。興來灑素壁，揮筆如流星。下舍風蕭條，寒艸滿户庭。問家何所有，生事如浮萍。左手持蟹螯，右手執丹經。○世説任誕篇：畢卓云：「一手持蟹螯，一手持酒杯。拍浮酒池中，便足了一生。」目視霄漢上，不知醉與醒。荷葉裹紅魚，白甌貯香杭。

題懷素臺歌　裴説

我呼古人名，鬼神側耳聽。杜甫李白與懷素，文星酒星與草星。○僧懷素善章書，李白有懷素草書歌云「筆鋒殺盡中山兔」是也。

登慈恩寺塔○　高適

大藏經：唐玄奘法師正觀三年八月往五印度取經。十九年正月，復至京師，得如來舍利一百五十粒，梵夾六百五十七部。始居洪福寺翻譯。至二十二年，皇太子治爲文德皇后於宮城南晉昌里建大慈恩寺，寺成，令玄奘居之。永徽二年，師乃於寺造磚浮屠以藏梵本，恐火灾也。所以謂之雁塔者，用西域故事也。王舍城之中有僧娑窣堵波，僧娑者，唐言雁；窣堵波者，唐言塔也。師至王舍城，嘗禮是塔，因問其因緣，云：「昔此地有伽藍，依小乘食三淨食。三淨食者，謂雁也、犢也、鹿也。一日，衆僧無食，仰見羣雁翔飛塔上，言曰：『今日衆僧闕供，摩訶薩埵宜知之。』好施謂之薩埵。其在前者應聲而墜。衆僧欲泣，遂依大乘更不食三淨，仍建塔，以雁埋其下。」故師因此名。

香界泯羣有，浮圖豈諸相。登臨信孤高，披拂欣大壯。言是羽翼生，迥出虛空上。頓疑身世別，乃覺形神王。○王，叶讀去聲。宮闕望户前，山河盡瞻向。秋風昨夜至，秦塞多清曠。千里何蒼蒼，五陵鬱相望。○前注。盛時慙阮步，○晉阮籍傳：籍任意獨駕，不由徑路，車跡所窮，輒慟哭而反。末宦知周謗。○古逸叢書本「語」上有「國」字。語：周厲王虐，國人謗王，王怒，得衛巫使監謗者，以告則殺之，國人莫敢言，道路以目。王喜，告邵公曰：「吾能弭謗矣，乃不敢言。」邵公曰：「是障之也。防民之口，甚於防川。川壅而潰，傷人必多，民亦如之。爲川者決之使導，爲民者宣之使言。若壅其口，其能幾何？」輸效獨無用，斯焉可遊放。

同前

岑參

塔勢如涌出，孤高聳天宮。登臨出世界，磴道盤虚空。突兀壓神州，峥嶸如鬼功。四角礙白日，七層摩蒼空。下窺指高鳥，俯聽聞驚風。連山若波濤，奔湊似朝宗。青槐夾馳道，宮館何玲瓏。秋色從西來，蒼然滿關中。五陵北原上，萬古青濛濛。淨理了可悟，勝因夙所宗。誓將掛冠去，學道資無窮。○後漢逢萌傳：萌掛冠東都城門歸，將家屬浮海，客於遼東。

同前

儲光義

金祠起真宇，直上青雲垂。地静我亦閑，登之清秋時。蒼蒼宜春苑，○並見前注。片碧昆明池。○前注。誰云天漢高，逍遥方在兹。靈形賓太極，攜手行翠微。雷雨旁杳冥，鬼神中躨跜。靈變在倏忽，莫能窮天涯。冠上閶闔開，履下鴻雁飛。宫室低迤邐，羣山小參差。俯仰宇宙空，庶隨了義歸。岃𡶇〔一〕非大厦，久居亦已危。○神龍以來，杏園奇俊皆於慈恩寺塔下題名，他時有將相，則朱書之。及第後復知聞，或遇未及第題名，字添「前」字。

【校記】

〔一〕岃，古逸叢書本作「岃」。

早朝大明宫呈兩省寮友

王維

絳幘雞人送曉籌，尚衣方進翠雲裘。九天閶闔開宫殿，萬國衣冠拜冕旒。日色纔臨仙掌動，香煙欲傍衮龍浮。朝罷須裁五色詔，佩聲歸到鳳池頭。

同　前

岑參

雞鳴紫陌曙光寒，鶯囀皇州春夜闌。金闕曉鍾開萬户，玉堦仙仗擁千官。花迎劍佩星初落，柳拂旌旗露未乾。獨有鳳凰池上客，陽春一曲和皆難。○劉向新序：楚威王問於宋玉曰：「先生其有遺行邪？何士民衆庶不譽之甚也？」宋玉對曰：「客有歌於郢中者，其始曰下里、巴人，國中屬而和者數千人。其爲陽陵、採薇，國中屬而和者數百人。其爲陽春、白雪，國中屬而和者數十人而已也。引商刻角，藉以流徵，國中屬而和者不過數人。是其曲彌高者而和彌寡，又安知臣之所爲哉！」

梁園醉歌

李白

我浮黄河去京闕，掛席欲進波連山。天長水闊厭遠涉，訪古始及平臺間。○漢梁孝王好治宫室，爲複道，自宫連屬至平臺三十里，招延賢士。平臺，即吹臺也。陳留風俗傳：開封縣有倉頡師曠城，城上有列仙吹臺。梁孝王亦增築焉。宋、梁開平二年改爲講武臺。後有繁民居其側，里人呼爲繁臺。昔人豪貴信陵君，今人耕種信陵墳。○史記：信陵君，魏公子無忌也。荒陵虛照碧山月，古木盡入蒼梧雲。○檀弓：舜葬蒼梧之野。

魯郡石門送杜甫　李白

醉别復幾日，登臨徧池臺。何言石門路，重有金樽開。秋波落泗水，海色明徂來。飛違〔一〕各自遠，且盡手中杯。

【校記】

〔一〕違，或當作「蓬」。

沙丘贈杜甫　李白

我來竟何事，高卧沙丘城。城邊有古樹，日夕連松聲。魯酒不可醉，齊歌空復情。思君若汶水，浩蕩向南征。

贈杜甫　李白

飯顆山頭逢杜甫，○唐摭言作「長樂坡前逢杜甫」。頭戴笠子日卓午。借問新來太瘦生，止爲從前作詩苦。○李白戲甫詩曰「太瘦生」，唐人語也。至今以生爲語助，爲「可憐生」、「麽生」、「何似生」之類是。

堯祠贈杜拾遺

李白

我覺秋興逸，誰言秋氣悲。山將落日去，水與晴空宜。雲歸碧海夕，雁度青天遲。相失各萬里，茫然空爾思。

梁宋

高適

梁王昔全盛，賓客復多才。悠悠一千年，陳迹惟高臺。○前注。朝臨孟諸上，○九域志：孟諸澤在今之應天府也。忽見芒碭間。○芒碭山在今亳州永城縣之七十里。赤帝終已矣，白雲長不還。

曉發江上

賀知章

江皐聞曙鍾，輕曳履還舺。○舺，巨容切，船也。如見江上釣，猶埋雲外峰。

有客

李適之

避賢初罷相，○明皇雜録：李適與李林甫同相，爲林甫中傷而罷。樂聖且銜盃。○魏志：徐邈爲魏尚書郎，時禁酒，而邈私飲沉醉。趙達問以曹事，邈曰：「中聖人。」達白太祖，太祖怒。將軍鮮于輔進曰：「平日醉客，謂酒清者爲聖人，濁者爲賢人。」試問門前客，今朝幾箇來。

金陵月夜喜李白至

崔宗之

耿耿意不暢，悄悄風葉聲。思見雄畯士，○畯，與俊同。快話古今情。清論既抵掌，○戰國策：蘇秦抵掌而談。言談又絶倒。○晉書：王澄字平子，有高名，少所推服。每聞衛玠玄言，輒歎息絶倒，時人爲之語曰：「衛玠談道，平子絶倒。」分明楚漢事，歷歷王霸道。袖有七星劍，懷中茂陵書。○前漢司馬相如傳：相如字長卿，病免，家居茂陵。天子曰：「相如病甚，可往取其書。」使所忠往，而相如已死。問其妻，對曰：「長卿未死時，爲一卷書，曰：『有使來求書，奏之。』」其遺札書言封禪事，所忠奏焉。雙眸光照人，詞賦凌子虛。○以司馬相如美李白也。昔相如奏子虛之賦以諷諫。

答 李白

朔雲横高天，萬里起秋〔一〕色。壯士心飛揚，落日空歎息。長嘯出原野，凛然寒風生。起舞拂長劍，四顧雲峥嶸。○前漢高祖紀：沛公見項羽鴻門，羽留沛公飲，項莊請舞劍爲壽，項羽〔二〕亦起舞。晉祖逖傳：逖中夜聞雞鳴，因起舞。

【校記】

〔一〕秋，原作「龜」，蓋「龝」字之訛。

〔二〕「項羽」當作「項伯」。

過賈六至 蘇晉

主人病且閑，客來情彌適。一酌復一笑，不知日將夕。

在郡秋懷二首 張九齡

秋風入前林，蕭颼鳴寒枝。寂寞游子思，寤歎何人知。官〔一〕成名不立，志在歲已馳。五十而無聞，古人深所疵。○論語：子曰：後生可畏，焉知來者之不如今也？四十五十而無聞焉，斯亦不足畏也矣。平生去外飾，直道如不羈。未得操割效，忽復寒暑移。物情無故然，身退毀亦隨。悠悠滄江渚，望望白雲涯。露下霜且降，澤中草披離。雜艾若不分，何用馨香爲。

【校記】

〔一〕官，古逸叢書本作「宦」。

庭蕪生白露，歲候感遐心。策蹇塹遠塗，巢枝思故林。小人恐致寇，○易解卦：六三，負且乘，致寇至。終日如臨深。魚鳥好自逸，樊籠安所欽。掛冠東郭門，○後漢逢萌傳：王莽殺其子，萌謂友人曰：「三綱絶矣。不去，禍將及人。」即解冠掛東都城門歸，將家屬浮海，客於遼東。採蕨南山岑。○晉皇甫謐高士傳：四皓見秦政虐，乃逃入藍田山，作歌曰：「漠漠高山，深谷逶迤。曄曄紫芝，可以療飢。」議道誠愧昔，覽分還愜今。憮然憂成老，空爾白頭吟。○西京雜記：相如將娉茂陵人女爲妾，卓文君作白頭吟以自絶，相如乃止。

上廣帥李公

蘇渙

○渙少不羈，善白弩，時巴中號爲弩跖。晚乃悔過就學，擢前第，官至侍御史。佐湖南幕，崔瓘中丞遇害〔一〕，便遂踰嶺，扇動哥舒晃跋扈交廣，作變，伏誅。有律詩十九首上廣帥李公，今録二首。唐人謂渙詩長於諷刺，余詳味其詩，固可見其胸中矣。子美逆旅相遇，美其能詩，又以龐公比之，乃過情之譽也。

養蠶爲素絲，葉盡蠶不老。須筐對空牀，此意向誰道。一女不得織，萬夫受其寒。一夫不得意，四海行路難。禍亦不在大，福亦不在先。世路險孟門，吾徒當勉旃。

【校記】

〔一〕害，原作「空」，據古逸叢書本改。

毒蜂一巢成，高挂惡木枝。行人百步外，目斷魂爲飛。長安大道邊，挾彈誰家兒。手持黄金丸，引滿無所疑。○西京雜記：韓嫣好彈，常以金爲丸，所失者日有十餘，長安爲之語曰：「苦飢寒，逐金丸。」京師兒童每聞嫣出彈，輒隨之，望丸之所落，輒拾焉。一中紛下來，勢若風雨隨。身如萬箭攢，宛轉迷所之。徒有疾惡心，奈何不知機。

日月東西行

蘇渙

日月東西行，不照大荒北。其中有毒龍，靈怪人莫測。開目爲晨光，閉目爲夜色。一開復一閉，明晦無休息。○山海經：西北海之外，赤水之北，有章尾山。有神人，人面蛇身，而赤其目，其瞑乃晦，其視乃明。不食不寢不息，風雨是謁，是燭九幽，是謂燭龍。居然六合内，曠哉天地德。天地且不言，世人浪喧喧。○荀子：天不言而人推高焉，地不言而人推厚焉。

贈司空拾遺

○見韋莊法言。甫集有公安秋冬别太易沙門詩。

沙門太易

詔因何事辭雲陛，江上微吟見雪花。望闕未容窺日月，閉門空自傲煙霞。

宿天柱觀

沙門太易

泉涌堦前地，雲生户外峰。中霄自入定，不是欲降龍。

湘夫人祠

沙門太易

靈祠古木合，波飏大江濆。未作湘南雨，知爲何處雲。苔痕澀珠履，艸色妬羅裙。妙皷彤雲瑟，羈臣不可聞。

過裴虬郊園

〇甫集有送裴虬尉永嘉，又枉裴道州手札，又裴二端公虬旋凱道州詩。

劉長卿

郊原春欲暮，桃杏落繽紛。何處隨芳草，留家寄白雲。

流桂州

〇見五竇聯珠。

張叔卿

莫問蒼梧遠，而今世路難。胡塵不到處，即是小長安。〇甫集有詩云「南適小長安」。十道志：小長安，鄧州。

空靈　前人

寒盡鴻先去，江迴客未歸。早知名是幻，不敢繡爲衣。霧積川原暗，山多郡縣稀。今朝下湘岸，更逐鷓鴣飛。○交州志：鷓鴣有雌雄，其志懷南，不思北徂。崔豹古今注：南山有鳥名鷓鴣，自呼其名，嘗向日而飛。

道林　崔珏

長卿之問久冥寞，○劉長卿、宋之問善詩。五言七言夸規模。我吟杜詩清入骨，灌頂何必須醍醐。

嶽麓道林　前人

暖日斜明螮蝀梁，濕煙散冪鴛鴦瓦。沈裴筆力鬬雄壯，○謂沈傳師、裴虬之書也。宋杜辭源兩風雅。○謂宋之問、杜甫之詩也。他方居士來施齋，彼岸上人投結夏。

使南海道長沙

侍御史唐扶

道林岳麓仲與昆，卓犖請從先後論。松根踏雪二千步，始見太屋開三門。泉清或覰蛟龍窟，殿豁數盡高帆掀。○數，色主切，計也。荒唐大樹悉枏桂，細碎小艸多蘭蓀。沙彌去學五印字，静女來懸千尺幡。兩祠物色採拾盡，壁閒杜甫真少恩。

和

湖南觀察使沈傳師

承明年老輒自論，○沈以嚴助自比也。前漢嚴助傳：助爲會稽太守，數年不聞問。武帝賜書曰：「制詔會稽太守：卿厭承明之廬，勞侍從之事，懷故土，出爲郡吏。」乞得湘守東南奔。○唐書沈傳師傳：穆宗時召入翰林爲學士，改中書舍人。翰林闕承旨，次當傳師。穆宗欲面命，辭曰：「學士院長參天子密議，次爲宰相，臣自知必不能。願治人一方，爲陛下長養之。」因稱疾，出爲湖南觀察使。爲聞楚國富山水，青嶂邐迤僧家園。含香珥筆皆眷舊，謙抱自忘臺省尊。不令執簡候亭館，直許携手遊山樊。忽驚列岫晚來逼，積雪洗盡煙嵐昏。華鑣躞蹀絢砂步，大斾粲錯輝松門。樛枝競騖龍蛇勢，折幹不没風霆痕。相重古殿倚巖腹，别引新徑縈雲根。目傷平楚虞帝魂，情多思遠聊開樽。危弦細管逐歌飇，畫鼓繡靴隨節翻。鏘金七言凌老杜，入木八濾蟠高軒。○墨藪：晉王羲之書入木七分。嗟余絶倒久不和，忍復感激論元元。

遇李龜年

青春事漢主，白首入秦城。遍識才人字，多知度曲名。風流悲故事，語笑合新聲。獨有垂楊樹，偏傷日暮情。

連州臘日觀莫猺獵

○按甫集有詩云「莫猺射雁鳴桑弓」。隋志：長沙夷蜑(一)。大曆鳳閣舍人常袞草江南西道觀察魏少游制曰：都團練觀察處置莫猺，使莫猺江湖獵手不它(二)猺。

劉禹錫

海天殺氣薄，蠻軍部伍囂。張羅依道口，嗾犬上山腰。莫猺自生長，名字無符籍。市易雜鮫人，○舊博物志：蛟人從水中出，向人家寄住，積日賣綃。臨去，從主人索器，泣而出珠滿盤，以與主人。述異記：南海中有鮫人室，水居如魚，不廢機織。其眼能泣，則出珠。婚姻通木客。○邵德明南康記：木客頭〔三〕面、語言亦不全異人，但手脚〔四〕爪如鈎〔五〕利，高巖絶峰，然後居之。能斫榜壺，看樹上聚之。有欲就買，先置物樹下，隨置多少取之。若合其意，便將榜與人，不取亦不横犯也。但終不與人對面交語，作市井。死，皆知殯殮。葬則棺在高崖樹杪，或在石窠之中。俗傳木客亦能賦詩。東坡蘇子瞻集中載其詩云：「酒盡君莫沽，壺傾我當發。城市多囂塵，還山弄明月。」故子瞻嘗作南康八景圖絶句云：「誰向空山弄明月，山中木客會吟詩。」蓋用此事。星君占泉眼，火種開山脊。○火種，謂畬田也。前注。夜渡千仞谿，含沙不能射。○射，食亦切。

【校記】

〔一〕蜑，古逸叢書本作「蛋」。

〔二〕它，古逸叢書本作「應」。

〔三〕頭，古逸叢書本作「或」。

〔四〕手脚，古逸叢書本作「兩手」。

〔五〕鈎，古逸叢書本作「劍」。

杜甫同谷茅茨○唐咸通十四載作。　趙鴻

工部棲遲後，鄰家大半無。青羌迷道路，白社寄杯盂。大雅何人繼，全生此地

孤。孤雲飛鳥什，空勤舊山隅。○萬丈潭在甫宅西，鴻又刻甫萬丈潭詩。

栗亭

趙鴻

杜甫栗亭詩，詩人多在口。悠悠二甲子，題紀今何有。○趙鴻刻石同谷，曰：工部題栗亭十韻，不復見。蓋鴻時已逸〔一〕公詩矣。

【校記】

〔一〕逸，古逸叢書本作「送」。

讀杜詩

杜牧

杜詩韓筆愁來讀，似倩麻姑癢處抓。○唐顔真卿麻姑山記：王方平過吴蔡經家，遣人與麻姑相聞。麻姑至，手似鳥爪，蔡經心中念言，背癢時得此爪乃佳。方平已知心中所言，即使人牽經鞭之，曰：「麻姑神人，汝何忽謂其爪可以爬背耶？」天外鳳凰誰得髓，無人解合續弦膠。○東方朔十洲記：鳳麟州，其州多鳳麟，亦多仙家。煮鳳啄及麟角合煎作膠，爲「集絃膠」，或名「連金泥」，以能續連弓弩斷絃也。劍折，以此膠粘之。

耒陽

羅隱

楚水悠悠浸耒亭，楚南天地兩無情。忍教孫武重泉下，不見詩人説用兵。

耒陽杜工部祠堂

徐介

手接汨羅水，○汨，于筆切。地理志：長沙有羅縣。荆州記：縣北帶汨水，水源出豫章艾縣界，西流注〔一〕湘。公〔二〕湘西北去縣三十里，名爲屈潭，屈原自沉處。天心知所存。固教工部死，來伴大夫魂。○楚三閭大夫傳：屈原名平，同列上官靳尚讒屈原於楚王，王怒而遷之江南。屈原至於江濱，乃懷石自投汨羅以死。流落同千古，風騷共一源。消凝傷往事，斜日隱頹垣。

【校記】

〔一〕注，古逸叢書本作「入」。

〔二〕公，古逸叢書本作「去」。

題杜工部墳

韓愈

何人鑿開混沌殼，二氣由來有清濁。孕其清者爲聖賢，鍾其濁者成愚樸。英豪雖没名猶嘉，不肖虚死如蓬麻。榮華一旦世俗眼，忠孝萬古賢人芽。有唐文物盛復全，名書史册俱才賢。中間詩筆誰清新，屈指都無四五人。獨有工部稱全美，當日詩人無擬倫。筆追清風洗俗耳，心奪造化回陽春。天光晴射洞庭秋，寒玉萬頃清光流。我常愛慕如飢渴，不見其面生閑愁。今春偶客耒陽路，悽慘去尋江上墓。召朋特地踏煙蕪，路入溪村數百步。招手借問騎牛兒，牧兒指我祠堂路。入門古屋三四間，草茅緣砌生無數。寒竹珊珊摇晚風，野蔓層層纏庭户。升堂再拜心惻然，心欲虔啓不成語。一堆空土煙蕪裏，虚使時人歎悲起。怨聲千古寄西風，寒骨一夜沉秋水。當時處處多白酒，牛肉如今家家有。飲酒食肉今如此，何故常人無飽死。子美當日稱才賢，聶侯見待誠非喜。洎乎聖意再搜求，姦臣以此欺天子。捉月走入千丈波，忠諫便沉汨羅底。○屈原自沉汨羅。固知天意有所存，三賢所歸同一水。過客留詩千百人，佳詞繡句虚相美。墳空飫死已傳聞，千古醜聲竟誰洗。明時好古疾惡人，應以我意知終始。○此退之題工部墳，惟載於劉斧摭遺小説，韓昌黎正集無之，似非退之所作。然大曆、元和，時之相去猶未爲遠，不當與本集抵牾若是。乃後之好事俗儒託而爲之，以厚誣退之，决非退之所作也明矣。夢弼今謾録於此，以備後人之觀覽也。餘見杜工部本傳注。

杜工部草堂詩話卷之一

名儒嘉話凡二百餘條

淮海秦少游進論曰：杜子美之於詩，實積衆流之長，適當其時而已。昔蘇武、李陵之詩長於高妙，曹植、劉公幹之詩長於豪逸，陶潛、阮籍之詩長於沖澹，謝靈運、鮑照之詩長於峻潔，徐陵、庾信之詩長於藻麗，於是子美者，窮高妙之格，極豪逸之氣，包沖澹之趣，兼峻潔之姿，備藻麗之態，而諸家之作所不及焉。然不集諸家之長，子美亦不能獨至於斯也，豈非適當其時故耶？孟子曰：「伯夷，聖之清者也。伊尹，聖之任者也。柳下惠，聖之和者也。孔子，聖之時者也。孔子之所謂集大成。」嗚呼，子美亦集詩之大成者歟！

鳳臺王彦輔詩話曰：唐興，承陳、隋之遺風，浮磨相矜，莫崇理致。開元之間，去雕篆，黜浮華，稍裁以雅正。雖絺句繪章，人既一概，各争所長。如太羹玄酒者薄滋味，如孤峰絶岸者駭廊廟，穠華可愛者乏風骨，爛然可珍者多玷缺。逮至子美之詩，周情孔思，千匯萬狀，茹古涵今，無有涯涘，森嚴昭焕，若在武庫見戈戟布列，蕩人耳目，非特意語天出，尤工於用字，故卓然爲一代冠，而歷世千百，膾炙人口。予每讀其文，竊苦其難曉。如義鶻行「巨顙拆老拳」之句，劉夢得初亦疑之，後覽石勒傳，方知其所自出。蓋其引物連類，掎摭前事，往往如是。韓退之謂「光焰萬丈長」，而世號「詩史」，信哉！

東坡蘇子瞻詩話曰：太史公論詩，以爲國風好色而不淫，小雅怨誹而不亂。以予觀之，是特識變風、變雅耳，烏睹詩之正乎？昔先王之澤衰，然後變風發乎情。雖衰而未竭，是以猶止於禮義，以爲賢於無所止者而已。若夫發於性，止於忠孝者，其詩豈可同日而語哉！古今詩人衆矣，而子美獨爲首者，豈非以其流落飢寒，終身不用，而一飯未嘗忘君也歟？

後山陳無已詩話曰：黄魯直言：「杜子美之詩法出審言，句法出庾信，但過之耳。」苕溪胡元任曰：「老杜亦自言『吾祖詩冠古』，則其詩法乃家學所傳耳。」

詩眼曰：古人學問，必有師友淵源。漢楊惲一書，迥出當時流輩，則司馬遷外甥故也。自杜審言已自工詩，當時沈佺期、宋之問等同在儒館爲交遊，故杜甫律詩布置法度，全學沈佺期，更推廣集大成耳。沈有云：「雲白山青千萬里，幾時重謁聖明君。」甫云：「雲白山青萬餘里，愁看直北是長安。」沈有云：「人如天上坐，魚似鏡中懸。」甫云：「春水船如天上坐，老年花似霧中看。」是皆不免蹈襲前輩，然前後傑句，亦未易優劣也。

山谷黄魯直詩話曰：「船如天上坐，人似鏡中行」、「船如天上坐，魚似鏡中懸」，沈雲卿之詩也。雲卿得意於此，故屢用之。老杜「春水船如天上坐」，祖述佺期之語也，繼之以「老年花似霧中看」，蓋觸類而長之也。苕溪胡元任曰：沈雲卿之詩，源於王逸少鏡湖詩所謂「山陰路上行，如在鏡中游」之句。然李太白入青溪山詩云：「人行明鏡中，鳥度屏風裏。」雖有所襲，語益工也。

詩眼曰：黄魯直謂文章必謹布置。以此概考古人法度，如杜子美贈韋見素詩云「紈絝不飢死，儒冠多誤身」，此一篇立意也，故使人静聽而具陳之耳。自「甫昔少年日」至「再使風俗淳」，皆方言儒冠事業也。自「此意竟蕭條」至「蹭蹬無縱鱗」，言誤身事也。則意舉而文備，故已有是詩矣。然必言其所以見韋者，於是以「厚愧」、「真知」之句。所以真知者，謂傳誦其詩也。然宰相職在薦賢，不當徒愛人而已，士固不能無望，故曰「竊效貢公喜，難甘原憲貧」。果不能薦賢，則去之可也，故曰「焉能心怏怏，只是走踆踆」，又將入海而去秦也。然其去也，必有遲遲不忍之意，故曰「尚憐終南山，回首清渭濱」。則所知不可以不别，故曰「常擬報一飯，况懷辭大臣」。夫如此，是可以相忘於江湖之外，雖見素亦不得而見矣，故曰「白鷗波浩蕩，萬里誰能馴」終焉。此詩布置最得正體，如官府甲第，廳堂房室各有定處，不可亂也。又云：詩有一篇命意，有句中命意。如老杜上韋見素詩，布置如此，是一篇命意也。至其道遲遲不忍去之意，則曰「尚憐終南山，回首清渭濱」，其道欲與見素别，則曰「常擬報一飯，况懷辭大臣」，此句中命意也。蓋如此，然後可以頓剉高雅矣。

鳳臺王彦輔麈史曰：杜審言，子美之祖也。唐則天時，以詩擅名，與宋之問相唱和。其詩有「綰霧清條弱，牽風紫蔓長」，又有「寄語洛城風月道，明年春色倍還人」之句。若子美「林花帶雨胭脂落，水荇牽風翠帶長」，又云「傳語風光共流轉，暫時相賞莫相違」，雖不襲取其意，而語脉蓋有家法矣。

文昌雜録曰：唐歲時節物，元日則有屠蘇酒、五辛盤、校牙餳，人日則有煎餅，上元則有絲籠，二月二日則有迎富貴果子，三月三日則有鏤人，寒食則有假花雞球、鏤雞子、千堆蒸餅、餳粥，四月八日則有糕糜，五月五日則有百索粽子，夏至則有結杏子，七月七日則有金針、織女臺、乞巧果子，八月一日則有點灸杖子，九月九日則有茱萸、菊花酒、糕，臘日則有口脂、面藥、澡豆，立春則有綵勝、雞、燕、生菜。杜甫春日詩：「春日春盤細生菜。」又曰：「勝裹金花巧奈寒。」重陽詩曰：「茱萸賜朝士。」臘日詩曰：「口脂面藥隨恩澤。」是皆記當時之所重也。

金石録曰：唐六公詠，李邕撰，胡履靈書。余初讀杜甫八哀詩云：「朗詠六公篇，憂來豁蒙蔽。」恨不見其詩，晚得石本，其文辭高古，真一代佳作也。六公者，五王各爲一章，狄丞相爲一章。

秦少游詩話曰：曾子固文章妙天下，而有韻者輒不工。杜子美長於歌詩，而無韻者幾不可讀。夢弼謂無韻者若課伐木詩序之類是也。

遯齋閒覽曰：杜子美之詩，悲歡驕泰，發斂抑揚，疾徐縱横，無施不可。故其詩有平淡簡易者，有綿麗精確者，有嚴重威武若三軍之帥者，有奮迅馳驟若泛駕〔一〕。

【校記】

〔一〕「泛駕」下，「不可以」上，有闕文。

不可以對麒麟。然寄賈岳州嚴巴州兩閣老云：「貔虎閒金甲，麒麟受玉鞭。」以「貔虎」對「麒麟」，爲正對矣。哭韋晉之云：「鵩鳥長沙諱，犀牛蜀郡憐。」以「鵩鳥」對「犀牛」，爲正對矣。子美豈不知對屬之偏正邪？蓋其縱横出入無不合也。

後山陳無己詩話曰：杜之詩法，韓之文法也。詩文各有體，韓以文爲詩，杜以詩爲文，故不工耳。

石林葉夢得詩話曰：禪宗謂雲門有三種語：其一爲隨波逐浪句，謂隨物應機，不主故常；其二爲截斷衆流句，謂超出言外，非情識所到；其三爲函蓋乾坤句，謂泯然皆契，無間可伺。其深淺以是爲序。余嘗戲爲學子言：老杜詩亦有此三種語，但先後不同，以「波飄菰米沉雲黑，露冷蓮房墜粉紅」爲函蓋乾坤句，以「落花游絲白日静，鳴鳩乳燕青春深」爲隨波逐浪句，以「百年地迥柴門辟，五月江深草閣寒」爲截斷衆流句。若有解此，當與渠同參。

山谷黄魯直詩話曰：子美作詩，退之作文，無一字無來處，蓋後人讀書少，故謂杜、韓自作此語耳。古人之爲文章，真能陶冶萬物，雖取古人陳言入翰墨，如靈丹一粒，點鐵成金也。

漫叟詩話曰：詩中有拙句，不失爲奇作。若子美云「兩個黄鸝鳴翠柳，一行白鷺上青天」之句是也。

苕溪胡元任叢話曰：律詩有扇對格，第一與第三句對，第二與第四句對。如少陵台州鄭司户蘇少監詩云「得罪台州去，時危棄碩儒。移官蓬閣後，穀貴殁潛夫」，東坡蘇子瞻和郁孤台詩云「邂逅陪車馬，尋芳謝朓州。凄涼望鄉國，得句仲宣樓」之類是也。

漫叟詩話曰：杜詩有「自天題處濕，當暑著來清」，「自天」、「當暑」乃全語也。東坡蘇子瞻詩云：「公獨未知其趣耳，臣今時復一中之。」可謂青出於藍。苕溪胡元任叢話曰：子瞻此詩，戲徐君猷、孟亨之皆不飲酒，不止天生此對，其全篇用事親切，尤可喜。詩云：「孟嘉嗜酒桓温笑，徐邈狂言孟德疑。公獨未知其趣耳，臣今時復一中之。風流自有高人識，通介寧隨薄俗移。二子有靈應撫掌，吾孫還有獨醒時。」皆徐、孟二人事也。

吕氏童蒙訓曰：陸士衡文賦：「立片言以居要，乃一篇之警策。」此要論也。文章無警策，則不足以傳世，蓋不能竦動世人。如杜子美及唐人諸詩，無不如此。但晉、宋間人專致力於此，故失於綺靡，而無高古氣味。子美詩云：「語不驚人死不休。」所謂驚人語，即警策也。

蔡條西清詩話曰：子美洞庭詩云：「吴楚東南坼，乾坤日夜浮。」不知子美胸中吞幾云夢也。

三山老人胡氏語録曰：子美慈恩寺塔詩乃譏天寶時事也。山者，人君之象，「泰山忽破碎」，則人君失道矣。賢不肖混殽，而清濁不分，故曰「涇渭不可求」。天下無綱紀文章，而上都亦然，故曰「俯仰但一氣，焉能辨皇州」。於是思古之賢君不可得，故曰「回首叫虞舜，蒼梧云正愁」。是時明皇方耽於淫樂而不已，故曰「惜哉瑶池飲，日宴崑崙丘」。賢人君子多去朝廷，故曰「黄鵠去不息，哀鳴何所投」。惟小人貪竊禄位者在朝，故曰「君看隨陽雁，各有稻粱謀」。

石林葉夢得詩話曰：詩語固忌用巧太過，然縁情體物，自有天然工巧，而不見其刻削之痕。老杜「細雨魚兒出，微風燕子斜」，此十字殆無一字虚設。細雨著水面爲漚，魚常上浮而淰，若大雨，則伏而不出。燕體輕弱，風猛則不能勝，惟微風乃受以爲勢，故又有「輕燕受風斜」之句。至若「穿花蛺蝶深深見，點水蜻蜓款款飛」，「深深」字若無「穿」字，「款款」字若無「點」字，皆無以見其精微如此。然讀之渾然，全似未嘗用力，此所以不礙其氣格超勝。使唐末諸子爲之，便當如「魚躍練江抛玉尺，鶯穿絲柳織金梭」體矣。

東坡蘇子瞻詩話曰：七言之偉麗者，如子美云：「旌旗日暖龍蛇動，宫殿風微燕雀高。」「五更鼓角聲悲壯，三峽星河影動摇。」爾後寂寞無聞焉。直至歐陽永叔云：「蒼波萬古流不盡，白鳥雙飛意自閒。」「萬馬不嘶聽號令，諸蕃無事著耕耘。」可以並驅争先矣。

詩眼曰：世俗喜綺麗，知文者能輕之。後生好風花，老大即厭之。然文章論當理不當理耳。苟當於理，則綺麗、風花，同入於妙；苟不當理，則一切皆爲長語。上自齊、梁諸公，下至劉夢得、温飛卿輩，往往以綺麗風花累其正氣，其過在於理不勝而詞有餘也。子美云：「緑垂風折筍，紅綻雨肥梅。」「岸花飛送客，檣燕語留人。」亦極綺麗，其模寫景物，意自親切，所以妙絶古今。其言春容閒適，則有「穿花蛺蝶深深見，點水蜻蜓款款飛」、「落花游絲白日静，鳴鳩乳燕青春深」。其言秋景悲壯，則有「藍水遠從千澗落，玉山高並兩峰寒」、「無邊落木蕭蕭下，不盡長江滚滚來」。其富貴之詞，則有「香回合殿春風轉，花覆千官淑景移」、「麒麟不動爐煙轉，孔雀徐開扇影還」。其弔古，則有「映階碧草自春色，隔葉黄鸝空好音」、「竹送清溪月，苔移玉座春」。皆出於風花，然窮理盡性，移奪造化。自古詩人，巧即不壯，壯即不巧。巧而能壯，乃如是也矣。

隱居詩話曰：李光弼代郭子儀，入其軍，號令不更而旌旗改色。及其亡也，子美哀之云：「三軍晦光彩，烈士痛稠疊。」前人謂杜甫之爲「詩史」，蓋爲是也，非但序陳跡、摭故實而已。

崔德符曰：少陵八哀詩可以表裏雅頌，中古作者莫及也。兩紀行詩，發秦州至鳳凰臺，發同谷縣至成都府，二十四首，皆以經行爲先後，無復差舛。昔韓子蒼嘗論此詩筆力變化當與太史公諸贊並駕，學者宜常諷誦之。

苕溪胡元任叢話曰：李、杜畫像，古今詩人題詠多矣。若杜子美，其詩高妙，固不待言，要當知其平生用心處，則半山老人之詩得之矣。若李太白，其高氣蓋世，千載之下，猶可嘆想，則東坡居士之贊盡之矣。半山老人詩云：「吾觀少陵詩，謂與元氣侔。力能排天斡九地，壯顔毅色不可求。浩蕩八極中，生物豈不稠。醜妍巨細千萬殊，竟莫見以何雕鎪。惜哉命之窮，顛倒不見收。青衫老更斥，餓走半九州。瘦妻僵前子仆後，攘攘盗賊森戈矛。吟哦當此時，不廢朝廷憂。嘗願天子聖，大臣各伊周。寧令吾廬獨破受凍死，不忍四海赤子寒颼颼。傷屯悼屈止一身，嗟時之人我所羞。所以見公像，再拜涕泗流。推公之心古亦少，願起公死後之游。」東坡居士贊云：「天人幾何同一漚，謫仙非謫乃其游。麾斥八極隘九州，化爲兩鳥鳴相酬，一鳴一止三千秋，開元有道爲少留，縻之不可矧肯求。西望太白横峨岷，眼高四海空無人。大兒汾陽中令君，小兒天台坐忘身，平生不識高將軍，手汙吾足乃敢瞋，作詩一笑君應聞。」

丹陽葛常之韻語陽秋曰：賢者豹隱墟落，固當和光同塵，雖捨者争席奚病，而況於杯酒之間哉？陶淵明、杜子美皆一世偉人也，每田父索飲，必使之畢其歡盡其情而後去。淵明詩云：「清晨聞叩門，倒裳往自開。問子爲誰歟，田父有好懷。壺漿遠見候，疑我與時俗。」子美詩云：「田翁逼社日，邀我嘗春酒。叫婦開大瓶，盆中爲吾取。」二公皆有位者也，於田父何拒焉？至於田父有「一世皆尚同，願君汩其泥」之説，則姑守陶之介，「久客惜人情，如何拒鄰叟」，則何妨杜之通乎？

捫蝨新話：老杜詩當是詩中六經，他人詩乃諸子之流也。杜詩有高妙語，如云：「王侯與螻蟻，同盡隨丘墟。願聞第一義，回向心地初。」可謂深入理窟。晉、宋以來詩人無此句也。「心地初」乃莊子所謂「游心於淡，合氣於漠」之義也。

程氏演繁露：老杜七歌「竹林爲我啼清晝」，蔡絛以「竹林」爲禽名，恐穿鑿也。竹本非啼，詩人因其號風若哀，因謂之啼，何必有喙者而後能啼耶？説文：竹之夭然，似人之笑，因爲「笑」字。竹豈能笑，特以象言爾。非笑而可名以笑，從懷哀者觀之，孰謂不得爲啼耶？

洪内翰容齋隨筆云：古人酬和詩，必答其來意，非若今人爲次韻所局也。觀文選所編何劭、張華、盧諶、劉琨、二陸、三謝諸人贈答可知已。唐人尤多，不可具載，姑取杜集數篇，略紀於此。高適寄杜公云：「愧爾東南西北人。」杜則云：「東西南北更堪論。」高又有詩云：「草玄今已畢，此外更何言？」杜則云：「草玄吾豈敢，賦或似相如。」嚴武寄杜云：「興發會能馳駿馬，終須重到使君灘。」杜則云：「枉沐旌麾出城府，草茅無逕欲教鋤。」杜公寄嚴詩云：「何路出巴山，重巖細菊班。遥知簇鞍馬，回首白雲間。」嚴答云：「卧向巴山落月時，籬外黄花菊對誰。跋馬望君非一度，冷猿秋雁不勝悲。」杜送韋迢云：「洞庭無過雁，書疏莫相忘。」迢云：「相憶無南雁，何時有報章。」杜又云：「雖無南去雁，看取北來魚。」郭受寄杜云：「春興不知凡幾首。」杜答云：「藥裹關心詩總廢。」皆如鍾磬在簴，扣之則應，往來反復，於是乎有餘味矣。

黄常明詩話：杜甫有用一字凡數十處不易者，如「緣江路熟俯青郊」、「傲睨俯峭壁」、「展席俯長流」、「杖藜俯沙渚」、「此邦俯要衝」、「四顧俯層巔」、「旄頭俯澗瀍」、「層臺俯風渚」、「游目俯大江」、「江檻俯鴛鴦」，其餘一字屢用若此類甚多，不可具述。

螢雪叢説：老杜詩詞，酷愛下「受」字，蓋自得之妙，不一而足。如「修竹不受暑」、「輕燕受風斜」、「吹面受和風」、「野航恰受兩三人」，誠用字之工也。然其所以大過人者無它，只是平易，雖曰似俗，其實眼前事爾。「老妻畫紙爲棋局，稚子敲針作釣鈎」，以「老」對「稚」，以其妻對其子，無如此之親切，又是閨門之事，宜與智者道。

黄常明詩話：數物以個，謂食爲喫，甚近鄙俗，獨杜屢用：「峽口驚猿聞一個」、「兩個黄鸝鳴翠柳」、「却繞井邊添個個」，送李校書云「臨歧意頗切，對酒不能喫」、「樓頭喫酒樓下卧」、「但使殘年喫飽飯」、「梅熟許同朱老喫」。蓋篇中大概奇特，可以映帶者也。

捫蝨新話云：韓以文爲詩，杜以詩爲文，世傳以爲戲。然文中要自有詩，詩中要自有文，亦相生法也。文中有詩，則句語精確，詩中有文，則詞調流暢。謝玄暉曰：「好詩圓美流轉如彈丸。」此所謂詩中有文也。唐子西曰：「古文雖不用偶儷，而散句之中，暗有聲調，步驟馳騁，亦有節奏。」此所謂文中有詩也。觀子美到夔州以後詩，簡易純熟，無斧鑿痕，信是如彈丸矣。

黄常明詩話：子美觀打魚云「設網萬魚急」，蓋指聚斂之臣，苛法侵漁，使民不聊生，乃「萬魚急」也。又云「能者操舟疾若風，撐突波濤挺叉入」，小人舞智趨時，巧宦數遷，所謂「疾若風」也。殘民以逞，不顧傾覆，所謂「挺叉入」也。「日暮蛟龍改窟穴，山根鱣鮪隨雲雷」，魚不得其所，龍豈能安居，君與民猶是也。此與六義比興何異？「吾徒何爲縱此樂，暴戾天物聖所哀」，此樂而能戒，又有仁厚意，亦如「前王作網罟，設法害生成」，不專爲取魚也。退之叉魚曰：「觀樂憶吾僚。」異此意矣。

黄常明詩話：賈生、終童欲輕事征伐，大抵少年躁鋭，使綿歷老成，當不如此。昔人欲沉孫武於五湖，斬白起於長平，誠有謂哉！嘗愛老杜云：「慎勿吞青海，無勞問越裳。大君先息戰，歸馬華山陽。」又有：「安得壯士挽天河，淨洗甲兵長不用。」「安得務農息戰鬬，普天無吏横索錢。」「願戒兵猶火，恩加四海深。不眠憂戰伐，無力正乾坤。」其愁嘆憂戚，蓋以人主生靈爲念。孟子以善言陳戰爲大罪，我戰必克爲民賊，仁人之心，易地皆然。

捫蝨新話：陶淵明詩：「採菊東籬下，悠然見南山。」採菊之際，無意於山，而景與意會，此淵明得意處也。而老杜亦曰：「夜闌接軟語，落月如金盆。」予愛其意度閒雅，不減淵明，而語句雄健過之。每詠此二詩，便覺當時清景盡在目前，而二公寫之筆端，殆若天成，兹爲可貴。

古今詞話：蜀人將進酒，嘗以爲少陵詩，作瑞鷓鴣唱之：「昔時曾從漢梁王，濯錦江邊醉幾場。拂石坐來衫袖冷，踏花歸去馬蹄香。當初酒賤寧辭醉，今日愁來不易當。暗想舊游渾似夢，芙蓉城下水茫茫。」此詩或謂杜甫，或謂鬼仙，或謂曲詞，未知孰是。然詳味其言，唐人語也。首先有「曾從漢梁王」之句，決非子美作也。況集中不載，灼可見矣。不知楊曼倩何所據云。

杜工部草堂詩話卷之二

三山老人語録曰：子美送嚴武還朝詩云：「公若登台輔，臨危莫愛身。」是勸以仗節死義也。

横浦張子韶心傳録曰：讀子美「野色更無山隔斷，山光直與水相通」，已而嘆曰：「子美此詩，非特爲山光野色，凡悟一道理透徹處，往往境界皆如此也。」

東萊吕居仁曰：詩每句中須有一兩字響，響字乃妙指。如子美「身輕一鳥過」、「飛燕受風斜」，「過」字、「受」字，皆一句響字也。

丹陽洪景盧容齋隨筆曰：張文潛暮年在宛丘，何大圭方弱冠，往謁之。凡三日，見其吟哦老杜玉華宫詩不絶口。大圭請其故，曰：「此章乃風雅鼓吹，未易爲子言。」大圭曰：「先生所賦，何必減此？」曰：「平生極力模寫，僅有一篇稍似之，然未可同日語也。」遂誦其離黄州詩，偶同此韻，曰：「扁舟發孤城，揮手謝送者。山回地勢卷，天豁江面瀉。中流望赤壁，石脚插水下。昏昏煙霧嶺，歷歷漁樵舍。居夷實三載，鄰里通借假。别之豈無情，老淚爲一灑。篙工起鳴鼓，輕艣健於馬。聊爲過江宿，寂寂樊山夜。」此其音響節奏，固似之矣，讀之可默喻也。

橫浦張子韶心傳録曰：陶淵明辭云：「雲無心而出岫，鳥倦飛而知還。」杜子美云：「水流心不競，雲在意俱遲。」若淵明與子美相易其語，則識者往往以謂子美不及淵明矣。觀其云「雲無心」、「鳥倦飛」，則可知其本意。至於「水流」而「心不競」，「雲在」而「意俱遲」，則與物初無間斷，氣更混淪，難輕議也。

丹陽洪景盧容齋隨筆曰：江山登臨之美，泉石賞玩之勝，世間佳境也，觀者必曰「如畫」。至於丹青之妙，好事君子嗟嘆之不足者，則又以「逼真」目之。如老杜

「人間又見真乘黄」、「時危安得真致此」、「悄然坐我天姥下」、「斯須九重真龍出」、「憑軒忽若無丹青」、「高堂見生鶻」、「直訝松杉冷」、「兼疑菱荇香」之句是也。以真爲假，以假爲真，均之爲妄境耳。人生萬事如是，何特此耶！

山谷黄魯直詩話曰：陶淵明責子詩云：「白髮被兩鬢，肌膚不復實。雖有五男兒，總不好紙筆。阿舒已二八，懶惰故無匹。阿宣行志學，而不愛文術。雍端年十三，不識六與七。通子垂九齡，但覓梨與栗。天運苟如此，且進杯中物。」觀淵明此詩，想見其人慈祥戲謔可觀也。俗人便謂淵明諸子皆不肖，而淵明愁嘆見於詩耳。又云：杜子美詩云：「陶潛避俗翁，未必能達道。觀其著詩篇，頗亦恨枯槁。達生豈是足，默識蓋不早。生子賢與愚，何其掛懷抱。」子美困頓於三川，蓋爲不知者詬病，以爲拙於生事，又往往譏議宗文、宗武失學，故聊解嘲耳。其詩名曰遣興，可解也。俗人便謂譏議淵明，所謂痴人前不得説夢也。

東坡蘇子瞻詩話曰：僕嘗夢見人，云是杜子美，謂僕曰：「世人多誤會予八陣圖詩『江流石不轉，遺恨失吞吴』，世人皆以謂先主、武侯皆欲與關羽復仇，故恨不能滅吴，非也。我意本謂吴、蜀脣齒之國，不當相圖，晉之所以能取蜀者，以蜀有吞吴之意，此爲恨耳。」

王彦輔麈史曰：子美善用故事及常語，多倒其句而用之，蓋如此則語峻而體健。如「露從今夜白」、「月是故鄉明」之類是也。

建安嚴有翼藝苑雌黄曰：劉夢得詩云：「朱雀橋邊野草花，烏衣巷口夕陽斜。舊來王謝堂前燕，飛入尋常百姓家。」朱雀橋、烏衣巷，烏衣，謝鐵衣也。皆金陵故事。輿地志：晉時王導自立烏衣宅，宋時諸謝曰「烏衣之聚」，皆此巷也。王氏、謝氏，乃江左衣冠之盛者，故杜甫詩云「王謝風流遠」，又云「從來王謝郎」是也。比觀劉斧摭遺小説，又曰：王榭，金陵人。世以航海爲業。一日海中失船，泛一木登岸。見一翁一嫗，皆衣皂。引榭至所居，乃烏衣國也。以女妻之。既久，榭思歸，復乘雲軒泛海。至其家，有二燕棲於梁上，榭以手招之，即飛來臂上。取片紙書小詩，系於燕尾，曰：「誤到華胥國裏來，玉人終日苦憐才。雲軒飄去無消息，灑淚臨風幾日回。」來春，燕又飛來榭身上，有詩云：「昔日相逢冥數合，如今暌遠是生離。

來春縱有相思字，三月天南無雁飛。」至來歲竟不至。因目樹所居爲烏衣巷。劉斧乃改「謝」爲「榭」，以「王榭」爲一人姓名。其言既怪誕，遂託名於錢希白，終篇又取劉夢得詩以實其事。希白不應如此之謬，是直劉斧之妄言耳，不足信也。

鳳臺王彥輔麈史曰：古之善賦詩者，工於用人語，渾然若出於己意。予於李、杜見之。顔延年赭白馬賦曰：「旦刷幽燕，夕秣荆楚。」子美驄馬行曰：「晝洗須騰涇渭深，夕趨可刷幽并夜。」太白天馬歌曰：「雞鳴刷燕暮秣越。」蓋皆用顔賦也。韓退之曰：「李杜文章在，光焰萬丈長。」信哉！

鳳臺王彥輔麈史曰：世言子美卒於耒陽，故寰宇記亦載其墳在縣北二里，不知何緣得此。新唐書乃稱耒陽令遺白酒牛肉，一夕而卒。此承襲傳聞而未嘗劾實故也。得臣觀子美僑寄巴峽三歲，大曆三年二月始下峽，流寓荆南，徙泊公安。久之，方次岳陽，即四年冬末也。既過洞庭，入長沙，乃五年之春。四月，遇臧玠之亂，倉皇往衡陽，抵耒陽，舟中伏枕，又畏瘴癘，復沿湘而下，故有回棹之作，其末云：「舟師煩爾送，朱夏及寒泉。」又登舟將適漢陽云：「春宅棄汝去，秋帆催客歸。」蓋回棹在夏末，此篇已入秋矣。繼之以暮秋將歸秦留别湖南幕府親友云：「北歸衝雨雪，誰憫敝貂裘。」則子美北還之跡，見此三篇爲詳，安得卒於耒陽耶？要其卒當在潭、岳之間，秋冬之際。按，元微之子美墓誌稱：「子美之孫嗣業，啓子美之柩，襄祔事於偃師，途次於荆，拜余爲志，辭不能絶。」其係略曰：「嚴武狀爲工部員外郎，參謀軍事。旋又棄去，扁舟下荆楚，竟以寓卒，旅殯耒陽。」

丹陽葛常之韻語陽秋曰：老杜寄身於兵戈騷屑之中，感時對物，則悲傷係之，如「感時花濺淚」是也，故作詩多用一「自」字。田父泥飲詩云：「步屧隨春風，村村自花柳。」遣興詩云：「愁眼看霜露，寒城菊自花。」憶弟詩云：「故園花自發，春日鳥還飛。」日暮詩云：「風月自清夜，江山非故園。」滕王亭子詩云：「古墻猶竹色，虚閣自松聲。」言人情對景，自有悲喜，而初不能累無情之物也。

臨川王介甫曰：老杜云：「詩人覺來往。」下得「覺」字大好。「瞑色赴春愁」，下得「赴」字大好。若下「見」字、「起」字，即小兒言語。足見吟詩要一字、兩字工夫也。

丹陽葛常之韻語陽秋曰：子美曹將軍丹青引云：「將軍魏武之子孫，於今爲庶爲清門。」元微之去杭州詩亦云：「房杜王魏之子孫，雖及百代爲清門。」則知子美於當時已爲詩人所欽伏如此。殘膏餘馥，沾丐後人，宜哉！故微之云：「詩人已來，未有如子美者也。」

莆陽鄭景韋離經曰：李謫仙，詩中龍也，矯矯焉不受約束。杜子美則麟游靈囿，鳳鳴朝陽，自是人間瑞物。二豪所得，殆不可以優劣論也。

葛常之韻語陽秋曰：子美詩以後二句續前二句處甚多。如喜弟觀到詩云：「待爾嗔烏鵲，抛書示鶺鴒。枝間喜不去，原上急曾經。」晴詩云：「啼烏争引子，鳴鶴不歸林。下食遭泥去，高飛恨久陰。」江閣卧病詩云：「滑憶雕菰飯，香聞錦帶羹。溜匙兼暖腹，誰欲致杯罌。」寄張山人詩云：「曹植休前輩，張芝更後身。數篇吟可老，一字買堪貧。」如此之類多矣。此格起於謝靈運廬陵王暮下詩，云：「延州協心許，楚老惜蘭芳。解劍竟何及，撫墳徒自傷。」李太白亦時有此格，「毛遂不墮井，曾參寧殺人！虚言誤公子，投杼感慈親」是也。

丹陽葛常之韻語陽秋曰：五言律詩於對聯中十字作一意，詩家謂之「十字格」。如老杜放船詩云「直愁騎馬滑，故作泛舟回」，對雨詩云「不愁巴道路，恐濕漢旌旗」，江月詩云「天邊長作客，老去一霑巾」是也。

建安嚴有翼藝苑雌黄曰：古人用韻，如文選、古詩、杜子美、韓退之，重復押韻者甚多。文選古詩押二「促」字，曹子建美女篇押二「難」字，謝靈運述祖德詩押二「人」字，南圖詩押二「同」字，初去郡詩押二「生」字，沈休文鍾山應教詩押二「足」字，任彦昇哭范僕射詩押三「情」字、兩「生」字，陸士衡赴洛詩押二「心」字，猛虎行押二「陰」字，擬古詩押二「音」字，豫章行押二「陰」字，阮嗣宗詠懷詩押二「歸」字，王正長雜詩押二「心」字，張景陽雜詩押二「生」字，江淹雜體詩押二「門」字，王仲宣從軍詩押二「人」字。杜子美、韓退之蓋亦倣古人之作。子美飲中八仙歌押二「船」字、二「眼」字、二「天」字、三「前」字，園人送瓜詩押二「草」字，上後園山脚押二「梁」字，北征押二「日」字，夔州詠懷押二「旋」字，贈李秘書押二「虚」字，贈李邕押二「厲」字，贈汝陽王押二「陵」字，喜岑薛遷官押二「萍」字。退之贈張籍詩押二「更」字、二「狂」字、二「鳴」字、二「光」字，岳陽樓别竇司直押二「向」字，李花押二「花」字，雙鳥押二「州」字、二「頭」字、二「秋」字、二「休」字，和盧郎中送盤谷子押二「行」〔一〕。

【校記】

〔一〕以下原闕。

葛常之韻語陽秋曰：七哀詩起曹子建，其次則王仲宣、張孟陽也。釋詩者謂病而哀，義而哀，感而哀，悲而哀，耳目聞見而哀，口嘆而哀，鼻酸而哀，謂一事而七者具也。子建之七哀，哀在於獨棲之思婦。仲宣之七哀，哀在於棄子之婦人。張孟陽之七哀，哀在於已毁之園寢。唐雍陶亦有七哀詩，所謂「君若無定雲，妾作不動山。雲行出山易，山逐雲去難」，是皆以一哀而七者具也。老杜之八哀，則所哀者八人也。〔一〕王思禮、李光弼之武功，蘇源明、李邕之文翰，汝陽、鄭虔之多能，張九齡、嚴武之政事，皆不復見矣。蓋當時盜賊未息，嘆舊懷賢而作者也。

【校記】

〔一〕「葛常之韻語陽秋曰」至「則所哀者八人也」，元本、古逸叢書本皆闕，據葛常之韻語陽秋原文補。

葛常之韻語陽秋曰：杜甫累不第。天寶十三載，明皇朝獻太清宫，饗廟及郊，甫奏賦三篇。帝奇之，使待制集賢院，命宰相試文章，故有贈集賢崔于二學士詩云：「昭代將垂白，途窮乃叫閽。氣衝星象表，詞感帝王尊。天老書題目，春官驗討論。倚風遺鶂路，隨水到龍門。」是時陳希烈、韋見素爲宰相，而崔國輔、于休烈者，皆集賢學士也，故末句云「謬稱三賦在，難述二公恩」，可謂不忘於藻鑑之重者也。按唐史，是歲八月，見素代陳希烈爲丞相。而甫集有上見素詩云：「持衡留藻鑑，聽履上星辰。」則甫之文爲見素所賞，非希烈也。

古汲高元之荼甘録曰：子美於天寶十三載獻西嶽賦，故集有贈獻納使陳舍人詩云：「舍人退食收封事，宫女開函近御筵。曉漏追隨青瑣闥，晴窗點檢白云篇。」末章云：「揚雄更有河東賦，唯待吹噓送上天。」其云「更有河東賦」，當是獻西嶽賦時也。

葛常之韻語陽秋曰：老杜當干戈騷屑之際，間關秦隴，負薪拾稆，餔糒不給，困躓極矣。自至蜀依裴冕，始有草堂之居。觀其經營來往之勞，備載於詩，皆可考也。其曰「萬里橋西宅，百花潭上莊」者，言其地也。「經營上元始，斷手寶應年」，言其時也。「雪裏江船度，風前徑竹斜。寒魚依密藻，宿鷺起圓沙」，方言其景物也。至於「草堂塹西無樹林，非子誰復見幽心」，則乞榿木於何少府之詩也。「草堂少花今欲栽，不問緑李與黄梅」，則乞果於徐少卿之詩也。王侍御攜酒草堂，則喜而爲詩曰：「故人能領客，攜酒重相看。」王録事許草堂貲不到，則戲而爲詩曰：「爲嗔王録事，不寄草堂貲。」蓋其流離貧窶之餘，不能以自給，皆因人而成也。其經營之勤如此。然未及黔突，被成都之亂，入梓居閬，其心則未嘗一日不在草堂也。遣弟檢校草堂，則曰：「鵝鴨宜長數，柴荆莫浪開。」寄題草堂，則曰：「尚念四松小，蔓草易拘纏。」送韋郎歸成都，則曰：「爲問南溪竹，抽梢會過牆？」塗中寄嚴武，則曰：「常苦沙崩損藥欄，也從江檻落風湍。」每致意如此。及成都亂定，再依嚴爲節度參謀，復歸草堂，則曰：「不忍竟捨此，復來薙榛蕪。入門四松在，步屧萬竹疏。」則其喜可知矣。未幾，嚴武卒，徬徨無依，復捨之而去。以唐史及公詩考之，草堂斷手於寶應之初，而永泰元年四月，嚴武卒。是秋，公寓夔州雲安縣。有此草堂者，終始祇得四載，而其間居梓閬三年，公詩所謂「三年奔走空皮骨」是也，則安居草堂，僅閱歲而已。其起居寢食之興，不足以償其經營往來之勞，可謂一世之羈人也。然自唐至今已數百載，而草堂之名，與其山川草木，皆因公詩以爲不朽之傳，蓋公之不幸，而其山川草木之幸也。

葛常之韻語陽秋曰：張均、張垍兄弟承襲父寵，致位嚴近，皆負文材，覬覦端揆。明皇欲相均而抑於李林甫，欲相垍而奪於楊國忠，自此各懷觖望。安禄山盜國，垍相禄山，而均亦受僞命。肅宗反正，兄弟各論死，非房力救，豈能免乎？老杜贈均詩云：「通籍逾青瑣，亨衢照紫泥。靈虯傳夕箭，歸馬散霜蹄。」言均爲中書舍人、刑部尚書時也。贈垍詩云：「翰林逼華蓋，鯨力破滄溟。天上張公子，宫中漢客星。」言垍尚寧親公主，禁中置宅也。二人恩寵烜赫如是，則報國當如何？而乃斁亂天理，下比逆賊，反噬其主，夫豈人類也哉？

葛常之韻語陽秋曰：北征詩：「經年至茅屋，妻子衣百結。慟哭松聲回，悲泉共幽咽。平生所嬌兒，顔色白勝雪。見爺背面啼，垢膩脚不襪。」方是時，甫方脱身於萬死一生之地，得見妻兒，其情如是。洎至秦中，則有「曬藥能無婦，應門亦有兒」之句。至成都，則有「老妻憂坐痺，幼女問頭風」之句。觀其情悰，已非北征時比也。及觀進艇詩，則曰：「晝引老妻乘小艇，晴看稚子浴清江。」江村詩則曰：「老妻畫紙爲棋局，稚子敲針作釣鈎。」其優游愉悦之情，見於嬉戲之間，則又異於秦、益時矣。

古汲高元之荼甘録曰：陶淵明命子篇則曰：「夙興夜寐，願爾之才。爾之不才，亦已焉哉！」其責子篇則曰：「雖有五男兒，總不好紙筆。」「天運苟如此，且進杯中物。」告儼等疏則曰：「鮑叔、管仲，同財無猜；歸生、伍舉，班荆道舊。而況同父之人哉！」則淵明之子未必賢也。故杜子美論之曰：「有子賢與愚，何其掛懷抱。」然子美於諸子，亦未爲忘情者。子美遣興詩云：「驥子好男兒，前年學語時。」「世亂憐渠小，家貧仰母慈。」又憶幼子詩云：「別離驚節换，聰慧與誰論。」「憶渠愁祇睡，炙背俯晴軒。」得家書云：「熊兒幸無恙，驥子最憐渠。」元日示宗武云：「汝啼吾手戰。」觀此數詩，於諸子鍾情尤甚於淵明矣。山谷黄魯直乃云：「杜子美困於三蜀，蓋爲不知者詬病，以爲拙於生事，又往往譏宗武失學，故寄之淵明爾。俗人不知，便爲譏病，所謂癡人面前，不必説夢。」

葛常之韻語陽秋曰：月輪當空，天下之所共視，故謝莊有「隔千里兮共明月」之句，蓋言人雖異處，而月則同瞻也。老杜當兵戈騷屑之際，與其妻各居一方，自人情視之，豈能免閨門之念，而它詩未嘗一及之。至於明月之夕，則遐想長思，屢形詩什。月夜詩云：「今夜鄜州月，閨中祇獨看。」繼之曰：「香霧云鬟濕，清輝玉臂寒。」一百五日夜對月詩云：「無家對寒食，有淚如金波。」繼之曰；「仳離放紅蕊，想象嚬青蛾。」江月詩云：「江月光於水，高樓思殺人。」繼之曰：「誰家挑錦字，燭滅翠眉嚬。」其數致意於閨門如此，其亦謝莊之意乎？

葛常之韻語陽秋曰：老杜省宿詩云：「明朝有封事，數問夜如何？」蓋愛君欲諫之心切，則通夕爲之不寐，想其犯顏逆耳，必不爲身謀也。

葛常之韻語陽秋曰：成都記：「杜主自天而降，稱望帝。好稼穡，治郫城。後望帝死，其魂化爲鳥，名曰杜鵑。」故子美云：「昔日蜀天子，化爲杜鵑似老烏。」又曰：「古時杜鵑稱望帝，魂作杜鵑何微細。」又曰：「我見常再拜，重是古帝魂。」博物志稱杜鵑生子，寄之宅巢，百鳥爲飼之。故子美云：「生子百鳥巢，百鳥不敢嗔。

乃爲餧其子，禮若奉至尊。」又云：「寄巢生子不自啄，群鳥至今爲哺雛。」子美集中杜鵑行詩凡三篇，皆以杜鵑比當時之君，而以哺雛之鳥譏當時之臣不能奉其君，曾百鳥之不若也。最後一篇，徒言杜鵑垂血上訴，不得其所，蓋托興明皇蒙塵之時也。故末句云：「豈思舊日居深宮，嬪嬙左右如花紅。」

葛常之韻語陽秋曰：古今詩話載子美因見病瘧者曰：「誦吾詩可療。」令誦「子章髑髏血模糊，手提擲還崔大夫」之句，病遂愈。余謂子美固嘗病瘧矣。其詩云：「患瘧三秋孰可忍。」又云：「三年病瘧疾。」子美於此時，何不自誦其詩而自已疾耶？是靈於人而不靈於己也。夢弼謂：誦杜詩能除瘧，烏有是理。蓋言其詩辭典雅，讀之脱然，不覺沉疴之去體也。

葛常之韻語陽秋曰：余嘗謂知人，雖堯帝猶以爲難，而杜子美之曾祖姑，乃能知唐太宗於側微之時，識房、杜輩於賤貧之日。子美乃形其語於詩曰：「向竊窺數公，經綸亦俱有。次問最少年，虬髯十八九。子等成大名，皆因此人手。」噫，一何異耶！

葛常之韻語陽秋曰：老杜麗人行專言秦、虢宴游之樂，末章有「當軒下馬入錦茵，且莫近前丞相嗔」之句，當是謂楊國忠也。

葛常之韻語陽秋曰：老杜北征詩云：「憶昔狼狽初，事與古先別。不聞夏、商衰，中自誅褒、妲。」其意謂明皇英斷，自誅妃子，與夏、商之誅褒、妲不同。老杜此語，出於愛君，而曲文其過，非至公之論也。

葛常之韻語陽秋曰：子美爲左拾遺，會房琯以陳濤之戰敗罷相，甫上疏力救琯。肅宗大怒，詔三司推問，宰相張鎬救之獲免。故甫洗兵馬行云：「張公一生江海客，身長九尺鬚眉蒼。」蓋感其救己也。

葛常之韻語陽秋曰：子美避亂秦蜀，衣食不足，不免求給於人。如贈高彭州、客夜、狂夫、答裴道州、簡韋十凡五篇，觀此可見其艱窘而有望於朋友故舊也。然當時能賙之者，幾何人哉？

葛常之韻語陽秋曰：子美身遭離亂，復迫衣食，足跡半天下。自少時游吳及越，以至作諫官，奔走州縣，既皆載於壯游詩矣。其後贈韋左丞詩云：「今欲入東海，即將西去秦。」則自長安之齊、魯也。贈李白詩云：「亦有梁宋游，方期拾瑶草。」則自東都之梁、宋也。發同谷縣云：「賢有不黔突，聖有不暖席。始來茲山中，休駕居地僻。奈何迫物累，一歲四行役。」則自隴右之劍南也。留別章使君云：「終作適蠻荊，安排用莊叟。隨云拜東皇，掛席上南斗。」則自蜀之荊楚也。夫士人既無常産，爲飢所驅，豈免仰給於人，則奔走道塗，亦理之常爾。

葛常之韻語陽秋曰：子美高自稱許，有乃祖之風。上書明皇云：「臣之述作，沉鬱頓挫，揚雄、枚皋可跂及。」壯游詩則自比於崔、魏、班、揚，又云：「氣劘屈賈壘，目短曹劉牆。」贈韋左丞則曰：「賦料揚雄敵，詩看子建親。」甫以詩雄於時，自比諸人，誠未爲過。至竊比稷與契，則過矣。唐史氏稱甫好論天下大事，高而不切，豈自比稷、契而然耶？至云「上感九廟焚，下憫萬民瘡。斯時伏青蒲，建事守御床」，其忠盡亦可嘉也。

葛常之韻語陽秋曰：山谷黄魯直謂後山陳無己云「學詩如學道」，此豈尋常雕章繪句者之可擬哉！客有謂立方言：後山詩，其要在於點化杜甫語爾。杜云：「昨夜月同行。」後山則云：「勤勤有月與同行。」杜云：「林昏罷幽磬。」後山則云：「林昏出幽磬。」杜云：「古人日已遠。」後山則云：「斯人日已遠。」杜云：「中原鼓角悲。」後山則云：「風連鼓角悲。」杜云：「暗飛螢自照。」後山則云：「飛螢元失照。」杜云：「秋覺追隨盡。」後山則云：「林湖更覺追隨盡。」杜云：「文章千古事。」後山則云：「文章平日事。」杜云：「乾坤一腐儒。」後山則云：「乾坤著腐儒。」杜云：「孤城隱霧深。」後山則云：「寒城著霧深。」杜云：「寒花只暫香。」後山則云：「寒花只自香。」如此類甚多，豈非點化老杜之語而成者？立方謂不然，後山詩格律高古，真所謂「碌碌盆盎中，見此古罍洗」者，用語稍同，乃是讀少陵詩精熟，不覺在其筆下，又何足以病公乎？

諸儒詩話。子美戲作俳諧體，遣悶云：「家家養烏鬼，頓頓食黄魚。」「養」或讀爲上聲，或讀爲去聲。沈存中筆談以「烏鬼」爲烏猪，謂其俗呼猪作「烏鬼」之聲也。蔡寬夫詩話以「烏鬼」爲巴俗所事神名也。冷齋夜話謂巴俗多事烏蠻鬼，以臨江，故「頓頓食黄魚」耳。湘素雜記以鸕鷀爲烏鬼，謂養之以捕魚也。然詩辭事略又謂楚、峽之間事烏爲神，所謂「神鴉」也。故元微之有詩云：「病寒烏稱鬼，巫佔瓦代龜。」夢弼謂：當以此事略之言爲是也。蓋「養烏鬼」、「食黄魚」，自是兩義，皆記巴中之風俗也。峽中黄魚極大者至數百斤，小者亦數十斤，按集中有詩云「日見巴東峽，黄魚出浪新。脂膏兼飼犬，長大不容身」是也。然是魚豈鸕鷀之所能捕哉？彼以「烏鬼」爲鸕鷀，其謬尤甚矣。或又曰「烏鬼」謂猪也，巴峽人家多事鬼，家養一猪，非祭鬼不用，故於群猪中特呼「烏鬼」以别之也。今並存之。

廣陵馬永卿嬾真子録曰：唐時前輩多自重，而後輩亦尊仰前輩而師事之，此風最爲淳厚。杜工部於蘇端薛復筵簡恭華醉歌首云：「文章有神交有道，端復得之名譽早。」又云：「坐中薛華善醉歌，醉歌自作風格老。」且一篇之中連呼三人之名，想見當時士人一經老杜品題，即有聲價，故世願得其品題，不以呼名爲耻也。近世士大夫，老幼不復篤厚，雖前輩詩中亦不敢斥後進之名，而後進亦不復尊仰前輩，可勝嘆哉！

庚溪詩說：士人程文窮日力作一論，既不限聲律，復不拘詩句，尚罕得反復折難，使其理判然者。觀赴奉先詠懷五百言，乃聲律中老杜「心跡論」一篇也。自「杜陵有布衣，老大意轉拙。許身一何愚，竊比稷與契」，其心術祈嚮，自是稷、契等人。「窮年憂黎元，嘆息腸内熱」，與飢渴由己者何異？然常爲不知者所病，故曰「取笑同學翁」。世不我知，而所守不變，故曰「浩歌彌激烈」。又云：「非無江海志，瀟灑送日月。當今廊廟具，建厦豈云缺？葵藿傾太陽，物性固莫奪。」言非不知隱遁爲高也，亦非以國無其人也，特廢義亂倫，有所不可。「以兹悟生理，獨恥事干謁」，言志大術疏，未始阿附以借勢也。爲下士所笑，而浩歌自若，皇皇慕君，而雅志棲遁，既不合時，而又不爲低屈，皆設疑互答，屢致意焉，非巨刃有餘，孰能之乎！中間鋪叙間關酸辛，宜不勝其戚戚。而「默思失業途，因念遠戍役」，所謂憂在天下而不爲小己失得也。禹、稷、顔子不害爲同道，少陵之跡江湖而心稷、契，豈爲過哉？孟子曰：「窮則獨善其身，達則兼善天下。」其窮也，未嘗無志於國與民；其達也，未嘗不抗其易退之節。早謀先定，出處一致矣。是時先後周復，正合乎此。昔人目元和賀雨詩爲諫書，余特目此詩爲「心跡論」也。

碧溪詩話：孟子七篇，論君與民者居半。其餘欲得君，蓋以安民也。觀杜陵「窮年憂黎元，嘆息腸内熱」、「胡爲將暮年，憂世心力弱」，宿花石戍云「誰能扣君門，下令減徵賦」，寄柏學士云「幾時高議排金門，各使蒼生有環堵」，寧令「吾廬獨破受凍死亦足」，而志在「大庇天下寒士」，其仁心廣大，異夫求穴之螻蟻輩，真得孟子所存矣。東坡先生問：「老杜何如人？」或言似司馬遷，但能名其詩爾。愚謂老杜似孟子，蓋原其心也。

古今詩話：老杜「紅飯啄餘鸚鵡粒，碧梧棲老鳳凰枝」，此語反而意奇。退之詩云：「舞鑑鸞窺沼，行天馬渡橋。」亦仿此理。

杜氏譜系

謹按唐書杜甫傳及元稹墓誌：晉當陽縣侯下十世而生依藝，以監察御史令於河南府之鞏縣。依藝生審言，審言善詩，官至修文館學士、尚書膳部員外郎。審言生閑，京兆府奉天縣令。閑生甫，左拾遺、尚書工部員外郎。甫生二子，宗文、宗武。夢弼今以杜氏家譜考之：襄陽杜氏出自晉當陽縣侯預，而佑蓋其後也。佑生三子，師損、式方、從郁。師損三子，詮、愉、羔。式方五子，惲、憓、悰、恂、慆。從郁二子，牧、顗。群從中悰官最高，而牧名最著。杜氏凡五房，一京兆杜氏，二杜陵杜氏，三襄陽杜氏，四洹水杜氏，五濮陽杜氏。而甫一派，又不在五派之中。甫與佑既同出於預，而家譜不載，何也？豈以其官不達，而諸杜不通譜系乎？何家譜之見遺也！東塾蔡夢弼因覽其譜系而爲之書。

校正草堂詩箋跋

陳從易嘗讀杜詩，至「身輕一鳥」下，竟不能安一字。楊大年嘗讀杜詩，至「疑霜濃木」下，竟不能全一句。夫以二公之才，讀杜公之詩，尚且略其闕文，他可見矣。誠知草堂先生練句下字，往往超詣，續之則不似，增之則不然，賡之和之，果何爲哉！使其得善本而證之，不啻「夏五」之知其月，若「過」字，若「滑」字，皆出自然，初無崖異，惟是理到，不容加點。古今詩史，一人而已，豈二公之所及哉！吾黨蔡君傅卿，生平高尚，不求聞達，潛心大學，識見超拔。嘗注韓退之、柳子厚之文，了無留隱。至於少陵之詩，尤切精妙。其始考異，其次音辨，又其次講明作詩之義，又其次引援用事之所從出。凡遇題目，究竟本原，逮夫章句，窮極理致。非特定其年譜，又且集其詩評，參之衆説，斷以己意，警悟後學多矣。嘗以「雨晴山不改」爲

「雨時」，「雨晴詩「雨晴山不改，晴罷峽如新」。「湖落迴鯨魚」爲「潮落」。別張建封「擇材征南幕，湖落迴鯨魚」。如城西陂泛舟「魚吹細浪摇欹扇」，燕蹴飛花落舞筵。以「欹」爲「歌」。如天育驃騎歌「遂令大奴字天育」，別養驥子憐神俊。以「字」爲「守」。不曰「麟鳳」而曰「靈鳳」。幽人詩「麟鳳在赤霄，何當一來儀」。不曰「三犀」而曰「五犀」。石犀行「君不見秦時蜀太守，刻石立作三犀牛」。似此竄定，未容籌計。至若飲中八仙一歌，雖有數句復用四韻，或者疑之。分爲四章，以嚴句讀，破千古之昏蒙，新一時之聞見。其自信也甚篤，則其取信於人也可知。既授僕以校讎之職，恨不讀五車書，恨不行秘書監，難以勝任。辭不暇已，不免依樣而已。無復换其詞頭，直叙大概云爾。非敢爲工部設，自有諸公題其額。余嘗謂子美之詩如化工，千形萬狀，體態不一，演而爲歌、爲行，發而爲歎、爲引，曰短述，曰口號，大而至於古風百韻，小而至於絶句五言，同出異名，初無定體。惟「驊騮開道路」一句，對以「鷹隼出風塵」，與「鵰鶚離風塵」相類，自是之外無聞焉。若夫「家家養烏鬼」，沈存中以「烏鬼」爲鸕鷀，元微之以爲神，非也。惟夏侯節言於嬾真子：「峽中人家養猪，非祭鬼不用，特於群猪中呼烏鬼以自別。」此説得之。「竹林爲我啼清晝」，蔡絛以「竹林」爲禽名，或人以爲猿，非也。惟程大昌言於演繁露：「詩人假象爲辭，因竹之號風若哀，故謂之啼。」此説得之。抑又有證焉，「樂動殷嶱嵑」，不以「殷」爲「湯」；「生意春如昨」，當以「春」爲「眷」。「稚子」非雉雛，乃宗文之名字；「花卿」非歌妓，乃牙將之姓氏。「杜鵑」四句非注，題也，蓋古人嘗有是格。八哀一篇，非創見也，蓋古人亦有是體。若曰「天�」，其實「天闕」。若曰「鷗没」，其實「鷗波」。以「禁籞」爲「禁御」，以「錦幪」爲「錦幪」，仍誤例也。吁！鍛句之精，無如「風約半池萍」。襯字之妙，無如「輕燕受風斜」。假對之巧，無如「獻納紆皇眷」。壓韻之功，無如「憂國願年豐」。讀詩者苟以意逆志，當自有定見，不可徇他人之説，類皆如此。然傳注之學難乎其人也久矣！昔陶隱居注本草，嘗言不可有誤，况注經乎？今君之注是詩也，片言隻字，每每推詳，絶無差誤。然則杜詩、本草注雖不同，推原教人之意則一而已。開禧紀元八月既望，富沙雲衢俞成元德父跋。

草堂詩箋傳序碑銘

新唐書杜工部傳

宋祁奉敕撰

甫，字子美，少貧不自振，客吳越、齊趙間。李邕奇其材，先往見之。舉進士不中第，困長安。玄宗開元二十五年，甫預京兆薦貢，而考工下之。天寶十三載，玄宗朝獻太清宮，饗廟及郊，甫奏賦三篇。帝奇之，使待制集賢院，命宰相試文章，擢河西尉，不拜，改右衛率府胄曹參軍。數上賦頌，數，色角切，頻也。因高自稱道，且言：「先臣恕、預以來，承儒守官十一世，迨審言，以文章顯中宗時。臣賴緒業，自七歲屬辭，且四十年，然衣不蓋體，常寄食於人，竊恐轉死溝壑，伏惟天子哀憐之。若令執先臣故事，拔泥塗之久辱，則臣之述作雖不足鼓吹六經，至沈鬱頓挫，隨時敏給，揚雄、枚皋可企及也。有臣如此，陛下其忍棄之？」會禄山亂，天子入蜀，天寶十四載，安禄山反於范陽。明年改元至德。六月，禄山犯長安，車駕幸劍外。七月，即位靈武。甫避走三川。

三川縣，屬鄜州。肅宗立，自鄜州羸服欲奔行在，爲賊所得。至德二年，亡走鳳翔上謁，拜右拾遺。與房琯爲布衣交。琯時敗陳濤斜，又以客董廷蘭，罷宰相。甫上疏言：「罪細，不宜免大臣。」帝怒，詔三司雜問。宰相張鎬曰：「甫若抵罪，絶言者路。」帝乃解。甫謝，且稱：「琯宰相子，少自樹立爲醇儒，有大臣體，時論許琯才堪公輔，陛下果委而相之。觀其深念主憂，義形於色，然性失於簡。酷嗜鼓琴，廷蘭托琯門下，貧疾昏老，依倚爲非，琯愛惜人情，一至玷污。臣嘆其功名未就，志氣挫衄，衄，尼六切。覬陛下棄細録大，所以冒死稱述，涉近訐激，違忤聖心。陛下赦臣百死，再賜骸骨，天下之幸，非臣獨蒙。」然帝自是不甚省録。時所在寇奪，甫家寓鄜，彌年艱窶，孺弱至餓死，因許甫自往省視。從還京師，出爲華州司功參軍。乾元元年，甫自左拾遺移華州掾。關輔饑，輒棄官去，客秦州，負薪採橡栗自給。流落劍南，乾元二年夏，甫去官，自華之秦。十月，發秦州。十二月，離同谷，至劍南。結廬成都西郭。上元元年，成都尹裴冕爲甫卜築草堂於浣花溪以居。召補京兆功曹參軍，不至。會嚴武節度劍南東西川，往依焉。廣德元年，甫補京兆功曹，不赴。明年，鄭國公嚴武復出節度劍南東西兩川。武再帥劍南，表爲參謀，檢校工部員外郎。武以世舊，待甫甚善，親至其家。甫見之，或時不巾，而性褊躁傲誕，嘗醉登武床，瞪視曰：「嚴挺之乃有此兒！」武亦暴猛，外若不爲忤，中衔之。一日欲殺甫及梓州刺史章彝，集吏於門。武將出，冠鈎於簾三，左右白其母，奔救得止，獨殺彝。魯訔曰：以甫詩考之，嚴武來鎮蜀，章彝已交印入覲。史當失之。武卒，崔旰等亂，甫往來梓、夔間。大曆中，出瞿唐，下江陵，溯沅、湘以登衡山，因客耒陽。耒陽縣，在衡州之東南。游嶽祠，大水遽至，涉旬不得食，縣令具舟迎之，乃得還。令嘗饋牛炙白酒，大醉，一夕卒，年五十九。夕，或作昔。夢弼考之於詩，子美以大曆五年夏四月湖南兵馬使臧玠殺其團練使崔瓘，乃避地入衡州，至耒陽，遊嶽祠，以大水涉旬不得食。耒陽縣令聶侯具舟迎之，水漲，遂泊方田驛。子美以詩謝之。繼而沿湘流將適漢陽，暮秋歸秦，有詩留别湖南幕府親友。則秋已還潭，暮秋北首，豈以是夏而溺死耒陽，乃復有此作邪？蓋子美之卒當在衡、湘之間，秋冬之際，元氏墓誌略見本末，唐史氏或惑於劉斧摭遺小説之言，曰：子美由蜀往耒陽，以詩酒自適。一日，過江上州中，飲醉不能復歸，宿酒家。是夕江水暴漲，子美爲驚湍漂泛，其屍不知落於何處。玄宗還南内，思子美，詔求之。聶令乃積空土於江上，曰：「子美爲白酒牛炙脹飫而死，葬於此矣。」以此聞玄宗。故唐史氏因有「牛炙白酒，大醉，一夕卒」之語。信哉！史氏之訛明矣。甫曠放不自檢，好論天下大事，高而不切。少與李白齊名，時號李杜。嘗從白及高適過汴州，酒酣登吹臺，吹，赤僞切。今東京城東南隅繁臺是也。慷慨懷古，人莫測也。數嘗寇亂，挺節無所污，爲歌詩，傷時橈弱，情不忘君，人憐其忠云。

贊曰：唐興，詩人承陳、隋風流，浮靡相矜。至宋之問、沈佺期等，研揣聲音，浮切不差，而號「律詩」，競相襲沿。逮開元間，稍裁以雅正，然恃華者質反，好麗者壯違，人得一概，皆自名所長。至甫，渾涵汪茫，千彙萬狀，兼古今而有之，它人不足，甫乃厭餘，殘膏賸馥，沾丐後人多矣。故元稹謂：「詩人以來，未有如子美者。」甫又善陳時事，律切精深，至千言不少衰，世號「詩史」。昌黎韓愈於文章慎許可，至歌詩，獨推曰：「李杜文章在，光焰萬丈長。」誠可信云。

唐杜工部墓誌銘

元稹撰

敘曰：余讀詩至杜子美，而知大小之有所總萃焉。始堯舜時，君臣以賡歌相和。是後詩人繼作，歷夏、殷、周千餘年，仲尼緝拾選練，取其干預教化之尤者三百篇，其餘無聞焉。騷人作而怨憤之態繁，然猶去風雅日近，尚相比擬。秦漢已還，採詩之官既廢，天下俗謠民謳、歌頌諷賦、曲度嬉戲之詞，亦隨時間作。至漢武帝賦柏梁詩而七言之體興，蘇子卿、李少卿之徒，尤工爲五言。雖句讀文律各異，雅、鄭之音亦雜，而詞意簡遠，指事言情，自非有爲而爲，爲，上于僞切，下如字。則文不妄作。建安之後，建安乃魏文帝年號。天下文士遭罹兵戰，曹氏父子曹操、曹丕。鞍馬間爲文，往往横槊賦詩。槊，音朔，矛屬也。其遒文壯節，抑揚怨哀悲離之作，怨，一作冤。尤極於古。晉世風概稍存。宋、齊之間，教失根本，士子以簡慢、歙習、舒徐相尚，文章以風容、色澤、放曠、精清爲高。蓋吟寫性靈、流連光景之文也。意義格力，固無取焉。陵遲至於梁、陳，淫艷、刻飾、佻巧、小碎之詞劇，佻，敕聊切，偷也。一無劇字。又宋、齊之所不取也。唐興，學官大振，歷世之文，能者互出，而又沈、宋之流沈佺期、宋之問，研練精切，穩順聲勢，謂之爲律詩。由是而後，文變之體極焉。然而莫不好古者遺近，務華者去實；效齊梁則不逮於魏晉，工樂府則力屈於五言；律切則骨格不存，閑暇則纖穠莫備。至於子美，蓋所謂上薄風騷，下該沈宋，言奪蘇李，蘇武、李陵。氣吞曹劉，吞，一作奮。曹植、劉楨。掩顔謝之孤高，顔延年、謝靈運。雜徐庾之流麗，徐陵、庾信。盡得古今之體勢，而兼人人之所獨專矣。使仲尼鍛其旨要，尚不知圖其多乎哉。圖，一作貴。苟以爲能所不能，無可無不可，則詩人以來，未有如子美者。是時山東人李白亦以奇文取稱，時人謂之李杜。余觀其壯浪縱恣，擺去拘束，模寫物象及樂府歌詩，誠亦差肩於子美矣。至若鋪陳終始，排比聲韻，大或千言，次猶數百，詞氣奮邁而風調清深，奮，一作豪。屬對律切而脱棄凡近，則李尚不能歷其藩翰，况壼奧乎！壼，一作堂。予嘗欲條析其文，體别相附，與來者爲之准，特病懶未就耳。適遇子美之孫嗣業，啓子美之柩，襄祔事於偃師，偃師縣，屬今河南府。途次於荆楚，荆州江陵府也。雅知余愛言其大父之爲文，拜余爲誌。辭不能絶，余因系其官閥而銘其卒葬云。

係曰：晉當陽成侯姓杜氏，下十世而生依藝，令於鞏。鞏縣，屬河南府。依藝生審言，審言善詩，官至膳部員外郎。審言生閑，閑生甫。閑爲奉天令。甫字子美，天寶中，獻三大禮賦，明皇奇之，命宰相試文，文善，授右衛率府胄曹。屬京師亂，玄宗天寶十四載，安禄山反於范陽。步謁行在，拜左拾遺。歲餘，以直言失官，出爲華州司功，肅宗至德二年，甫走鳳翔上謁，肅宗授左拾遺。乾元元年，因言房琯不宜罷相，遂自拾遺出掾華州。尋遷京兆功曹。代宗廣德元年，甫補京兆功曹，不赴。劍南節度嚴武廣德二年，嚴武以黄門侍郎再出鎮劍南東西兩川。狀爲工部員外，參謀軍事。旋又棄去，扁舟下荆楚間，竟以寓卒，旅殯嶽陽，大曆五年夏，甫避臧玠之亂，入衡州，沿湘流將適漢陽，暮秋將歸秦。是歲秋冬之交，卒於衡嶽之間，藁葬耒陽。至元和中，其孫始歸葬於河南鞏縣，元微之爲誌。今耒陽有甫墓，是時微之但爲誌，而不克遷，或已遷而故冢尚存耶？享年五十有九。夫人弘農楊氏女，父曰司農少卿恤，四十九年而終。嗣子曰宗武，病不克葬，歿，命其子嗣業。嗣業以家貧，無以給喪，收拾乞匄，焦勞晝夜，去子美歿餘四十年，然後卒先人之志，亦足爲難矣。

銘曰：維元和之癸巳，粤某月某日之佳辰，合窆我杜子美於首陽之山前。按後漢桓榮傳：首陽山在今偃師縣之西北。嗚呼！千載而下，曰：此先生之古墳。

讀杜工部詩集序

孫僅

敘曰：五常之精，萬象之靈，不能自文，必委其精、萃其靈於偉傑之人，以涣發焉。故文者，天地真粹之氣也。所以君五常，母萬象也。縱出横飛，疑無涯隅，表乾裏坤，深入隱奧。非夫腹五靈精，心萬象靈，神合冥會，則未始得之矣。夫文各一，而所以用之三，謀、勇、正之謂也。謀以始意，勇以作氣，正以全道。苟意亂思率，則謀沮矣。氣萎體瘵，則勇喪矣。言蓊辭蕪，則正塞矣。是三者，迭相羽翼以濟乎用也。備則氣淳而長，剥則氣散而涸。中古而下，文道繁富，風若周，騷若楚，文若西漢，咸角然天出，萬世之衡軸也。後之學者，瞽實聾正，不守其根而好其枝葉，由是日誕月豔，蕩而莫返。曹、劉、應、楊之徒唱之，曹植、劉楨、應璩、楊修。沈、謝、徐、庾之徒和之，沈約、謝靈運、徐陵、庾信。爭柔鬭葩，聯組擅繡。萬鈞之重，爍爲錙銖，真粹之氣，殆將滅矣。洎夫子之爲也，剔陳、梁，亂齊、宋，抉晉、魏，瀦其淫波，遏其煩聲，與周、楚、西漢相準的。其敻邈高聳，則若鑿太虛而噭萬籟。其馳驟怪駭，則若仗天策而騎箕尾。其首截峻整，則若儼鈎陳而界云漢。樞機日月，開闔雷電，昂昂然神其謀，挺其勇，握其正，以高視天壤，趨入作者之域，所謂真粹氣中人也。公之詩，支而爲六家：孟郊得其氣焰，張籍得其簡麗，姚合得其清雅，賈島得其奇僻，杜牧、薛能得其豪健，陸龜蒙得其贍博，皆出公之奇偏爾，尚軒軒然自號一家，爀世烜俗，後人師擬不暇，矧合之乎？風騷而下，唐而上，一人而已。是知唐之言詩，公之餘波及爾。於戲！以公之才，宜器大任，而顛寇虜、汩没蠻夷者，屯於時耶，戾於命耶，將天嗜厭代，未使斯文大振耶？雖道抑當世，而澤化後人，斯不朽矣！因覽公集，輒洩其憤以書之。

杜工部詩舊集序

王洙

叙曰：杜甫字子美，襄陽人，徙河南鞏縣。曾祖依藝，鞏令。祖審言，膳部員外郎。父閑，奉天令。甫少不羈。天寶十三年，獻三賦，召試文章，授河西尉，辭不行，改右衛率府胄曹。天寶末，以家避亂鄜，獨轉陷賊中。至德二載，竄歸鳳翔，謁肅宗，授左拾遺，詔許至鄜迎家。明年收京，扈從還長安。房琯罷相，甫上疏論琯有才，不宜廢免。肅宗怒，貶琯邠州刺史，出甫爲華州司功。屬關輔饑亂，棄官之秦州，又居成州同谷，自負薪採稆，餔糒不給。遂入蜀，卜居成都浣花里。復適東川。久之，召補京兆府功曹，以道阻不赴，欲如荆楚。上元二年，聞嚴武鎮成都，自閬州挈家往依焉。武歸朝廷，甫浮游左蜀諸郡，往來非一。武再鎮兩川，奏爲節度參謀、檢校工部員外郎，賜緋。永泰元年夏，武卒，郭英乂代武。崔旰殺英乂，楊子琳、柏正節舉兵攻旰，蜀中大亂。甫逃至梓州。亂定，歸成都，無所依，乃泛江游嘉、戎，次雲安，移居夔州。大曆三年，下峽，至荆南，又次公安，入湖南，泝沿湘流，游衡山，寓居耒陽。甞至嶽廟，阻暴水，旬日不得食。耒陽聶令知之，自具舟迎還。五年夏，一夕醉飽，卒，年五十九。觀甫詩與唐實録，猶概見事跡，比新書列傳，彼爲踳駁。傳云：召試，授京兆府兵曹。而集有官定後戲贈詩，注云：初授河西尉，辭，改右衛率府胄曹。傳云：遁赴河西，謁肅宗於彭原。而集有喜達行在詩，注云：自京竄至鳳翔。傳云：嚴武卒，乃游東蜀，依高適。既至而適卒。按，適自東川入朝，拜右散騎常侍，乃卒。又集有忠州聞高常侍亡詩。傳云：下峽未維舟而江陵亂，乃游襄、衡。而集有居江陵及公安詩至多。傳云：甫永泰二年卒。而集有大曆五年正月追酬高蜀州詩及別題大曆年者數篇。甫集初六十卷，今秘府舊藏、通人家所有，稱大小集者，皆亡逸之餘，人自編摭，非當時第次矣。搜裒中外書，凡九十九卷。古本二卷，蜀本二十卷，集略十五卷，樊晃序小集六卷，孫光憲序二十卷，鄭文寶序少陵集二十卷，別題小集二卷，孫僅一卷，雜編三卷。除其重複，定取千四百有五篇，凡古詩三百九十有九，近體千有六，起太平時，終湖南所作，視居行之次，若歲時先後，分十八卷；又別録賦筆雜著二十九篇爲二〔一〕卷，合二十卷。竟兹未可謂盡，它日有得，尚副益諸。寶元二年十月，翰林學士兵部郎中知制誥史館修撰王洙原叔記。

【校記】

〔一〕二，原作「二十」，據宋本杜工部集改。

杜工部詩後集序

王安石

序曰：予考古之詩，尤愛杜甫氏作者。其詞所從出，一莫知窮極，而病未能學也。世所傳已多，計尚有遺落，思得其完而觀之。然每一篇出，自然人知非人所能爲，而爲之者惟其甫也，輒能辯之。予之令鄞，鄞音銀。鄞縣，屬明州。客有授予古之詩世所不傳者二百餘篇。觀之，予知非人所能爲，而爲之實甫者，其文與述之著也。然甫之詩，其完見於今日者，自予得之。世之學者，至乎甫而後爲詩，不能至，要之不知詩焉爾。嗚呼！詩其難，惟有甫哉。自洗兵馬下，序而次之，以示知甫者，且用自發焉。皇祐壬辰五月日，臨川王安石序。

成都草堂詩碑序

胡宗愈

草堂先生，謂子美也。草堂，子美之故居，因其所居而號之曰草堂先生。先生自同谷入蜀，遂卜居浣花江上萬里橋之西，爲草堂以居焉。唐之史記，前後牴牾。先生至成都之年月不可考，其後先生寄題草堂云：「經營上元始，斷手寶應年。」然則先生之來成都，殆上元之初乎？嚴武入朝，送武之巴西，遂如梓州。蜀亂，乃之閬州，將遊荆楚。會武再鎮兩川，自閬州挈妻子歸草堂，武辟爲參謀。武卒，蜀又亂，去之東川，移居夔州，遂下荆渚，泝流沅、湘，上衡山，卒於耒陽。先生以詩鳴於唐，凡出處去就〔一〕，動息勞佚，悲懽憂樂，忠憤感激，好賢惡惡，一見於詩，讀之可以知其世，學士大夫謂之「詩史」。其所游歷，好事者隨處刻其詩於石，及至成都則闕然。先生之故居，松竹荒凉，畧不可記。丞相吕公鎮〔二〕成都，復作草堂於先生之舊址，繪先生之像於其上，宗愈假符於此，乃録先生之詩，刻石置於草堂之壁間。先生雖去此，而其詩之意有在於是者，亦附其後，庶幾好事者於以考先生去來之跡云。元祐庚午資政殿學士中大夫知成都軍府事胡宗愈序。

【校記】

〔一〕「去就」二字原無，據杜詩詳注卷二五附録、詩林廣記卷二十、詩人玉屑卷二十添。

〔二〕鎮，原作「著」，據杜詩詳注附録改。

編次杜工部詩序

魯訔

騷人雅士，同知祖尚少陵，同欲模楷聲韻，同苦其意律深嚴難讀也。余謂少陵老人初不事艱澀索〔一〕隱以病人，其平易處，有賤夫老婦所可道者，至其深純宏遠，千古不可追跡。其序事穩實，立意渾大，遇物寫難狀之景，紓情出不説之意，借古的確，感時深遠，若江海浩溔，溔，以沼切，大水貌。風雲蕩汩，蛟龍黿鼉出没其間而變化莫測，風澄雲霽，象緯回薄，錯峙偉麗，細大無不可觀。離而序之，次其先後。時危平，俗孅惡，山川夷險，風物明晦，公之所寓舒局，皆可概見。如陪公杖屨而游四方，數百年間猶有面語，何患於難讀耶？名公鉅儒，譜叙注釋，是不一家。用意率過，異説如蝟。余因舊集略加編次，古詩、近體一其後先，摘諸家之善有考於當時事實及地理、歲月與古語之的然者，聊注其下。若其意律，乃詩之六經，神會意得，隨人所到，不敢易而言之。叙次既倫，讀之者如親罹艱棘虎狼之慘，爲可驚愕；目見當時甿庶被削刻，轉塗炭，爲可憫；因感公之流徙，始而適，中而瘁，卒至爲少年輩侮，忽以訖死，爲可傷也。紹興癸酉五月晦日丹丘冷齋魯訔序。

少陵先生博極羣書，馳騁今古，周行萬里，觀覽謳謡，發爲歌詩，奮乎國風、雅、頌不作之後，比興相侔，哀樂交貫，揄揚叙述，妙達乎真機，美刺箴規，該夫衆體。自唐迄今，餘五百年，爲詩學之宗師，家傳而人誦之。故元微之誌其墓曰：「詩人已來未有如子美者。」信斯言矣。況我國家祖宗肇造以來，設科取士，詞賦之餘，繼之以詩。詩之命題，主司多取是詩。惜乎世本訛舛，訓釋紕繆，有識恨焉。夢弼因博求唐、宋諸本杜詩十門，聚而閲之，三復參校，仍用嘉興魯氏編次，先生用舍之行藏，作詩歲月之先後，以爲定本。每於逐句本文之下，先正其字之異同，次審其音之反切，方作詩之義以釋之，復引經子史傳記以證其用事之所從出，離爲五十卷目，曰草堂詩箋。凡校讎之例：題曰「樊」者，唐潤州刺史樊晃小集本也。題曰「晉」者，晉開運二年官書本也。曰「歐」者，歐陽永叔本也。曰「宋」者，宋子京本也。「王」者，乃介甫也。「蘇」者，乃子瞻也。「陳」者，乃無已也。「黄」者，乃魯直也。刊云一作某字者，係張原叔、張文潛、蔡君謨、晁以道及唐之顧陶本也。又如宋次道、崔德符、鮑欽止暨太原王禹玉、王深父、薛夢符、薛蒼舒、蔡天啓、蔡致遠、蔡伯世皆爲義説。其次如徐居仁、謝任伯、吕祖謙、高元之暨天水趙子櫟、趙次翁、杜修可、杜立之、師古、師民瞻亦爲訓解。復參以蜀石碑、諸儒之定本，各因其實以條紀之。至於舊德碩儒，間有一二説者，亦兩存之，以俟博識之決擇。是集之行，俾得之者手披目覽，口誦心惟，不勞思索而昭然義見，更無纖毫凝滯，如親聆少陵之謦欬，而熟覩其眉宇，豈不快哉！大宋嘉泰天開甲子正月穀旦建安三峰東塾蔡夢弼傅卿謹識。

【校記】

〔一〕索，元本作「左」，今從古逸叢書本。

杜工部草堂詩年譜上

趙子櫟

吕汲公大防爲杜詩年譜，其説以謂次第其出處之歲月，略見其爲文之時，得以考其辭力，少而鋭，壯而肆，老而嚴者如此。竊嘗深考其譜，以爲甫生於睿宗先天元年庚戌〔一〕，而甫實生於開元元年癸丑。以爲甫没於大曆五年辛亥〔二〕，而甫實没於大曆六年辛亥。其推甫生没所值紀年，與夫紀年所值甲子，皆有一歲之差，且多疏略。今輒爲訂正而稍補其闕，俾觀者得以考焉。

明皇開元元年癸丑。

按，天寶十載，公年三十九，奏三大禮賦表云：「生陛下淳樸之俗，行四十載。」逆數之，甫是年生。舊譜：「甫生先天癸丑，奏賦天寶十三載。」十三載年四十三，十載亦年四十矣。

開元三年乙卯。

夔峽觀公孫弟子舞劍器詩序云：「開元三年，余尚童稚，於郾城觀公孫氏舞劍器。」

開元七年己未。

壯游詩云：「七齡思即壯。」進鵰賦表云：「自七歲所綴詩筆。」甫作詩起七歲。

開元九年辛酉。

壯游詩云：「九齡書大字，有作成一囊。」

開元十四年丙寅。

壯游詩云：「往昔十四五。」

開元十五年丁卯。

甫年十五，後有百憂集行云：「憶年十五心尚孩。」

開元二十三年乙亥。

有開元皇帝皇甫淑妃神道碑云：「野老何知，斯文見托。」甫時白衣。

開元二十五年丁丑。

壯游詩云：「忤下考功第。」唐初，考功試進士。開元二十六年戊寅春，以考功輕，徙禮部，以春官侍郎主之。甫下考功第，蓋是年春也。

開元二十八年庚辰。

按柳芳唐曆：「開元二十八年，天下雄富。西京米價不盈二百，絹亦如之。東由汴宋，西歷岐鳳，夾路列店陳酒饌待客。行人萬里，不持寸刃。」憶昔詩云：「憶昔開元全盛日，小邑猶藏萬家室。稻米流脂粟米白，公私倉廩皆豐實。九州道路無豺虎，遠行不勞吉日出。」乃其時也。

開元二十九年辛巳。

是年，甫有祭杜預文云：「十三葉孫甫謹以寒食之奠，昭告於先祖晉鎮南大將軍當陽成侯。」預葬龜洛偃師首陽山南，甫祭於洛之首陽。

天寶元年壬午。

集有天寶初南曹小司寇爲山之作，時年三十。

天寶三載甲申。

正月丙申朔，詔改元〔三〕曰載。

天寶六載丁亥。

詔天下有一藝詣轂下。時李林甫相國命尚書省試，皆下之，遂賀野無遺賢於庭。其年甫、元結皆應詔而退。

天寶九載庚寅。

秋七月，置廣文館於國子監，以鄭虔爲博士。贈鄭虔醉時歌云：「廣文先生官獨冷。」是年秋後所作也。

天寶十載辛卯。

明皇紀：「天寶十載春正月，朝見太清宫。朝饗太廟，及有事於南郊。」甫上三大禮賦，授河西尉，改右衛率府胄曹。史謂甫天寶十三載獻賦，而考明皇紀，十三載至自華清，朝獻太清宫，未嘗郊廟行三大禮。當以明皇紀爲證。

天寶十一載壬辰。

除夕曲江族弟杜位宅守歲云「守歲阿戎家」云云。甫年四十，獻歲年四十一。位弟字戎，甫從弟，李林甫婿，宅近曲江。涜花寄位云：「玉壘題詩心緒亂，何時更得曲江游。」

天寶十三載甲午。

上韋左相詩：「鳳曆軒轅紀，龍飛四十春。」玄宗即位四十二載，故云。玄宗西嶽太華碑曰：「天寶十二載癸巳。」甫進封岳表：「杜陵諸生，年過四十。」丞相國忠今春二月丁丑陟司空，賦曰：「維岳克生司空。」則賦當在是載。甫是年四十二，故曰「年過四十」。

天寶十四載乙未。

是年十一月初，自京赴奉先，有奉先縣詠懷詩。是月有禄山之亂。

至德元載丙申。

是年肅宗即位，改至德元載。夏五月，甫避寇左馮翊，逆旅鄜畤，有白水高齋、三川觀漲詩。六月，禄山入潼關，明皇西幸。七月，肅宗即位靈武。甫自鄜挺身赴朝廷，漸北至彭衙行，遂陷賊中。冬，有悲陳陶、悲青阪、哀王孫詩。

至德二載丁酉。

其春，猶陷賊，作曲江行、春望、憶幼子。賊退，竄歸鳳翔，拜左拾遺。房琯敗陳陶，甫上疏救之，有薦岑參、謝口敕放推問狀。八月，墨制放往鄜州，有別賈嚴二閣老、北征、徒步歸行、羌村詩。

乾元元年戊戌。

夏六月，出爲華州司功。其秋，有試進士策、代華牧郭使君論殘寇狀，時有留花門、洗兵馬詩。

乾元二年己亥。

元年九月，九節度兵討慶緒於鄴城，遂潰。三月，官軍敗滏水，甫有新安吏、石壕吏、新婚別、垂老別、無家別。甫時華州司功參軍，關輔饑，棄官西去。度隴，客秦亭，立秋後詩云：「惆悵年半百。」甫年四十七。冬十月，發秦州。初至赤谷，南至鐵堂峽，遂踐同谷城、積草嶺、鳳皇臺。

上元元年庚子。

成都西郭草堂詩云：「經營上元始。」即其時也。有浣花卜居、狂夫、有客、南鄰、漫興、王侍御掄邀高蜀州適詩。

上元二年辛丑。

是年在蜀郡，有百憂集行云：「即今倏忽已五十。」按是年年四十九。有杜鵑行、石犀行、古柏行、病柏、病橘、枯椶、枯柟詩。代宗紀：「上元二年九月壬寅，詔剔上元號，獨曰元年，月以斗建命之，以建子起歲。」草堂即事：「荒村建子月。」又戲贈友詩：「元年建巳月，郎有焦校書。……元年建巳月，官有王司直。」其年太子少保、鄭國公崔光遠爲成都尹、劍南節度。會東川段子璋殺其節度李奂走成都，光遠命花驚定平之。甫有贈花卿歌。光遠死，其月廷命嚴武。

寶應元年壬寅。

嚴武今春開府成都。甫有嚴中丞枉駕浣花草堂、仲夏嚴中丞見過之作。草堂詩云：「斷手寶應年。」即其時也。甫與嚴武巴西相别，其冬甫游射洪陳拾遺草堂，南至通泉縣，還梓州。

代宗廣德元年癸卯。

其春，甫有登梓州城樓，又西北游涪城。夏還，有梓城南樓陪趙侍御詩。九月，有祭房相公文。其秋入閬中，其冬有放船江上詩。甫巴西聞收京闕，有送班司馬入京詩。其年代宗幸陜，有憶昔詩云：「得不哀痛塵再蒙。」自天寶十四載至此九年，玄宗幸蜀，代宗又幸陜，故曰「塵再蒙」。甫年五十一。

廣德二年甲辰。

嚴武再鎮蜀，甫贈詩云：「殊方又喜故人來。」除京兆功曹，不赴。武辟劍南參謀、檢校工部員外郎。閬塗中贈武詩：「得歸茅屋赴成都，直爲文翁再剖符。」

其夏至蜀，有公堂揚旗、和嚴武早秋詩。揚旗詩云：「二州陷犬戎。」一本作「三州」。代宗紀：「吐蕃陷松、維二州。」柳芳曆：「糧運絶，西川節度高適不能軍。吐蕃陷松、維、保三州。」甫年五十二。

永泰元年乙巳。

其春，飲鄭公堂。四月，嚴武死，有哭嚴僕射歸櫬詩。

大曆元年丙午。

二月，杜鴻漸鎮蜀，甫厭蜀思吴。成都亂，遂南游東川，至夔峽，浮家戎江，渝州候嚴六侍御、題忠州龍興寺詩。

大曆二年丁未。

有雲安立春詩。放船下峽，初宅瀼西，有赤甲、白鹽〔四〕、東屯、白帝詩。其年十月十九，有觀公孫大娘弟子舞劍器詩云：「五十年間似反掌。」自開元三載相去五十三年，甫年五十五。

大曆三年戊申。

正月旦，有太歲日詩。正月甲子，放船下峽，留峽州之上牢、下牢，過荆州之松滋，有荆南秋日詩：「九鑽巴噀火，三蟄楚祠雷。」自庚子卜築劍外巴道，及丙午逆旅雲安。雲安，楚地。移居公安，歷石首劉郎浦。其冬，至湘潭，有岳陽樓、歲晏行。

大曆四年己酉。

有岳陽、洞庭湖、青草湖、湘夫人祠、喬口、道林嶽麓二寺詩。

大曆五年庚戌。

高適乾元中刺蜀州，永泰元年卒，至大曆五年，實六年矣。是年庚戌，甫年五十八。正月，追酬高蜀州人日寄漢中王瑀敬昭州超先。二月，湖南屯將臧玠犯長沙。甫發潭州，泝湘，宿鑿石浦，過津口，次空靈岸，宿花石戍，過衡山，回棹至衡東南邑曰耒陽，有呈聶令詩。或謂甫絕筆耒陽之夏。然耒陽古體之後，律詩尚盡一秋。晚秋長沙送李十一曰：「與子避地西康州，洞庭相逢十二秋。」類此者多。

大曆六年辛亥。

甫其冬北征，棄魄巴陵。元稹誌：「劍南兩川節度嚴武狀公工部員外、參謀軍事，旋棄去，扁舟下荆楚間，竟以寓卒，旅殯岳陽，享年五十九。」或謂游耒陽，江上宿酒家，是夕江水泛漲，爲水漂漲，聶令堆空土爲墳；或謂聶令饋白酒牛炙，脤飫而死。皆不可信。

【校記】

〔一〕庚戌，古逸叢書本作「壬子」。

〔二〕辛亥，古逸叢書本作「庚戌」。

〔三〕元，當作「年」。

〔四〕白鹽，原缺「白」字。

杜工部草堂詩年譜下

嘉興魯訔撰

睿宗先天元年壬子。正月改太極，五月改爲延和，明皇以是年八月改元。

按公誌及傳皆云「年五十九卒於大曆五年辛亥」，詩史云「開元元年癸丑公生」。公上大禮賦云：「臣生陛下淳樸之俗，行四十載。」公天寶十載奏賦，年三十有九。逆算〔一〕公今年生。呂汲公考公生先天元年癸丑，天寶十三載奏賦。若十三載，公當四十三歲矣。唐書宰相表及紀年通譜先天元年壬子，而譜以爲癸丑；集祭房公，廣德元年，歲次癸卯，而譜以爲甲辰，皆差一年。汲公呂大防始作詩年譜。

開元元年癸丑。

三年乙卯。

公郾城觀公孫弟子舞劍行云：「開元三年，余尚童穉，於郾城觀公孫舞劍器。」年譜以爲三年丙辰。按，公是年才四歲，年必有誤。公進鵰賦表云：「臣素賴先人緒業，自七歲所綴詩筆，向四十載矣，約千有餘篇。」則能憶四歲時事，不爲誤也。

十四年丙寅。

公初游選場，壯游曰：「往昔十四五，出遊翰墨場。斯文崔魏徒，以我似班揚。」

二十三年乙亥。公年二十四。

公作開元皇帝皇甫淑妃豐碑曰：「歲次乙亥十月癸未朔，薨。」又曰：「野老何知，斯文見托。」「不論官閥，游、夏入文學之科。」意公尚白衣。天寶十載，始上三大禮賦，起家授河西尉。或以爲是年未應稱野老，當是天寶十載辛卯，銘曰：「列樹拱矣，豐碑闕然。」乃知後來方立碑也。但未能考其定於何年？

二十五年丁丑。

史云：「公少不自振，客游吴越、齊趙。」故壯游曰：「東下姑蘇臺，已具浮海航。到今有遺恨，不得窮扶桑。歸帆拂天姥，中歲貢舊鄉。忤下考功第，拜辭京尹堂。放蕩齊趙間，裘馬頗清狂。春登吹臺上，冬獵青丘旁。」游梁亦曰：「昔我游宋中，惟梁孝王都。憶與高李輩，論文入酒壚。氣酣登吹臺，懷古視平蕪。」昔游曰：「昔與高李輩，晚登單父臺。」山脚曰：「昔我游山東，憶戲東嶽陽。窮秋立日觀，矯首望八荒。」公居城南，嘗預京兆薦貢，而考功下之。唐初，考功試進士。開元二十六年戊寅春，以考功郎輕，徙禮部以春官侍郎主之。公之適齊趙，當在此歲以前。

二十九年辛巳。

公有酹遠祖晉鎮南將軍於洛之首陽酹文：「十三葉孫甫，開元二十九年，歲次辛巳。」

天寶元年戊午。公年三十一。

南曹小司寇於我太夫人堂下壘土爲山之作，系云「天寶初」。

六載丁亥。

公應詔退下。元結諭友曰：「天寶六載，詔天下有一藝詣轂下，李林甫相國命尚書省皆下之，遂賀野無遺賢於庭。」公上韋左相曰：「主上頃見徵，倏然欲求伸。青冥却垂翅，蹭蹬無縱鱗。」上鮮于京兆曰：「獻納紆皇眷，中間謁紫宸。破膽遭前政，陰謀獨秉鈞。」正謂此邪！

九載庚寅。

紀：「十一月，封華嶽。」

十載辛卯。公年四十。

公奏三大禮賦。元積誌曰：「賦奏，命宰相試文，授右衛率府胄曹。」史云：「公奏賦，帝奇之，命待制集賢院召試文，授河西尉，不拜，改右衛率府胄曹。」公官定後戲贈曰：「不作河西尉，凄凉爲折腰。老夫怕奔走，率府且逍遥。」莫相疑行曰：「憶獻三賦蓬萊宫，自怪一日聲烜赫。集賢學士如堵牆，觀我落筆中書堂。」史、集皆以爲十三載。按帝紀：十載，行三大禮。十三載未當郊，况表云「臣生長陛下淳樸之俗，行四十歲矣」，故知當在今歲。原叔云：新書作召試京兆府兵曹。新書乃今舊書也。今書作胄曹。進西嶽賦表乃云「委學官試文章」，皆不同。除夕曲江族弟位宅守歲曰「四十明朝過」，年譜云：上韋左相詩云：「鳳曆軒轅紀，龍飛四十春。」壯遊：「放蕩齊趙間，裘馬頗清狂。快意八九年，西歸到咸陽。」則公歸自齊趙，乃應詔奏賦又數年間事也。翰林王洙字原叔〔二〕。

十三載甲午。公年四十三。

玄宗紀：秋八月甲子朔，文部侍郎韋見素拜中書門下平章事。公贄見韋左相詩云「龍飛四十春」，又曰「愚蒙但隱淪」，則此詩似未獻賦前。封西嶽賦表云「臣本杜陵諸生，年過四十」，又云「蓋長安一匹夫爾。次歲國家有事郊廟，幸得奏賦待制於集賢，委學官試文章。再降恩澤，送隸有司，參列選序」，則此賦又在三大禮賦後。詩史以爲十二載，未詳。紀：二月丁丑，楊國忠爲司空。公表云：「陛下元弼，克生司空。斯文不可寢已。」則此賦當在未封西嶽前，而紀封華嶽在九載，又當考也。

十四載。

十一月，安禄山反，陷河北諸郡。公有自京赴奉先作，注云：「此年十一月作。」集注云：公在率府，欲辭職，遂作去矣行，而家屬先在奉先。詩史云：薊北反書未聞，公已逸身畿甸。

十五載丙申。公年四十五。是年七月，肅宗即位於寧〔三〕武，改元至德。

禄山僭帝於東京。公在奉先，以舅氏崔十九翁爲白水尉，故適白水，有高齋三十韻。六月辛未，賊入潼關，駕幸劍外。七月甲子，肅宗即位靈武。公漸北過，彭衙行曰：「憶昔避賊初，北走經險艱。夜深彭衙道，馮翊界。月照白水山。

屬同州。少留周家窪，欲出蘆子關。」七月，寓於鄜川，有三川觀漲詩鄜州屬縣。曰：「我經華原來。長安北。」公羸走靈武，賊得之，故贈韋評事詩曰：「昔没賊中時，潛與子同游。」公没賊中，有九日藍田崔氏莊以下十三首。

至德二載丁酉。公年四十六。

公春在賊中，曲江行曰：「少陵野老吞聲哭，春日潛行曲江曲。」自正月乙卯，禄山死。二月戊子，肅宗次鳳翔。李光弼敗安慶緒於太原，郭子儀敗安慶緒於潼關，又敗於永豐倉。公西走鳳翔，達鳳翔行在，曰：「西憶岐陽信，無人遂却回。」又曰：「司隸章初睹，南陽氣已新。」又述懷曰：「去年潼關敗，妻子隔絶久。今夏草木長，脱身得西走。」元微之誌云：「步謁肅宗行在，拜左拾遺。」舊書云：「自京師宵遁赴河西，謁肅宗於彭原。」新書云：「拜右拾遺。」非是。房綰罷相印，甫上疏不宜免，帝怒，詔三司雜問，以張鎬言，帝解赦之。公有狀謝口敕，又有六月十二日薦岑參諫官狀，皆可考。新史云：「自是帝不甚省録。公家寓鄜彌年，孺弱至餓死，許甫往省親。」吕汲公考云：「八月墨敕放還鄜州，有北征詩。」舊史云：「肅宗怒，貶甫爲華州司功曹。」非是。實録言御史大夫韋陟言，當考。北征曰：「皇帝二載秋，閏八月初吉。杜子將北征，蒼茫問家室。」贈節度李重進曰：「青袍朝士最苦者，白頭拾遺徒步歸。」閏八月朔甲寅，賊安慶緒寇好時，渭北節度李光弼進戰，却之。渭北壘空。公得北首鄜路，送韋宙同谷曰：「鑾輿駐鳳翔，受詞太白脚。」秋，旋自鄜時扈從還闕。贈嚴賈二閣老曰：「法駕還雙闕，王師下八川。此時沾奉引，佳氣拂周旋。」十月丁卯，天子還闕。公臘日供奉紫宸曰：「臘日常年暖尚遥，今年臘日凍全消。」十二月，上皇至自蜀，以蜀郡爲南京，鳳翔爲西京，西京爲中京。

乾元元年戊戌。公年四十七。是歲二月改元，復以載爲年。

春，公有紫宸退朝口號、賡賈至朝大明宮、宣政殿、晚出左掖，又退朝出左掖、直夜題省中壁等詩。微之誌：公左拾遺歲餘，以直言出華州司户，悲往事系曰：「至德二載，甫自京金光門出道歸鳳翔。乾元初，從左拾遺移華州掾，與親故别，因出此門，有悲往事。」曰：「近得歸京邑，移官豈至尊。」必大臣有不樂公者。至華，題鄭縣亭子曰：「雲斷岳蓮臨大路，天晴宮柳暗長春。」唐官儀：功曹主秋賦。公有秋策問進士。七月，代華牧論殘寇狀、上朝廷策士文。公及冬出潼關，東征洛陽道，史不載。有閿卿姜七少府設鱠及湖城遇孟云卿歸劉顥宅飲宿等詩。

二年己亥。公年四十八。

春，留東都。三月，九節度之師潰於滏水，郭子儀斷盟津，退守洛師。公有新安吏、石壕吏等詩。歸華，放情山水間，嘗游伏毒寺，有憶鄭南曰：「鄭南伏毒寺，蕭灑到江心。」鮑公詩譜云：「夏，去華之秦。」公有秋華下苦熱曰：「七月六日苦炎蒸，對食暫餐還不能。」立秋後題曰：「平生獨往願，惆悵年半百。罷官亦由人，何事拘形役。」自是有浩然志。史云：「關輔餓，輒棄官去。客秦州，貧，採橡栗自給。」有秦州二十首，曰：「滿目悲生事，因人作遠游。遲回度隴怯，浩蕩及關愁。」公厭秦隴要衝，人事煩夥。西南命駕，游同谷。別贊上人曰：「天長關塞寒，歲暮飢凍逼。野風吹征衣，欲別向曛黑。」冬十月，發秦州。曰：「我衰更懶拙，生事不自謀。無食思樂土，無衣思南州。」至同谷，作七歌。寓同谷不盈月，十二月一日，發同谷。曰：「始來兹山中，休駕喜地僻。奈何迫物累，一歲四行役。」公自京至華、至秦、至同谷、赴劍南，凡四。史曰：「同谷採橡栗自給，流落劍外。」公詩云「邑有佳主人」，又曰「臨歧别數子，握手淚再滴」，非寥落而還，殆迫於寇攘也。送韋宙從事同谷曰：「此邦承平日，剽切吏所羞。」又曰：「古來無人地，今代横戈矛。」當時必爲羌戎所迫，但史不載，止云：十二月史思明寇陝州。公度栗亭，趨劍門木皮嶺，曰：「季冬攜童稚，辛苦赴蜀門。」鹿頭山曰：「鹿頭何亭亭，是日慰飢渴。連山西南斷，俯見千里豁。」「冀公柱石姿，論道邦國活。」裴冕鎮成都，公遂下居錦江。成都曰：「我行山川異，忽在天一方。自古有羈旅，我何苦哀傷。」

上元元年庚子。公年四十九。

裴冕公爲公卜居成都西郭浣花溪。成都記：「草堂寺，府西七里。浣花寺，三里。寺極宏麗。」公卜居曰：「浣花流水水西頭，主人爲卜林塘幽。」公寓浣花，雖有江山之適，羈旅牢落之思未免，故二年之間有赴青城縣、成都西。暫如新津、出成都寄陶王二少尹、寄高彭州、投簡成華兩縣諸子等詩。柳芳曆曰：「高適乾元初刺彭州。」公乾元初客秦，有寄適於彭州；上元初，適牧蜀，而公乃有寄高彭州詩，當考。

二年辛丑。公年五十。

紀：夏四月，劍東（四）東川節度兵馬使段子璋反，陷綿州，節度使李奐奔於成都。五月，劍南節度使崔光遠克東川，段子璋伏誅。公戲作花卿歌曰：「成都猛將有花卿，學語小兒知姓名。綿州刺史著柘黃，我卿掃除即日平。子璋髑髏血模糊，手提擲還崔大夫。李侯重有此節度，人道我卿絶世無。」舊唐傳云：「梓州刺史段子璋反，以兵攻東川節度使李奐。適率州兵與西川節度崔光遠攻子璋，斬之。西川牙將花驚定者恃勇，既誅子璋，大掠東蜀。」新史云：「梓屯將段子璋反，適從崔光遠討斬之，而光兵不戢，遂大掠。天子怒，遂以適代爲西川節度。」紀、傳與此詩皆不同，當知公紀事爲審也。九月壬寅，大赦，去上元號，稱元年，以十一月爲歲首，以斗所建爲名。公草堂即事曰：「荒村建子月，獨樹老夫家。」春秋變古則書之，公此意也。年譜與史云：「嚴武鎮成都，甫往依焉。」新史云：「上元二年冬，黄門侍郎、鄭國公嚴武鎮成都，奏爲節度參謀、檢校尚書工部員外郎，賜緋魚。」公先赴成都，裴公爲卜居浣花里，譜、傳皆非是。嚴中丞枉駕見適系云：「嚴武東川除西川，敕除兩川都節制。」詩云：「元戎小隊出郊坰，問柳尋花到野亭。川合東西瞻使節，地分南北任流萍。」辭意皆與傳異。詩史云：地志：劍西益、彭、蜀，其州二十有八。劍東梓、綿、劍、普十州，綿爲都會。肅宗實録：子璋盜綿州，改年黄龍，州曰龍安府。代宗實録：武，京兆少尹、御史中丞。賊思明阻兵京師，頗自矜大，命綿州刺史。未幾，東劍節度。詔兩劍一道。新傳：坐房綰貶巴州。久之，遷東川。玉壘記：是年崔光遠尹成都，花驚定平段難，而士卒剽掠士女，至斷腕取金。詔監軍按其罪。十二月，恚死。

寶應元年壬寅。上元二年九月，改元年。二年四月，改寶應。年五十一。

武至成都，公奉和嚴中丞西城晚眺詩。蜀困於調度，嚴數從公往來，寄題杜二錦江野亭云：「莫倚善題鸚鵡賦，何須不著鵕鸃冠。」公酬云：「謝安不倦登臨賞，阮籍烏知禮法疏。」公結廬浣花涉三年。草堂曰：「經營上元始，斷手寶應年。」浣花曰：「萬里清江上，三年落日低。」四月己巳，代宗即位，召武。公送嚴入朝曰：「鼎湖瞻望遠，象闕憲章新。四海猶多難，中原憶老臣。」送嚴到綿州，同登杜使君江樓曰：「歸朝送使客，落景惜登臨。」詩史：召武爲太子賓客，傳還，拜京兆尹。爲二聖山陵橋道使，封鄭公，遷黄門侍郎。公初與武云「中丞」，梓州九日贈武曰「大夫」，此詩曰「侍郎」，再鎮蜀曰「上嚴鄭公」，前後自可考也。玩月呈漢中王，多在中秋。七月，劍南西川兵馬使徐知道反。八月己未，伏誅。公吟射洪曰：「南京亂初定。」故公欲駕梓，至梓已重陽。九日，登城。九日奉寄嚴大夫曰：「不眠持漢節，何路出巴山。」嚴巴嶺答曰：「昨向巴山落日時，兩鄉千里夢相思。」時嚴猶未出巴地也。秋，歸成都迎家，遂徑往梓。十一月，往射洪縣南途中有作、南之通泉縣、亦梓州邑。適郭代公故宅、陪王侍御因登東山最高頂宴姚通泉晚攜酒涪江泛舟，皆一時作也。

廣德元年癸卯。年五十二。

春日梓州登樓曰：「行路難如此，登樓望欲迷。」又曰：「厭蜀交遊冷，思吳勝事繁。應須理舟楫，長嘯下荆門。」公已有東下之興。公送辛員外暫至綿還梓州，陪章侍御宴南樓，陪章侍御惠義寺，秋，章梓州水亭。時公將適吳楚，留別章使君留後曰：「終作適荆蠻，安排用莊叟。」秋，故相房琯薨，公有九月壬戌祭房公文。公轉游閬中，爲閬州王使君進論巴蜀安危表。警急曰：「玉壘雖傳檄，松州已解圍。」系云：時高公適領西川節度使。時吐蕃犯塞，爲中國患，公痛其猖獗，疾無善將以守要害。明年，武再出鎮，蜀道始安。是歲，君補京兆功曹，不赴。

二年甲辰。公年五十三。

公自梓之閬，有閬山歌等詩，送李梓州之任并寄章十侍御，系云：初時罷梓州刺史、東川留後，將赴朝廷。二公交印，正在今春。有將赴荆南寄別李劍州遊子曰：「巴蜀愁誰語，吳門興杳然。」公時意未有所適，會嚴武復節度劍南東西川，公往依焉，贈武曰：「殊方又喜故人來，重領還須濟世才。嘗怪偏裨終日待，不知旌節來年回。」房琯薨閬州，贈一品公。別房太尉墓曰：「他鄉復行役，駐馬別孤墳。」

自閬州領妻子却赴蜀山三首曰：「汩汩避群盗，悠悠經十年。不成向南國，復作游西川。」將赴成都草堂途中有作先寄嚴鄭公。旋錦江，贈王侍御曰：「一别星橋夜，三回斗柄春。」亦曰：「猶得見殘春。」微之誌曰：「劍南節度嚴武狀爲工部員外郎、參謀軍事。」公揚旗系云：「二年夏六月，成都尹鄭公置酒公堂，觀騎士新旗幟。」曰：「三州陷犬戎，但見西嶺青。」代宗紀曰：「廣德元年，失松、維州。」柳芳曆乃曰：「糧運絶，西川節度高適不能軍。吐蕃陷松、維、保三州。」以公詩考之，當然。武軍城早秋曰：「昨夜秋風入漢關，朔風邊雪滿西山。更催飛將追驕虜，莫遣沙場匹馬還。」公和曰：「秋風裊裊動高旌，玉帳分弓射虜營。已收滴博云間戍，更奪蓬婆雪外城。」遣悶曰：「胡爲來幕下，只合在舟中。黄卷真如律，青袍也自公。」公放誕，不樂吏檢，雖鄭公禮寬心契，尤每見意。史云：「性褊躁傲誕，嘗醉登武床，瞪視曰：『嚴挺之乃有此子。』武亦暴猛，外若不忤，中銜之。一日欲殺甫及梓州刺史章彝，集吏於門。武將出，冠鈎於簾三，左右白其母，奔救，得止。獨殺彝。」舊史不載。以公詩考之，武來鎮蜀，彝已交印入覲。公再依武，相歡洽，無恨之意，史當失之。

永泰元年乙巳。公年五十四。

正月三日竟歸溪上有作簡院内諸公曰：「白頭趨幕府，深覺負平生。」夏四月庚寅，嚴公薨。公有哭歸柩。五月癸丑，詔定襄郡王郭英乂節度劍南。紀：「閏十月，劍南西山兵馬使崔旰反，寇成都。郭英乂奔於靈池，普州韓澄殺之。」崔寧傳：寧本名旰。「永泰元年，武卒。行軍司馬杜濟等請郭英乂爲節度，寧亦丐大將王崇俊。朝廷次用英乂。英乂恨之，召寧，寧不敢還。英乂自將討之，寧還攻英乂，英乂不勝，走靈池。於是劍南楊子琳起瀘州，與邛州柏貞節連和討寧。明年，詔杜鴻漸山西、劍南等道副元帥平其亂，入成都。政事一委寧，乃表貞節爲邛州刺史，子琳爲瀘州刺史，以和解之。大曆三年，寧來朝，楊子琳襲取成都。」以公詩考之，成都亂，再至東川。相從行曰：「我行入東川，十步一回首。成都亂罷氣蕭瑟，浣花草堂亦何有。梓州豪桀大者誰，本州從事知名久。」公歸成都，止以嚴公再鎮。草堂曰：「昔我去草堂，蠻夷塞成都。今我歸草堂，成都適無虞。請陳初亂時，反復乃須臾。大將赴朝廷，群小起異圖。中宵斬白馬，盟歃氣已麁。西收邛南兵，北斷劍閣隅。布衣數十人，亦擁專城居。系云：即楊子琳、柏貞節之徒。賤子且奔走，三年望東吴。弧矢暗江海，難爲游五湖。不忍竟捨此，復來薙榛蕪。入門四松在，步屧萬竹疏。」營屋云：「愛惜已六載，兹晨去千竿。」

以詩訂傳，云「大將赴朝廷，群小起異圖」，以爲嚴公後來，公無再歸草堂之跡；以爲崔旰史云大曆三年入朝，寧本名旰，至是賜名，留其弟守成都，楊子琳乘間起瀘州，以精騎數千襲據其城，寧妾任募勇士自將以進，子琳引去。公厭蜀思吴，下荆門，遂南下，夏艤戎州，燕戎州使君東樓，瑜州候嚴六侍御至，忠州有燕使君侄宅，及夏泊雲安，至十二月一日三首「今朝臘月春意動，雲安縣前江可憐」，公已不樂雲安，欲還夔。趙傁以爲永泰元年四月嚴武卒，五月下忠、渝，大曆元年在雲安，與詩文皆差一年。高常侍永泰元年正月卒，公有聞高常侍亡，系云「忠州作」，知公以永泰元年下渝、忠，但草堂所紀却是嚴公薨後事，不敢妄定，姑從舊次。

大曆元年丙午。公年五十五。

題子規曰：「峽裹雲安縣，江樓翼瓦齊。」移居夔州郭曰：「伏枕雲安縣，遷居白帝城。春知催柳別，江與放船清。」客居曰：「西南失大將，商旅自星奔。今又降元戎，已聞動行軒。」此詩方及失大將。聞杜鴻漸出鎮，與史年亦差。暮春，遷居瀼西，有暮春題瀼西新賃草屋五首。

大曆二年丁未。公年五十六。

在夔州西閣。立春曰：「巫峽寒江那對眼，杜陵遠客不勝悲。」雨詩曰：「冥冥甲子雨，已度立春時。」資治通鑒：大曆二年正月辛亥朔至十三甲子。諺云：「春雨甲子，赤地千里。」移居赤甲，有入宅、赤甲二詩，曰：「卜居赤甲遷居新，兩見巫山楚水春。」三月，自赤甲遷居瀼西，有卜居、暮春題瀼西新賃草居五首。秋，又移居東屯，有瀼西荆扉且移居東屯茅屋四首，曰：「東屯復瀼西，一種住青溪。來往皆茅屋，淹留爲稻畦。」訖冬居夔。

大曆三年戊申。公年五十七。

太歲日曰：「楚岸行將老，巫山坐復春。」時第五弟漂泊江左近得消息遠懷穎觀等曰：「陽翟空知處，荆南近得書。」正月中旬定出三峽曰：「自汝到荆府，書來數喚吾。頌椒涼風詠，禁火卜歡娱。」公因觀在荆揚，遂發棹。有將別巫峽贈南卿兄瀼西果園四十畝曰：「正月喧鶯末，兹辰放鷁初。」夏，有和江陵宋大少府雨後同諸公及舍弟宴書齋。秋，又不安於荆南，舟中出南浦奉寄鄭少尹曰：「更欲投何處，飄然去此都。」是秋移居公安，荆南屬邑，府南九十里。復東下，發劉郎浦十道志：「在荆州。」曰：「掛帆早發劉郎浦，疾風飄飄昏亭午。」曉發公安。系云：「數月憩息此縣。」泊岳陽城下巴陵郡。曰：「岸風翻夕浪，舟雪灑寒燈。」則冬至岳陽矣。

大曆四年己酉。公年五十八。

陪裴使君登岳陽樓曰：「雪岸叢梅發，春泥百草生。敢違漁父問，從此更南征。」公將適潭，詩譜云：此年春，自岳陽至潭，遂如衡。畏熱復回。夏，將如襄陽。秋，將歸秦。皆不果。卒留潭，自是率舟居。詠懷及上水遣懷及銅官渚守風皆自岳陽入潭時作。蓋自岳之潭、之衡，爲上水；而自衡回潭，爲順水。詩皆可考。

五年庚戌。公年五十九。

春，去潭至衡。清明曰：「著處繁華矜是日，長沙千人萬人出。」則公在潭至夏。湖南兵馬使臧玠殺其團練使崔瓘。又是歲湖南將王國良反，及西原蠻寇州縣，故公益南，至衡山縣謁文宣新學堂呈陸宰及入衡州，備述臧玠等亂，末云：「橘井舊地宅，仙山引舟航。此行厭暑雨，厥土聞清凉。諸舅剖符近，開緘書札光。」「橘井在郴州，諸舅謂崔偉，前有送二十三舅録事之攝郴州詩，公將往依焉。公又至耒陽，州東南。游嶽祠，大水遽至，涉旬不得食。聶耒陽以公阻水，「致酒肉，療飢荒江。詩得代懷，興盡本韻，至縣呈聶令」。傳云：「令嘗饋牛炙白酒，大醉，一夕卒。」王彦輔辨之爲詳。以詩考之，公在耒陽畏瘴癘，是夏賊當已平，乃沿湘而下，故回棹之什曰：「衡嶽江湖大，蒸池疫癘偏。」羅含湘水記：蒸水注湘。又：「順浪翻堪倚，回帆又省牽。」登舟將適漢陽曰：「春宅棄汝去，秋帆催客歸。」又暮秋將歸秦留别湖南幕府親友，則秋已還潭。暮秋北首，其卒當在衡、岳之間，秋冬之交。元微之誌云：「子美之孫嗣業，啓子美之柩，襄祔事於偃師。途次於荆，拜余爲誌，辭不能絶。」其略云扁舟下荆楚，竟以寓卒，旅殯岳陽。吕汲公年譜云：「大曆五年辛亥，是年夏還襄、漢，卒於岳陽。」以詩考之，大略可見。傳言卒於耒陽，非也。汲公云「是夏」，亦非也。今九域志衡州有公墓，又未知信然，或附會邪？

【校記】

〔一〕算，元本、古逸叢書本作「第」，分門集注杜工部詩本作「節」，據四庫本杜工部草堂詩年譜改。

〔二〕原叔，原作「叔原」，據四庫本杜工部草堂詩年譜改。

〔三〕寧，當作「靈」。

〔四〕東，當作「南」。

附録一

署名劉辰翁批點、高崇蘭編次集千家注批點杜工部詩集引「夢弼曰」辨證

杜工部草堂詩箋爲杜集宋注殿軍，其後於宋、元之際成書之劉辰翁批點、高崇蘭編次集千家注批點杜工部詩集所引「夢弼曰」出自杜工部草堂詩箋，故每將杜工部草堂詩箋削去注家主名之注文誤認爲蔡夢弼注。集千家注批點杜工部詩集於元、明兩代大行於世，今以本書之條辨考證爲據，可將集千家注批點杜工部詩集所引「夢弼曰」近八百條一一辨明是非源流，謬誤流傳，一朝廓清，不爲無助。根據具體情況，分别辨證標識，析之有五：

一、凡屬蔡夢弼注，曰「是」。按，新定杜工部草堂詩箋斠證判斷注文所屬注家歸屬，重在出處源頭對蔡注之啓發，而本附録對集千家注批點杜工部詩集所引「夢弼曰」是否屬於蔡夢弼

注之辨證，重在其是否爲杜工部草堂詩箋删去注家主名所誤導。因是之故，凡其他注家隻言片語之注，雖出處早於蔡夢弼杜工部草堂詩箋，然蔡氏進而有考覈原書、張大其文、便於闡説之功，並認定爲「夢弼曰」。如僞王洙注僅曰「事見禹貢」，而杜工部草堂詩箋注文作「尚書禹貢曰云云。孔穎達正義曰云云」，集千家注批點杜工部詩集引作「夢弼曰：尚書禹貢曰云云。孔穎達正義曰云云」，則本附録判定爲「是」。

二、非蔡夢弼注，曰「非」，並注明原注家主名。

三、集千家注批點杜工部詩集所引「夢弼曰」注文與杜工部草堂詩箋所引「夢弼曰」或其他注家注文稍有出入者，並將杜工部草堂詩箋原注列於其後，以明其判斷依據。

四、集千家注批點杜工部詩集所引「夢弼曰」注文，常將「夢弼曰」與其他注家注文不加判别、交錯爲文，凡遇此類情況，則一一辨證，逐句標明是非。

五、集千家注批點杜工部詩集引作「夢弼曰」，而不見于杜工部草堂詩箋，曰「杜工部草堂詩箋無此注文」。

尋繹全書，集千家注批點杜工部詩集標明「夢弼曰」之注文，完全屬於蔡夢弼自注者計三四三條，完全不屬於蔡夢弼自注、實爲其他注家注文者計一九七條，將蔡夢弼自注與其他注家注文參合而成者計一七七條，標明蔡夢弼注却未見於宋本杜工部草堂詩箋者（不見於宋本杜工部草堂詩箋之注文，有個别見於元本及古逸叢書本杜工部草堂詩箋，不計入。）計六四條。

臚列如下：

集千家注批點杜工部詩集卷一

遊龍門奉先寺。夢弼曰：本一作虚籟。蔡絛西清詩話：荆公云：天闕當作天閲，對雲臥爲親切。韋述東都記：龍門號雙闕，以與大内對峙若天闕焉。此龍門詩也，用闕字無疑。（是。杜工部草堂詩箋作：「天闕，指龍門也。王荆公改天闕作天閲。蔡興宗考異作天闚。以余觀之，皆非是，乃臆説也。」）

贈李白。夢弼曰：時李白將爲梁宋之遊。（是。）

登兖州城樓。夢弼曰：公父閑嘗爲兖州司馬，公時省侍之，故云趨庭。是時張玠亦客兖州，有分好。玠子乃建封也。（是。）

巳上人茅齋。夢弼曰：博物志、抱朴子皆言天門冬，一名顛棘，蓋顛、天聲相近也。（非。【杜田正謬：天棘，即天門冬也。博物志、抱朴子皆言天門冬，一名顛棘。】）

過宋之問舊莊。夢弼曰：河南郡境界薄城東北十里首陽山，上有首陽祠。（是。）

重題鄭氏東亭。夢弼曰：詩注：水成文曰漣，水衣也。（非。【薛曰：詩魏風：河水清且漣漪。毛萇傳：風行水成文曰漣。】）隼，鷙鳥也。（是。）

陪李北海宴歷下亭。夢弼曰：青、齊皆山東之國，故稱東藩。北渚即北海郡，清河乃濟河，北渚與清河蓋相近也。（是。）

陪李北海宴歷下亭。夢弼曰：曹大家東征賦：望河濟之交流。（是。）

行次昭陵。夢弼曰：唐太宗陵，（非。【王彦輔曰：唐太宗文皇帝之陵也。】）在醴泉縣西。（是。）

行次昭陵。夢弼曰：漢武故事：高皇廟中御衣自篋中出舞於殿上，冬衣自下在席上。平帝時，哀帝廟衣自在匣外。（是。）

贈特進汝陽王二十韻。夢弼曰：陳無已本作岩棲異一塍。塍，神淩切，稻畦也。（是。）

今夕行。夢弼曰：左傳：馮陵敝邑。（是。）

贈韋左丞丈濟。夢弼曰：按唐書：韋思謙，高宗時爲尚書左丞。子承慶、嗣立。嗣立代承慶爲鳳閣舍人。武后時，承慶亦代嗣立爲天官侍郎，及知政事。嗣立二子洹、濟。洹終陳留太守，濟天寶中授尚書左丞。三世並爲省轄，世罕與比。（非。【杜田補遺】。按，此條杜工部草堂詩箋直引作「杜田云」，集千家注批點杜工部詩集失之眉睫。）

奉贈韋左丞丈二十二韻。夢弼曰：漢樓護傳：王邑居尊下，稱賤子上壽。（是。）

奉贈韋左丞丈二十二韻。夢弼曰：唐新書：甫少貧不自振，客齊趙、吴越間，李邕奇其才，先往見之。（非。【師尹曰】。）

高都護驄馬行。夢弼曰：相馬經：馬腕欲促，促則健。蹄欲高，高則耐險峻。（非。【趙次公曰：腕欲促，蹄欲高，又穩如踣鐵，皆馬之奇也。】）踣，匍覆切，踏也。曾冰，層積之冰也。

曾與層同。（是。）

高都護驄馬行。夢弼曰：古樂府：青絲纏馬尾，黄金絡馬頭。（是。）三輔黄圖：長安城北出西頭第一門曰横門，門之外有橋曰横橋。如淳曰：横，音光。（非。【趙次公曰】。）

贈翰林張四學士垍。夢弼曰：晉天文志：華蓋九星所以蔽覆帝座。天子之華蓋象之。（非。【九家集注杜詩引作「杜田補遺」。又，杜陵詩史、分門集注、補注杜詩引作「趙次公曰」。】）逼華蓋，言密邇帝座也。（是。）漢成帝微行，常與張放俱。時童謡云：燕燕尾涎涎，張公子，時相見。（非。【趙次公曰：以其置宅禁中，故曰天上。前漢趙皇后傳：成帝時有童謡，歌曰：「燕燕尾涎涎，張公子，時相見。」謂富平侯張放也。】）

重經昭陵。夢弼曰：符瑞圖、京房易飛候云：大明八年，宣太后陵前後數有光及五色雲，又有五彩雲在松下如車蓋焉。（是。）

故武衛將軍挽詞三首其二一。夢弼曰：銛，思廉切，利也。言兵威之行，寇無不欣然效順者。蹻音喬，壯貌。言如猛虎之齧噬，而蹻騰者爲之失喪其本性也。（是。）

兵車行。夢弼曰：隋西域傳：吐谷渾城在青海西四十里。（非。【王彦輔曰】。）唐哥舒翰傳：築神威軍於青海上，吐蕃攻破之，又築城於青海中。（非。【王洙曰】。）

杜位宅守歲。夢弼曰：晉劉蓁妻元日獻椒花頌。（是。）庾信詩：椒花逐頌來。易：勿疑，朋盍簪。（非。【王洙曰】。）此言朋友宴會也。列炬散林鴉，言燭炬之明，林鴉驚飛也。（是。）

玄都壇七言六韻寄元逸人。夢弼曰：玄都壇，漢武帝所築，在長安南山子午谷中。（是。）

玄都壇七言六韻寄元逸人。夢弼曰：三秦記：子午，長安正南也，山名秦嶺，谷名褒斜。（非。【杜田補遺。】）長安志：王莽有意篡漢，通子午道，時名爲子午谷。（是。）

玄都壇七言六韻寄元逸人。夢弼曰：漢武内傳：王母曰：太上之藥有廣庭芝草、碧海琅玕。按道藏經：晉時有戍卒屯於子午谷，入谷之西澗水窮處，忽見鐵鎖下垂約百有餘丈，戍卒欲挽引而上，有虎蹲踞焉。（是。）

樂遊園歌。夢弼曰：西京記：唐玄宗開元間築夾城，自大明宫至曲江芙蓉園。仗，天子來幸之儀也。（是。）

敬贈鄭諫議十韻。夢弼曰：破的、先鋒，皆以比諫議之詩筆也。鮑明遠舞鶴賦：歲峥嶸而催暮。（是。）

送韋書記赴安西。夢弼曰：晉丁彬書：雲泥異途，邈矣懸隔。（非。【趙次公曰】。）借，本作籍，非。千金翼論：老人之性，必恃其老，無有借在。（是。）

奉贈太常張卿垍二十韻。夢弼曰：按唐書：張説二子均、垍，明皇時説在中書，垍自翰林學士遷太常卿，均亦供奉翰林。（非。【王洙曰】。）此篇兼美其父子兄弟也。（是。）

奉贈太常張卿垍二十韻。夢弼曰：晉虞騈傳：騈乃虞潭之兄子，王導謂騈曰：「孔愉有公才而無公望，丁潭有公望而無公才，兼之者，其在卿乎。」（非。【趙次公曰】。）莊子：不知端倪。注：端，緒也。倪，畔也。（非。【余曰】。）

奉贈太常張卿垍二十韻。夢弼曰：揚雄從孝成帝羽獵，因作賦以風。（非。【趙次公曰】。）呂望釣於磻溪，得玉璜，遇文王，載與俱，立以爲師。（非。【師古曰】。）公意蓋有望於張卿之薦己也。（是。）

奉贈鮮于京兆二十韻。夢弼曰：兩都賦序：言語侍從之臣，朝夕論思，日月獻納。紫宸，殿名。（是。）時明皇詔天下有一藝詣闕進選，林甫恐士或斥己，建言請委尚書先試問，遂無一中者。公應詔退下，是爲林甫所阻，故下有破膽陰謀之語。（非。【趙次公曰】。）

集千家注批點杜工部詩集卷二

投贈哥舒開府翰二十韻。夢弼曰：廉頗，趙之良將，伐齊攻魏，皆破之。（是。）襄四年傳：魏絳勸晉侯和戎有五利。（非。【王洙曰】。）吐蕃本西羌屬，散處河湟、江岷間。（非。【師古曰】。）以翰兼河西節度使，欲其收復之。（非。【趙次公曰】。）

奉留贈集賢院崔于二學士。夢弼曰：天老，指宰相也。春官，指禮部也。（非。【師古曰】。）傳：六鷁退飛過宋都，風也。鶂，與鷁同。（非。【趙次公曰】。）

奉留贈集賢院崔于二學士。夢弼曰：杜陵者，南北杜皆名家。公詩有云：名家莫出杜陵人。（是。）故山，指襄陽之峴山。公本襄陽人。桃源在鼎州，襄陽至鼎無三百里。（非。【趙次公曰】。）

陪鄭廣文遊何將軍山林十首。夢弼曰：谷口鄭子真與王鳳有舊。（非。【王洙曰】。）

醉時歌。夢弼曰：按虔本傳：玄宗愛其才，置廣文館，以虔爲博士。虔在官貧約甚，澹如也。（非。【王洙曰】。）

醉時歌。夢弼曰：羲皇謂伏羲氏也。（是。）屈宋，謂屈原、宋玉也。（非。【晏殊曰】。）轗音坎，説文：車不平也。軻音可，又苦賀反，折軸車也。一曰：轗軻，失志也。或作坎坷，義同。（是。）

上韋左相二十韻。夢弼曰：魏志：管輅字公明，明周易，無不精微。（非。【師古曰】。）按見素傳：肅宗時有星犯昴，言禄山將死，皆驗。（是。）

麗人行。夢弼曰：匎葉，婦人鬢邊花，以翠羽鋪飾，其狀輕微也。腰衱，即今之裙帶，綴珠其上，壓而不垂也。（非。【師古曰】。）匎，烏合反。衱，居業反。（非。【鄭卬曰】。）雲幕，謂鋪設幕次如雲霧之垂也。（非。【師古曰】。）

麗人行。夢弼曰：駞謂橐駞，其脊上肉高如峰者味最美。（非。【王洙曰】。）

重過何氏五首。夢弼曰：翠微寺在終南山之上。（非。【鄭卬曰】。）皇子陂在萬年縣西南，以秦葬皇子，起塚陂北原上得名。（非。【趙次公曰】。）

重過何氏五首。夢弼曰：甲言金鎖，謂以金綫連鎖之也。（是。）槍言緑沉，謂以緑色之物沉没其柄也。（非。【趙次公曰】。）

渼陂西南臺。夢弼曰：嚴君平隱於成都，鄭子真耕於谷口，皆修身自保。張子房願棄人間事，邴曼容免官養志自修。（非。【杜田補遺】。）

城西陂泛舟。夢弼曰：檣，帆柱也。（非。【鄭卬曰】。）古詩：象牙作帆檣。（非。【趙次公曰】。）隋煬帝錦纜龍舟。（是。）

白水明府舅宅喜雨得過字。夢弼曰：白水縣屬左馮翊，同州舅氏崔十九翁時爲白水縣尉。（是。按，杜工部草堂詩箋未見此條注文。）

送裴二虯作尉永嘉。夢弼曰：裴虯字深原。（是。）永嘉，温州也。（非。【趙次公曰】。）

苦雨奉寄隴西公兼呈王徵士。夢弼曰：周禮：六尺爲馬。（是。）

贈陳二補闕。夢弼曰：始音試。（是。按，此條不見於宋本杜工部草堂詩箋，僅見於元本、古逸叢書本。）

贈獻納起居田舍人澄。夢弼曰：詩：退食自公。漢儀：密奏皂囊封版，故曰「封事」。青瑣注，見前范彦龍詩「攝官青瑣闥」。（是。）漢成帝時有薦揚雄文似相如者，上召雄待詔承明之庭，從祭后土還，上河東賦。此蓋公托雄以自況，時公既獻三賦，又作封西嶽賦欲奏，正有望於田君之吹噓也。（非。【趙次公曰】。）

承沈八丈東美除膳部員外郎阻雨未遂馳賀奉寄此詩。夢弼曰：長安即漢之西京。（非。【師古曰】。）言西京，假漢以美唐也。（是。）

承沈八丈東美除膳部員外郎阻雨未遂馳賀奉寄此詩。夢弼曰：馮唐爲郎中署長，事文帝。帝輦過，問唐曰：「父老何自爲郎？」具以實言。（是。）此以比東美晚年除郎也。（非。【師古曰：馮唐老年爲郎，今東美亦然，故以比之也。】）

承沈八丈東美除膳部員外郎阻雨未遂馳賀奉寄此詩。夢弼曰：寓，寄也。（非。【王洙曰】。）直謂直舍也。（非。【師古曰】。）晉潘岳秋興賦序：以太尉掾兼虎賁中郎將，寓直乎散騎省。（非。【王洙曰】。）漢明帝館陶公主爲子求郎，帝不許，曰：「郎官上應列宿，出宰百里。」（是。）

崔駙馬山亭宴集。夢弼曰：洑，房六切，洄流也。（非。【鄭卬曰】。）海賦：潮波汩起，洄洑萬里。（是。）

九日楊奉先會白水崔明府。夢弼曰：奉先縣屬京兆府。（是。）

示從孫濟。夢弼曰：濟字應物，終給事中、京兆尹。（是。）

奉同郭給事湯東靈湫作。夢弼曰：曾，重也。祝，史也。穆天子傳：天子至，河宗奉璧，曾祝佐之。祝沉牛馬羊豕。又，文山之民獻犻牛，天子與之豪馬豪牛。注云：似犛牛也。此言玄宗幸温泉至靈湫，駐車祭龍，鮫人獻綃以爲幣，曾祝沉牛以爲牲也。（是。）

病後過王倚飲贈歌。夢弼曰：葅，酢菜也。酥，羊乳所爲也，色白如練。（是。）

病後過王倚飲贈歌。夢弼曰：割鮮，謂新殺者。（是。）西都賦：割鮮野食。（非。【王洙曰】。）旋，辭戀切。謂手脚輕欲旋舞也。或作漩。（是。）

沙苑行。夢弼曰：前漢京兆尹、左馮翊、右扶風，謂之三輔。（非。【王洙曰】。）同州昔爲馮翊郡，故謂之左輔。在州西北有白水縣，以水白，故名。（非。【趙次公曰】。）白沙，即沙苑也。自沙苑至白水有百餘里，以牆圍繞，牧馬監於此。（是。）

沙苑行。夢弼曰：塠阜，言苑中山塢可以藏馬之奔突。坡陀，言苑中沙汀可以縱馬之超越也。（非。【趙次公曰】。）塠，都回切。（非。【鄭印曰】。）

沙苑行。夢弼曰：浮深，謂馬浴於水也。海賦：戲廣浮深。（是。）

送蔡希魯都尉還隴右寄高三十五書記。夢弼曰：金叵匜，謂金絡頭也。（非。【趙次公曰】。）上口答切，下作答切。（非。【鄭印曰】。）

送蔡希魯都尉還隴右寄高三十五書記。夢弼曰：隴西記：諸州深秋采白麥釀酒。（是。）

贈田九判官梁丘。夢弼曰：漢書：霍去病爲嫖姚校尉。服虔曰：嫖姚，音飄搖，勁疾貌。（非。【鄭印曰】。）

陪李金吾花下飲。夢弼曰：世說：王衛軍云：酒正自引人著勝地。（是。）毳，充芮切，細毛也。（非。【鄭印曰】。）

醉歌行。夢弼曰：鷙鳥，擊鳥也。（是。）

醉歌行。夢弼曰：漢趙壹傳：咳唾成珠玉。（非。【薛夢符曰】。）

夜聽許十一誦詩愛而有作。夢弼曰：高僧傳：曇鸞住汾州石壁玄中寺，寺近五臺山。（是。）

夜聽許十一誦詩愛而有作。夢弼曰：維摩經：一心禪寂，攝諸亂惡。（是。）

夜聽許十一誦詩愛而有作。夢弼曰：莊子：大馬之捶鉤者，年八十矣，而不失毫芒。（非。【王洙曰】。）

夜聽許十一誦詩愛而有作。夢弼曰：燕，舊作鸞，歐公定作燕。（是。）

與鄠縣源大少府宴渼陂得寒字。夢弼曰：張平子四愁詩：美人贈我青琅玕。（非。【王洙曰】。）

九日曲江。夢弼曰：西京記：曲江以流水屈曲，故名。（非。【王洙曰。杜陵詩史、分門集注、補注杜詩引作「瑱曰」。】）

自京赴奉先縣詠懷五百字。夢弼曰：奉先屬京兆，時公妻子在奉先。按，是年十一月安禄山反於范陽。（非。【師古曰】。）

自京赴奉先縣詠懷五百字。夢弼曰：樛葛，歐公及荆公改作膠葛。（是。）相如賦：張樂平膠葛之寓。注：曠遠深貌。（非。【杜田補遺】。）殷，讀作隱。按唐書：天子幸温泉，賜從臣浴。（是。）

自京赴奉先縣詠懷五百字。夢弼曰：窸窣，聲不安也。（是。）上息七切，下蘇骨切。（非。【鄭印曰】。）

自京赴奉先縣詠懷五百字。夢弼曰：掇，都活切，拾也。（非。【鄭印曰】。）魏武詩：明明如月，何時可掇。（非。【趙次公曰】。）

奉先劉少府新畫山水障歌。夢弼曰：祁岳、鄭虔皆善畫。（非。【王洙曰】。）隋楊素畫傳於契丹，故以爲號。（是。）

天育驃騎歌。夢弼曰：穆天子傳：天子之馬走千里。（非。【趙次公曰】。）

驄馬行。夢弼曰：肉騣者，肉突起硍礧然也。（非。【杜田補遺】。）硍，烏罪切。礧，力罪切。（非。【鄭印曰】。）連錢，謂馬文點綴如連錢也。（非。【杜田補遺】。）

驄馬行。夢弼曰：涇、渭二水在西，幽、并二州在北，相去幾千里。晝洗涇渭，夜刷幽并，言其疾也。（是。）

集千家注批點杜工部詩集卷三

白水縣崔少府十九翁高齋三十韻。夢弼曰：雕胡，菰米也。宋玉賦：主人之女爲臣炊雕胡之飯。（非。【趙次公曰】。）

三川觀水漲二十韻。夢弼曰：踣，蒲北切。（非。【鄭印曰】。）言浪高，陰崖爲之沉蹶也。

（是。）泥，乃計切。（非。【鄭印曰】。）查與楂同。礧，洛罪反。（是。）磈，口罪反。（非。【鄭印曰】。）礧磈，沙石也。（非。【趙次公曰】。）言水勢漂蕩枯查，與沙石同共隘塞也。（是。）

三川觀水漲二十韻。夢弼曰：華原縣有三門山。（是。）

三川觀水漲二十韻。夢弼曰：寰宇記：鄜州洛交水，在縣南，乃洛水交會之所。及關，謂潼關也。（是。）

贈高式顏。夢弼曰：按高適集，式顏乃適之族侄也。（非。【趙次公曰】。）

彭衙行。夢弼曰：左傳：晉侯及秦師戰於彭衙。漢爲彭衙縣，其故城在同州白水縣東北。（非。【趙次公曰。又，門類增廣十注杜詩依例爲「王洙曰」，杜陵詩史、分門集注、補注杜詩引作「王彥輔曰」。】）

彭衙行。夢弼曰：同家窪即同州同谷。（是。）窪，烏瓜切。（非。【鄭印曰】。）蘆子關，在延州延昌縣北。（是。）

彭衙行。夢弼曰：夫子，指孫宰也。（是。）患，胡官切。（非。【鄭印曰】。）

哀王孫。夢弼曰：延秋門，京城之西門。（是。）漢書：高祖爲人隆準而龍顏。（非。【王洙曰】。）

悲青阪。夢弼曰：地理志：伊吾郡有太白山，青阪去太白凡五里。唐書志：太白山在岐州郿縣。按房琯時起軍於太白。（是。）古樂府飲馬長城窟。（非。【王洙曰】。）

元日寄韋氏妹。夢弼曰：郎伯乃妹之郎伯，謂韋氏也。（是。）

元日寄韋氏妹。夢弼曰：郢，楚地也。言郢乃紀妹氏之所寓也。（是。）

一百五日夜對月。夢弼曰：仳離，别離也。仳，匹婢切。（是。）詩：有女仳離。（非。【趙次公曰】。）紅蘂，桂花也。【是。】

哀江頭。夢弼曰：曲江爲京都勝賞之地，遭禄山焚劫之後荒凉，公故有感也。（非。【師古曰】。）

哀江頭。夢弼曰：渭水在京城，劒閣在蜀。時明皇西幸，尚留蜀也。（非。【趙次公曰】。）

送孔巢父謝病歸遊江東兼呈李白。夢弼曰：巢父善屬文吟詩，有徂徠集行於世。（非。【師古曰】。）

送孔巢父謝病歸遊江東兼呈李白。夢弼曰：静者，謂蔡侯之爲人恬静而其勤意有餘也。除，庭除也。空中書，謂鴈傳書也。（非。【師古曰】。）

大雲寺贊公房四首其二。夢弼曰：複，重也。（非。【薛夢符曰】。）搴，拓開也。（是。）狺，魚斤切。（非。【鄭卬曰】。）按字當作「狺」，犬吠聲也。又，狺與狺通。（是。）宋玉九辯：猛犬狺狺而近吠。（非。【王洙曰】。）

大雲寺贊公房四首其四。夢弼曰：青井芹謂青泥坊芹菜。集有贈崔氏草堂詩「飯煮青泥坊裏芹」是也。（是。）

鄭駙馬池臺喜遇鄭廣文同飲。夢弼曰：鄭駙馬名潛曜，尚臨晉公主。廣文名虔，駙馬乃虔之侄也。（是。）

鄭駙馬池臺喜遇鄭廣文同飲。夢弼曰：列仙傳：蕭史善吹簫，秦繆公以女弄玉妻焉。（是。）晉阮咸與叔父籍爲竹林之遊，居道之北。（非。【趙次公曰】。）此以秦簫美駙馬，又以二阮比其叔侄也。（是。）

喜達行在所三首。夢弼曰：肅宗即位於靈武，移軍鳳翔。公脱賊西走，謁帝行在，拜左拾遺。（是。）

喜達行在所三首其二。夢弼曰：後漢光武紀：更始將北都洛陽，以光武行司隸校尉，使前整修宫府。於是置僚屬，作文移，一如舊章。時三輔吏士東迎更始，見諸將過，皆冠幘而服婦人衣，諸於繡裾，莫不笑之，或有畏而走者。及見司隸僚屬，皆歡喜不自勝，老吏或垂泣曰：「不圖今日復見漢官威儀。」謝玄暉詩：還睹司隸章。（非。【王洙曰】。）又庾信哀江南賦：反舊章於司隸。（非。【趙次公曰】。）

送長孫九侍御赴武威判官。夢弼曰：公時爲拾遺，長孫爲侍御史，皆諫官，故云同官。（是。）東郊，謂史思明。西極，謂吐蕃也。（非。【趙次公曰】。）

送樊二十三侍御赴漢中判官。夢弼曰：後漢更列帝，謂光武建中興之業也。（非。【師古曰】。）漢紀：高帝曰：吾亦從此逝矣。（非。【王洙曰】。）

送從弟亞赴河西判官。夢弼曰：老子：天下神器，不可爲也。（非。【王洙曰】。）崆峒山在西。博物志：地有三千六百軸。此言吐蕃入寇也。青海在東，乃哥舒翰戰處。（是。）詩：如輊如軒。（非。【杜田補遺。杜陵詩史、分門集注引作「薛夢符曰」。】）此言山東危而不安也。（是。）

送從弟亞赴河西判官。夢弼曰：武威郡即安西都護府也。羶，羊臭也。大觀三年，郭隨出使，嘗舉「黄羊飫不羶，蘆酒多還醉」以問擯者時立愛。立愛云：「黄羊野物，可獵取，食之不羶。蘆酒麋穀醞成，可撥醅，取不醉也，但力微，飲多即醉。二物皆北方所有。」信子美之言驗矣。蘆，蔡肇本作魯，引魯酒千杯不醉人爲證。（是。）

送韋十六評事充同谷防禦判官。夢弼曰：同谷郡，今成州。晉仇池郡。（非。【王洙曰】。）

送韋十六評事充同谷防禦判官。夢弼曰：山海經注：豪猪能以頸上豪射人也。（是。）説文：兕如野牛，青色，皮厚，可爲鎧。（非。【趙次公曰。又，杜陵詩史、分門集注引作「大臨曰」。】）

奉送郭中丞兼太僕卿充隴右節度使三十韻。夢弼曰：南史：沈炯字初明，爲魏所虜。嘗獨行，經漢武通天臺，爲表奏之，陳己思鄉之意，云：甲帳朱簾，一朝零落。茂陵玉盌，遂出人間。或引孔氏志怪，漢盧充家西有崔少府墓，充與崔女爲婚，得金盌一枚事。非也。（是。）

奉送郭中丞兼太僕卿充隴右節度使三十韻。夢弼曰：時朝廷以廣平王俶爲元帥，李嗣業爲前軍，收復長安。新律，謂師律也。扈從，謂扈駕復還闕也。（非。【趙次公曰】。）

奉贈嚴八閣老。夢弼曰：按李肇國史補：宰相相呼爲堂老，兩省相呼爲閣老。公時爲左拾遺，與武正聯兩省也。（是。）

晚行口號。夢弼曰：江總字總持，在陳掌東宮管記，與太子爲長夜之飲。後主即位，授尚書令。京城陷，入隋爲上開府，復歸老江南。（非。【王洙曰】。）

玉華宮。夢弼曰：按唐志：玉華宮在坊州宜君縣之鳳皇谷。（非。【趙次公曰】。）寰宇記：正殿覆瓦，餘皆葺茅。當時以爲清涼勝於九成宮也。（是。）

玉華宮。夢弼曰：淮南子：人血爲磷。許慎注：兵死之血爲鬼火。磷者，鬼火之名。（非。【王洙曰】。）

玉華宮。夢弼曰：美人，言殉葬木俑也。公詩末意蓋傷苻堅安在，美人已化爲黄土，是以憂來浩歌，揮淚盈把。又自傷在征途間，豈能長久者乎？（是。）

九成宮。夢弼曰：按唐志：九成宮在鳳翔府麟遊縣西五里，本隋仁壽宮。貞觀間修之以避暑，因更名焉。山有九重，故曰「九成」。（是。）

九成宮。夢弼曰：曾與層同。（是。）迥，一作回。（非。【王洙曰】。）岌，逆及切。嶪，逆怯切。（非。【鄭卬曰】。）岌嶪，山貌。（是。）張衡西京賦：狀巍峩以岌嶪。宋玉風賦：夫風起於青蘋之末，盛怒於土囊之口。（非。【王洙曰】。）魯靈光殿賦：神靈扶其棟宇。（非。【九家集注杜詩作「王洙曰」。又，杜陵詩史、分門集注、補注杜詩引作「敏修曰」。】）又，飛陛揭嶢。魚列切。（是。）

九成宮。夢弼曰：天王守太白，與春秋「狩於河陽」之義同也。五代晉開運三年官書本及晁以道本並作狩。（是。）

羌村三首。夢弼曰：鄜州圖經：州治洛交縣。羌村，洛交村墟。（是。）

北征。夢弼曰：東胡，指安慶緒也。時慶緒弑其父禄山而襲僞位矣。（非。【趙次公曰】。）詩：行邁靡靡。注：猶遲遲也。（非。【王洙曰】。）

北征。夢弼曰：鄜音孚。（是。）鄜州也。時諸市切祭天所也。（非。【鄭卬曰】。）前漢郊祀志：秦文公夢黄蛇自天而下，屬於地，止於鄜。於是作鄜畤，用三牲郊祭白帝焉。（非。【杜田補遺。】）

北征。夢弼曰：公言妻子寒凍，以海圖舊繡爲小兒裋衣，故波濤爲之坼，繡紋爲之移，天吴及紫鳳之類或顛或倒也。（是。）

北征。夢弼曰：至尊謂肅宗也。（是。）左傳：天子蒙塵於外。（非。【王洙曰】。）回紇，或作回鶻，非。蓋德宗時方請易爲回鶻也。（是。）

北征。夢弼曰：考之唐志無白獸闥之名，豈假漢白虎門而言之乎？（非。【趙次公曰】。）

喜聞官軍已臨賊境二十韻。夢弼曰：漢蘇武使匈奴，杖節牧羝北海上。（是。）晉呂虔有佩刀，相者曰：「必三公可佩。」（非。【王洙曰】。）時王師收長安，以李嗣業爲前軍。（是。）又，嗣業嘗爲左右陌刀將。（非。【趙次公曰】。）花門，謂回紇也。按唐志：甘州有花門山堡，東北千里至回紇衙帳。拓羯，謂安西也。按西域傳：安西者，即康居小君長罽王故地。募勇健者爲拓羯，猶言戰士也。漢志：臨洮縣屬隴西郡。（是。）時用朔方等兵，故云爾。（非。【師古曰】。）

收京三首其一。夢弼曰：説文：除，殿陛也。（非。【王洙曰】。）

收京三首其一。夢弼曰：更，平聲。與民更始之義也。（非。【趙次公曰】。）

潼關吏。夢弼曰：草草，勞苦貌。詩：勞人草草。（是。）

潼關吏。夢弼曰：列戰格，即列柵也。（是。）

潼關吏。夢弼曰：哥舒翰與賊戰於桃林，官軍恃險固，不力戰，遂爲賊所乘，自相踐蹂，是以敗績。（是。）書武成注：桃林在華山東。（非。【王洙曰】。）左氏傳：晉使詹嘉守桃林之塞。注：今潼關是也。（是。）要我之要，音於宵切。（非。【鄭卬曰】。）

留花門。夢弼曰：匈奴舉事，常隨日月盛壯以攻戰，月虧則退兵。（是。）前漢匈奴傳贊曰：周懿王時戎狄交侵，暴虐中國。詩人所作，疾而歌之。至懿王曾孫宣王興師命將以征伐之。詩人美大其功，曰：薄伐玁狁，至於大原。言逐之而已。贊又曰：其慕義而貢獻，則接之以禮讓，羈縻不絕。應劭漢官儀：故事云：馬曰羈，牛曰縻。言四夷如牛馬之受羈縻也。（非。【王洙曰】。）

留花門。夢弼曰：酈元水經：太白山在武功之南，夏宿雪其上。今花門屯左輔，近於太白山矣。或謂回紇兵被白練，猶積雪然也。（是。）

留花門。夢弼曰：撇，匹蔑切。上林賦：奔騰撇烈。（是。）本一作滅没。（非。【王洙曰】。）正異作撇捩。（是。）

塞蘆子。夢弼曰：延州乃秦地之北門，去州百八十里有門山。或云蘆子蓋兩山特立如門，其形若葫蘆也。（是。）

塞蘆子。夢弼曰：昆戎，即吐蕃也。兩寇，謂思明及吐蕃也，時連結入寇。（是。）

瘦馬行。夢弼曰：六印，一作火印。三軍，一作官軍。（是。）

畫鶻行。夢弼曰：拘攣，謂以絛拘縶之。（是。）

集千家注批點杜工部詩集卷四

奉和賈至舍人早朝大明宫。夢弼曰：賈至字幼鄰，父曾嘗於開元間掌制誥。至從玄宗幸蜀，爲中書舍人。帝傳位，至當撰册，既進稿，帝曰：「昔先帝誥命乃父爲之辭，今兹命册又爾爲之，兩朝盛典出卿家父子，可謂繼美矣。」（非。【趙次公曰】。）

宣政殿退朝晚出左掖。夢弼曰：長安志：唐内大明宫，正殿曰含元，元日、冬至受華夷萬國大朝會。宣政殿，朔望御紫宸殿，日御宣政殿，東有東上閤門，西有西上閤門，故以掖稱。（是。）

紫宸殿退朝口號。夢弼曰：夔、龍，舜之二臣也。晉荀勗罷中書監，云：「奪我鳳凰池。」（非。【王洙曰】。）蓋晉人以中書凝邃，比天上鳳凰池。謝玄暉直中書省詩：兹言翔鳳池，鳴佩多清響。（是。）

晚出左掖。夢弼曰：晉羊祜傳：嘉言讜議，皆焚其草，故世莫聞。（是。）

題省中壁。夢弼曰：埤，避移切。（是。）又皮靡切。（非。【趙次公曰】。）掖，乃省中左右掖也。垣埤皆牆也，高曰垣，低曰埤。謂垣之竹、埤之梧皆長十尋也。（是。）

春宿左省。夢弼曰：漢武帝起建章宫，有千門萬户。（非。【師古曰】。）本草：珂，貝類，可以爲馬飾。通俗文曰：馬勒飾曰珂。按唐車服志：五品以上有珂傘，凡車之制，三品以上珂九子，四品七子，五品五子，六品已下去通幰及珂。（是。）

送翰林張司馬南海勒碑。夢弼曰：南部新書：大明宫中有麟德殿，其殿三面，亦以三殿爲名。李肇翰林志：翰林院在麟德殿西廂重廊之後，門東向。（非。【趙次公曰】。）白樂天爲翰林學士，有詩云「三殿角頭宵直人」是也。詔從三殿去，謂詔自翰林院經三殿而去也。（是。）或曰：三殿謂蓬萊、拾翠、紫微是也。學士直殿，故云「詔從三殿去」也。（非。【師古曰】。）

曲江陪鄭八丈南史飲。夢弼曰：鸡，古肴切。鵲，子盈切。鸂，苦奚切。鶒，耻力切，正作鶩。皆水鳥也。（是。）近侍，公自謂爲左拾遺也。（非。【魯曰】。）此身那得更無家，謂前此轉從賊中寄家鄜州，嘗有詩云「無家對寒食」，今既復聚，故喜而言也。（非。【趙次公曰】。）丈人謂鄭八丈也。才力，本作文力，卞圜刊作才力。（是。）青門種瓜，注見前。此勉鄭丈出仕，未可學種瓜而隱也。（非。【師古曰】。）

曲江對酒。夢弼曰：第二、三句楊自對桃，白自對黄，謂之自對格。（是。）

曲江對酒。夢弼曰：世説：王子敬拂衣而去。（是。）李商老曰：嘗見徐師川説一士大夫家有老杜墨蹟，其初云「桃花欲共楊花語」，自以淡墨改三字。乃知古人詩不厭改也。（不見於杜工部草堂詩箋，或當是集千家注批點杜工部集注文。）

晦日尋崔戢李封。夢弼曰：記：儒有環堵之室，蓬户甕牖。（非。【趙次公曰】。）音義曰：以蓬爲户，以甕爲牖。（是。）

晦日尋崔戢李封。夢弼曰：出門無所待，謂不待車從也。（是。）

晦日尋崔戢李封。夢弼曰：帝王世紀：女媧氏没，有大庭氏至，葛天氏、陰康氏、無懷氏皆襲庖犧氏之號，曰炎帝。（是。）漢書音義：黄屋，車上之蓋，天子之儀，以黄繒爲裹也。（非。【王洙曰】。）

晦日尋崔戢李封。夢弼曰：崔豹古今注：鯨，海魚也。大者長千里，水族畏之。張華博物志：地有三千六百軸，互相牽也。（是。）

題李尊師松樹障子歌。夢弼曰：前漢王貢傳序：漢興，東園公、綺里季、夏黄公、甪里先生，此四人者，當秦之世，避而入商雒深山，以待天下之定。又皇甫謐高士傳：四皓見秦亂，作歌曰：漠漠高山，深谷逶迤。煜煜紫芝，可以療飢。唐虞世遠，吾將安歸？駟馬高蓋，其憂甚大。富貴之留人，不如貧賤而肆志。（是。）

奉贈王中允維。夢弼曰：王維字摩詰，累遷給事中。禄山反，陷長安，迎置洛陽，迫爲給事中。禄山大宴凝碧池，悉召梨園諸工合樂，工皆泣，維聞甚悲，作詩悼痛。賊平下獄，以詩聞行在，肅宗憐之，下遷太子中允。自中允三遷尚書右丞。維有别業在輞川。（非。【鮑彪曰】。）

送許八拾遺歸江寧覲省甫昔時嘗客遊此縣於許生處乞瓦棺寺維摩圖樣志諸篇末。夢弼曰：瓦棺寺乃薦福寺也。晉時有僧嗜誦法華經，及終，以瓦棺葬之，後生蓮花二朵於墓，其根自舌頭而出，因號瓦棺寺。京師寺記曰：興寧中，瓦棺寺初置，僧衆設齋，請朝賢注疏。顧長康注百萬，及請勾疏，長康曰：「宜備一壁。」遂閉户往來月餘，畫維摩一軀。工畢，欲將點眸子，乃謂寺僧曰：「第一日開看者，請施十萬。第二日開，可五萬。第三日，可任例請施。」及開户，光照一寺。施者填噎，俄而果得百萬也。（是。）

送許八拾遺歸江寧覲省甫昔時嘗客遊此縣於許生處乞瓦棺寺維摩圖樣志諸篇末。夢弼曰：張彦遠歷代名畫記：顧愷之，字長康，小字虎頭，晉陵無錫人。多才氣，尤工丹青。傳寫形勢，莫不妙絶。曾於瓦棺寺北殿畫維摩詰，畫訖，光耀月餘。（非。【杜田正謬】。）發跡經曰：浄名大士是往古金粟如來。（非。【杜田正謬。又，杜陵詩史、分門集注、補注杜詩引作「薛曰」。】）阿含經曰：金沙地下便是金粟如來。今云金粟影，即維摩圖也。維摩居士乃是過去金粟如來。（是。）

因許八奉寄江寧旻上人。夢弼曰：釋氏要覽：袈裟者，從色彰施也。梵言迦羅沙曳，華言不正正色。四分律云：一切上色衣不得蓄，當壞作迦沙。葛洪撰字苑，始添衣字，言道服也。（非。【杜田補遺。】）

憶弟二首。夢弼曰：陸渾，屬洛陽。（是。）

憶弟二首其二。夢弼曰：鄴城，相州也。安慶緒所據，九節度以兵圍之。（非。【趙次公曰】。）

得舍弟消息。夢弼曰：晉陸機有駿犬，名曰黄耳，甚愛之。機在洛久，無家問，笑語犬曰：「我家絶無書信，汝能齎書取消息不？」犬摇尾作聲。機乃爲書以竹筩盛之而繫其頸，犬尋路南走，遂至其家，得報還洛。（是。）

送李校書二十六韻。夢弼曰：按唐書：李舟字公度，隴西人。父岑，嘗爲水部郎官。柳宗元先友記：舟有文學俊辯，高志氣，以尚書郎使危疑反側者再，不辱命，其道大顯。被讒妬，出爲刺史，廢痼，卒。（是。）李肇國史補：李舟嘗與妹書曰：「釋迦生中國，設教如周孔。周孔生西方，設教如釋迦。天堂無則已，有則君子登。地獄無則已，有則小人入。」（非。【鮑彪曰】。）

送李校書二十六韻。夢弼曰：代，山名。（是。）豪，大也。（非。【王洙曰】。）渥，於角切。窪，於瓜切。水名。（非。【鄭卬曰】。）漢禮樂志：馬生渥窪水中。（按，杜工部草堂詩箋無此注。）

送李校書二十六韻。夢弼曰：咸陽，即長安也。太夫人，謂舟之母也。汝翁，謂舟之父也。（是。）

送李校書二十六韻。夢弼曰：公時爲左拾遺，得通籍禁省。（非。【師古曰】。）

偪側行。夢弼曰：畢曜有文集行於世，與公相善，爲詩酒之交。上林賦：偪側泌瀄。注：相迫也。（是。）

偪側行。夢弼曰：請急，謂請假也。（非。【趙次公曰】。）朝省官出入，於禁門首有簿借載姓名，掌門者會驗名籍，得以通出入也。（非。【王洙曰】。）

偪側行。夢弼曰：莊子：彼遊方之外者也。（是。）

題鄭十八著作丈。夢弼曰：漢賈誼爲長沙王太傅，有鵩飛入誼舍。誼自傷壽不得長，乃爲賦以自廣。（是。）此以比虔之遷謫也。（非。【趙次公曰】。）漢蘇武爲中郎將，使匈奴，單于使武牧羝北海上，武杖漢節牧羊，留十九歲而還。（是。）此以比虔爲賊臣所劫而不附賊也。（非。【趙次公曰】。）

題鄭十八著作丈。夢弼曰：漢禰衡有才辨，而氣尚剛傲，好矯時慢物，後爲江夏太守黄祖所殺。注詳見前。（是。）按鄭虔初有告其私撰國史，坐謫十年。至於賊中被囚幾死，而又貶。故憂其如禰衡之遭殺也。（非。【趙次公曰】。）神仙傳：傳説上據箕尾爲宿，歲星降爲東方朔。傳説死後有此宿，東方朔生無歲星。（非。【趙次公曰】。）武帝内傳：西王母使者至，朔死，上問使者，對曰：「朔是木帝精，爲歲星下游以觀天下，非陛下臣也。」此言以虔之才而不見用於當時也。（是。）

贈畢四曜。夢弼曰：江淹字文通，鮑照字明遠，皆有詩名。（是。）按玉臺後集有曜詩二首。（非。【王洙曰】。）

義鶻行。夢弼曰：劉禹錫嘗曰：作詩用僻字須有出處。嘗讀杜員外「巨顙拆老拳」，意恐無據。及讀石勒傳，乃知子美豈虚言哉！（非。【杜田補遺】。）

端午日賜衣。夢弼曰：説文：絺，粗葛也。綌，細葛也。（是。）

酬孟雲卿。夢弼曰：袁郊甘澤謡：陶峴，彭城子孫也。開元間宅昆山，豐田疇，遊江湖，制三舟，一自載，二賓客，三飲饌。與進士孟彦深、樊口進士孟雲卿、布衣焦遂人置僕妾女樂一部，奏清商曲於江湖中，時號水仙。按公集有解悶詩「孟子論文更不疑」，自注云：校書郎孟雲卿。即是也。又有湖城遇孟雲卿詩。（是。）

至德二載甫自京金光門出間道歸鳳翔乾元自從左拾遺移華州掾與親故别因出此門有悲往事。夢弼曰：近侍歸京邑，公言爲左拾遺從還京師。（按，杜工部草堂詩箋未見此注文。）移官豈至尊，言移官非天子意，乃讒邪毁傷之也。（非。【師古曰】。）

題鄭縣亭子。夢弼曰：嶽蓮，謂西嶽蓮花峰也。（非。【趙次公曰】。）華山記：山頂有池，生千葉蓮花，因名華山。（是。）陝華間有地名大路。晉書「檀道濟從劉裕伐姚泓，至潼關。姚鸞屯大路，以絶道濟糧道」是也。（非。【蔡興宗曰】。）長春，謂長春宫，在同州朝邑縣。（非。【趙次公曰】。）去鄭亭子才一舍耳。（是。）

望嶽。夢弼曰：崚，力膺切。嶒，才登切。山貌。列仙傳：王烈曾授赤城老人九節蒼藤竹杖，行地馬不能追。（是。）三峰記：華山雲臺上有石盆，可容水數斛，明瑩如玉，俗呼爲玉女洗頭盆。（非。【王洙曰】。）寰宇記：華陰縣有車箱谷，深不可測。（非。【師尹曰】。）又華山記：山下西南入谷口至天井，天井才容人上，可長六丈餘，出井望空，視明如在室窺牖。（是。）

早秋苦熱堆案相仍。夢弼曰：東方朔神異經云：北方有層冰萬里。（是。）

初月。夢弼曰：微升古塞外，喻肅宗即位於靈武也。已隱暮雲端，喻肅宗爲張皇后、李輔國所蔽也。（非。【師古曰】。）

觀安西兵過赴關中待命二首。夢弼曰：關中即長安也。春秋元命苞：秦川西以隴關爲限，東以函谷爲界，謂之關中。（是。）

觀安西兵過赴關中待命二首其一。夢弼曰：韓非子：管仲從齊桓公伐孤竹，春往冬返，迷惑失道。管仲曰：「老馬之智可用也。」乃放老馬而隨之，遂得道行。（非。【王洙曰】。）

九日藍田崔氏莊。夢弼曰：列子：孔子見榮啓期鼓琴而歌，曰：「善乎！能自寬者也。」（非。【趙次公曰】。）

崔氏東山草堂。夢弼曰：長安志：藍田縣東有白鵶谷，谷有翠微寺，谷口出栗。（是。）又縣南有青泥水，魏署青泥軍。（非。【趙次公曰】。）水經注：青泥驛在縣郭下。（是。）

寄高三十五詹事。夢弼曰：李令伯陳情表：臣本圖宦達。（是。）

遣興五首其二。夢弼曰：詩：騂騂角弓。一作觲，思營切，角貌。鏑，丁曆切，矢鋒也。金爪謫，言箭鏃之利如金爪然。（是。）蹴，子六切，蹋也。（非。【鄭卬曰】。）詩：並驅從兩狼。（非。【師古曰】。）

遣興五首其五。夢弼曰：吳志諸葛恪傳：吳孫峻殺恪，葦席裹其身，而篾束其腰，投之於長陵石子岡。（非。【王洙曰】。）

遣興三首其三。夢弼曰：煙塵阻長河，屯兵聳洛也。樹羽，旗旄也。漢志：成皐屬洛陽。（是。）

貽阮隱居。夢弼曰：晉阮籍字嗣宗，陳留尉氏人。（非。【王洙曰】。）其族系盛，號爲「南北阮」，當世推爲人物第一。（是。）

貽阮隱居。夢弼曰：高士傳：張仲蔚之所居，蓬蒿没人。記：儒有環堵之室。（非。【王洙曰】。）公詩意謂車馬往來，唯入鄰家，而昉之室但環翳蓬蒿耳。（是。）

冬末以事之東都湖城遇孟雲卿復歸劉顥宅宿宴飲散因爲醉歌。夢弼曰：按唐志：湖城縣屬虢州，地有鼎湖，即黄帝鑄鼎於此也。（是。）

冬末以事之東都湖城遇孟雲卿復歸劉顥宅宿宴飲散因爲醉歌。夢弼曰：是年九月，九節度兵伐賊安慶緒於鄴，故云。（是。）

冬末以事之東都湖城遇孟雲卿復歸劉顥宅宿宴飲散因爲醉歌。夢弼曰：長安乃西京，有九衢三陌。洛陽乃東都也。（是。）

冬末以事之東都湖城遇孟雲卿復歸劉顥宅宿宴飲散因爲醉歌。夢弼曰：綫，一作霰。（是。）

閿鄉姜七少府設鱠戲贈長歌。夢弼曰：唐志：閿鄉縣屬陝州，潼關在其邑。閿音文，又音民，字正作閺。後漢建安中，改作閿。（是。）

閿鄉姜七少府設鱠戲贈長歌。夢弼曰：抱朴子：馮夷華陰人，渡河溺死，天帝署爲河伯。（是。）周禮天官：有内饔外饔，掌割烹。（非。【王洙曰】。）述異記：南海有鮫人，室水居如魚，善織綃。（非。【趙次公曰】。）剁，都唾切，斫剉也。觜，平聲，又即委切。（是。）

閿鄉姜七少府設鱠戲贈長歌。夢弼曰：偏勸腹腴愧年少，詩意謂少府獨以腹腴爲公勸，而公食腹腴愧不及於年少也。（是。）

戲贈閿鄉秦少府短歌。夢弼曰：北史崔贍傳：贍質白善容止，神采嶷然。自天保以後重吏事，謂容止蘊藉者爲潦倒，而贍終不改焉。（非。【趙次公曰】。）

路逢襄陽楊少府入城戲呈楊四員外綰。夢弼曰：本草：茯苓，二月采。（是。）斸，株玉切。（非。【鄭卬曰】。）以錐刺地也。（非。【師古曰】。）

集千家注批點杜工部詩集卷五

洗兵馬。夢弼曰：夜報，本作夕奏，荆公定作夜報。（是。）

洗兵馬。夢弼曰：自陳濤斜之敗，帝唯倚朔方軍爲根本。時朔方節度使乃郭子儀也。（是。）

洗兵馬。夢弼曰：時回紇送兵五千助帝討賊，及師還，帝就蒲萄宮宴勞之。前漢匈奴傳：元帝元壽中單于來朝，舍之於上林蒲萄宮。（是。）長安志：有東西蒲萄園。（非。【趙次公曰】。）

洗兵馬。夢弼曰：海謂山東，岱謂河北，崆峒山在西。仙仗謂玄宗儀仗。詩意謂雖喜肅宗已清海岱，而常思玄宗避賊幸蜀之際也。（是。）

洗兵馬。夢弼曰：謝希逸宣貴妃誄：收華紫禁。李善注：王者之宮象紫微，故謂宮中爲紫禁。（是。）

洗兵馬。夢弼曰：漢成帝爲太子，元帝嘗急召，太子出龍樓門，不敢絶馳道。張晏注：門樓上有銅龍，若白鶴、飛廉之爲名也。（非。【趙次公曰】。）

洗兵馬。夢弼曰：京師既平，以蕭華留守，故比之蕭何。復以張鎬爲幕府參謀，故比之子房也。漢高祖紀：上曰：運籌帷幄之中，決勝千里之外，吾不如子房。填國家，撫百姓，給餉饋不絶糧道，吾不如蕭何。（是。）

洗兵馬。夢弼曰：張鎬儀狀瓌偉，性簡重，好王霸大略，始擢爲拾遺，房琯罷，鎬遂爲相。（是。）

洗兵馬。夢弼曰：青袍白馬更何有，言禄山之亂已平矣。後漢今周喜再昌，謂肅宗如漢光武、周宣王之中興也。南史侯景傳：大同中，童謡曰：青絲白馬壽陽來。至渦陽之敗，景乘白馬，青絲爲轡，欲以應讖。（是。）庾信哀江南賦：青袍如草，白馬如練。（非。【杜定功曰】。）顔延年歌：亘地稱皇，罄天作主。月毳來賓，日際奉土。帝王世紀：西王母慕舜之德，來獻白環。（非。【王洙曰】。）

洗兵馬。夢弼曰：顧野王瑞應圖：王者宴不及醉，刑罰中人不爲非，則銀甕出。（是。）

洗兵馬。夢弼曰：城南，謂長安之城南也。（是。）東山詩序：二章言室家之望女也。

詩：婦歎於室。後漢李尤歌：安得壯士翻日車。後梁沈約詩：安得壯士馳奔波。（非。【王洙曰】。）劉向説苑：武王伐紂，風霽而乘以大雨，散宜生諫曰：「此非妖歟？」王曰：「非也，天洗兵也。」（是。）

觀兵。夢弼曰：北庭，謂回紇也。（是。）時送兵五千助討賊。（非。【師古曰】。）書：如虎如貔。（非。【杜田補遺】。）妖氛，指言吐蕃時乘隙爲亂也。南史：侯景乘白馬，青絲爲轡，以應讖。（非。【趙次公曰】。）元帥，謂廣平王俶。待雕戈，謂待天子賜以雕戈而後往征也。（非。【師古曰】。）

不歸。夢弼曰：數金，謂從弟幼時識錢數也。（非。【師古曰】。）數，所具切。詩：總角丱兮。注：聚兩髦也。（是。）

所思。夢弼曰：晉張華傳：吴未滅時，斗牛之間嘗有紫氣。華聞豫章人雷煥妙達緯象，要煥登樓仰觀，問其是何祥也。煥曰：「寶劍之精上徹於天耳。」華因問在何郡，煥曰：「在豫章豐城。」華即補煥爲豐城令。煥到縣，掘獄屋基，得一石函，中有雙劍，並刻題，一曰龍泉，一曰太阿。今公取以喻虔之貶台州，如劍之埋於土，但遠望其有沖斗之氣，無計出之也。（是。）按台州屬吴，吴乃牛斗之分野也。斸，株玉切，掘也。（非。【師古曰】。）

新安吏。夢弼曰：就糧近故壘，練卒依舊京。此言子儀退軍修備也。就糧，言就賊之糧。故壘，即舊禦禄山之壘。言雖取糧於敵，亦不深入，但近故壘而已。練卒，謂訓練其卒。舊京，即東都。時子儀保河陽，詔留守東都。（是。）

石壕吏。夢弼曰：石壕，屬郟州宜保縣，即漢鶉觚縣地。昔北狄侵，太王於此築城壕以禦之，因名石壕。（是。）

新婚别。夢弼曰：文子：墨無黔突，孔無暖席。又淮南子云：墨子無暖席。新婚别。（是。）

新婚别。夢弼曰：嫜，姑之夫也。婦人嫁三月，告廟上墳，始謂之成婚。婚禮既明白，然後稱姑嫜，正名也。今嫁未成婚而别，故曰「妾身未分明，何以拜姑嫜」。（是。）

新婚别。夢弼曰：孫武兵書：置之死地而後生。鮑照詩：生驅陷死地。（是。）

新婚别。夢弼曰：左傳：施氏婦曰：「鳥獸猶不失儷，子將若何？」（是。）

垂老别。夢弼曰：長安地有杏園、土門，去京城七十里。時史思明殺安慶緒，自立爲帝，土門、杏園皆嚴備以待，故公謂其不比九節度之師潰於鄴城也。（是。）

無家别。夢弼曰：安史之亂自天寶十四年始。（是。）

無家别。夢弼曰：宿鳥戀本枝，安辭且窮棲。言戍卒歸來，雖閭巷蕭條，然人情之於鄉土，猶鳥之戀故枝，不以窮棲而爲辭也。（非。【王洙曰】。）鞞與鼙同，戰鼓也。（是。）

夏日歎。夢弼曰：夏日出艮，正東北也。中街，黄道之所經也。（是。）

夏日歎。夢弼曰：萬人尚流冗。冗，散也。光武詔曰：流冗道路，朕甚滑之。和帝遣使分行貧民，舉實流冗。（是。）

昔遊。夢弼曰：華蓋山在伊洛間。神仙傳：昔周王子喬養道於華蓋山，後升仙，號華蓋君。天降玉棺於堂上，喬遂沐浴卧其中，由是屍解。（是。）又漢方術傳：王喬有神術，嘗爲葉令。後天降玉棺於堂前，吏人推排，終不摇動。喬曰：「天帝獨召我耶。」乃沐浴服飾寢其中，蓋便立覆。宿昔葬於城東，自成墳。其夕縣中牛皆流汗喘乏，而人無知者。百姓乃爲立廟，號葉君祠。或云即古仙人王子喬。又劉向列仙傳：王子喬，周靈王太子晉也。好吹笙，作鳳鳴，遊伊洛間。道士浮丘公接上嵩山，後告桓良曰：「告我家，七月七日待我緱氏山頭。」果乘白鶴至山頂，舉手謝時人而去。（非。【王洙曰】。）

昔遊。夢弼曰：詩：東蒙，魯地山名。（非。【王洙曰】。）按公有寄元逸人詩「故人昔隱東蒙峰，已佩含景蒼精龍」。（非。【趙次公曰】。）董先生，謂董京威，即衡陽董煉師也。行吟，常宿白社之中，乞市肆。得碎繒，結以自覆焉。（非。【王洙曰】。）漢武帝曰：「吾得如黄帝，棄妻如脱屣耳。」又，費長房棄妻子，從壺公。（是。）晉葛洪求勾漏令，以煉丹砂。（非。【王洙曰】。）鬒，真忍切，密也。一作髮變鬒。（是。）詩：鬒髮如雲。（非。【趙次公曰】。）謝玄暉詩：有情知望鄉，誰能鬒不變。（非。【王洙曰】。）

佳人。夢弼曰：石季倫王昭君詞：匈奴盛請婚於漢元帝，以後宫良家子配焉。關中即長安，謂經禄山之亂也。（是。）

有懷台州鄭十八司户。夢弼曰：罝，子斜切，兎罟也。（是。）

有懷台州鄭十八司户。夢弼曰：蝮音覆，大蛇也。山海經：蝮蛇色如綬文，大者百餘斤。（是。）左傳：舜流四凶，投諸四裔，以禦魑魅魑魅，山林異氣所生，爲人害者。（非。【王洙曰】。）

有懷台州鄭十八司户。夢弼曰：按公集有贈虔詩云：才名四十年。今其遭貶，豈非爲才名所誤乎？（是。）

有懷台州鄭十八司户。夢弼曰：海隅微小吏，蓋台州在海之隅，司户乃小吏矣。（是。）

有懷台州鄭十八司户。夢弼曰：平生一杯酒，見我故人遇。蓋虔爲人放蕩，性頗嗜酒。按公集有贈虔醉時歌云「得錢即相覓，沽酒不復疑」是也。（是。）

遣興五首其一。夢弼曰：晉嵇康傳：康字叔夜，嘗著養生論。鍾會以舊憾言於文帝曰：「嵇康卧龍也，不可起。公無憂天下，顧以康爲慮耳。」因譖康欲助毌丘儉，帝遂害之，刑於東市。蜀志諸葛亮傳：亮字孔明，躬耕隴畝。徐庶言於先主曰：「諸葛孔明，卧龍也。將軍宜枉駕顧之。」先主遂詣亮，凡三往乃見。（是。）

遣興五首其三。夢弼曰：按陶淵明集有責子詩云：白髮被兩鬢，肌膚不復實。雖有五男兒，總不好紙筆。阿舒已二八，懶惰故無匹。阿宣行志學，而不愛文術。雍端年十三，不識六與七。通子垂九齡，但覓梨與栗。天運苟如此，且進杯中物。又有命子詩云：夙興夜寐，願爾斯才。爾之不才，亦已焉哉。（非。【杜田補遺】。）

遣興五首其四。夢弼曰：世説：劉真長見王丞相，既出，人問見王公云何？答曰：「未見他異，唯聞作吴語耳。」（非。【杜田補遺。又，分門集注引作「大臨曰」。】）

遣興五首其四。夢弼曰：山陰，越州也。在會稽之北，故名。（是。）

遣興五首其五。夢弼曰：浩然，襄陽人。襄陽在秦州之東南，公寓秦州，故望東南之雲而悲吒耳。（非。【趙次公曰】。）

遣興五首其五。夢弼曰：鮑謂明遠，謝謂三謝，乃玄暉、靈運、惠連也。吒，陟駕切，叱怒也。正作吒。（非。【王洙曰。又，分門集注、補注杜詩引作「魯曰」。】）

遣興二首其一。夢弼曰：漢志：天用莫如龍，地用莫如馬。（非。【王洙曰】。）易乾卦：時乘六龍以御天也。（是。）十洲記：扶桑在碧海中，兩樹同根，更相依倚，故曰扶桑。（是。）楚辭劉向九歎：維六龍於扶桑。（非。【趙次公曰】。）曹植書：日不我與，思仰六龍之首、頓羲和之轡。（非。【杜田補遺】。）

秦州雜詩二十首。夢弼曰：唐志：秦州天水郡，屬隴右道。又州記云：前臨湖水，夏不溢，冬不縮。（是。）

秦州雜詩其一。夢弼曰：三秦記：隴西關，其阪九回，不知高幾百丈，望秦川長安如帶。（是。）

秦州雜詩其一。夢弼曰：西征問烽火，謂吐蕃之亂也。（是。）

秦州雜詩其二。夢弼曰：後漢志：隴西郡首陽山，渭水所出。（是。）

秦州雜詩其三。夢弼曰：唐吐蕃貴人處於大氊帳。（是。）

秦州雜詩其八。夢弼曰：荆楚歲時記：武帝令張騫使大夏尋河源，乘槎經月而至一處，見女織於室，丈夫牽牛飲河，問：「此是何處？」答曰：「可問嚴君平。」（是。）

秦州雜詩其八。夢弼曰：漢書：張騫使西域，言大宛多善馬。武帝求馬於宛，不肯與，乃以李廣利伐宛，遂出其馬。（是。）

秦州雜詩其九。夢弼曰：後漢李郃善河圖風星。和帝遣使者微服單行，觀采風謡。使者當到益部，投郃舍。時夏夕露坐，郃因仰觀，問二君發京師時，寧知朝廷遣使耶？二人驚問何以知之？郃指星示云：「有二使星向益州分野，故知之耳。」（非。【王洙曰】。）

秦州雜詩十二。夢弼曰：秦州記：天水縣界無山，有水一派，北流入長道縣界。（是。）

秦州雜詩十三。夢弼曰：末句借用桃源事。或引三月桃花水，誤矣。（非。【趙次公曰】。）

秦州雜詩十五。夢弼曰：晉阮籍時率意獨駕，不由徑路，車跡所窮，輒慟哭而反。後漢龐德公登鹿門山采藥不返。（非。【趙次公曰】。）

秦州雜詩十六。夢弼曰：水竹會平分，謂谷中之人以竹筒引水也。（是。）

秦州雜詩十九。夢弼曰：魚海，縣名。郭子儀取魚海五縣是也。（非。【趙次公曰】。）

秦州雜詩二十。夢弼曰：括略云：會稽山有石穴委曲，黄帝藏書於此，禹得之。又吴越春秋：禹藏書之所，故謂之禹穴也。仇池記云：仇池百頃，周回九千四十步，東西二門，上則岡阜低昂，泉流交灌。（是。）

山寺。夢弼曰：按天水圖經：隴城縣東柯谷之南麥積山有瑞應寺，山形如積麥，佛龕剞石，閣道縈旋，上下千餘尺。山下水縱横可涉。（是。）

山寺。夢弼曰：麝香，小鳥。（非。【師古曰】。）隴蜀人謂之麝香鷯。或云鹿也。石竹，繡竹花也。僧舍多種之。（是。）

秋日阮隱居致薤三十束。夢弼曰：陶隱居本草云：薤性温補。（是。）

銅瓶。夢弼曰：風俗通：甃，聚磚修井也。甃，側救切。（是。）末句謂井中或得斷釵遺珥，如蛟龍之狀者。（非。【趙次公曰】。）

即事。夢弼曰：時回紇爲史朝義誘之而爲寇，故云「回首意多違」也。（非。【趙次公曰】。）

日暮。夢弼曰：毛萇詩傳：訛，動也。（是。）

夕烽。夢弼曰：唐六典：唐鎮戍烽候所至，大率相去三十里。每日初夜放煙一炬，謂之平安火。（是。）

擣衣。夢弼曰：垣，邊城也。蔡邕上疏云：秦築長城，漢起塞垣。所以别内外，置殊俗。（是。）

遣興三首其一。夢弼曰：史記：廉頗者，趙之良將也。（按，杜工部草堂詩箋無此注文。）

遣興三首其二。夢弼曰：茅土謂封建諸侯。見禹貢注。（是。）

集千家注批點杜工部詩集卷六

秦州見勑目薛三璩授司議郎畢四曜除監察與二子有故遠喜遷官兼述索居三十韻。夢弼曰：諸生，公自謂也。文章開穾奥，言其文章深邃也。穾，烏吊切。荀子：穾奥之内。穾字正作窔。爾雅：室西南隅謂之奥，東南隅謂之窔。釋文：音要。（是。）

秦州見勑目薛三璩授司議郎畢四曜除監察與二子有故遠喜遷官兼述索居三十韻。夢弼曰：還蜀囚梁，公自喻也。時謫爲華州司功。（按，杜工部草堂詩箋未見此注文。）

秦州見勑目薛三璩授司議郎畢四曜除監察與二子有故遠喜遷官兼述索居三十韻。夢弼曰：長安志：淑景殿、望雲亭，皆在西内。（是。）

秦州見勑目薛三璩授司議郎畢四曜除監察與二子有故遠喜遷官兼述索居三十韻。夢弼曰：官忝趨棲鳳，公自叙曩爲拾遺在諫省時也。晉車胤家貧，夜囊螢火以照書。騕褭，良馬也。娉婷，佳人也。（是。）皆公自喻也。（非。【師古曰】。）

秦州見勑目薛三璩授司議郎畢四曜除監察與二子有故遠喜遷官兼述索居三十韻。夢弼曰：後漢志：隴西郡，渭水所出，東流長安。（是。）今云旅泊窮清渭，長吟望濁涇，蓋公在秦州而憶長安也。（非。【趙次公曰】。）

秦州見勑目薛三璩授司議郎畢四曜除監察與二子有故遠喜遷官兼述索居三十韻。夢弼曰：鄭氏詩箋云：鶺鴒，水鳥，而在高原，失其常處，則飛鳴求其類。此公自況有望於薛、畢二子也。（非。【趙次公曰】。）

寄彭州高三十五使君適虢州岑二十七長史參三十韻。夢弼曰：高適由太子詹事出刺彭州，岑參由補闕左遷虢州長史。（是。）

寄彭州高三十五使君適虢州岑二十七長史參三十韻。夢弼曰：梁江淹嘗夢還人筆，後爲詩絶無美句。人謂才盡。（非。【趙次公曰】。）

寄彭州高三十五使君適虢州岑二十七長史參三十韻。夢弼曰：富嘉謨、駱賓王、盧照鄰、王勃皆文章之伯。（非。【趙次公曰】。）

寄彭州高三十五使君適虢州岑二十七長史參三十韻。夢弼曰：昔顓帝有二子，生而亡去爲鬼，一居江水爲瘧鬼。（是。）

寄彭州高三十五使君適虢州岑二十七長史參三十韻。夢弼曰：隴草洮雲，公言其客居之景物也。彭門、劍閣，具在蜀。左傳：西盡虢略。即虢州。而虢之湖城縣有鼎湖。此言高、岑二子居官之地也。（是。）

寄彭州高三十五使君適虢州岑二十七長史參三十韻。夢弼曰：陶隱居本草云：胡麻當九蒸九曝，熬擣充餌。注：胡麻烏者良。今言烏麻、丹橘，亦彭、虢二州所出也。後漢岑彭傳：彭惡所營地名彭亡，欲徙之。今云「舊官寧改漢」，或用此。（是。）

寄李十二白二十韻。夢弼曰：白外傳云：白作樂章，賜錦袍。（非。【王洙曰】。）今云獸錦，蓋錦織成獸文也。奪字，如宋之問傳：武后遊龍門，詔從臣賦詩。東方虬詩先成，后賜錦袍。之問俄頃獻，后覽之嗟賞，更奪袍以賜。（是。）

寄李十二白二十韻。夢弼曰：按公傳：嘗從白及高適過汴州，酒酣，登吹臺，慷慨懷古。太白集有梁園醉歌。汴州即梁園故地。（是。）謝惠連雪賦「梁王不悦，遊於兔園」是也。（非。【王洙曰】。）又公與太白嘗同遊山東，故云「行歌泗水春」。（是。）

寄李十二白二十韻。夢弼曰：後漢馬援征交趾，載薏苡種還，人謗之以爲明珠大貝。此以喻白之遇讒，永王璘反，謂白爲參屬與謀也。（非。【趙次公曰】。）

寄岳州賈司馬六丈巴州嚴八使君兩閣老五十韻。夢弼曰：憶昨趨行殿，公自叙謁肅宗於行在也。（非。【趙次公曰】。）

寄岳州賈司馬六丈巴州嚴八使君兩閣老五十韻。夢弼曰：蒼茫城七十，謂禄山反，河北十餘郡皆棄城而走也。劍，指蜀之劍閣，言玄宗幸蜀，流落有三千里之遠近。秦晉之間皆吹畫角聲以節用兵也。澗瀍之水隱映胡星，言東都爲賊所陷也。（是。）前漢志：昴爲旄頭，胡星也。（非。【趙次公曰】。）

寄岳州賈司馬六丈巴州嚴八使君兩閣老五十韻。夢弼曰：董卓、苻堅，以喻思明、祿山之必亡也。（非。【趙次公曰】。）

寄岳州賈司馬六丈巴州嚴八使君兩閣老五十韻。夢弼曰：陳倉、太白，具在鳳翔。此言肅宗時駐蹕鳳翔也。按志：鳳翔府寶雞縣，又更名陳倉縣。縣有寶雞山，按列異傳：秦穆公時，陳倉人掘地得物，以獻諸公。道逢二童子，童子曰：「此名爲媪。」媪復曰：「彼二童名爲陳寶，得雄者王，得雌者霸。」陳倉人舍媪，逐二童子。童子化爲雉，飛入平林。陳倉人告穆公，穆公發徒大獵，果得其雌。又化爲石，置之汧渭之間。至文公爲立祠，名陳寶祠。又按志：鳳翔之郿縣有太白山。按水經注：山上夏宿雪，故名。録異記：金星之精下墜化爲白石，狀如美玉，故名。（按，杜工部草堂詩箋無此注文。）

寄岳州賈司馬六丈巴州嚴八使君兩閣老五十韻。夢弼曰：漢元帝寢疾，史丹直入卧内，頓首伏青蒲上以諫。注：以蒲青爲席，用蔽地也。時公任拾遺，故云。（非。【王洙曰】。）前漢儒林傳：伏生年九十餘，以書教於齊魯。（是。）

寄岳州賈司馬六丈巴州嚴八使君兩閣老五十韻。夢弼曰：時史思明復作亂於漁陽。（非。【師古曰】。）乃薊州也。（是。）

寄張十二山人彪三十韻。夢弼曰：歷下、關西，公言昔與彪相聚之地。（是。）

寄張十二山人彪三十韻。夢弼曰：魏曹植字子建，能詩。漢張芝字伯英，好草書。（是。）

寄張十二山人彪三十韻。夢弼曰：此喻肅宗重建七廟也。（是。）

寄張十二山人彪三十韻。夢弼曰：洮岷，言臨洮、岷山也。（是。）

寄張十二山人彪三十韻。夢弼曰：孔子春秋起於獲麟。（非。【趙次公曰】。）

前出塞九首其三。夢弼曰：三秦記：隴山，天水大阪也。俗歌云：隴頭流水，鳴聲幽咽。遥望秦川，肝腸斷絶。故名嗚咽水。（非。【杜田補遺】。）漢武帝獲白麟，作麒麟閣以繪功臣像。（是。）

前出塞九首其五。夢弼曰：漢衛青少時父使牧羊，皆奴畜之。有相青曰：「貴人也，官至封侯。」後拜爲車騎將軍。（是。）

後出塞五首其二。夢弼曰：東門，洛都之門也。（是。）

西枝村尋置草堂地夜宿贊公土室二首其一。夢弼曰：湯休乃僧惠休也。姓湯，能詩。（非。【王洙曰】。）故公以比贊公也。贊嘗以詩約公爲鄰居，盛稱巖中之景，公謂其才思挺出煙霞之外，故云霞上作也。（是。）

西枝村尋置草堂地夜宿贊公土室二首其二。夢弼曰：大師指贊公也。京國，舊謂是京師上刹禪宿也。晉許詢嘗與道人支遁遊。（是。）

太平寺泉眼。夢弼曰：增輝記：招提者，梵言拓鬬提奢，唐言四方僧物。後人傳寫之誤，以拓爲招，又省去鬬奢二字，止稱招提。今十方寺院是也。（是。）廣雅：黄精，龍銜草也。（是。）本草：黄精久服，輕身延年。（非。【杜田補遺。又，杜陵詩史、分門集注、補注杜詩引作「黄曰」。】）

別贊上人。夢弼曰：雨或作兩。豆子兩已熟，言來秦州已經兩年矣，熟矣。（是。）

兩當縣吴十侍御江上宅。夢弼曰：阡陌，田間道也。南北曰阡，東西曰陌。（是。）持斧翁，指吴侍御也。（非。【趙次公曰】。）前漢暴勝之爲直指使者，衣繡衣，持斧逐捕群盜。（非。【王洙曰】。）長沙郡，潭州也。（是。）

兩當縣吴十侍御江上宅。夢弼曰：鳳翔府，至德二載號西京，寶應元年號西都。（是。）金閨，金馬門也。（非。【趙次公曰】。）公與吴侍御昔同在鳳翔，各居諫官之職，故云共通籍也。（是。）

兩當縣吴十侍御江上宅。夢弼曰：間諜，軍中反間也。間，去聲。諜，達協切。（是。）

發秦州。夢弼曰：成州有栗亭川，魏置栗亭縣，在唐爲栗亭館。（是。）

赤谷。夢弼曰：按地理志：秦州隴城縣有大隴山，亦曰隴首。三秦記云：其阪九回，上者七日乃越。又云：上有清水四注而下。俗歌曰：隴頭流水，鳴聲幽咽。遥見秦川，肝腸斷絶。按公集有赤谷西崦詩云「躋險不自安」，此云「險艱方自兹」，蓋是登大隴，歷九回阪也。

（非。【師古曰】。）

鐵堂峽。夢弼曰：嵌空太始雪，謂峽中常有雪，自鑿開混沌以來其雪未消也。（是。）

鹽井。夢弼曰：鹵，説文：鹹地也。東方謂之斥，西方謂之鹵。（非。【杜田補遺】。）草木白，言生鹽花也。（是。）

鹽井。夢弼曰：搰，户骨切，用力貌。字從木，非。（是。）莊子：子貢見漢陰丈人方將爲圃畦，鑿隧而入井，抱甕而出灌，搰搰然用力甚多，而見功寡。（非。【王洙曰】。）

鹽井。夢弼曰：官賣鹽，每斗錢三百，商轉販一石得六千，言倍獲其利也。（是。）

寒峽。夢弼曰：殳，庸朱切。古今注：戟之遺象也。（是。）詩：荷戈與殳。（非。【王洙曰】。）

青陽峽。夢弼曰：唐隴州吴山縣西四十里有吴山，其頂有五峰是也。（是。）

龍門鎮。夢弼曰：編竹爲閣道，謂之棧道。（是。）

石龕。夢弼曰：狨音戎，狖之屬。（非。【王洙曰】。）

石龕。夢弼曰：仲冬見虹霓，紀異也。（是。）

積草嶺。夢弼曰：明水縣，屬興州。唐志明作鳴。言路異者自此嶺之外東西别行，東則同谷，西則明水也。（是。）

泥功山。夢弼曰：白馬爲鐵驪，言白馬經此泥濘中，亦將爲黑色之驪也。玉篇：驪馬深黑色。（是。）

鳳凰臺。夢弼曰：成州東南十二里有鳳凰山。（是。）即秦弄玉與蕭史吹簫之地。（非。【師古曰】。）

鳳凰臺。夢弼曰：按唐地理志：武德初，以同谷置西康州，貞觀初廢。謂之西康者，蓋嶺南亦有康州，所以自別也。（是。）

鳳凰臺。夢弼曰：莊子：南方有鳥，其名鵷雛。夫鵷雛非梧桐不止，非練實不食，非醴泉不飲。（非。【趙次公曰】。）又韓詩外傳：黄帝致齋於宫，鳳乃止帝東園，集帝梧桐，食帝竹實。（是。）長，讀當如字。（非。【鄭卬曰】。）

鳳凰臺。夢弼曰：春秋合誠圖曰：黄帝坐元扈洛水之上，與大司馬務光等臨觀，鳳凰銜圖置帝前，黄帝再拜受圖。注：元扈，石室名也。漢郊祀志：黄帝爲五樓十二城，以候神人。（非。【杜田補遺】。）

乾元中寓居同谷縣作歌七首其一。夢弼曰：橡，似兩切，櫟實也。狙，於餘切，猿屬。食橡栗者也。莊子：狙公賦芧。芧即橡子也。（是。）

乾元中寓居同谷縣作歌七首其二。夢弼曰：按顔之推訓俗音字：鑱，仕衫切，即鋭也。俗謂之地鑱。又仕鑒切。（非。【謝任伯曰】。）

乾元中寓居同谷縣作歌七首其二。夢弼曰：廣雅：黄精，龍銜草也。本草：黄精久服，輕身延年。或曰：黄精，當作黄獨。黄獨，俗謂之土芋，根惟一顆而色黄，故謂之黄獨。餘歲土人掘食以充糧。余謂此非，當以黄精爲正，公嘗屢用黄精字。按集中有太平寺泉眼詩云「三春斸黄精，一食生毛羽」是也。（是。）

乾元中寓居同谷縣作歌七首其三。夢弼曰：陶隱居本草：鳥鶬大於鴈，似人家蒼鶬耳。（是。）鶬鴰，惡禽也。鴰九頭，詩：有鶖在梁。（非。【王洙曰】。）毛萇傳：秃鶬也。（是。）

乾元中寓居同谷縣作歌七首其四。夢弼曰：地理志：濠州治鍾離縣。（非。【魯曰】。）春秋時爲鍾離子國，楚地漢縣也。（是。）按公集中有「近聞韋氏妹，迎在漢鍾離」之句。（非。【趙次公曰】。）

乾元中寓居同谷縣作歌七首其五。夢弼曰：古城，即是指同谷舊爲西康州也。（按，杜工部草堂詩箋無此注文。）楚屈原放逐，宋玉作招魂辭。（是。）

乾元中寓居同谷縣作歌七首其六。夢弼曰：劉安招隱士云：山氣巃嵸兮石嵯峩。（非。【王洙曰】。）洪慶善補音：巃，力孔切。嵸音總。（是。）

乾元中寓居同谷縣作歌七首其六。夢弼曰：蝮，方六切，大蛇也。（是。）

萬丈潭。夢弼曰：同谷縣有鳳凰潭，一名萬丈潭。蓋兩山危立，其下泓澄萬丈。（是。）

萬丈潭。夢弼曰：張平子西京賦：在彼靈囿之中，前後無有垠鍔。淮南子：出於無垠鄂之間。許慎注：垠鄂，端崖也。（非。【王洙曰】。）字或作鄂，亦作鍔，通用。（是。）

發同谷縣。夢弼曰：龍潭在同谷。公七歌云「南有龍兮在山湫」是也。虎崖，山名，亦在同谷。（是。）

木皮嶺。夢弼曰：昆侖玄圃，皆神仙所居。時玄宗巡幸之後，以蜀郡爲南京，故公盛言其風物，托之昆侖玄圃而寄所思也。（是。）

飛仙閣。夢弼曰：華陽國志：諸葛亮相蜀，鑿石駕空爲飛梁閣道。又酈元水經注云：大劍戍至小劍三十里，連山絶險，飛閣相通，謂之閣道。（按，杜工部草堂詩箋無此注文。）

劍門。夢弼曰：按地理志：劍州劍門縣有梁山，亦名大劍山。自蜀出漢中道一由此，故以門名。（是。）

劍門。夢弼曰：蜀舊爲西蠻之地，自三皇五帝以前雞犬之聲不聞乎中國，至秦鑿岷峨，以通蜀，務在懷柔遠人。遠人雖修職貢，而太古淳樸之道已喪矣。（是。）至今英雄人，謂如公孫述、劉備、李雄、孟知祥之徒，皆乘中國有亂，起而據蜀也。（非。【王洙曰】。）

鹿頭山。夢弼曰：唐志：漢州德陽縣有鹿頭山。（非。【王彦輔曰】。）高崇文擒劉辟處。又有鹿頭關。（是。）

鹿頭山。夢弼曰：西歷陟險阻，至此豁然，足慰饑渴之望。（是。）

鹿頭山。夢弼曰：楊馬，謂子雲、相如也。二子皆蜀人。（非。【師古曰】。）

鹿頭山。夢弼曰：冀公謂僕射冀國公裴冕也，時爲劍南節度使。陸凱傳：宰相，國之柱石。（是。）

成都府。夢弼曰：曾與層同。填或音田，滿也。（是。）

集千家注批點杜工部詩集卷七

酬高使君。夢弼曰：涅槃經云：世尊在雙樹間演説如是大經。又法華經「火宅喻」，三車，牛車、羊車、鹿車也。（非。【王洙曰】。）

堂成。夢弼曰：蜀中記：玉壘以東多榿木，易成而可薪，美蔭而不害。然余嘗歷考韻書，無榿字；詢之蜀人，相傳以爲邱宜切。後見王荆公集中有薛秀才榿木詩云：「濯錦江邊木有榿，小園封殖佇華滋。地偏幸勉桓魋伐，歲晚聊同庾信移。」（是。）則知邱宜切爲是也。又，蜀有竹名鐘籠。籠，力鍾切。（非。【鄭卬曰】。）

遊修覺寺。夢弼曰：庾信安昌寺碑云：禪枝四静，慧窟三明。孟浩然詩：禪枝怖鴿棲。（非。【趙次公曰】。）

有客。夢弼曰：謝靈運永嘉記：以小摘供日。（非。【師尹曰】。）

蜀相。夢弼曰：諸葛武侯廟在成都西南。（是。）

蜀相。夢弼曰：庾亮表：頻繁省闥，出總六軍。（非。【趙次公曰】。）

石筍行。夢弼曰：蜀都故事：石筍，真珠樓基也。昔有胡人於此立寺，爲大秦寺，其門樓十間皆以真珠翠碧貫之爲簾，後摧毁墮地，唯故基在。每有大雨其前後，人多得真珠瑟瑟、金翠異物等。（是。）

雲山。夢弼曰：京言長安，西都也。洛言洛陽，東都也。作賦客，指班孟堅、張衡也。孟堅作東都、西都賦，張衡作西京、東京賦。（非。【趙次公曰】。）

杜鵑行。夢弼曰：成都記：杜宇亦曰杜主，自天而降，稱望帝。好稼穡，教人務農。治郫城。時荊人鱉令死，其尸泝江而上，至文山下復生。見望帝，望帝因以爲相，號曰開明。會巫山江壅，人遭洪水，開明爲鑿通流，有大功。望帝因以其位禪之。望帝死，其魂化爲鳥，名曰杜鵑，亦曰子規。（非。【王洙曰】。）

杜鵑行。夢弼曰：博物志：杜鵑生子，寄之他巢，有鳥爲飼之。（是。）

題壁上韋偃畫馬歌。夢弼曰：朱景玄畫斷云：韋偃，京兆人，寓居於蜀。工畫馬，居閑，常以越筆點簇數馬，或齕，或飲，或驚，或正頭，或點尾，曲盡其妙，宛全其真，實韓幹之亞也。（是。）

戲題王宰畫山水圖歌。夢弼曰：畫斷云：王宰家於西蜀，能畫山水，意出象外。（是。）

戲韋偃爲雙松圖歌。夢弼曰：名畫記：韋偃作老松異石，筆力勁健，人知其善畫馬，不知松石更工也。（是。）

戲韋偃爲雙松圖歌。夢弼曰：名畫記：畢宏，大曆間爲給事中，畫松石於左省廳壁，好事者皆詩詠之，其畫擅名當代。（是。）

贈蜀僧閭丘師兄。夢弼曰：銅梁，山名，在劍南合州銅梁縣。（非。【杜田補遺。】）此言閭丘鍾銅梁之秀氣而生也。（是。）

贈蜀僧閭丘師兄。夢弼曰：豫章，大木也。生七年乃可知。（是。）

贈蜀僧閭丘師兄。夢弼曰：華嚴經：菩薩摩訶薩有十種語，一者柔軟語，能使一切衆生得安穩，故維摩經常以軟語眷屬不離。（是。）

野老。夢弼曰：趙清獻公玉壘記：相如琴臺在浣花溪北。（是。）

野老。夢弼曰：東郡，今滑州也。（非。【馬曰】。）後漢志：東郡治濮陽。杜預曰：古衛地。（是。）

一室。夢弼曰：荊蠻，楚也。峴山在襄陽，有王粲故宅。粲字仲宣，宅前有井，人呼爲仲宣井。（非。【王洙曰】。）

北鄰。夢弼曰：辭滿，謂任滿辭去也。（是。）謝靈運詩：辭滿豈多秩，謝病不待年。（非。【趙次公曰】。）

北鄰。夢弼曰：晉山簡鎮襄陽，於時四方寇亂，簡優遊卒歲，唯酒是耽。每出遊，多之習氏池上，置酒輒醉，名之曰高陽池。（非。【九家集注杜詩依例爲「王洙曰」。又，杜陵詩史、分門集注、補注杜詩引作「趙次公曰」。】）

寄楊五桂州譚。夢弼曰：陳藏器云：桂林、桂嶺，因桂得名。又山海經云：桂林有八桂，在番禺東。注：八樹成林，言其大也。（非。【杜田補遺】。）

寄楊五桂州譚。夢弼曰：大庾嶺謂之梅嶺，去長安萬里。（是。）

寄楊五桂州譚。夢弼曰：古樂府有白頭吟，言交情多喜新而厭故也。（是。）

西郊。夢弼曰：按寰宇記：市橋在州之西。（非。【趙次公曰】。）

和裴迪登蜀州東亭送客逢早梅相憶見寄。夢弼曰：何遜嘗爲廣陵記室。（是。）按集有揚州早梅詩曰：兔園標物序，驚時最是梅。銜霜當路發，映雪凝寒開。枝横却月觀，花繞淩風臺。朝灑長門泣，夕驅臨邛杯。應知早飄落，故逐上春來。（非。【趙次公曰】。）

蕭八明府實處覓桃栽。夢弼曰：晉潘岳字安仁，爲河陽縣令。滿縣種桃李，人號曰「河陽一縣花」。（非。【王洙曰】。）今公以河陽比蕭明府所治之邑也。（非。【趙次公曰】。）

憑韋少府班覓松樹子栽。夢弼曰：抱朴子有天陵偃蓋之松。（非。【趙次公曰】。）

琴臺。夢弼曰：按十道志：成都有琴臺，即相如與文君貰酒處。（是。）又成都記：琴臺在浣花溪之北。梁蕭藻鎮蜀，增建樓臺，以備遊觀。元武伐蜀，下營於此，掘得大罍二十餘口，蓋所以響琴也。隋蜀王秀更增五臺，並舊臺爲六焉。（非。【王洙曰】。）

戲作花卿歌。夢弼曰：花卿名敬定，劍南節度崔光遠之末將也。時梓州副使段子璋反，東川節度李奐敗走，於是光遠率敬定討之。子璋既誅，敬定恃功大掠。肅宗聞之怒，由是不見擢用。公作花卿歌，蓋痛惜之也。（是。）

戲作花卿歌。夢弼曰：李侯，謂奂也。（非。【王洙曰】。）子璋反，奂敗走。及花卿誅子璋，奂得歸本鎮，故云重有此節度也。重，平聲。（是。）

集千家注批點杜工部詩集卷八

寄杜位。夢弼曰：新州屬廣南道。公之侄杜位貶新州時，朝廷寬其罪，移之於近郡。按集有杜位宅守歲詩，當是明年位即被謫，故云已是十年流也。（是。）

寄杜位。夢弼曰：曲江在長安爲勝遊之地。杜位有宅近焉。（是。）

和裴迪登新津寺寄王侍郎。夢弼曰：王侍郎乃王維之弟縉也。維有别業在輞川，裴迪從之遊。輞川荆棘，迪從縉來蜀。縉守蜀州蓋在高適之後。（是。）

和裴迪登新津寺寄王侍郎。夢弼曰：古話：貪佛不如貪僧。（非。【師尹曰】。）

重簡王明府。夢弼曰：甲子，記時節也。（是。）西南，爲蜀地也。（按，杜工部草堂詩箋無此注文。）

石犀行。夢弼曰：公止言三犀，豈據所見乎？（是。）按酈道元水經所載，後轉犀牛二頭在府中，一頭在市橋，二頭沉之深淵水；又自前堰上分穿羊摩江、灌口西，於玉女房下白沙郵作三石人立水中，與江神要，水竭不至足，盛不没肩，迄今蒙福。（非。【王洙曰】。）厭勝字見漢書。厭，壹涉切。（是。）

石犀行。夢弼曰：寰宇記：彭州有灌口鎮，鎮西有玉女祠，祠西有李冰廟。（是。）

朝雨。夢弼曰：逸士傳：巢父聞許由之爲堯所讓也，曰：「汝何不隱汝形，藏汝光？」由悵然不自得，乃過清冷之水洗其耳。（非。【趙次公曰】。）

病橘。夢弼曰：昔漢武帝會群臣於蓬萊殿，羅列瀟湘之橘以爲珍果。（是。）瀟湘有橘田，有橘洲。（非。【王洙曰】。）每歲入貢也。（是。）

枯柟。夢弼曰：漢武帝於建章宫作承露盤，銅柱高二十丈，上有仙人，以手掌承露。（非。【趙次公曰】。）

所思。夢弼曰：崔公蓋自吏部而謫荆州司馬也。（非。【趙次公曰】。）

王十七侍御掄許攜酒至草堂奉寄此詩便請邀高三十五使君同到。夢弼曰：按房琯作蜀州先主廟碑載，州將高適建，而亦叙其自彭而還蜀也。（是。）

王十七侍御掄許攜酒至草堂奉寄此詩便請邀高三十五使君同到。夢弼曰：繡衣，指言王侍御。皂蓋，指言高使君也。（非。【趙次公曰】。）

王十七侍御掄許攜酒至草堂奉寄此詩便請邀高三十五使君同到。夢弼曰：霜威，言王侍御。山簡，又以比高使君也。（是。）

王竟攜酒高亦同過共用寒字。夢弼曰：鮭，户佳切，又居諧切。集韻：吴人魚菜總稱。南史：庾杲之清貧自業，食惟有韭葅、瀹韭、生韭雜菜。任昉嘗戲之曰：「誰謂庾郎貧，食鮭常有二十七種。」（非。【趙次公曰】。）

陪李七司馬早江上觀造竹橋即日成往來之人免冬寒入水聊題短作簡李公。夢弼曰：橋前二柱曰華表，故以白鶴爲言也。（非。【趙次公曰】。）青龍以喻橋影。然朝野僉載：河北道趙州有石橋甚工，則天時默啜破趙州，至石橋，馬跪地不進，但見青龍臥橋上，奮迅而怒，乃遁去。（是。）

奉待嚴大夫。夢弼曰：公聞嚴武至，欲辭蜀之巴峽，下楚之荆門以迓之也。（非。【師古曰】。）

梔子。夢弼曰：名山志：樓石山多梔子。（非。【魯曰】。）其色可以染帛，其性極冷，其實經霜則紅。此物最有用也。（是。）

畏人。夢弼曰：按公自乾元二年冬來成都，至寶應元年春，是歷三年矣。（非。【趙次公曰】。）

廣州段功曹到得楊五長史譚書功曹却歸聊寄此詩。夢弼曰：衛青以比廣之府帥，楊僕以比楊長史也。（非。【趙次公曰】。）

廣州段功曹到得楊五長史譚書功曹却歸聊寄此詩。夢弼曰：使將旋，指段功曹也。（是。）

送段功曹歸廣州。夢弼曰：交趾郡及韶州具屬廣南道。（是。）丹砂、白葛，其地所出也。（非。【趙次公曰】。）估，一作旅。（是。）

從韋二明府續處覓綿竹三數叢。夢弼曰：按唐志：漢州有綿竹縣，縣有紫巖山。綿竹蓋産於此山也。（是。）

嚴中丞枉駕見過。夢弼曰：皂帽，一作白帽，流傳之誤也。（是。）按魏志：管寧字幼安，征命不就，居海上，常著皂帽布裙。（非。【王洙曰】。）又按杜佑通典：魏管寧在家常著皂帽。（非。【趙次公曰】。）

奉酬嚴公寄題野亭之作。夢弼曰：成都號錦里、錦江、錦水、錦城、錦官城，故公詩用之不一也。按華陽國志：錦江，織錦濯其中，色鮮明，濯他江不如，故得名。（按，杜工部草堂詩箋無此注文。）

嚴武寄題杜二錦江野亭。夢弼曰：孔毅夫續世説：嚴武爲成都尹，與子美世舊，待遇甚隆。子美於浣花里種竹植木，結廬枕江，縱酒吟詠，與田畯野老相狎蕩。武過之，有時不冠。（非。【杜田補遺】。）故武此詩譏子美自倚能文而不冠，又繼言幽時静處，欲其謙晦也。故子美和詩云「阮籍焉知禮法疏」以解嘲也。（是。）

嚴武寄題杜二錦江野亭。夢弼曰：世説：郝隆七月七日出日中仰卧，人問其故，曰：「我曬腹中書也。」晉葛洪好神仙導養之法，自號抱朴子，著肘後要急方四卷。（非。【王洙曰】。）水經：魚復縣有羊腸虎臂灘。楊亮爲益州，經此而舟覆，至今名爲使君灘也。（非。【趙次公曰】。）

遭田父泥飲美嚴中丞。夢弼曰：集韻：屧音燮，屣也。履中薦也。（非。【杜田補遺】。）

遭田父泥飲美嚴中丞。夢弼曰：放營農，謂放歸農耕使之營生也。救衰朽，謂子弟得奉養其長上之衰老者也。（是。）

遭田父泥飲美嚴中丞。夢弼曰：肘字如史記「魏威子肘韓康子於車上」。（非。【趙次公曰】。）

舟前小鵝兒。夢弼曰：漢州城西池，乃房琯罷相後歷漢州刺史日所鑿也。琯既死，名之曰房公湖。（非。【趙次公曰】。）此詩與後篇官池春雁共三首，公暫之漢州作也。（按，杜工部草堂詩箋無此注文。）

官池春雁二首其二。夢弼曰：本一作矰繳。矰音憎，短矢也。繳音灼，生絲縷也。（非。【王洙曰】。）言以絲繩繫矢而射之也。（非。【師古曰】。）

奉和嚴中丞西城晚眺十韻。夢弼曰：晉杜預開府荊州，贈征南將軍。公嘗譜預爲祖，而公與嚴武有世舊，故以預之事業言與武相近也。興緒者，謂興況緒意也。（是。）

短歌行贈王郎司直。夢弼曰：趿，先答切，進足也。（是。）

入奏行贈西山檢察使竇侍御。夢弼曰：時吐蕃分三道入寇，欲取成都爲東府。竇公以御史出檢校都州軍儲器械，得以便宜入奏。公作是詩以贈之。（非。【師古曰】。）

入奏行贈西山檢察使竇侍御。夢弼曰：按蜀都賦注：火井欲出其火，先以家火投之，須臾隆隆如雷聲，焰出爛然。以竹筒盛之，接其光而無灰也。（是。）

入奏行贈西山檢察使竇侍御。夢弼曰：按唐志：劍南節度西抗吐蕃，南撫蠻獠，都督松、維、恭、蓬、雅、黎、姚、悉八州。（是。）西山三城，謂姚、維、松也。皆當吐蕃之要衝。（非。【師古曰】。）

入奏行贈西山檢察使竇侍御。夢弼曰：漢夏侯勝曰：取青紫如俛拾地芥耳。江花未落還成都，一有重句。説者謂蜀人酤酒挈以竹筒，竹筒上有穿繩眼，其酤酒者曰滿眼酤，言其滿迫筒眼也。（是。）

大麥行。夢弼曰：童謡云：小麥青青大麥枯，誰當獲者婦與姑，丈夫何在西擊胡。（非。【九家集注杜詩依例爲「王洙曰」。又，杜陵詩史、分門集注、補注杜詩引作「師古曰」。】）每句中函問答之詞，公是詩句法蓋原於此。（是。）

嚴公廳宴同詠蜀道畫圖得空字。夢弼曰：劍閣，蜀劍門閣道也。（按，杜工部草堂詩箋無此注文。）星橋在成都。（是。）李冰守郡，植柏七，上應斗魁七星。（非。【王洙曰】。）松州在蜀。（按，杜工部草堂詩箋無此注文。）雪嶺冬夏積雪，即西山也。（非。【趙次公曰】。）

奉送嚴公入朝十韻。夢弼曰：是年四月代宗即位，召嚴武還朝。寶應元年秋，自成都往綿州，至梓州所作。（是。）

奉送嚴公入朝十韻。夢弼曰：周禮：縣治象之法於象魏。故闕或謂之象闕，或謂之魏闕。南史：何胤曰：闕者謂之象魏，象者法也，魏者當塗而高大貌也。（非。【杜田補遺】。）

奉送嚴公入朝十韻。夢弼曰：光武紀：令反側子自安。（非。【王洙曰】。）

奉送嚴公入朝十韻。夢弼曰：漢典職儀：以丹漆地，故稱丹墀。（是。）

送嚴侍郎到綿州同登杜使君江樓宴得心字。夢弼曰：是年秋，武赴召東上，公送之，別於巴西。（按，杜工部草堂詩箋無此注文。）

嚴武酬別杜二。夢弼曰：書：昔在帝堯，將遜帝位於虞舜，作堯典。（非。【王洙曰】。）蓋引此謂代宗踐阼也。（是。）十道志：長安故城形，南似南斗，北似北斗。（非。【王洙曰】。）

魏文帝至譙，兄弟渦水駐馬，書鞭以賦。敬亭在宣城，謝朓敬亭詩云：此山百里，合還雲齊。獨鶴朝唳，飢鼯夜啼。行雖紆組，得踐幽棲。（是。）

又觀打漁。夢弼曰：崔豹古今注：鯉之大者曰鱣。鱣之大者曰鮪。（是。）廣雅曰：鮪，仲春從河西上，得過龍門化爲龍，否則點額而還。張平子賦：王鮪岫居。蓋鮪居山岫間而能變化，故有「山根風雷」之句也。（非。【杜田補遺】。）

集千家注批點杜工部詩集卷九

姜楚公畫角鷹歌。夢弼曰：名畫記：姜皎善畫鷹鳥，玄宗在藩邸，皎爲尚衣奉御，有先識之明。玄宗即位，累官太常卿，封楚國公。（非。【師尹曰】。）

宗武生日。夢弼曰：抱朴子：項曼卿修道山中，自言至天上遊紫府，遇仙人以流霞一杯

飲之，輒不飢渴。（非。【王洙曰。又，杜陵詩史、分門集注、補注杜詩引作「薛夢符曰」。】）

光禄阪行。夢弼曰：光禄阪，在梓州銅山縣。（是。）

戲題寄上漢中王三首其一。夢弼曰：陶潛詩：且進杯中物。（非。【王洙曰】。）

九日奉寄嚴大夫。夢弼曰：公九日在梓州登臨，時嚴武還朝，尚在蜀棧道中也。（按，杜工部草堂詩箋無此注文。）

題玄武禪師屋壁。夢弼曰：按，梓州有玄武縣。（非。【王洙曰】。）

玩月呈漢中王。夢弼曰：以淮南王比漢中王也。淮南子：畫隨灰而月暈缺。注云：以蘆草灰隨牖下月光令圜畫，缺其一面，則月暈亦缺於上也。（非。【王洙曰】。）

相從行贈嚴二別駕。夢弼曰：時徐知道反，八月伏誅，而劍南大亂也。（非。【趙次公曰】。）

相從行贈嚴二別駕。夢弼曰：青螺粟，帽之紋也。（非。【趙次公曰】。）言舞劍時袖拂帽紋之塵也。紫衣，緋衣，指言當時執事者也。（是。）

述古三首其一。夢弼曰：列子：周穆王八駿，曰赤驥。陸機赴洛詩：頓轡倚嵩巖。李善注：頓猶舍也。戰國策：夫驥之服鹽車而上太行，漉汗灑地，白汗交流，中阪遷延，負轅而不能上。伯樂遭之，下車攀而哭之，解紵衣以冪之。驥於是俛而噴，仰而鳴者，何也？彼見伯樂之知己也。韓詩外傳：黄帝即位，鳳乃蔽日而至，止帝東園，集帝桐樹，食帝竹實。（是。）

詩：膏火自煎熬。（是。）

述古三首其二。夢弼曰：左傳：錐刀之末，將盡爭之。（非。【趙次公曰】。）阮籍詠懷

冬到金華山觀因得故拾遺陳公學堂遺跡。夢弼曰：按本傳：陳子昂，字伯玉，梓州射洪人。少讀書於金華山，尤善屬文。唐興，文章承徐、庾餘風，子昂始變雅正。初爲感遇詩二十八章，王適見之，曰：「是必爲海内文宗。」（非。【王洙曰】。）初舉進士，武后時擢麟臺正字，遷右拾遺。解官歸，縣令段簡貪暴，聞其富，欲害之，捕送獄中，憂憤死。（是。）大曆中，東川節度使季叔明爲立旌德碑於梓州，而學堂至今猶存。（非。【師尹曰】。）

冬到金華山觀因得故拾遺陳公學堂遺跡。夢弼曰：襄宇記：射洪縣南有縣巖山，遠望皎如白雪焉。下云玉女仙人，又皆指觀中之景也。（是。）

陳拾遺故宅。夢弼曰：趙彦昭以權幸進，後爲刑部侍郎，封耿國公。（按，杜工部草堂詩箋無此注文。）

謁文公上方。夢弼曰：釋書：舍衛國給孤長者側布黄金，買祇陀太子園，建精舍。（是。）

謁文公上方。夢弼曰：第一義，言其教無上也。（非。【王洙曰】。）梁武帝問達摩：「如何是聖諦第一義？」又，法筵龍象衆：當觀第一義。（是。）華嚴經有十回向。（非。【趙次公曰】。）

謁文公上方。夢弼曰：華嚴經：一切法本來無生。（是。）

過郭代公故宅。夢弼曰：郭震字元振，以字顯。舉進士，授通泉尉。任俠使氣，撥去小節。嘗盜鑄及掠賣部中口以餉遺賓客，百姓厭苦。武后召欲詰，既與語，奇之，索其文章，上寶劍篇，后覽嘉歎，遂得擢用。景雲二年進同中書門下三品。（是。）玄宗誅太平公主，睿宗御承天門，諸宰相走伏外省，獨元振總兵扈從。事定，宿中書省一十四日。以功封代國公。（非。【王洙曰】。）

觀薛稷少保書畫壁。夢弼曰：按稷有秋日還京陝西十里作云：驅車越陝郊，北顧臨大河。此行見鄉邑，秋風水增波。西望咸陽途，日暮憂思多。傅巖既紆鬱，首山亦嵯峨。操築無昔老，采薇有遺歌。客遊節向換，人生知幾何。又按，梓州通泉縣有慈覺寺，其額乃稷所書。（是。）

觀薛稷少保書畫壁。夢弼曰：按郭元振傳：元振與薛稷、趙彦昭同爲太學生。豈郭與薛舊爲同舍，後嘗會於通泉耶？（是。）

通泉縣署屋壁後薛少保畫鶴。夢弼曰：圖畫聞見志：今世所謂薛稷八鶴，後人多效之。然子美詩云薛公十一鶴，不知三鶴何在也？（是。）

陪王侍御同登東山最高頂宴姚通泉晚攜酒泛江。夢弼曰：此以美姚之爲通泉縣也。（是。）

陪王侍御同登東山最高頂宴姚通泉晚攜酒泛江。夢弼曰：此以美王侍御也。（是。）

建都十二韻。夢弼曰：公爲拾遺時上疏言房琯不宜廢，肅宗怒，宰相張鎬救之。（非。【趙次公曰】。）故有牽裾、漏網之句。（按，杜工部草堂詩箋無此注文。）

建都十二韻。夢弼曰：關中三輔，謂左扶風、右馮翊與京兆也。（是。）長安日，蓋用晉明帝幼時，元帝問日與長安遠近。（非。【趙次公曰】。）北原，言太原河北之地也。（是。）

聞官軍收河南河北。夢弼曰：按唐史：廣德元年正月甲申，史朝義自殺，其將李懷仙以幽州降，田承嗣以魏州降。（是。）

花底。夢弼曰：晉潘岳字安仁，爲河陽令。植桃李花，人號曰河陽滿縣花。衛玠字叔寶，風神秀異。總角乘羊車入市，見者以爲玉人。（非。【九家集注杜詩依例爲「王洙曰」。杜陵詩史、補注杜詩引作「蘇曰」。】）

柳邊。夢弼曰：灞上遠愁人，公懷長安也。（是。）

題鄭原郭三十二明府茅屋壁。夢弼曰：博物志：太公爲灌壇令。武王夢婦人當道夜哭，問之，曰：「吾是東海神女，嫁於西海神童。我行必有大風病雨。今爲灌壇令當道，廢我行。」武王覺，召太公問之，果有疾風大雨從太公邑外過。晉陶潛爲彭澤令，在縣公田悉令種秫稻。（非。【師尹曰】。）

奉送崔都水翁下峽。夢弼曰：宋玉高唐賦：昔者先王嘗遊高唐，夢見一婦人，曰：「妾巫山之女也，旦爲朝雲，暮爲行雨。」旦朝視之如言，故爲立廟，號爲朝雲。（按，宋本杜工部草堂詩箋無此注文，元本、古逸叢書本有之。）

陪李梓州王閬州蘇遂州李果州四使君登惠義寺。夢弼曰：按地理志：惠義寺、長平山，在梓州郪縣北。（是。）

上牛頭寺。夢弼曰：寰宇記：牛頭山在梓州郪縣南，四面孤絶，俯臨州郭，上有長樂寺樓閣，煙花爲上方之勝概。（非。【九家集注杜詩引作「師尹曰」，補注杜詩引作「黄希曰」。】）

望牛頭寺。夢弼曰：金剛經：應無所住，而生其心。又衆香偈：轉不住心，退無因果。（是。）

上兜率寺。夢弼曰：按圖經：兜率寺在梓州郪縣南。（是。）

上兜率寺。夢弼曰：何顒疑是周顒。蓋何顒後漢黨錮之輩，周顒嘗奉佛食菜。考之南史：周顒字彦倫，音辭辯麗，長於佛理。然公集中岳麓道林二寺行又有「何顒免興孤」之句，豈亦誤耶？（是。）

數陪李梓州泛江有女樂在諸舫戲爲豔曲二首其一。夢弼曰：梁簡文詠内人詩：風吹玉袖香。（是。）鮑照詩：朔風吹朔雪，千里度龍山。茲辰自爲美，當避豔陽年。（非。【趙次公曰】。）

送韋郎司直歸成都。夢弼曰：吴越春秋：子胥曰：子不聞河上歌乎？同病相憐，同愛相救。（非。【王洙曰】。）

又呈竇使君二首。夢弼曰：晉謝安與孫綽泛海，風轉急，即回。（是。）列子黄帝篇：海上人有好鷗鳥者，每旦之海上從鷗鳥遊。其父曰：「汝取來吾觀之。」明日之海上，鷗鳥舞而不下。（非。【黄曰】。）剡溪在會稽之南。禹貢：淮海惟揚州。（是。）

行次鹽亭縣題四韻奉簡嚴遂州蓬州兩使君咨議諸昆玉。夢弼曰：地理志：鹽亭縣，梓州左。（是。）

倚杖。夢弼曰：浪，一作日。（是。）謂可狎之鷗游泳乎白日之中，不知尤景之可重也。（非。【趙次公曰】。）列子黄帝篇：海上之人有好鷗鳥者，每旦之海上從鷗鳥遊。（是。）雁，一作鳥。（非。【王洙曰】。）

得房公池鵝。夢弼曰：公以自興也。荀勗罷中書令爲尚書，人賀之，曰：「奪我鳳凰池也。」王羲之爲右將軍，性愛鵝。山陰有道士好養鵝，羲之爲寫道德經，籠鵝而歸，甚以爲樂。（非。【趙次公曰】。）

答楊梓州。夢弼曰：楊梓州之先人昔嘗守梓州，鑿池一百頃，引水爲農田之利，在青溪之西，號楊公池。今乃子又守此州，故有載阿戎之句。（非。【師古曰】。）晉阮籍謂王渾曰：「與卿語，不若與阿戎談。」阿戎，謂渾之子王戎。（非。【趙次公曰】。）

陪章留後惠義寺餞嘉州崔都督赴州。夢弼曰：恒，胡登切，常也，久也。（是。）

隨章留後新亭會送諸君。夢弼曰：晉羊祜卒，襄陽百姓於峴山祜平生遊憩之所建碑立廟，望其碑者莫不流涕，杜預因名爲墮淚碑。（非。【王洙曰】。）詩東山：零雨其濛。（是。）

章梓州水亭。夢弼曰：唐奕家小堂圖有肅明觀道士席謙弈棋第一品。又按公集有存没口號云「席謙不見近彈棋」是也。（是。）

戲作寄上漢中王二首其一。夢弼曰：雁喻兄弟也。漢中王兄乃汝陽王璡，時已卒，故公有是句。（是。）

椶拂子。夢弼曰：白羽，扇也。（按，杜工部草堂詩箋無此注文。）張九齡嘗進白羽扇賦以見志，云：肅肅鳥羽，穆如清風。縱秋氣之移奪，終感恩於篋中。時李林甫代其爲相也。（非。【師古曰】。）

椶拂子。夢弼曰：朱絲繩乃中琴瑟之用也。（非。【師古曰】。）鮑照詩：直如朱絲繩。（非。【王洙曰。】）咂，作答切，字當作噆，齧也。（是。）莊子：蚊虻噆膚，則通夕不寐矣。（非。【王洙曰】。）

送元二適江左。夢弼曰：東晉江左以丹陽爲重。温嶠嘗爲丹陽尹。漢公孫述僭僞，以魚復縣爲白帝城。（是。）

集千家注批點杜工部詩集卷十

南池。夢弼曰：十道志：閬圃有南池。（是。）

南池。夢弼曰：昔項羽封高祖於漢中。漢中與閬皆屬利州路，故此地之南有漢王祠在

焉。四時巫祝奔走以祭之，乃其俗也。靈衣，謂神衣。（是）

贈裴南部聞袁判官自來欲有按問。夢弼曰：後漢范丹字史雲，嘗爲萊蕪長。窮居自若，閭里歌之曰：甑中生塵范史雲，釜中生魚范萊蕪。呂氏春秋：宓子賤爲單父宰，彈琴，身不下堂而治。（非。【王洙曰。又，杜陵詩史、補注杜詩引作「蘇曰」。】）漢鄒陽之梁從孝王遊，羊勝等讒毀之，下陽吏。陽從獄中上書，書奏，孝王出之，卒爲上客。（非。【師尹曰】。）史記：秦始皇有方鏡，照見人心膽。（按，宋本杜工部草堂詩箋無此注文，見於元本、古逸叢書本。）

警急。夢弼曰：按史：是年吐蕃寇隴右，適出兵南鄙以牽制之。既無功，遂亡松、維、保三州及雲山城。（非。【王洙曰】。）公是詩作於松、維未陷之前。（非。【趙次公曰】。）漢書：邊防備警急。（是。）

警急。夢弼曰：高適嘗爲揚州都督長史、淮南節度，故言舊楚將也。（非。【趙次公曰】。）玉壘，山名。（是。）在蜀州青城縣。（按，杜工部草堂詩箋無此注文。）

遺憂。夢弼曰：南史侯景傳：先是，童謡云：青絲白馬壽陽來。至渦陽之敗，景乘白馬，青絲爲轡，以應讖。（是。）後漢靈帝時鉅鹿人張角自稱天公，其部師有三十六萬人，皆著黄巾，同日反叛。（非。【王洙曰】。）

巴山。夢弼曰：三輔黄圖：望仙臺，漢武帝所建，在華州華陰縣。（是。）

送李卿曄。夢弼曰：昔王子晉學仙，隱於緱山，是曰晉山。（是。）又地理志：閬州有晉安縣，本晉城。（非。【趙次公曰】。）時公與李煜俱在閬故也。（按，杜工部草堂詩箋無此注文。）
莊子：身在江湖之上，心遊魏闕之下。（非。【趙次公曰】。）魏闕者，謂雉門之外，兩觀闕高巍巍然，故云魏闕。（按，杜工部草堂詩箋無此注文。）

桃竹杖引贈章留後。夢弼曰：使君，指章彝也。彝時爲梓州刺史。（是。）

冬狩行。夢弼曰：時章彝大閱東川，公以此詩諷其多殺，仍勉其滅凶徒以安王室也。（是。）

冬狩行。夢弼曰：校獵，謂獵有所獲，校其多寡以賞功也。漢書音義又云：校獵者，以木相貫爲闌校，遮止禽獸而獵取之也。（是。）

冬狩行。夢弼曰：公詩意蓋深譏章彝以諸侯而合圍，不合古制。步驟同，謂兵卒練習也。（是。）

冬狩行。夢弼曰：老翁，公自謂也。（是。又，黄鶴注亦然。）

山寺。夢弼曰：酉陽雜俎云：多羅，西域樹名，如椶櫚樹也。（是。）法華經：譬如有人，年幼，舍父逃逝，困窮。父求不得。窮子傭賃，遇到父所，受雇糞除污穢不浄，其父乃宣言：「爾是我子，今我所有一切財物皆是子有。」窮子聞言，即大歡喜。（非。【杜田補遺】。）枚乘傳：福生有基，禍生有胎。（是。）

將適吳楚留别章使君留後兼幕府諸公得柳字韻。夢弼曰：青草湖在巴陵。三峽，謂巫峽、黄牛峽、明月峽。（是。）

贈別賀蘭銛。夢弼曰：世説：陸機云：「千里蓴羹，但未下鹽豉耳。」（非。【趙次公曰】。）千里，吴石塘湖名也。（是。）

有感五首其四。夢弼曰：光武紀：丁恭議曰：古者封建諸侯，不過百里。强幹弱枝，所以爲治也。又章帝性寬仁，而親親之恩篤，故叔父濟南、中山二王及諸昆弟並留京師，不遣就國。宋意上疏諫曰：「春秋之義，諸父昆弟無所不臣，所以尊尊卑卑，强幹弱枝者也。」（是。）

泛江。夢弼曰：末句公思長安之景物也。（是。）

傷春五首其一。夢弼曰：去年吐蕃陷京師，代宗如陝州。（非。【趙次公曰】。）蒙塵清露，謂天子蒙風塵出行，涉露而行，以急故也。（是。）

傷春五首其一。夢弼曰：蔡邕曰：御者，進也。夫衣服加於身，飲食入於口，妃妾接於寢者，皆曰御。（是。）

傷春五首其三。夢弼曰：鈎陳出帝畿，言乘輿出幸也。（非。【趙次公曰】。）

滕王亭子。夢弼曰：滕王元嬰，高祖之子也。（是。）調露年間任閬州刺史。（非。【王彦輔曰】。又，九家集注杜詩作「公自注」。】）在閬州有亭，洪州有閣，又有碧落碑。（是。）

憶昔二首其二。夢弼曰：前漢志：齊俗作冰紈。綺繡純麗之物。（非。【薛夢符曰】。）韓非子：魯人善織屨，妻善織縞。（是。）後漢志：桓帝初，京師童謡曰：車班班，入河間。（非。

【王洙曰】。）

逃難。夢弼曰：暖讀去聲。故國，指長安也。（是。）

別房太尉墓。夢弼曰：房琯字次律，玄宗幸蜀，拜爲相。因陳濤斜之敗，出守邠州。歷晉、漢二州。去年召拜刑部尚書，道病，卒於閬州僧舍。（非。【王彦輔曰】。）

將赴成都草堂途中有作先寄嚴鄭公五首其三。夢弼曰：按稗官小説：南海有蟲，無骨，名曰泥。在水中則活，失水則醉如一塊泥然。（是。）

將赴成都草堂途中有作先寄嚴鄭公五首其四。夢弼曰：公於草堂嘗手植四松。（非。【趙次公曰】。）按集有四松詩云「霜骨不甚長」。斬竹，則集有詩云「今晨去千竿」，又云「步堞萬竹疏」是也。黄閣老，指嚴武。國史補：兩省相呼爲閣老。（是。）武至德間爲給事中，時公爲左拾遺，並聯兩省也。（按，杜工部草堂詩箋無此注文。）

將赴成都草堂途中有作先寄嚴鄭公五首其五。夢弼曰：離騷：制芰荷以爲衣兮，集芙蓉以爲裳。（是。）

集千家注批點杜工部詩集卷十一

草堂。夢弼曰：戰國策：趙報魏，滅智伯，禍起肘腋。（是。）

絶句六首其一。夢弼曰：翡，赤羽雀。翠，青羽雀。上林賦注：鵾雞，黄白色，長頸赤喙。（是。）

登樓。夢弼曰：西山寇盜，謂吐蕃也。（非。【趙次公曰】。）

贈王二十四侍御契四十韻。夢弼曰：柳瘿，謂樽也。（非。【鄭卬曰】。）曹植詩：我有柳瘿瓢。藤輪，謂車也。謝鮑詩：花蔓引藤輪。（是。）

贈王二十四侍御契四十韻。夢弼曰：淮南子：猰貐爲害，帝使羿殺之，萬民皆喜。（是。）

別唐十五誡因寄禮部賈侍郎。夢弼曰：虞羅，謂虞人之羅，設以捕獸也。（是。）

別唐十五誡因寄禮部賈侍郎。夢弼曰：昔賈逵爲禮部侍郎，常乘白馬，故於賈至亦云。金盤陀未詳，或曰山名，屬東都。念子善師事，勉唐生事賈至也。（是。）

韋諷録事宅觀曹將軍畫馬圖引。夢弼曰：明皇有馬名照夜白，嘗命曹將軍畫以爲圖。（是。）

韋諷録事宅觀曹將軍畫馬圖引。夢弼曰：唐制：内宫婕妤才人各九人。此言天子遣婕妤傳詔令才人取瑪瑙盤賜將軍，將軍拜舞而歸。（是。）輕紈細綺，言從者也。（按，杜工部草堂詩箋無此注文。）

韋諷録事宅觀曹將軍畫馬圖引。夢弼曰：穆天子西征而歸，未幾上升，此以比明皇今已升遐，無復幸驪山矣。（是。）

丹青引贈曹將軍霸。夢弼曰：霸乃操之後，其門地最清。玄宗末年得罪，削籍爲庶人。（是。）

丹青引贈曹將軍霸。夢弼曰：晉衛夫人名鑠，善書。（非。【王洙曰】。）嘗云有一弟子號王逸少，用筆咄咄逼人也。（非。【趙次公曰】。）

丹青引贈曹將軍霸。夢弼曰：謂觀褒公、鄂公之像，若有當日酣戰氣象也。貌，莫角切，下同。（是。）

丹青引贈曹將軍霸。夢弼曰：陸機文賦：意司契而爲匠。古樂府：不知理何事，淺立經營中。（非。【趙次公曰】。）

丹青引贈曹將軍霸。夢弼曰：圉人掌養馬，太僕掌車駕。（是。）

丹青引贈曹將軍霸。夢弼曰：韓幹，大梁人，善寫貌人物，尤工鞍馬。初師曹霸，王右丞維見其畫，推奬之。官至寺丞。（非。【蘇曰】。）楚詞：志坎壈而不違。注：不遇貌。壈，盧感切。（是。）

寄李十四員外布十二韻。夢弼曰：司議，太子府官也。（非。【趙次公曰】。）以李方新除司議郎，故用博望苑事。（按，杜工部草堂詩箋無此注文。）

揚旗。夢弼曰：按元稹誌公墓云：劍南節度使嚴武狀爲工部員外郎，參謀軍事。（是。）又按，嚴武是年九月與吐蕃戰於當狗城，敗之。故公初在幕中，因觀揚旗而作此詩。（按，杜工部草堂詩箋無此注文。）

奉和嚴鄭公軍城早秋。夢弼曰：按編年通載：是年九月嚴武破吐蕃於當狗城，遂收鹽川城。（是。）

院中晚晴懷西郭茅舍。夢弼曰：晉山濤吏非吏，隱非隱。（是。）

遣悶奉呈嚴公二十韻。夢弼曰：物色，謂形容之老。（是。）公有望於嚴武，俾得遂倚梧之適也。（非。【師古曰】。）

奉觀嚴鄭公廳事岷山沱江畫圖十韻得忘字。夢弼曰：禹貢：岷山導江，東別爲沱。（是。）寰宇記：沱水在成都府新繁縣。（非。【鄭卬曰】。）

太子張舍人遺織成褥段。夢弼曰：廣雅：天竺出細織成。（是。）

至後。夢弼曰：金谷園、銅駝陌，豈非洛陽故鄉行樂之勝境乎？劉禹錫楊柳詞云「金谷園中鶯亂飛，銅駝陌上好風吹」是也。（是。）

觀李固請司馬弟山水圖三首其一。夢弼曰：淮南子：匡床弱席，非不寧。許慎注：匡，安也。（是。）

觀李固請司馬弟山水圖三首其二。夢弼曰：孫綽天台賦：涉海則有方丈、蓬萊，登陸則有四明、天台。皆古聖之所由化，神仙之所窟宅。（是）

觀李固請司馬弟山水圖三首其三。夢弼曰：王子年拾遺記：堯時有巨查浮於西海，查上有光若星月。查浮四海，十二年一周天，名曰貫月查，又曰掛星查。羽仙棲息其上。（是。）

集千家注批點杜工部詩集卷十二

春日江村五首其二。夢弼曰：莊子：衣敝履穿，貧也，非憊也。（是。）

狂歌行贈四兄。夢弼曰：鞴，皮視切。説文：車絥也。（是。）

撥悶。夢弼曰：雲安縣屬夔州，今爲雲安軍。（是。）

撥悶。夢弼曰：峽中以篙師爲長年，柂工爲三老。（是。）今俗謂之翁。（非。【師古曰】。）

聞高常侍亡。夢弼曰：按唐志：門下省左散騎常侍二人，掌規諷過失，侍從顧問。（按，杜工部草堂詩箋無此注文。）又按漢宮闕記：金華殿在未央宮白虎觀右，秘府圖書皆在焉。故王思遠遜侍中表云：奏事金華之上，進議玉臺之下。後世以門下名金華省，蓋出此也。（是。）

聞高常侍亡。夢弼曰：按唐新書：高適負氣敢言，權貴側目。（非。【趙次公曰】。）公故有丹檻折之句。（按，杜工部草堂詩箋無此注文。）

八月十五夜月二首其二。夢弼曰：白帝城，夔州也。漢公孫述僭僞，號白帝城。（按，杜工部草堂詩箋無此注文。）

雲安九日鄭十八攜酒陪諸公宴。夢弼曰：袷，古合切。説文：無絮衣也。（是。）秋興賦：御袷衣。（非。【王洙曰】。）

石硯。夢弼曰：郭璞江賦：巴東之峽，夏后疏鑿。（非。【趙次公曰】。）今疑此石乃禹所鑿之餘也。（是。）

石硯。夢弼曰：起草，謂知制誥也。漢官儀：尚書郎主作文章起草。（是。）

石硯。夢弼曰：末句謂此硯致之於明光殿中丹青之地，得天子之顧眄，恩遇非常也。（是。）

三韻三篇其三。夢弼曰：多門謂所交不一。（是。）左傳：晉政多門。（非。【王洙曰】。）

諸將五首其一。夢弼曰：詩首句言漢朝陵墓，則是用茂陵玉盌事。（非。【杜田補遺】。）以避玉魚字，改作金盌。（是。）或引盧充幽婚事，蓋但見其有金盌字耳。（非。【杜田補遺】。）

諸將五首其一。夢弼曰：或云閑字作殷，謂子美父名閑，不應用閑字。（是。）然按集又有「翩翩戲蝶閑過幔」之句，豈非臨文不諱乎？（非。【趙次公曰】。）

鄭典設自施州歸。夢弼曰：滎陽，鄭氏之郡。（是。）

鄭典設自施州歸。夢弼曰：晉索靖論草書狀婉若銀鈎。（非。【趙次公曰】。）又書苑：歐陽詢工行書，森然如武庫矛戟。（非。【杜田補遺】。）

寄裴施州。夢弼曰：四嶽，羲仲、羲叔、和仲、和叔。堯掌四嶽之官也。（是。）

荆南兵馬使太常卿趙公大食刀歌。夢弼曰：大食，國名。（是。）

荆南兵馬使太常卿趙公大食刀歌。夢弼曰：十道志：三峽口地曰峽州。上牢、下牢，楚蜀分畛。（是。）

荆南兵馬使太常卿趙公大食刀歌。夢弼曰：王粲登樓賦：取荆山之高岑。後漢隗囂將王元説囂曰：「元請以一丸泥爲大王東封函谷關。」（是。）

荆南兵馬使太常卿趙公大食刀歌。夢弼曰：潘岳射雉賦：捩懸刀，騁絶伎，如輊如軒，不高不埤。埤與庳字通用。（是。）

王兵馬使二角鷹。夢弼曰：臨海異物志：杉雞黄冠青綏，常在杉樹下。竹兔小如野兔，食竹葉。（非。【師尹曰】。）孩虎，一作溪虎。（是。）

王兵馬使二角鷹。夢弼曰：昆侖、虞泉皆在西。（非。【師古曰】。）泉本作淵，公避唐諱也。（是。）

將曉二首其一。夢弼曰：地志：夔州，古巴石城。（是。）

十二月一日三首其一。夢弼曰：子美素有消渴疾。（是。）

十二月一日三首其二。夢弼曰：漢司馬相如傳：相如口吃而善著書，有消渴疾。既病免，家居茂陵。子美有渴疾，故以自比也。（非。【趙次公曰】。）

送王侍御往東川放生池祖席。夢弼曰：東川，梓州路也。（是。）

集千家注批點杜工部詩集卷十三

雨。夢弼曰：兼催宋玉悲，謂雨過當凄然如秋也。（按，杜工部草堂詩箋無此注文。）

往在。夢弼曰：東都賦：天官景從。（非。【薛夢符曰】。）

往在。夢弼曰：俎豆腐膻肉，謂汙漫祭器。（非。【趙次公曰】。）罘罳行角弓，謂操弓矢狼藉宫廟也。（是。）

往在。夢弼曰：漢食貨志：安民之道，土著爲本。（是。）

客居。夢弼曰：蜀出麻布，吴中出鹽，兩相貿易，以兵亂水陸不通，故蜀布不來而吴鹽擁塞也。（是。）

贈鄭十八賁。夢弼曰：屈原、宋玉，言其有文章者也。顔淵、閔子騫，言其有德行者也。

江逌賦：駐修軫乎平原。（是。）

别蔡十四著作。夢弼曰：皇帝，謂肅宗。（是。）

答鄭十七郎一絶。夢弼曰：晉陸機爲大陸，陸雲爲小陸。二陸皆以文章名世。公以小陸美其弟鄭十八之能文也。漢鄭莊字當時，爲太子舍人，常置驛馬長安諸郊請謝賓客。此又以美鄭之喜客也。（是。）

八哀詩贈司空王公思禮。夢弼曰：史記：毛遂曰：「使遂早得處囊中，乃穎脱而出也。」（非。【趙次公曰】。）

八哀詩贈司空王公思禮。夢弼曰：馬鞍懸將首，暗用後漢彭寵傳事。（是。）又蔣琰詩：馬鞍懸虜頭。（非。【趙次公曰】。）

八哀詩贈司空王公思禮。夢弼曰：漢書：冒頓作鳴鏑。注：髐箭也。（非。【薛夢符曰】。）

八哀詩故司徒李公光弼。夢弼曰：青蠅喻魚朝恩、程元振之譖光弼也。光弼畏罪，有詔入朝，遷延不行，素節凋零，故云風雨秋一葉也。（是。）

八哀詩贈左僕射鄭國公嚴公武。夢弼曰：按本傳：嚴武，華州華陰人，挺之之子。幼豪爽，讀書不甚究其義。以蔭調官，累遷殿中侍御史。從玄宗入蜀。至德初，赴肅宗行在，房琯薦爲給事中。（非。【王洙曰】。）收長安，拜京兆少尹。（非。【杜田補遺】。）坐琯事貶巴州刺史。久之，遷東川節度使。上皇合劍南爲一道，擢武成都尹、劍南節度使。還，拜京兆尹。（非。【趙次公曰】。）爲二聖山陵橋道使，封鄭國公，遷黄門侍郎。復節度劍南，破吐蕃於當狗城，遂收鹽川，加檢校吏部尚書。永泰元年薨，年四十，贈尚書左僕射。（是。）

八哀詩贈左僕射鄭國公嚴公武。夢弼曰：劍閣，蜀也。（按，杜工部草堂詩箋無此注文。）

八哀詩贈左僕射鄭國公嚴公武。夢弼曰：笳鼓凝皇情，言肅宗思上皇也。（是。）蕭關即靈武也。（是。）謂嚴武從玄宗在蜀，受册命，謁肅宗於靈武。（非。【趙次公曰】。）

八哀詩贈左僕射鄭國公嚴公武。夢弼曰：自「京兆空柳色」至「文翁儒化成」，以比武爲京兆尹及鎮蜀兼御史中丞、御史大夫時也。（非。【趙次公曰】。）武嘗辟公爲參謀，故又以「記室得何遜，韜鈐延子荆」爲比。（非。【王洙曰】。）

八哀詩贈太子太師汝陽郡王璡。夢弼曰：翠麟，馬名也。（非。【趙次公曰】。）

八哀詩贈太子太師汝陽郡王璡。夢弼曰：仙傳拾遺：木公與一玉女投壺，設有不入者，天爲之呻噓。注：呻噓，開口而笑也。（按，杜工部草堂詩箋無此注文。）

八哀詩贈太子太師汝陽郡王璡。夢弼曰：道大容無能，公自叙謙辭也。（是。）

八哀詩贈秘書監江夏李公邕。夢弼曰：後漢蔡邕傳：靈帝嘗詔邕下洛陽獄，劾以讎怨，遂死獄中。今邕杖死北海郡，故以蔡邕洛陽獄爲比。（非。【趙次公曰】。）小臣指吉温，事見題下。斃或作蔽，非，以篇末復押蔽字。左傳：與小臣，小臣斃。（是。）

八哀詩故秘書少監武功蘇公源明。夢弼曰：肅宗復西京，辨其逆順，諸僞署官者皆伏誅，故有「范曄顧其兒，李斯憶黃犬」之句。獨源明以臨難不變其節，得知制誥，故有茂松之況也。（是。）

八哀詩故著作郎貶台州司户滎陽鄭公虔。夢弼曰：滄洲，謂虔所畫之圖也。張協詩：寡鶴空悲鳴。（是。）

八哀詩故著作郎貶台州司户滎陽鄭公虔。夢弼曰：不見杏壇丈，憶虔爲廣文館博士時也。（是。按，杜工部草堂詩箋作「謂虔貶爲台州掾，不見乎廣文館之丈席也。」）

八哀詩故右僕射相國張公九齡。夢弼曰：按本傳：九齡數乞歸養，詔不許，遷中書侍郎。以母喪解，毁不勝哀。（非。【趙次公曰】。）未幾，奪哀，入爲相，故云痛迫蘇耽井。（按，杜工部草堂詩箋無此注文。）紫綬，太守繫印之綬。（是。）謂九齡左遷荆州長史也。（非。【趙次公曰】。）

八哀詩故右僕射相國張公九齡。夢弼曰：按曲江文集，九齡嘗爲徐孺子作墓碣，其銘曰：「靈芝無根，醴泉無源。」當時傳誦。今再讀其碑而欲整棹以吊之，其寄意深矣。（非。【趙次公曰】。）

集千家注批點杜工部詩集卷十四

贈崔十三評事公輔。夢弼曰：陰沉鐵鳳闕，謂宮苑深邃也。西京賦注：圓闕上作鐵鳳，令張兩翼，舉頭敷尾。（是。）

贈崔十三評事公輔。夢弼曰：國語：叔向曰：「引黨以封己。」注：封，厚也。（非。【趙次公曰】。）

曉望白帝城鹽山。夢弼曰：荆州記：魚復有白鹽崖，土人見高大而白，因以名之。（是。）

古柏行。夢弼曰：憶昨路繞錦亭東，此乃追言成都先主廟之柏。按成都先主廟西院即武侯祠，有武侯手植古柏。公有蜀相詩云「丞相祠堂何處尋，錦官城外柏森森」是也。（是。）

除草。夢弼曰：薟音潛，又除炎切，山韭也。（是。）

園人送瓜。夢弼曰：時柏公鎮夔，遣送官園中瓜也。（非。【師古曰】。）

信行遠修水筒。夢弼曰：昔蘇耽開井種橘以濟人，井無水，投符井中，遂有水。（是。）

催宗文樹雞柵。夢弼曰：明明領處分，一一當剖析。謂宗文宜領吾處分，明剖析，以成其事。此告之之辭也。（是。）

貽華陽柳少府。夢弼曰：藺相如傳：趙王與秦王會，相如曰：「切聞秦王善爲秦聲，請奉盆缶。」（是。）

憶鄭南玭。夢弼曰：寺名伏毒，在華州鄭縣。劉禹錫別集云：舅氏牧華州，前後由華覲謁路，經伏毒寺，曾題詩於梁，即此是也。（是。）

雷。夢弼曰：暍，於歇切，傷暑也。（是。）

火。夢弼曰：要，平聲。薄關，謂近及郊關也。長吏，謂守令也。（是。）

毒熱簡寄崔評事十六弟。夢弼曰：載聞大易義，諷詠詩家流。美崔公之通於易，復長於詩也。（是。）

灩澦堆。夢弼曰：寰宇記：夔州灩澦堆在州之西，蜀江中心瞿唐峽口。冬水淺，出二十餘丈。夏水漲，半没。（是。）

秋日夔府詠懷奉寄鄭監李賓客一百韻。夢弼曰：東郡，謂鄭在江陵。南湖，謂李在夷陵。（是。）

秋日夔府詠懷奉寄鄭監李賓客一百韻。夢弼曰：海陵卞圜謂，今世圖畫所傳嚴君平挾箸策，攜笻竹杖，亦掛百錢於杖頭。故岑參詠君平卜肆詩云：「至今杖頭錢，地上時時有。」（是。）

秋日夔府詠懷奉寄鄭監李賓客一百韻。夢弼曰：按，廣德元年，遣李之芳等使吐蕃，爲虜所留，二年乃得歸。故以張騫乘查事比之，不是阮籍哭途窮者也。又按後有哭之芳詩云「奉使失張騫」，亦此意。（是。）

秋日夔府詠懷奉寄鄭監李賓客一百韻。夢弼曰：公自謂它日離夔過峽，别巫山神女廟，必在暮春聞杜鵑時也。（非。【趙次公曰】。）

君不見簡蘇徯。夢弼曰：庾信擬連珠：龍門死樹，尚抱咸池之曲。（非。【趙次公曰】。）

贈蘇四徯。夢弼曰：斯人，指徯也。來於巴蜀，故云東。（非。【趙次公曰】。）用馬融謂門人曰「鄭生今去，吾道東矣」。（非。【王洙曰】。）一請再請，戒之之辭也。（是。）

别蘇徯赴湖南幕。夢弼曰：蘇徯往赴湖南幕，故指其地南嶽而言也。（非。【趙次公曰】。）

集千家注批點杜工部詩集卷十五

壯遊。夢弼曰：此篇叙壯年經遊之跡。按唐書：公少貧，不自振，客遊吴越，還，以進士舉不中第，遂遊齊趙間凡八九年，復歸京師。（非。【師古曰】。）

壯遊。夢弼曰：鏡湖、剡溪，俱在會稽。（按，杜工部草堂詩箋無此注文。）

壯遊。夢弼曰：皂櫪林、雲雪岡，皆齊地。（是。）

壯遊。夢弼曰：賞遊實賢王，謂如與汝陽王璡相善也。（是。）

壯遊。夢弼曰：杜曲在長安，公之家也。（是。）白楊乃墳上之木。（非。【何曰】。）

壯遊。夢弼曰：國馬竭粟豆，官雞輸稻粱。開元太平日久，玄宗侈心自恣，舞馬衣文采，飼以粟豆。(是。)又五坊。(非。【王洙曰】。)黄帝與蚩尤戰涿鹿，此喻肅宗親征也。(非。【杜田補遺】。)

壯遊。夢弼曰：正異云：吴嶽在扶風下。卞圜云：在隴州。(是。)

壯遊。夢弼曰：備員竊補衮，公自謂爲左拾遺也。(非。【趙次公曰】。)

壯遊。夢弼曰：公爲拾遺，嘗上疏言房琯不宜免相，帝怒，詔三司推問，張鎬救之，帝遂解。今詩云「君辱敢愛死，赫怒幸無傷」，謂此。(是。)

壯遊。夢弼曰：之推避賞從，詩意謂肅宗中興，公嘗扈從還京，今日客於殊方，如晉侯賞從亡者，而介之推不言禄也。滄浪，水名，在荆州。漁父濯滄浪，公自况也。此詩兩押浪字，字雖同而義則異爾。(是。)

歷歷。夢弼曰：公爲尚書員外郎，故云。(是。)

偶題。夢弼曰：按「麒麟帶好兒」及「車輪徒已斲」之句，公蓋自歎弱歲苦學爲文，今雖幸有子，而有不能傳之妙也。(是。按，杜工部草堂詩箋作：「夢弼謂：甫歎弱冠疲苦學爲文，幸有子如宗文、宗武聰敏，惜乎妙致得之於心，不能言之於其子，如扁之斲輪，不能言其妙也。故有『騏驎帶好兒，車輪徒已斲』之句也。」)

陽城郡王衛公幕。夢弼曰：以山公比柏中丞，以葛彊比田將軍。(非。【趙次公曰】。)

解悶十二首其四。夢弼曰：或云公取璩之詩廣之。(是。)以美璩前在省部，今在荆南也。

（非。【趙次公曰】。）

覆舟二首。夢弼曰：此詩諷玄宗好神仙。（非。【黄曰】。）黔陽郡秋貢丹砂等物以供燒煉之用，而使者乃沉其舟也。（是。）

覆舟二首其二。夢弼曰：漢真人大丹訣：姹女隱在丹砂中。注云：姹女，真汞也。又道家四象論：西方庚辛金，淑女之異名。故有姹女、黄婆、嬰兒之號。（按，杜工部草堂詩箋無此注文。）

秋風二首其一。夢弼曰：按唐志：光宅元年，號東都曰神都。暖向神都寒未還，謂輸運入京師也。（是。按，杜工部草堂詩箋作：「謂輸運京師，自春至冬，未有歸期。蓋勞於徵調故也。按唐地理志：東都，隋置。光宅元年，改曰神都。」）

秋風二首其二。夢弼曰：他，一作也。（是。）

西閣二首其一。夢弼曰：周書時訓：鵙始鳴。通卦驗：鵙，伯勞也。（非。【杜田補遺】。）鳴者，相命也。（非。【薛夢符曰】。）漢末西京擾亂，王粲去而依劉表於荆州，思歸。（按，杜工部草堂詩箋無此注文。）作登樓賦云：莊舄顯而越吟。（非。【王洙曰】。）史記：越人莊舄在楚，有頃而病，楚王使人察其意之所向，聞其越聲，知其思越也。（非。【趙次公曰】。）

西閣二首其二。夢弼曰：公自謂爲員外郎也。（是。）

社日二首其二。夢弼曰：陸機曰：社之日至，太史占事。（是。）

江月。夢弼曰：按唐韻作字去聲，藏祚切，又則個切。（是。）晉列女傳：竇滔妻蘇氏織錦爲回文旋圖詩以贈滔。（非。【趙次公曰】。）迴圈讀之，詞意淒惋。（是。）

吹笛。夢弼曰：樂府「横吹笛」有關山月、折楊柳，又有武溪深詞。解題云：馬援南征所作。援門人袁生者善吹笛，援作歌以和之，名曰武溪深。其曲曰：滔滔武溪一何深，飛鳥不渡獸不臨，嗟哉武溪多毒淫。（是。）

夔府書懷四十韻。夢弼曰：漢司馬相如爲孝文園令，公嘗獻三賦，故以相如爲比。揚雄校書天禄閣，上治獄，使來收雄，雄乃自閣上自投下，公嘗言房琯不宜罷相，忤肅宗，故以揚雄事爲比。（是。按，杜工部草堂詩箋作：「甫三獻大禮賦，玄宗奇之，亦若相如之見知漢武，終爲讒間所害，寂寞無聞也。甫言房琯不宜罷相，貶華州司功，何異揚雄之見累劉棻而爲污染乎？」）

夔府書懷四十韻。夢弼曰：三國陳孔璋爲曹洪與魏文帝書：遊睢、涣者，學藻繪之彩。注云：睢、涣，二水名，其處人能織藻繪錦綺，天子御服出焉。（非。【杜田補遺。又，杜陵詩史、分門集注、補注杜詩引作「薛夢符曰」。】）

秋興八首二首。夢弼曰：按張華博物志止載：近世有人居海上，每年八月見槎來，不失期，遂齎糧乘之而到天河。宗懔作荆楚歲時記乃傅會以爲張騫事。前賢詩多據用之。子美亦承襲而用之耳。（是。）

秋興八首其六。夢弼曰：珠簾繡柱，言曲江宫殿。錦纜牙檣，言天子泛龍舟宴賞也。（是。按，杜工部草堂詩箋作：「謂曲江宫殿之簾帷，繡爲黄鵠之文也。謂天子泛龍舟於曲江池，而驚起其白鷗也。」）

秋興八首其七。夢弼曰：菰米蓮房，皆言池中所有。（是。按，杜工部草堂詩箋作：「謂池中之雕胡茂盛也。謂池中之荷花雕謝也。」）關塞，言白帝城。鳥道，言峽中高山。（非。【趙次公曰】。）

秋興八首其八。夢弼曰：春相問，乃詩人雜佩以問之之意也。（是。）

秋興八首其八。夢弼曰：子美昔遊渼陂，曾留篇詠，集中有渼陂行，故今相望有白頭低垂之歎。（非。【趙次公曰】。）

詠懷古跡五首其三。夢弼曰：石季倫明君詞，明君本爲昭君，觸晉文帝諱改焉。（非。【趙次公曰】。）

詠懷古跡五首其五。夢弼曰：陳平傳：天下指揮則定矣。（非。【趙次公曰】。）

楊監又出畫鷹十二扇。夢弼曰：馮少正開元中任少府監，善畫鷹鶻。（非。【師尹曰】。）

送殿中楊監赴蜀見相公。夢弼曰：梁、益，劍南道也。（是。按，杜工部草堂詩箋作：「杜安簡地志：梁、益者，梁，漢州，益，蜀川。梁、蜀之域，乃華陽也。」）解榻，用陳蕃事。（非。【王洙曰】。）山門，公自謂在夔峽間。（按，杜工部草堂詩箋無此注文。）

集千家注批點杜工部詩集卷十六

南極。夢弼曰：睥睨，城上女牆也。（非。【鄭卬曰】。）

中宵。夢弼曰：後漢：梁冀窗牖皆有綺疏。注：縷爲綺文也。（是。）

猿。夢弼曰：見，賢遍切。（是。）

昔遊。夢弼曰：碣石，海傍山也。（是。）

昔遊。夢弼曰：青歲，猶言青春也。（是。按，杜工部草堂詩箋作：「少年謂之青春，故云青歲。」）

西閣曝日。夢弼曰：顓頊，北方之帝。倚薄，謂附著而陰氣逼人也。（非。【師古曰】。）謝靈運詩：拙疾相倚薄。（非。【趙次公曰】。）

小至。夢弼曰：唐雜録：宫中以女工揆日之長短，冬至後日晷漸長，比常日增一線之工。（是。）

奉送蜀州柏二别駕將中丞命赴江陵起居衛尚書太夫人因示從弟行軍司馬位。夢弼曰：唐書方鎮表：夔州兼峽、忠、歸、萬五州防禦使，隸荆南節度。（非。【趙次公曰】。）

送王十六判官。夢弼曰：少，猶少頃也。少，一作已。（是。）

赤甲。夢弼曰：鄭審、薛璩、郤昂、岑參，皆公之故舊也。（非。【王洙曰】。）

入宅三首其二。夢弼曰：按地志：夔之魚復、灔澦，風濤雹射，其地巨魚却而不得上，故名魚復浦。（是。）

熟食日示宗文宗武。夢弼曰：楊佺期洛城記：邙山，古今東洛九原之地也。（非。【杜田補遺】。）

晴二首其二。夢弼曰：莊子：中山公子牟謂瞻子曰：身在江海之上，心居乎魏闕之下。（非。【趙次公曰】。）

承聞河北諸道節度入朝歡喜口號絶句十二首。夢弼曰：李相，謂李光弼。（是。）將軍，謂河北諸道節度也。（非。【趙次公曰】。）

寄薛三郎中璩。夢弼曰：郭璞江賦：巴東之峽，夏后疏鑿。（按，杜工部草堂詩箋無此注文。）今公留滯峽中，恨禹功雖勤，尚不能鑿三峽，使江流平易也。（是。）

寄薛三郎中璩。夢弼曰：鳳池，謂朝廷也。（是。按，杜工部草堂詩箋作：「謂朝廷已清平也。」）

懷灞上游。夢弼曰：東陵道，指長安東門外也。（非。【趙次公曰】。）

李潮八分小篆歌。夢弼曰：書苑：李潮善小篆，師李斯嶧山碑，見稱於時。（是。）

醉爲馬墜諸公攜酒相看。夢弼曰：庾信詩：醉來拓金戟。（非。【師尹曰】。）古詩：白馬紫遊韁。（非。【趙次公曰】。）

集千家注批點杜工部詩集卷十七

槐葉冷淘。夢弼曰：苞蘆，謂蘆筍也。（非。【趙次公曰】。）

諸葛廟。夢弼曰：國語：在男曰覡，在女曰巫。覡，研歷切。（非。【薛夢符曰】。）

行官張望補稻畦水歸。夢弼曰：大夫之臣曰家臣，家臣主守田野，此即是指行官而言也。（是。）

行官張望補稻畦水歸。夢弼曰：西京雜記：菰有米，長安人謂之雕胡。（是。）

灩澦。夢弼曰：寰宇記：灩澦堆，冬來出二十餘丈，夏水漲半没。（按，杜工部草堂詩箋無此注文。）

夔州歌十絶句其二。夢弼曰：王，去聲。（非。【趙次公曰】。）

夔州歌十絶句其五。夢弼曰：唐韻：蔣，菰也。（是。）

阻雨不得歸瀼西甘林。夢弼曰：日夜偶瑶琴，謂聽其風韻若鼓瑶琴焉。（非。【趙次公曰】。）

柴門。夢弼曰：谽，火含切。（是。）谺，虚加切。谷中也。（非。【趙次公曰】。）嵌，丘銜切，嵌岩也。（是。）

暇日小園散病將種秋菜督勒耕牛兼書觸目。夢弼曰：矰，咨登切。繳與繫同，之若切。矰繳，以絲繫矢而射也。（是。）

寄劉峽州伯華使君四十韻。夢弼曰：伐數，伐猶伐性之伐，數則言壽也。（按，杜工部草堂詩箋無此注文。）或作伐叛，非。（是。）

孟氏。夢弼曰：力，一作夕。（是。）

驅豎子摘蒼耳。夢弼曰：登床，謂薦之於俎也。（是。）

驅豎子摘蒼耳。夢弼曰：西京雜記：漢佞幸有韓嫣，好彈，以金爲丸，所失者日有千餘。長安爲之語曰：苦飢寒，逐金丸。（是。）

同元使君春陵行。夢弼曰：兩章即元結春陵行及賊退示官吏作。（是。）

同元使君春陵行。夢弼曰：近休明，謂治近乎三代休明之時也。（是。）左傳：楚子觀兵於周疆，問鼎之大小輕重焉。王孫滿對曰：「德之休明，雖小，重也。其奸回昏亂，雖大，輕也。」（按，杜工部草堂詩箋無此注文。）

魏將軍歌。夢弼曰：古樂府有丁都護歌。樂録云：丁都護歌者，彭城内史徐逵爲魯軌所殺，宋高祖乃使督護丁旿收殯之。逵妻，高祖長女也，呼旿至閤下，自問斂送之事，每問輒歎息曰：「丁都護。」其聲哀切，後人因其聲廣其曲焉。（是。）

孟倉曹步趾領酒醬二物滿器見遺老夫。夢弼曰：司馬遷傳：堯、舜糲粱之食。注：音辣。張晏曰：一斛粟舂七斗米爲糲。（按，杜工部草堂詩箋無此注文。）醉如泥，見漢周澤傳。（是。）

九日五首其四。夢弼曰：終南，長安之南山也。（是。）

季秋蘇五弟纓江樓夜宴崔十三評事韋少府侄三首。夢弼曰：十道志：忠州有黃姑渚。或謂古樂府：東飛伯勞西飛燕，黃姑織女時相見。黃姑，即河鼓也，乃俗聲之轉耳。（是。）

耳聾。夢弼曰：後漢輿服志：鶡冠，環纓無蕤，加雙鶡尾在左右，五官、虎賁、羽林皆冠之。（非。【杜田補遺】。）

奉酬薛十二丈判官見贈。夢弼曰：漢元帝時西域都護甘延壽、陳湯斬郅支單于於康居。（按，杜工部草堂詩箋無此注文。）

奉酬薛十二丈判官見贈。蔡夢弼會箋云：斷蛇劍事，非所當用。是斬邪劍，乃用朱雲乞斬張禹事。（是。）

贈李八秘書別三十韻。夢弼曰：上元初止謂改元之初，非年號。（非。【趙次公曰】。）姚墟在漢中。（是。）舜生於姚墟。（按，杜工部草堂詩箋無此注文。）玄朔回天步，謂肅宗即位靈武。（是。）神都憶帝車，謂玄宗幸蜀未還。（是。）

贈李八秘書別三十韻。夢弼曰：朱虛侯乃高祖齊王之子。李秘書亦宗室也，故以爲比。（非。【趙次公曰：「文帝既入，益封朱虛侯二千石，黃金一千斤。今既云『事殊迎代邸』，所以賞李秘書亦與朱虛侯異也。詳此，李秘書豈唐之宗子乎？故又用朱虛侯形容之。」】）

奉送韋中丞之晉赴湖南。夢弼曰：東方朔外傳：郡守四馬駕車，一馬行春。（是。）

大覺高僧蘭若。夢弼曰：乞，去既切。（是。）

大覺高僧蘭若。夢弼曰：門徒，謂從遊諸弟子也。未知和尚歸在何日，諸弟子當修供養以待之也。（是。）

集千家注批點杜工部詩集卷十八

自瀼西荆扉且移居東屯茅屋四首其三。夢弼曰：剩，寔證切。陸機詩：遊賞愧剩客。（是。）

覃山人隱居。夢弼曰：漢、魏以來，隱士名之曰徵君。（非。【趙次公曰】。）

東屯北崦。夢弼曰：崦，衣檢切。與嶮同。（是。）

雨。夢弼曰：消中，謂渴疾也。糠籺，非精米也。籺，胡骨切。一命，小官也。（是。）

瞿唐兩崖。夢弼曰：猱，乃高切。（是。）玃，厥縛切。（非。【鄭卬曰】。）爾雅：猱善援，玃善顧。（是。）

晨雨。夢弼曰：夔州圖經：麝香山在州東南一百二十里，山出麝香，故以爲名。（非。【趙次公曰】。）

柳司馬至。夢弼曰：唐志：惠州有邯鄲縣，屬河北。（按，杜工部草堂詩箋無此注文。）漢書：北走邯鄲道。（非。【王洙曰】。）

久雨期王將軍不至。夢弼曰：南史：侯景令東吴兵盡著白袍，自爲營陣。（非。【師尹曰】。）

寫懷二首其二。夢弼曰：燧人氏始鑽木取火，炮生爲熟。董狐，古之良史也，書法不隱。（是。）

觀公孫大娘弟子舞劍器行。夢弼曰：臨潁縣，屬許州。（按，杜工部草堂詩箋無此注文。）

白鳧行。夢弼曰：國語：海鳥鶢鶋止於魯東門外，展禽曰：「今兹海其有災乎？夫廣川之鳥獸常知避其災。」是歲海多大風。（非。【趙次公曰】。）

錦樹行。夢弼曰：青丘亦地名，而非内地屬洛陽者。（非。【師古曰】。）

白帝城樓。夢弼曰：夷陵，峽州也。（非。【趙次公曰】。）

後苦寒行二首其一。夢弼曰：詩：南國之紀。（非。【杜田補遺】。）巫、廬二山也。崑崙山爲天柱，崆峒山爲天關。（是。）

敬寄族弟唐十八使君。夢弼曰：永泰，代宗年號。（是。）

行次古城店泛江作不揆鄙拙奉呈江陵幕府諸公。夢弼曰：郡國志：荆州當陽縣東南有麥城。（是。）

乘雨入行軍六弟宅。夢弼曰：時杜位爲江陵行軍司馬。（是。）

江南逢李龜年。夢弼曰：雲溪友議：明皇樂工李龜年奔迫江潭，曾於湖南採訪使筵上唱「紅豆生南國，秋來發幾枝。贈公多採摘，此物最相思」。又云：「清風明月苦相思，蕩子從戎十載餘。征人去日殷勤囑，歸雁來時數附書。」此詞皆王維所作也。（是。）

夏夜李尚書筵送宇文石首赴縣聯句。夢弼曰：李尚書名之芳。（是。）宇文名彧，尚書之甥也。（非。【王洙曰】。）石首縣，屬江陵。（是。）

虢國夫人。夢弼曰：唐書：楊貴妃有姐三人，長封虢國，並承恩出入宮掖。（非。【鮑欽止曰】。）

秋日荆南述懷三十韻。夢弼曰：淮南子：君命將，臣辭而行，乃爪鬋設明衣，鑿凶門而出。（非。【杜田補遺】。）

秋日荆南述懷三十韻。夢弼曰：淮南子：魯君欲相顔闔，使人以幣先焉。顔闔鑿坯而遁。揚雄解嘲云：士或鑿坯以遁。（非。【王洙曰】。）

折檻行。夢弼曰：漢成帝時朱雲上書乞斬張禹，上怒，令御史將雲下。雲攀殿檻，檻折。後當治檻，上曰：「勿易，因而葺之，以旌直臣。」故後世殿檻皆曲，以雲故也。（非。【王洙曰】。）

秋日荆南送石首薛明府辭滿告别奉薛尚書頌德叙懷斐然之作三十韻。夢弼曰：漢書：蕭何爲一代之宗臣。此以比郭令公。（是。）

秋日荆南送石首薛明府辭滿告别奉薛尚書頌德叙懷斐然之作三十韻。夢弼曰：滏，扶甫切，光黄之間水名。（是。）言尚書公督諸郡節度兵會於滏口也。（非。【師古曰】。）

秋日荆南送石首薛明府辭滿告別奉薛尚書頌德叙懷斐然之作三十韻。夢弼曰：以漢衛青、霍去病比其武功，以魏應德璉、徐公幹比其文學也。（非。【王洙曰】。）

秋日荆南送石首薛明府辭滿告別奉薛尚書頌德叙懷斐然之作三十韻。夢弼曰：爾雅：十藪，宋有孟諸。注：今在梁國。此乃公追言梁宋之舊遊也。（非。【趙次公曰】。）

哭李尚書。夢弼曰：奉使失張騫，謂李之芳廣德間嘗使吐蕃。按公秋日夔府詠懷百韻末云「途中非阮籍，查上似張騫」，亦爲李之芳而言也。（是。）

集千家注批點杜工部詩集卷十九

醉歌行贈公安顔少府請顧八題壁。夢弼曰：蜀巂州巂山，地接諸蠻部，有烏蠻、白蠻。赤壁，在鄂州。（是。）

贈虞十五司馬。夢弼曰：魏志：蔡邕奇王粲，聞其至門，倒屣迎之，一座盡驚。邕曰：「此王公孫也，有異才。吾不如也。吾家書籍盡當與之。」（非。【趙次公曰】。）

公安送李二十九弟晉肅入蜀余下沔鄂。夢弼曰：晉肅，即李賀之父。（非。【趙次公曰】。）

歲晏行。夢弼曰：刻泥，謂刻泥作模也。（非。【趙次公曰】。）

别董頲。夢弼曰：孝子薦其甘旨。（非。【師古曰】。）此謂董頲有母也。（按，杜工部草堂詩箋無此注文。）

幽人。夢弼曰：麟，疑作靈。（是。）

幽人。夢弼曰：見，一作在。（按，杜工部草堂詩箋無此注文。）

冬晚送長孫漸舍人歸州。夢弼曰：吴越春秋：干將、莫耶之劍，能決吹毛遊塵。（是。）

送重表侄王砅評事使南海。夢弼曰：王珪母李氏，珪之婦杜氏，詩中所稱則皆指李氏也。（按，杜工部草堂詩箋無此注文。）馮翊郡，同州也。（非。【趙次公曰】。）水花，言水浪也。（是。）

送重表侄王砅評事使南海。夢弼曰：集韻：瀧，水名，在嶺南。韓昌黎瀧吏詩：南行逾六旬，始下昌樂瀧。（是。）

過南嶽入洞庭湖。夢弼曰：王荆公本作蔣。（是。）

解憂。夢弼曰：坑，一作吭。（按，杜工部草堂詩箋無此注文。）呀吭，乃灘口也。（非。【師古曰】。）

早行。夢弼曰：蕭太傅辭奪禮表：不勝崩迫之情。（是。）

過津口。夢弼曰：津口，屬江陵。（是。）

過津口。夢弼曰：陸士衡詩：甕餘殘酒，膝有横琴。（是。）

歸雁。夢弼曰：漲海，海名。（按，杜工部草堂詩箋無此注文。）謝承後漢書：陳茂常渡漲海，交趾七郡皆從漲海入也。（非。【趙次公曰】。）羅浮山，在嶺南惠州。（按，杜工部草堂詩箋無此注文。）

野望。夢弼曰：裴遜之詩：納納江海深。（是。）

詠懷二首其一。夢弼曰：本朝再樹立，謂代宗時也。（非。【趙次公曰】。）貞觀，太宗年號。（按，杜工部草堂詩箋無此注文。）先王罪己，謂肅宗即位，嘗下詔痛自刻責。（非。【師古曰：先帝於此時遂下詔痛自刻責也。】）

詠懷二首其二。夢弼曰：晉葛洪字稚川，聞交趾出丹砂，求爲勾漏令。遂將子侄具行，後止於羅浮山。蜀志：許靖字文休，避董卓之誅，走至交趾。後以劉璋招，入蜀，事先主。（非。【趙次公曰】。）

望嶽。夢弼曰：淮南子：澒濛鴻洞，莫知其門。（是。）

望嶽。夢弼曰：嶽之諸峰皆朝於祝融，獨紫蓋一峰勢轉東去。（是。）

雙楓浦。夢弼曰：按圖經：在潭之瀏陽縣。（按，杜工部草堂詩箋無此注文。）

酬郭十五判官。夢弼曰：橘洲在長沙郡之喬口。（是。）

衡州送李大夫七丈赴廣州。夢弼曰：李勉，鄭惠王之曾孫也。（是。）

回棹。夢弼曰：沈休文蕭愐碑：因遇沉疴，綿留氣序。（是。）

湘江宴餞裴二端公赴道州。夢弼曰：白團，謂扇也。（按，杜工部草堂詩箋無此注文。）

奉送王信州北歸。夢弼曰：太史，乃公自比也。（非。【趙次公曰】。）

哭韋大夫之晉。夢弼曰：莊子：虛室生白。（非。【王洙曰】。）櫝賦：棄虛白之室，歸長夜之堂。（是。）孝廉船，注見前。（按，杜工部草堂詩箋無此注文。）

哭韋大夫之晉。夢弼曰：左傳：惟名與器不可以假人。（非。【師古曰】。）

酬韋韶州見寄。夢弼曰：韋詩「相憶無南雁」，故公以北來魚戲之。（非。【趙次公曰】。）蓋謂雁不過衡陽，而瀟湘北流也。（是。）

集千家注批點杜工部詩集卷二十

千秋節有感二首其一。夢弼曰：左傳：鳳鳥氏，曆正也。鳳紀編生日，言禮官書誕節於鳳曆也。（是。）

千秋節有感二首其二。夢弼曰：明皇雜録：千秋節，上宴勤政樓，大陳聲樂。（是。）

蘇大侍御涣静者也旅於江側不交州府之客人事都絶久矣肩輿江浦忽訪老夫舟楫已而茶酒内余請誦近詩肯吟數首才力素壯詞句動人接對明日憶其湧思雷出書篋几杖之外殷殷留金石聲賦八韻記異亦見老夫傾倒於蘇至矣。夢弼曰：本一作昨夜舟火滅。（按，杜工部草堂詩箋無此注文。）湘娥，謂虞帝二妃也。（是。）

可歎。夢弼曰：按本傳：李勉初爲梁州刺史。（是。）梁屬山南道。（按，杜工部草堂詩箋無此注文。）

可歎。夢弼曰：尚書大傳：古者天子必有四鄰，前曰疑，後曰丞，左曰輔，右曰弼。（是。）

奉贈盧五丈參謀琚。夢弼曰：公之母鄭氏，參謀之母豈亦鄭氏耶？（按，杜工部草堂詩箋無此注文。)

奉贈盧五丈參謀琚。夢弼曰：謝宣遠答靈運詩：牽率酬嘉藻。(是。)

暮秋枉裴道州手劄率爾遣興寄遞呈蘇渙侍御。夢弼曰：楚國先賢傳：諸阮居市北而富，以車徒每出，肩輿數十，連袂牽車，飲酣自若。(非。【師尹曰】。)

別張十三建封湖南觀察使韋之晉辟參謀。夢弼曰：建封，劉文静外曾孫也。少隨父玠客隱兗州，時子美父閑爲兗州司馬，有契好。(是。)湖南觀察使韋之晉辟署參謀，授左清道兵曹參軍，不樂職，輒去。後爲御史大夫、徐泗濠節度使。見本傳。(非。【趙次公曰】。)

別張十三建封湖南觀察使韋之晉辟參謀。夢弼曰：彭城，劉氏郡號也。(是。按，杜工部草堂詩箋作：「彭城，劉文静之望。」)

別張十三建封湖南觀察使韋之晉辟參謀。夢弼曰：晉杜預爲征南大將軍。(非。【王洙曰】。)今以言韋之晉爲湖南而辟建封爲幕客也。(是。)

送盧十四弟侍御護韋尚書靈櫬歸上都二十四韻。夢弼曰：要，平聲。(是。)

風疾舟中伏枕書懷呈湖南親友三十六韻。夢弼曰：軒轅之制律，所以通八節之氣，而調八方之風。今風之疾，足見律管之錯而不能和諧也。(是。)

風疾舟中伏枕書懷呈湖南親友三十六韻。夢弼曰：公謂諸公嘗饋食賜金也。(非。【師古曰】。)

風疾舟中伏枕書懷呈湖南親友三十六韻。夢弼曰：北斗，長安城也。（非。【趙次公曰：「長安之城，上直北斗。」】）

追酬故高蜀州人日見寄。夢弼曰：高適，乾元中刺蜀州，永泰元年卒。（是。）

同豆盧峰貽主客李員外賢子棐知字韻。夢弼曰：樂府有鳳將雛曲。（非。【趙次公曰】。）

歸雁二首其一。夢弼曰：衡陽有回雁峰。（是。）雁至此不過，遇春而回。（按，杜工部草堂詩箋無此注文。）

清明。夢弼曰：著，直略切，觸也。（是。）

嶽麓山道林二寺行。夢弼曰：野客，樊本作謝客。（是。）謝靈運字客子，爲永嘉太守，性好山水，肆意遊遨。嘗於南山伐木開徑，直至臨海，從者數百。太守王琇驚駭，謂山賊，不知爲靈運也。（按，杜工部草堂詩箋無此注文。）何顒當作周顒，詳見上兜率寺詩「何顒好不忘」。（是。）

入衡州。夢弼曰：雲鳥埤，言城高也。埤，部弭切。（是。）或曰埤當作障。（按，杜工部草堂詩箋無此注文。【趙次公曰：「或曰埤當作陣。」】）

入衡州。夢弼曰：史記：張儀願爲門闌之廝。（是。）又，白起爲秦將，善用兵。（按，杜工部草堂詩箋無此注文。）

入衡州。夢弼曰：易：師出以律，否臧凶。（非。【趙次公曰】。）否音鄙。（按，杜工部草堂詩箋無此注文。）

入衡州。夢弼曰：時公之舅崔偉攝郴州，公欲往依之。（是。）剖符，注見前。（按，杜工部草堂詩箋無此注文。）

聶耒陽以僕阻水書致酒肉療飢荒江詩得代懷興盡本韻至縣呈聶令陸路去方田驛四十里舟行一日時屬江漲泊於方田。夢弼曰：公謂臧玠之徒不可以言諭，宜悉坑之也。（非。【師古曰】。）

附録二

宋元「集注批點」杜集系列的成書過程及其價值發微——從辨正高崇蘭編集千家注批點杜工部詩集「夢弼曰」注文入手

元、明兩代最流行的杜集注本是高崇蘭編次、署名劉辰翁批點集千家注批點杜工部詩集，雖然學界對其中文獻多有利用，但歷來對它的理解和認識尚有欠缺之處。關於此本的成書過程，因爲書中注文大量引用「夢弼曰」、「黄鶴曰」，明顯出自南宋蔡夢弼杜工部草堂詩箋（下稱草堂詩箋）與黄希、黄鶴補千家注紀年杜工部詩史（下稱黄氏補注杜詩），又加上劉將孫序明確説它「固草堂集（按，指草堂詩箋）之郭象本矣」，故「高書承襲蔡書、黄書而成」的結論一目了然，歷來研究者也滿足於這一簡單判斷。但高本選擇蔡、黄二書是出於自主還是基於某種注釋傳統？蔡、黄二書在高本成書過程中孰爲底本，孰爲參考本，其先後主次關係是什麽？兩書文本發生矛盾時高本如何抉擇，其主次關係對高本價值有什麽影響？這些更爲細密的問題，歷代杜集文獻著録解題從未涉及，亦未得到現代研究者的關注與闡釋。這一系列問題如果從所謂「夢弼曰」注文角度進行考辨，可以迎刃而解。更重要的是，從「夢弼曰」注文角度對高崇蘭本成書過程的梳理，還可以進一步揭櫫宋、元「集注批點」杜集系列受關注更少的另外兩種版本系統——羅履泰序、署名彭鏡溪須溪批點杜工部詩注〔一〕，署名徐居仁編次、黄鶴補注集千家注分類杜工部詩——的成書過程，從而對高、羅、徐三書在宋、元杜集體系中的位置、價值與不足作出判斷，進而塑造一種全新的「集注批點」杜集最佳版本。

一、南宋蔡夢弼杜工部草堂詩箋對元代高崇蘭編集千家注批點杜工部詩集所引「夢弼曰」注文的誤導

南宋蔡夢弼杜工部草堂詩箋爲杜集宋注殿軍之一，也是對後世杜集注本影響最大的宋注本之一。此書存在兩大問題：第一是流傳過程出現宋本（五十卷）與元本（四十卷、補遺十卷）的版本系統之異〔二〕。第二就是本文研究重點，即自蔡夢弼編撰此書起就存在的注文問題。蔡夢弼作集注會箋時將注家主名全部删去，使得實質上爲集注本的草堂詩箋在外貌上呈現爲純粹單注本形態。如圖所示（草堂詩箋宋刻五十卷本卷一首頁）：

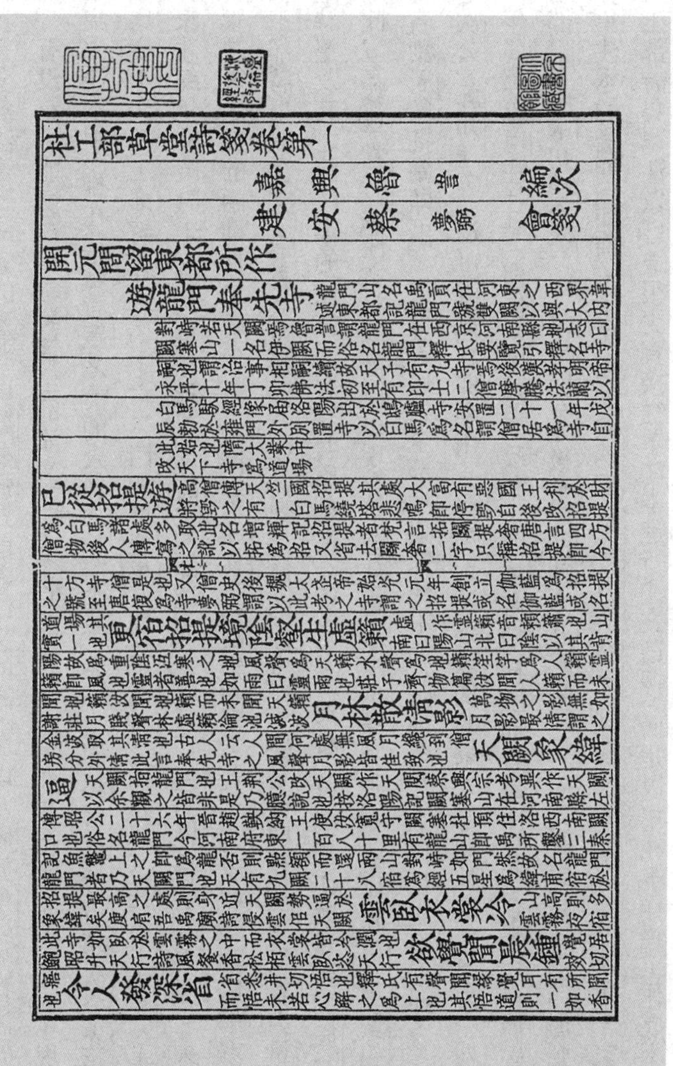
杜工部草堂詩箋卷第一

嘉興　魯　訔　編次

建安　蔡夢弼　會箋

開元間留東都所作

遊龍門奉先寺

已從招提遊，更宿招提境。陰壑生虛籟，月林散清影。天闕象緯逼，雲臥衣裳冷。欲覺聞晨鐘，令人發深省。

（草堂詩箋　宋本五十卷）

讀者完全無法辨識注文的來源，與蔡夢弼對前人注文的改動，以及屬於蔡夢弼自注的原創内容。有没有可能恢復草堂詩箋全部注文的注家名，還原其本來的「集注」面貌呢？在現存全部杜集宋注本中，排在草堂詩箋之前的六種杜集宋注本注文，即趙彦材杜詩趙次公先後解、門類增廣十注杜工部詩（存卷一—六）、門類增廣集注杜工部詩（存卷八）、托名王十朋王狀元集百家注編年杜陵詩史、分門集注杜工部詩、郭知達九家集注杜詩，皆爲蔡夢弼注之來源。在草堂詩箋之後的兩種杜集注本——黄氏補注杜詩、高崇蘭編、署名劉辰翁評點集千家注批點杜工部詩集的注文，前者大量承襲草堂詩箋之前的注本（主要是分門集注），後者大量承襲草堂詩箋及其之前注本的注文，兩書的「原創性」注文只有黄希、黄鶴補注與署名劉辰翁批點即可。因此，考察草堂詩箋注文來源可以以現存全部杜集宋注本爲基礎，只要排除黄希、黄鶴補注與署名劉辰翁批點即可。從筆者比對全部杜集宋注本的結果來看，宋代杜集早期注家注本（如趙次公、郭知達等）還可能見到並利用一些今天已經散佚的宋人早期杜集注全本，如北宋元祐年間鄧忠臣注杜詩（即僞王洙注）、政和年間王彦輔杜工部詩增注、北宋末年黄伯思校定杜工部集、南宋初趙次公杜詩趙次公先後解（郭知達九家集注杜詩多詳引趙注）等，但到了宋代杜集注本的後期（如南宋中後期的蔡夢弼草堂詩箋、黄氏補注杜詩、宋元之際集千家注批點杜工部詩集），注家已經很少直接從單注本進行注文選擇，而是以集注本作爲工作底本進行編纂（考慮到這些宋代後期注本的坊本性質，這種便捷的工作方式不難理解），其注文承襲前人注的部分基本不出「百家注」（以王狀元集百家注編年杜陵詩史爲代表）的範圍，筆者很少發現直接來自早期注家注本、超出「百家注」的注文，這些後期注本甚至不會去覆核今天依舊存世的趙次公（按趙注僅存半部，有林繼中輯校本）、郭知達注本。也就是説，宋代後期杜集注家大體上不會超過我們今天通過文獻著録和實物流傳所獲得的杜集信息，因此無須過高估量他們的「杜集文獻視野」。筆者撰新定杜工部草堂詩箋斠證，以草堂詩箋宋刻五十卷爲底本，將其書全部注文與現存其他杜集宋注比對，找到了草堂詩箋超過百分之九十五以上注文的歸屬，並注明了注文來源與改動情況。高崇蘭編、署名劉辰翁評點集千家注批點杜工部詩集以草堂詩箋爲底本編纂而成，用新定杜工部草堂詩箋斠證考察高崇蘭本，發現高崇蘭本所引出自草堂詩箋的「夢弼曰」注文每將草堂詩箋削去注家名的注文誤認爲蔡夢弼注。將高崇蘭本所引「夢弼曰」注文（近八百條）逐條比對，考辨是非源流，結論如下〔三〕：

一、全屬蔡夢弼自注者，計三四三條〔四〕。

二、全不屬於蔡夢弼自注者，計一九七條。

三、由蔡夢弼自注與其他注家注文參合而成者，計一七七條。

四、標明蔡夢弼注却未見於宋本草堂詩箋者，計六四條。

由此可知，高崇蘭本對草堂詩箋的集注性質不够瞭解，對草堂詩箋注文幾乎不加抉擇，直接視爲蔡夢弼注，其書近八百條直接標注爲「夢弼曰」的注文，完全屬於蔡夢弼自注者僅三四三條（這種屬實全憑偶然，與集千家注批點杜工部詩集編纂者的主觀選擇無關），其他四百餘條都存在各種不實情況。後世杜集注本對高崇蘭本的引用，凡涉及到四百餘條標錯注者名的注文，都應予以改正。

二、高崇蘭本誤讀「夢弼曰」注文的三種規律

通過對高崇蘭本四百餘條不屬於蔡夢弼自注而標明「夢弼曰」注文的來源覆核，其誤標「夢弼曰」原因規律得以顯露。現以高崇蘭本卷一「夢弼曰」注文爲例（對其他各卷詩注進行比對辨正，其情況的類型及其邏輯指向也是一樣的，爲省篇幅，不贅引），總結全書誤標「夢弼曰」注文來源呈現三種基本規律（括弧内是筆者考辨文字，標作「非」的部分爲被高崇蘭本誤讀爲蔡夢弼注、而實爲其他注家注文者，標作「是」的部分爲確屬蔡夢弼自注者）：

（一）標明「夢弼曰」而實屬他注者，原注文及所屬注家名僅見於九家集注杜詩

按照原書詩篇次序舉例如下：

巳上人茅齋。夢弼曰：博物志、抱朴子皆言天門冬，一名顛棘，蓋顛、天聲相近也。（非。【杜田正謬：天棘，即天門冬也。博物志、抱朴子皆言天門冬，一名顛棘。】按，杜田正謬僅見於九家集注杜詩，杜陵詩史、補注杜詩、分門集注有鮑彪注轉引。）

奉贈韋左丞丈二十二韻。夢弼曰：唐新書：甫少貧，不自振，客齊趙、吴越間，李邕奇其才，先往見之。（非。【師尹曰】。按，師尹注僅見於九家集注杜詩。）

高都護驄馬行。夢弼曰：古樂府：青絲纏馬尾，黄金絡馬頭。（是。）三輔黄圖：長安城北出西頭第一門曰横門，門之外有橋曰横橋。如淳曰：横，音光。（非。【趙次公曰】。按，趙次公注僅見於九家集注杜詩。）

玄都壇七言六韻寄元逸人。夢弼曰：三秦記：子午，長安正南也，山名秦嶺，谷名褒斜。（非。【杜田補遺】。按，杜田補遺僅見於九家集注杜詩。）長安志：王莽有意篡漢，通子午道，時名爲子午谷。（是。）

送韋書記赴安西。夢弼曰：晉丁彬書：雲泥異途，邈矣懸隔。（非。【趙次公曰】。按，此條趙次公注僅見於九家集注杜詩。）借，本作籍，非。千金翼論：老人之性，必恃其老，無有借在。（是。）

上述詩注之例表明集千家注批點杜工部詩集編纂者未利用九家集注杜詩，故無法辨識出自此書的注文歸屬。

（二）標明「夢弼曰」而實屬他注者，原注文及所屬注家名既見於九家集注杜詩，又見於杜陵詩史、分門集注、黄氏補注杜詩注本系列

需要説明，將杜陵詩史、分門集注、黄氏補注杜詩三種注本作爲一個系列的原因是：三種注本注文大體一致。具體而言，杜陵詩史最詳，分門集注、黄氏補注杜詩（去除後添的黄氏補注内容）注文一致，較之杜陵詩史稍略。按照洪業杜詩引得序的意見，分門集注與黄氏補注杜詩是杜陵詩史發展出來的兩條支流〔五〕。筆者比對黄氏補注杜詩與分門集注兩書全部注文，幾乎完全一致（補注杜詩僅多出後添的黄希、黄鶴父子補注内容），可見黄氏補注杜詩直接參考的是分門集注而非杜陵詩史，否則不可能出現分門集注、黄氏補注杜詩分頭獨立以杜陵詩史爲源頭成書，而注文盡同的巧合，只可能是後出之黄氏補注杜詩承襲分門集注，然後在此基礎上增加了黄希、黄鶴父子補注。洪業「兩條支流」説應修訂爲：「一條支流、上游爲分門集注，下游爲黄氏補注杜詩。」

按照原書詩篇次序舉例如下：

重題鄭氏東亭。夢弼曰：詩注：水成文曰漣，水衣也。（非。【薛曰：詩魏風：河水清且漣漪。毛萇傳：風行水成文曰漣。】按，薛夢符注見於九家集注杜詩、杜陵詩史、補注杜詩、分門集注。）隼，鷙鳥也。（是。）

行次昭陵。夢弼曰：唐太宗陵，（非。【王彦輔曰：唐太宗文皇帝之陵也。】按，王彦輔注見於九家集注杜詩而未標明注家，依例爲僞王洙注。杜陵詩史、分門集注、補注杜詩作王彦輔注。）在醴泉縣西。（是。）

高都護驄馬行。夢弼曰：相馬經：馬腕欲促，促則健。蹄欲高，高則耐險峻。（非。

【趙次公曰：腕欲促，蹄欲高，又穩如踣鐵，皆馬之奇也。】按，趙次公注見於杜陵詩史、分門集注、補注杜詩。）踣，匍覆切，踏也。曾冰，層積之冰也。曾與層同。（是。）

贈翰林張四學士垍。夢弼曰：晉天文志：華蓋九星所以蔽覆帝座。天子之華蓋象之。（非。【九家集注杜詩引作「杜田補遺」。又，杜陵詩史、分門集注、補注杜詩引作「趙次公曰」。】）逼華蓋，言密邇帝座也。漢成帝微行，常與張放具。時童謡云：燕燕尾涎涎，張公子時相見。（是。）

兵車行。夢弼曰：隋西域傳：吐谷渾城在青海西四十里。（非。【王彦輔曰】。按，王彦輔注僅見於杜陵詩史。）唐哥舒翰傳：築神威軍於青海上，吐蕃攻破之，又築城於青海中。（非。【王洙曰】。王洙注見於九家集注杜詩、杜陵詩史、分門集注、補注杜詩。）

奉贈太常張卿垍二十韻。夢弼曰：按唐書：張説二子均、垍，明皇時説在中書，垍自翰林學士遷太常卿，均亦供奉翰林。（非。【王洙曰】。按，王洙注見於九家集注杜詩、杜陵詩史、分門集注、補注杜詩。）此篇兼美其父子兄弟也。（是。）

奉贈太常張卿垍二十韻。夢弼曰：晉虞騑傳：騑乃虞潭之兄子，王導謂騑曰：「孔愉有公才而無公望，丁潭有公望而無公才，兼之者，其在卿乎。」（非。【趙次公曰】。按，趙次公注僅見於九家集注杜詩。）莊子：不知端倪。注：端，緒也。倪，畔也。（非。【余曰】。按，余注見於杜陵詩史、分門集注、補注杜詩。）

奉贈太常張卿垍二十韻。夢弼曰：揚雄從孝成帝羽獵，因作賦以風。（非。【趙次公曰】。按，趙次公注見於九家集注杜詩、杜陵詩史、分門集注、補注杜詩。）呂望釣於磻溪，得玉璜，遇文王，載與俱，立以爲師。（非。【王洙曰】。按，王洙注見於九家集注杜詩、杜陵詩史、分門集注、補注杜詩。）公意蓋有望於張卿之薦己也。（是。）

奉贈鮮于京兆二十韻。夢弼曰：兩都賦序：言語侍從之臣，朝夕論思，日月獻納。紫宸，殿名。（是。）時明皇詔天下有一藝詣闕進選，林甫恐士或斥己，建言請委尚書先試問，遂無一中者。公應詔退下，是爲林甫所阻，故下有破膽陰謀之語。（非。【趙次公曰】。按，趙次公注見於九家集注杜詩、杜陵詩史。）

上述詩注之例似乎表明高崇蘭本不但未利用九家集注杜詩，也未利用杜陵詩史、分門集注、黄氏補注杜詩這一系列注本。

（三）草堂詩箋偶爾標明注家、爲高崇蘭本失之眉睫者

全書僅有一例，恰見於卷一：

贈韋左丞丈濟。夢弼曰：按唐書：韋思謙，高宗時爲尚書左丞。子承慶、嗣立。嗣立代承慶爲鳳閣舍人。武后時，承慶亦代嗣立爲天官侍郎，及知政事。嗣立二子洹、濟。洹終陳留太守，濟天寶中授尚書左丞。三世並爲省轄，世罕與比。（非。【杜田補遺】。按，此條草堂詩箋直引作「杜田云」，高崇蘭本失之眉睫。）

三、高崇蘭編集千家注批點杜工部詩集的三個成書階段

上述第一、第二類詩例表明，高崇蘭本完全照搬草堂詩箋注文並將其一概認作蔡夢弼自注，並未參考九家集注杜詩與杜陵詩史、分門集注、黄氏補注杜詩等杜集宋注本。但回到高崇蘭本的注文語境中，我們發現標明「夢弼曰」的注文只是全部注文的一部分，其他注文則清晰標注了注家出處，如圖所示（日本淺草文庫藏元西園精舍刊高崇蘭編集千家注批點杜工部詩集卷二第一頁。圖見後頁。）

投贈哥舒開府翰二十韻一詩在「夢弼曰」注文之前，標明注家爲「鄭（卬）曰」、「（黄）鶴曰」、「（王）洙曰」、「師（古）曰」、「趙（次公）曰」的注文，與杜陵詩史、分門集注、黄氏補注杜詩這一系列三種注本中投贈哥舒開府翰二十韻一詩標明作「鄭（卬）曰」、「（黄）鶴曰」、「（王）洙曰」、「師（古）曰」、「趙（次公）曰」的注文一致。從歷代杜集文獻著録與現存杜集宋注本文獻情況來看，這些注文也不可能存在超出於杜陵詩史、分門集注、黄氏補注杜詩系列之外的其他文獻出處。換言之，集千家注批點杜工部詩集參考了杜陵詩史、分門集注、黄氏補注杜詩這一系列的注本是不刊事實。在這一認識基礎上，再來看投贈哥舒開府翰二十韻所謂「夢弼曰」注文並辨正如下（括弧内爲筆者考辨文字）：

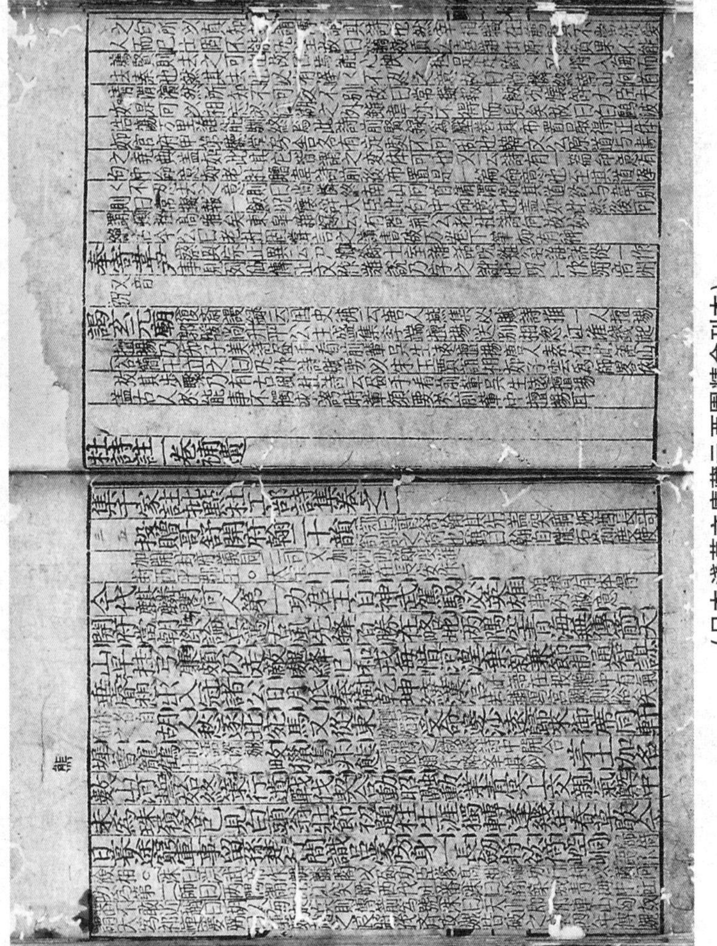

（日本淺草文庫藏元西園精舍刊本）

夢弼曰：廉頗，趙之良將，伐齊攻魏，皆破之。（是。）襄四年傳：魏絳勸晉侯和戎有五利。（非。【王洙曰】。）吐蕃本西羌屬，散處河湟、江岷間。（非。【師古曰】。）以翰兼河西節度使，欲其收復之。（非。【趙次公曰】。）

除了第一句確屬蔡夢弼自注之外，第二、第三、第四句我們可以依據杜陵詩史、分門集注、黄氏補注杜詩指出其分别屬於「王洙注」、「師古注」、「趙次公注」。於是，更深層的疑問浮現：既然集千家注批點杜工部詩集毫無疑問採用了杜陵詩史、分門集注、黄氏補注杜詩注本系列作爲參考，那麽在同一首詩中，編纂者爲什麽時而準確採納照録這三種注本系列中明確著録的注文注家歸屬，時而對這三種注本系列中明確著録的注文注家歸屬視而不見，徑直標注爲「夢弼曰」？而且兩種情況完全隨機，並無注文上的選擇規律可循？

這種情況只能有一種解釋，即高崇蘭本的編纂成書至少應該有初稿、定稿兩個階段：

初稿階段。高崇蘭本僅參考了蔡夢弼草堂詩箋注文。由於草堂詩箋將一切注家名都删去，故高崇蘭本對草堂詩箋的注文都一律標注爲「夢弼曰」。另外，初稿中已經存在兩種疏漏情況：一種是前列全書唯一孤例「草堂詩箋偶爾標明注家，而爲高崇蘭本失之眉睫者」的情況；另一種是將某些批點内容誤寫爲「夢弼曰」，即開篇所列「標明蔡夢弼注却未見於宋本草堂詩箋者，計六四條」的情況。

定稿階段。在初稿基礎上，高崇蘭試圖增加注文内容，開始了「集千家注」的行爲，工作底本正是黄氏補注杜詩。集千家注批點杜工部詩集書名中的「集千家注」，也是源自於黄氏補千家注紀年杜工部詩史書名中「千家注」三字（按，黄氏補注杜詩在杜集宋注本中最早採用「千家注」書名）。定稿階段編纂徵引了大量「署名」正確的其他注家注文，其數量遠超過錯誤署名「夢弼曰」注文。但由於初稿、定稿兩個階段的編纂在時間上前後獨立，被蔡夢弼草堂詩箋誤導的「夢弼曰」注文已經在初稿中成型，定稿注文徵引雖然看到了其中的錯誤，但改動工作量太大，編纂者責任心不强，乾脆未予修訂，於是保留了初稿中被蔡夢弼草堂詩箋誤導的「夢弼曰」注文誤認情況。爲什麽認定是編纂者高崇蘭的責任心不强而非毫不知情呢？因爲高崇蘭本全書「夢弼曰」注文與標明了注家的注文完全没有「注文重出」的重合内容，這不可能是偶然巧合。這説明在定稿階段利用黄氏補注杜詩等增加注文時，編纂者一定對照初稿中「夢弼曰」注文進行過比對，避開了這樣的注文——它們既出現在草堂詩箋中被蔡夢弼删去注家名、從而被誤認爲「夢弼曰」而納入初稿中，同時又以標明注家名的「正確」形態出現在杜陵詩史、分門集注、黄氏補注杜詩注本系列中——這樣的注文數量極大，如非有意避免，必然會出現爲數不少的「雙重署名」的注文重出情況。在定稿階段，高崇蘭雖然意識到了在初稿階段被讀作「夢弼曰」的注文存在問題，却懶於對全部「夢弼曰」加以逐一辨正——這項任務要真正完成，須將杜工部草堂詩箋近百萬字注文對照現存全部杜集宋注本進行諸條比對，工作量極大——高崇蘭無意進行這樣大數量的文獻工作，於是退而求其次，只求避免在同一首詩中出現同一條注文既被標作「夢弼曰」、又被標作「某某（其他注家名）曰」的顯著硬傷即可（這種處理工作量不大，只需瀏覽定稿時對重複者加以删削即可）。從本文第一部分的考察可知，高崇蘭取捨傾向是保留「夢弼曰」注文，删除與「夢弼曰」内容重合的「某某（其他注家）曰」注文，原因也很簡單，因爲其他注家注文經過「夢弼曰」的重新歸納敘述，渾然一體，如果貿然删去其中部分字句，有可能破壞辭氣連綴，不成文句，因此直接删除其他注家注文是最簡單的掩蓋方法。如果徹底追責，根據前面所説高崇蘭本誤讀「夢弼曰」注文來源文獻的三種規律來看，因高崇蘭本一定採用了黄氏補注杜詩，而補注杜詩與杜陵詩史、分門集注屬於同一注文「文獻序列」，三書涵蓋的注文内容基本一致（僅補注杜詩多出黄氏補注内容，而杜陵詩史注文更詳細一些），也就是説高崇蘭本編纂過程中必然過目了杜陵詩史、分門集注、黄氏補注杜詩注文。因此，高崇蘭應承擔的「故意責任」，是「夢弼曰」注文中可以依據杜陵詩史、分門集注、黄氏補注杜詩注本系列辨認出來的部分；從現存注文承襲情況看，高崇蘭編纂定稿時過目郭知達九家集注杜詩的可能性很小，這導致了一部分被草堂詩箋攫爲己有、注家名僅見於九家集注杜詩的杜田補遺、趙次公注文，無法被辨認出來，這一部分屬於「（無意）過失責任」，可以減輕。

最後還要指出，除了針對「注文」的初稿、定稿兩個編纂階段之外，高崇蘭本還有針對「篇目編次」的編纂階段。這個編纂過程當與定稿同步，高崇蘭用黄氏補注杜詩每篇詩題下黄鶴補注的繫年意見，對編年本草堂詩箋具有繫年意味的篇目編次進行改動，形成了一種篇目編次不同於此前任何杜集編次的新型編次。這一新編次影響了明清以降重要杜集注本的編次〔七〕。各本篇目編次的相互關係如下：

時序	編次系統之一	編次系統之二
一	【蔡興宗編次】 南宋趙彦材杜詩趙次公先後解	
二	【魯訔編次】 （一）南宋王狀元集百家注編年杜陵詩史 （二）南宋蔡夢弼杜工部草堂詩箋	【黃鶴繫年】 南宋黃希、黃鶴黃氏補千家注紀年杜工部詩史 （附黃鶴年譜辨疑）
三	編次系統之三（綜合魯訔編次與黃鶴繫年成果） 宋元之際高崇蘭編次集千家注批點杜工部詩集 明王嗣奭杜臆 清朱鶴齡杜工部詩集輯注 清張溍讀書堂杜工部詩集注解 清仇兆鼇杜詩詳注 清楊倫杜詩鏡銓	

高崇蘭本成書正是建立在上述三個編纂階段基礎之上。元大德七年(一三〇三),高崇蘭編纂成書之後,請自己的老師、劉辰翁的兒子劉將孫爲此書作序,劉將孫序稱讚此書足爲弘揚草堂詩箋之功臣(「固草堂集之郭象本矣」),特地指出「楚芳(高崇蘭字)於是注,用力勤,去取當,校正審,賢他本草草借吾家名以欺者甚遠」。此後,高崇蘭本成爲元、明兩代最爲流行的杜集注本,後世不少注本都間接通過高崇蘭本所引「夢弼曰」來使用草堂詩箋注文,不加辨别,典型者如朱鶴齡杜工部集輯注〔八〕,其他如仇兆鼇杜詩詳注等亦多有徵引。如今看來,高崇蘭本初稿受到底本蔡夢弼草堂詩箋删去注家名的誤導,尚情有可原;定稿時引入黄氏補注杜詩等,本有機會糾正初稿錯誤,却草草從事,懶於甄别。最終導致此書所引「夢弼曰」注文真僞相參,僞「夢弼曰」與他家注良莠並列,將孫之譽落空,謬種盡數流傳,高氏難辭其咎。高崇蘭本所引「夢弼曰」注文既經判明,其書注文從此可以正常使用,其編纂過程的不同階段以及由此造成的注文歸屬錯誤、甄别的不徹底也真相大白。

四、宋元「集注批點」杜集系列羅履泰本、徐居仁本的成書過程、相互關係與價值

高崇蘭本大行於元、明兩代,後世翻刻「集注批點」杜集基本上都以高崇蘭本爲底本。然

而，在高崇蘭本之外、宋元杜集注本以「集注批點」爲名者，尚有兩種内容差異極大、另成系統之本，不但未得到清晰定位，學界甚至頗多誤解。它們是羅履泰序、署名彭鏡溪集注須溪批點杜工部詩注，以及署名徐居仁編次、黄鶴補注的集千家注分類杜工部詩。高崇蘭本的成書過程既明，羅、徐二本的成書過程及其在「集注批點」杜集系統中的位置也就逐漸清晰。

（一）高崇蘭本的「前傳」：羅履泰序、署名彭鏡溪集注須溪批點杜工部詩注

羅履泰序、署名彭鏡溪集注須溪批點杜工部詩注篇目編次不同於高崇蘭本，而與宋本五十卷系統草堂詩箋基本一致。筆者全部比對兩書，可以分爲兩種情況：第一種，篇目挪動。草堂詩箋全部五十卷，羅本僅集中調整了開篇第一卷（共十九首）中的七首編次；其他四十九卷編次基本無調整，偶然的個别調整屬於編纂鈔撮中的無心之失（如同頁相近位置調换，共有九首）。全書一千五百余首詩，篇目挪動共十六首，僅佔百分之一，可以忽略。第二種，篇目删削。草堂詩箋五十卷共一千五百餘首詩，羅本删去了六二一首（組詩皆算作一首），佔三分之一多，删削規模相當可觀，説明須溪批點杜工部詩注是一部杜詩選本，過去對這一點認識不夠充分。

羅履泰本注文，除署名劉辰翁批點之外（書中專門以黑框内圜「批」字標明），基本從蔡夢弼杜工部草堂詩箋有所選擇地抄録。换言之，篇目上，羅本是全部杜詩的一部「選本」；從注文角度看，羅本又是杜工部草堂詩箋的一部注文「選本」。以投哥舒開府翰三十韻爲例（圖爲日本國立國會圖書館藏本）：

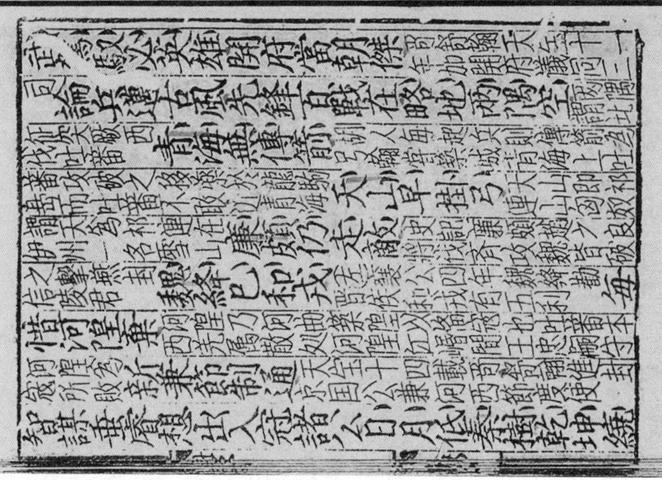

（日本國立國會圖書館藏本）

廣文到官舍繫馬堂階下繫一作置非劉越石扶風歌繫馬長松下廢鞍高丘巔醉
則騎馬歸則樊作郎晉山簡鎮襄陽每出遊輒醉時有兒童歌曰日夕倒載歸酩酊無所知時二能騎馬倒著白接
䍦頗遭官長罵才名四十年四一作三坐客寒無氊氊請言切
席也按唐書鄭虔傳虔在官貧約澹如也乃引杜甫嘗贈以詩曰才名三十載坐客寒無氊則知公之作眞與詩史矣後漢冉駹夷能
作旃氊晉吳隱之有清操爲太常以竹蓬爲屛風坐無氊席賴有蘇司業賴一作近時時與酒
錢與一作乞乞丘既切與也按虔始爲廣文館學士生嗜酒不治事數爲官長所訶怡然不以爲意祿山反陷于賊受祿山
爲署後竄歸坐免官故至貧窶惟蘇源明重其才時時給與之甫集有醉時歌云得錢即相覓沽酒不復疑謂此也

投哥舒開府翰三十韻

哥舒翰其先蓋突厥施奧長哥舒部之裔也

今代麒麟閣漢武帝獲白麟遂作麒麟閣以畫功臣像宣帝甘露三年上思股肱之美乃圖畫大將軍霍光等十
二人於麒麟閣何人第一功高祖論功行封以蕭何爲第一君王自神武君王謂玄宗也漢刑

杜廿三　二

法志高祖躬神武之材總覽英雄也駕馭必英雄吳志張昭曰吾君能駕馭英雄開府當朝
傑玄宗即位自負神武好開邊境駕馭英雄之士以爲將帥哥舒翰於天寶十一載加開封儀同三司得自選將校叅謀甫意哥
舒特膺帝眷必立大功爲當代麒麟閣第一人有如漢之蕭何也唐制開府儀同三司三司者三公也從一品官也論
兵邁古風先鋒百戰在戰一作勝略地兩隅空略地一作妙畧畧取也兩
隅空謂此征突厥西伐吐蕃也翰嘗攻吐蕃石堡城遂以赤嶺爲西塞青海無傳箭胡人海起兵以傳箭爲號
或曰守城之法更夜傳箭以警其睡也青海軍中夜傳箭以守無傳箭言無警也翰嘗築城青海上吐蕃攻破之移築於龍駒島而
吐蕃不敢近青州十三州志臨羌縣西有卑禾海謂之青海天山早挂弓天山即祁連山匈奴謂天爲祁連今
鮮卑語然祁連山在伊州一名雪山挂弓言休兵也薛仁貴傳將軍三箭定天山壯士長歌入漢關廉頗仍走敵
謂敵既竄走畏翰之威如良廉頗也史記本傳廉頗趙之良將伐齊攻魏皆破之擊燕封信平君魏絳已和戎
謂戎來東和感翰之德如感魏絳也左氏襄公四年傳魏絳勸晉侯和戎有五利公說使魏絳盟諸戎修民事田以時既而鄭人賂
晉侯以樂晉侯以樂之半賜魏絳曰子教寡人和戎八年之內九合諸侯如樂之諧請與子樂之於是魏絳始有金石之樂也每

（草堂詩箋 宋本五十卷）

將草堂詩箋此詩原文迻録如下，加粗注文是被羅履泰序須溪批點杜工部詩注摘録者：

投哥舒開府翰三十韻哥舒翰，其先蓋突厥施莫長哥舒部之裔也。

今代麒麟閣，**漢武帝獲白麟，遂作麒麟閣，以畫功臣像。**宣帝甘露二年，**上思股肱之美，乃圖畫大將軍霍光等十二人於麒麟閣。**何人第一功。高祖論功行封，以蕭何爲第一。君王自神武，君王，謂玄宗也。漢刑法志：高祖躬神武之材，總覽英雄。駕馭必英雄。吴志：張昭曰：「吾君能駕馭英雄。」開府當朝傑，玄宗即位，自負神武，好開邊境，駕馭英雄之士，以爲將帥。**哥舒翰於天寶十一載加開府儀同三司**，得自選將校參謀，甫意哥舒特膺帝眷，必立大功，爲當代麒麟閣第一人，有如漢之蕭何也。唐制：開府儀同三司。三司者，三者，三公也，從一品官也。論兵邁古風。先鋒百戰在，戰，一作勝。略地兩隅空。略地，一作妙略。略，取也。**兩隅空，謂北征突厥、西伐吐蕃也。**翰嘗攻吐蕃石堡城，遂以赤嶺爲西塞。青海無傳箭，**胡人每起兵，以傳箭爲號。**或曰：守城之法，更夜傳箭，以警其睡也。青海軍中夜傳箭以守，無傳箭，言無警也。**翰嘗築城青海上，吐蕃攻破之。移築於龍駒島，而吐蕃不敢近。**青州，十三州志：臨羌縣西有卑禾海，謂之青海。天山早掛弓。**天山即祁連山。匈奴謂天爲祁連。**今鮮卑語然。祁連山**在伊州，一名雪山。**掛弓，言休兵也。薛仁貴傳：將軍三箭定天山，壯士長歌入漢關。廉頗仍走敵，謂敵既竄走，畏翰之威，如良廉頗也。**史記本傳：廉頗，趙之良將。伐齊攻魏，皆破之。擊燕，封信平君。**魏絳已和戎。謂戎來求和，感翰之德如感魏絳也。**左氏襄公四年傳：魏絳勸晉侯和戎有五利。**公説，使魏絳盟諸戎，修民事田以時。既而鄭人賂晉侯以樂，晉侯以樂之半賜魏絳，曰：「子教寡人和戎，八年之内，九合諸侯，如樂之諧，請與子樂之。」於是魏絳始有金石之樂也。每惜河隍

棄，河隍，乃河曲，築隍以備寇也。吐蕃傳：吐蕃本西羌屬，散處河隍、江岷間。王忠嗣守河隍，爲寇所敗。惜其棄之已久，未收復也。新兼節制通。翰天寶十一載冬入朝呈攻守計，十二載春，**進封凉國公兼河西節度使。**蓋以河隍之久棄，欲得翰收復之，故使之節度河西也。

此詩題作投哥舒開府翰三十韻，實只二十韻，宋本五十卷草堂詩箋寫作「三二」，實爲訛字（元本、古逸叢書本草堂詩箋改爲「二」）。羅履泰本須溪批點杜工部詩注同樣誤寫爲「三」，恰説明其源出自宋本五十卷草堂詩箋。

可以説，羅履泰序須溪批點杜工部詩注以草堂詩箋爲底本，作了兩種工作。第一，對詩篇及注文都有所選擇。其中詩篇的選取量極大（僅僅删去極少數篇章未録），注文選取量較小（删去了大量的草堂詩箋注文）。但無論是篇目編次還是注文的選擇，其編輯動作僅爲「摘取」，絶無改動。第二，將劉辰翁批點内容插入相應位置，並作了明顯標誌。所謂「彭鏡溪集注」，其實際編纂僅限於上述兩點，並無任何新添原創成分。

羅履泰本成書過程既明，高崇蘭本與羅履泰本的關係也就清楚了。高崇蘭本與羅履泰本在注文上存在一一對應關係，這説明羅履泰本對草堂詩箋注文的選擇，基本爲高崇蘭本所承襲。换言之，高崇蘭本最初參考了羅履泰本。但將比對範圍擴大，更多詩篇注文表明高崇蘭本抛開了羅履泰本約束，直接從草堂詩箋選取注文，這就進入了前文所述高崇蘭本成書的「初稿」階段。高崇蘭本此後甚至不滿足於僅從草堂詩箋選擇注文，而直接從黄氏補注杜詩選取注文，形成「集千家注」規模，即前文所述高崇蘭本成書的「定稿」階段。可以説，高崇蘭本正是首先參考了羅履泰本，隨後又不滿足於羅履泰本，才重新開始了從初稿到定稿的編纂成書過程。一言以蔽之，羅履泰本可以視爲高崇蘭本的「前傳」。從高本與羅本前後相承的編纂環節、兩書的參考範圍、成書品質來看，劉將孫所説高崇蘭本「賢他本（指羅本）草草借吾家名以欺者甚遠」，正隱含了高本首先立足於羅本、隨後揚棄羅本以擴大底本選擇範圍的過程。否則以羅本引用劉辰翁批點文字並無異常來看，很難理解劉將孫何以將這部旨在弘揚其父劉辰翁批點的發軔之作定性爲「借吾家名以欺」？高本既保存了劉辰翁批點，又將這些其實並無太多新意的批點文字置於新引入的黄氏補注杜詩系統的「千家注」注本語境中，並將黄氏補注的繫年成果通過新編次體現出來，通過全書價值的昇華，間接提高了劉辰翁批點的使用價值。劉將孫喜見新本琳琅，極口譽之，固然可以理解，詆斥舊本，則稍欠厚道。洪業杜詩引得序説羅履泰本「業皆未能見，無以知其内容體例」[九]，迄今學界對羅本成書過程及其在「集注批點」杜集系列中的位置亦語焉不詳[一〇]，故拈出以明。

（二）高崇蘭本的「鏡像」與糾正：署名徐居仁編次、黄鶴補注集千家注分類杜工部詩

從高崇蘭本成書過程可知：一方面，高崇蘭本注文首次採用草堂詩箋的「選本」羅履泰本，而後揚棄之；其次採用草堂詩箋，而後揚棄之；最後選取黄氏補注杜詩，形成「集

千家注」的規模。另一方面，高崇蘭本編次融合了草堂詩箋（編年本）的魯訔編次與黄氏補注杜詩（分體本）的題下注繫年意見，形成了獨一無二的新型篇目編次體系。從上述兩方面來看，黄氏補注杜詩在注文以及繫年觀點上確有優於草堂詩箋之處，故爲高崇蘭本青睞。

從這一角度著眼，署名徐居仁編次、黄鶴補注集千家注分類杜工部詩的編纂思路變得容易理解。一方面，徐居仁本不但從題名上顯然承襲高崇蘭本「集千家注」之名，而且又在集注杜工部詩姓氏中列出「宋賢建安蔡氏（夢弼字傅卿，箋注子美詩）」與「時賢廣陵劉氏（會孟字辰翁，批注子美詩）」，並收録黄鶴撰杜工部詩年譜，似乎與高崇蘭本以草堂詩箋爲底本、參考黄氏補注杜詩、引入署名劉辰翁批點的編纂成書性質完全一致，僅僅存在篇目編次上的不同（「門類」爲分類本，高崇蘭本爲編年本）。另一方面，尋繹徐居仁本注文，實際上却全以黄氏補注杜詩作爲底本，間采草堂詩箋「夢弼曰」注文，這與羅履泰本、高崇蘭本以草堂詩箋爲底本的取徑絶異。徐居仁本卷首題作「臨川黄鶴補注」，正可視爲黄氏補注杜詩注文與繫年觀點優勢在版本選擇上的體現。以徐本卷首北征（卷一「紀行上」）爲例，比對黄氏補注杜詩（下三圖爲日本内閣文庫藏元刻本及中華再造善本影印元刻本）：

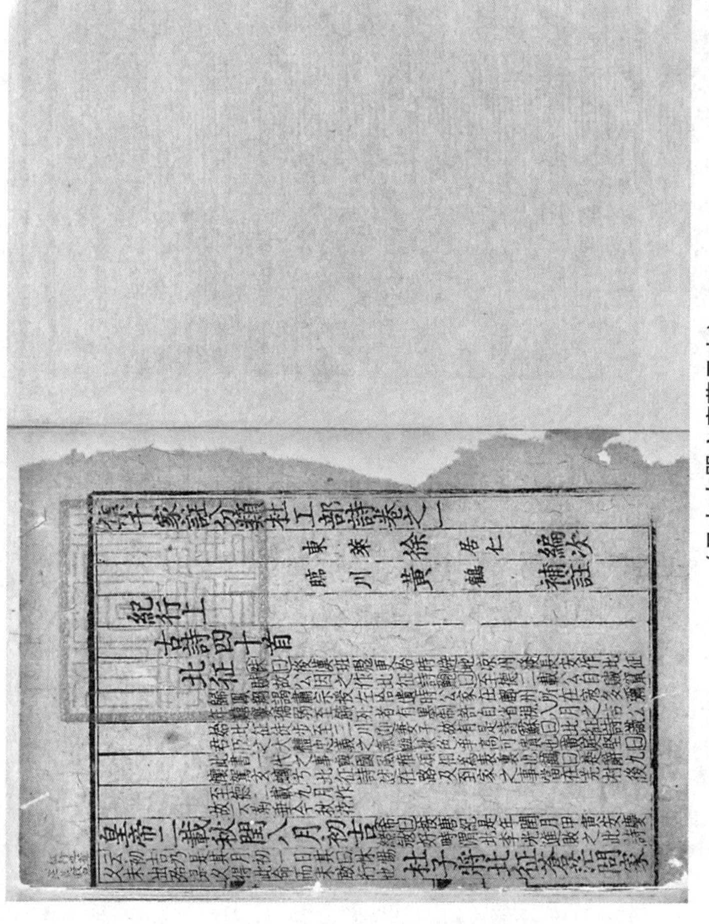
集千家註分類杜工部詩卷之一
東萊徐居仁編次
臨川黃鶴補註
紀行上
古詩四十首
北征

（日本内閣文庫藏元本）

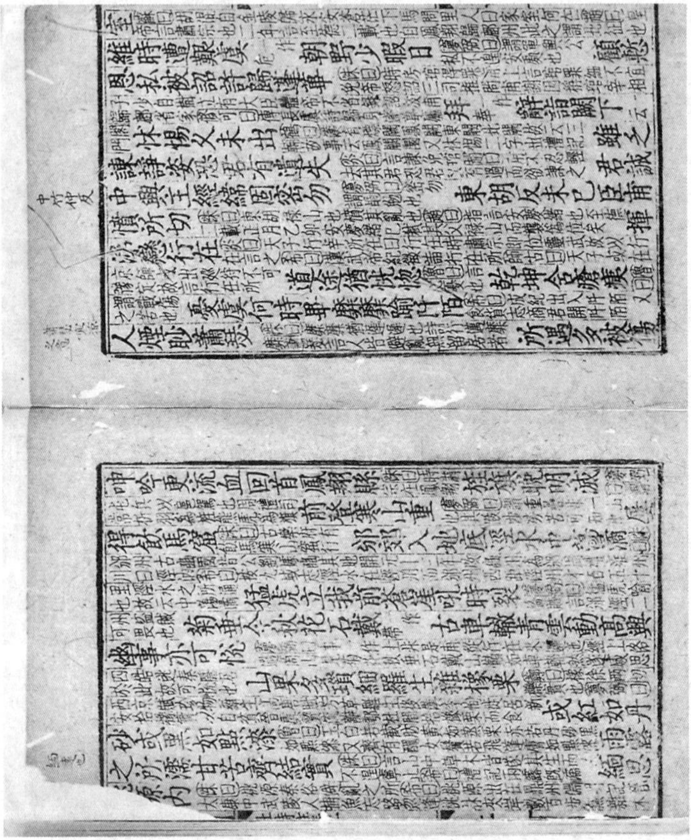

（日本內閣文庫藏元本）

年罷之三年復禁酤置醸酒斛收直三千今以公此詩言之斛收三千非特起於建中然則丁酉公知此詩而不知史也

北征 至德二年作

鮑曰至德二載公自賊竄歸鳳翔謁肅宗拜左拾遺時公家在鄜州所在寇奪弥年艱窶孺弱至餓死者有墨制許自省視八月之吉公始北征徒步至三川迎妻子故有是詩趙曰北征詩識君臣之大體忠義之氣與秋色爭高可貴也補注鮑曰楚辭九懷駕玄螭兮北征詩述在路及到家之事當在羌村後至德二載九月作故云菊垂今秋花

皇帝二載秋閏八月初吉補注希曰按唐紀是年閏月甲寅安慶緒寇好時渭北李光進敗之此詩云初吉乃是其月初一日其日怵惕久未出殆是久得此命而未敢行也杜子將北征蒼茫問家室蘇曰胡混自金陵歸永安蒼茫下馬問里人曰家室何在趙曰皇帝言肅宗也二年言至德二年也自鳳翔歸鄜州此之謂北征也維時遭艱虞朝野少暇日顧慙恩私被詔許歸蓬蓽洙曰時房琯得罪甫上言琯罪細不宜免帝怒詔三司推問甫謝因稱琯宰相子少自樹立有大臣體帝不省録詔放甫歸鄜省家修可曰傳長孺詩歸身蓬蓽廬拜一作辭詣闕下一云閤怵惕久未出補注趙曰漢有嘌闕鳳闕東闕北闕故云三輔故事云鳳闕圜又怵惕二字出礼記雖乏諫諍姿恐君有遺失炎曰言諫免琯趙曰甫不忍輕去其君恐君又有過牽而欲諫諍之君誠中興主經緯固密勿東胡反未已臣甫憤所切洙曰東胡祿山也憤其乱也揮涕戀行在炎曰天子行幸所在曰行在補注希曰漢武帝紀微詣行在所師古曰天子或在京師或出巡狩不可豫定故言行在所道途猶恍惚舊曰言心憂也乾坤含瘡痍憂虞何時畢靡靡踰阡陌補注希曰成紀出入阡陌又食貨志商君開阡陌人煙眇蕭瑟洙曰靡靡猶遲遲也詩行邁靡靡言人皆避乱无留居者所遇多被傷呻吟更流血回首鳳翔縣旌旗晩明滅洙曰時肅宗在鳳翔前登寒山重屢得飲馬窟洙曰古樂府有飲馬寒山窟行邠郊入地底涇水中蕩潏洙曰邠州古豳國昔公劉據豳其地開元十三年改豳州為邠周礼

（中華再造善本影印元刻本）

除個别注文有增删外，兩書内容基本一致（全書其他篇章亦然，不贅舉），明顯呈現出徐居仁本以黄氏補注杜詩爲底本的編纂特點。徐居仁本中個别稍異於黄氏補注杜詩的注文增删，數量很少。徐本與黄氏補注杜詩注文不同而又具有規律性的只有一種，即「夢弼曰」注文。按，蔡夢弼草堂詩箋成書於南宋嘉泰四年（一二〇四），黄氏補注杜詩成書於嘉定九年（一二一六），兩者大約同時而互不知情，亦未曾相互引用。徐居仁本既以黄氏補注杜詩爲底本，那麽徐本引「夢弼曰」注文自然並非出自黄氏補注杜詩，而是出於徐本編纂者之手。這些「夢弼曰」注文是以何種途徑進入徐本呢？現以徐本全書第一首北征爲例，將此詩所引「夢弼曰」注文共十三條臚列如下：

朝野少暇日。夢弼曰：謂軍興公私不遑安處也。

經緯固密勿。夢弼曰：密勿，謂黽勉也。

旌旗晚明滅。夢弼曰：謂屯兵以扈駕也。周禮：司常析羽爲旌，熊虎爲旗。

前登寒山重，夢弼曰：謂重疊非一山也，其跋涉勞苦可知也。

蒼崖吼時裂。夢弼曰：猛虎，喻盗賊，言邠、涇二州盗賊可畏也。

幽事亦可悦。夢弼曰：事，一作士，非是。甫從行往來，邐迤經上洛，過商山，見菊花秋垂，石戴山巔如車轍然，遂感思四皓逃秦隱居於此，故可悦也。

羅生雜橡栗。夢弼曰：西京賦：珍物羅生。高唐賦：芳草羅生。後漢李恂徙居新安，拾橡實以自資。晉虞摯流離鄠、杜間，拾橡栗而食。

益歎身世拙。夢弼曰：甫歎身居亂世，不能爲桃源之隱，足見其謀之拙也。

殘害爲異物。夢弼曰：潼關，哥舒翰所守處，爲賊所破，百萬之師，何其散敗若是倉卒乎！異物，鬼也。秦地之民半爲鬼物。言將非其人，禍延天下，人君選將，可不慎歟！潼關乃京師之喉咽，潼關謹守，雖有百禄山，其能破京城哉？甫深爲舒翰嘆惜也。

慟哭松聲迴，悲泉共幽咽。夢弼曰：慟，徒送切，哀過也。迴，一作回，非也。幽，一作嗚。

似欲忘飢渴。夢弼曰：甫是以取帛爲衣，解粉黛，羅衾稠，妻面復光，女頭自櫛，以至抹妝畫眉，皆得其所，豈意生還復見妻子，中心之喜似忘飢渴。

甘受雜亂聒。夢弼曰：甫喜對童稚，雖彼驕騃，亦莫忍生嗔喝之怒，蓋念在賊苦，寧甘受此亂聒，復何嫌耶！

樹立甚宏達。夢弼曰：謂先帝山陵皆蓄神靈，可以陰騭子孫，而中興之君復盡孝道，掃灑之禮未嘗少缺，自兹已往，必能紹復太宗之業，禄山蕞爾之寇，何足慮乎！

徐本北征全部十三條「夢弼曰」注文，較之草堂詩箋，除「甘受雜亂聒」注文在「甫喜對童稚」之前，少「兒女喜父歸，請問賊中之事，憂苦如何，復觀其須髮皆白，競來挽引」數語之外[二]，其餘完全與草堂詩箋一致。不過，既然徐本在其附録集注杜工部詩姓氏中已經將「宋賢建安蔡氏（夢弼字傅卿，箋注子美詩）」列爲參考注家，那麽引用草堂詩箋注文並不奇怪。然而最精彩、也最出人意外的是，這十三條「夢弼曰」注文，經筆者據新定杜工部草堂詩箋斠證覆核，全爲蔡夢弼自注，絶無其他注家注文羼入的情况！這與高崇蘭本所引「夢弼曰」注文半數以上（四百餘條）爲誤認其他注家注文的情况迥然不同。儘管這一特點只出現在徐居仁本的第一卷，但就筆者所知宋、元以降杜集注本對「夢弼曰」注文的引用，如此準確，絶不摻雜爲蔡夢弼草堂詩箋删去注家名的其他注家注文，實屬獨一無二！徐居仁本這一特點，迄今未被研究者所瞭解。

徐居仁本爲何能做到這一點？關鍵在於徐本編纂者對底本、參考補充本先後主次關係的合理選擇。高崇蘭本以蔡夢弼草堂詩箋爲底本，以黄氏補注杜詩爲參考補充本，選擇注文時先蔡本、後黄本；徐本則以黄氏補注杜詩爲底本，以蔡夢弼草堂詩箋爲參考補充本，選擇注文時先黄本、後蔡本。徐本這樣做的結果是，黄本已經一一標明了每條注文的注家歸屬，以黄本爲底本再添加蔡夢弼草堂詩箋注文時，蔡本中被蔡夢弼删去注家名的注文都很清楚地顯示出它們原本所屬的注家歸屬，没有歸屬的注文才可能屬於真正的「夢弼曰」。從這個角度看，徐本可以視爲高本的「鏡像」：它的注文來源文獻與高本相同，而採納順序與高本相反。徐本所引「夢弼曰」注文，因此書對底本、參修本主、次關係的正確選擇，成爲目前所僅見、最準確的對蔡夢弼「自注」的徵引，值得特地拈出予以表彰。另外還須指出，除了正確選擇黄氏補注杜詩爲底本之外，徐本在添入蔡夢弼草堂詩箋注文時，甚至還擴大了參考本的範圍，將九家集注杜詩、杜陵詩史等納入參考本，以此對蔡本注文做了更精細的比對工作。仍以北征爲例，黄氏補注杜詩圖示已見前文，草堂詩箋（宋本卷十一）圖示如下：

美人歸重泉　況乃粉黛假（列子周穆王……粉白黛黑……）當時侍金輿

故物獨石馬　憂來藉草坐（魏武短歌行……百憂從中來）浩歌淚盈

把　冉冉征途間　誰是長年者（冉冉……在美人化爲黄土……）發若此後自傷氣已冉冉猶在征途間豈能長久者乎是以憂來坐草浩歌而揮淚盈把也天台賦嗟人生之短期孰長年之能執

北征（歸至鳳翔墨制放往鄜州作。鄜音敷）二年公自賊中竄歸鳳翔謁肅宗授左拾遺時公家在鄜州所在寇多弥年艱窶孺弱至飢死者有墨制許自省視八月之吉公始北征徒步至三川迎妻子故作是詩蘇軾曰北征詩識君臣之大躰忠義之氣與秋色爭高可貴也黄庭堅曰此書一代之事與國風雅頌相爲表裏也夢弼按後漢班彪更始時避地凉州發長安作北征賦故公因之作北征詩

皇帝二載秋閏八月初吉（朔日也）杜子將北征（公自鳳翔歸鄜州此之謂北征征行也）蒼茫問家室（茫一作芒……荒寂之貌）維是遭艱虞（一作虞）朝野少暇日（謂軍興公私不遑安處也）顧慚恩私被（恩私者謂天子之恩又於甫之私門也曹子建聖皇篇迫有官典憲不得顧私恩）詔許歸蓬蓽（蓬門蓽戶甫自言所居三川是也傳長虞贈何劭詩歸身蓬蓽廬）拜辭詣闕下（詣闕下一作奉辭）怵惕久未出　雖乏諫諍姿　恐君有遺失（甫不忍輒去其君恐君又有過失而欲諫諍之也）君誠中興主（中仲）經緯固密勿（密勿謂黽勉也）東胡反未已（言安慶緒也至德二載正月乙卯安慶緒已弒其父祿山而襲僞位矣）臣甫憤所切（……臣叛君也）揮涕戀行在（天子行幸之所曰行在時肅宗即位靈武故以行在言之）道途猶恍惚（一作述）乾坤含瘡痍（謂戰傷之士也）憂虞何時畢　靡靡踰阡陌（靡靡遲遲也詩行邁靡靡……阡陌田間道也……南北曰阡東西爲陌）人煙眇蕭瑟（言皆避亂無留居者曹植送應氏詩中野何蕭條千里无人煙）所遇多被傷　呻吟更流血　回首鳳翔縣（時肅宗在鳳翔）旌旗晚明滅（謂也兵以鳥隼爲旟周禮司常析羽爲旌也）

（草堂詩箋　宋本五十卷）

用黃氏補注杜詩與草堂詩箋注文進行比對，草堂詩箋本北征一詩的題下注最末四行文字之「夢弼按」值得引起注意：

> 夢弼按：後漢班彪更始時避地凉州，發長安，作北征賦。故公因之作北征詩。

按，上文所説徐本中北征詩注引用「夢弼曰」共十三條，這十三條「夢弼曰」混雜在草堂詩箋删去注家名的注文中，由徐本根據黃氏補注杜詩甄別後專門析出並標明。奇怪的是，草堂詩箋本北征一詩中唯一標明「夢弼曰」的這條注文反而没有被徐本採納，令人疑惑！比對作爲徐本底本的黃氏補注杜詩，可以發現這一條「夢弼曰」的真僞不能通過黃氏補注杜詩加以判斷，這不但没有解決問題，反而使得困惑加强了。試想，徐本以黃本爲底本對草堂詩箋進行甄別，千方百計將草堂詩箋中未曾被蔡夢弼標出的真正「夢弼曰」注文析出並標明（如徐本北征「夢弼曰」十三條），而題注中此條注文已經由蔡夢弼草堂詩箋專門親自標明爲「夢弼曰」，並且根據黃氏補注杜詩驗證，也看不出它是屬於其他注家注文的僞「夢弼曰」注文，那麽爲何徐本不予以採納？我們擴大用於甄別的注本範圍，發現這條注文還出現在郭知達九家集注杜詩中，依例應爲「（王）洙曰」：

> 後漢班彪更始時避地凉州，發長安，作北征賦。

另外，在杜陵詩史中它又被引作「（王）彦輔曰」。

此外，九家集注杜詩有一條更接近「夢弼曰」内容的「趙（次公）曰」注文，趙注顯然是在王注基礎上所作的發揮：

班彪自長安避地凉州，作北征賦。公亦因所往之方同，故借二字爲題耳。

不論題注此條注文出自王洙、王彦輔還是趙次公（三人皆早於蔡夢弼），它絶非真正的「夢弼曰」，而是蔡夢弼攫取他人注的「冒認」，徐本未採納這條在草堂詩箋中被蔡夢弼明確標作「夢弼曰」注文的原因也就清楚了。這説明徐本在選擇黄氏補注杜詩作爲底本之外，還參考了九家集注杜詩、杜陵詩史（杜陵詩史正是黄氏補注杜詩的源頭）等注本對草堂詩箋注文進行過甄别。

爲了更全面地説明問題，我們再用草堂詩箋全書中標明「夢弼曰」的全部注文來驗證徐本全面利用杜集宋元注本的精細程度。蔡夢弼作集注會箋時將注家主名全部删去，使得實質上爲集注本的草堂詩箋在外貌上呈現爲純粹單注本形態，全書基本不出現注家名。如果説草堂詩箋雖有超過一半以上的注文完全承襲前人注文而删去注家主名，但同時畢竟尚有接近一半的注文，蔡夢弼基於「集注會箋」體例作出了改寫，這部分注文删去注家主名有一定合理性。兩部分注文合爲一書，爲統一體例計，故皆不録注家主名，似尚可自圓其説。但還有一批注文，草堂詩箋特地標明「夢弼曰（夢弼謂、夢弼按、夢弼詳考、余謂、余按、余詳味）」，以强調它們的原創性，從未引起過後人懷疑，然而經筆者比對，它們屬於確鑿無疑的蔡夢弼「冒認」他人注，冒認對象主要是趙次公與師古兩家注文，計有三十一條。現將這三十一條與徐本注文作比對如下：

第一，徐本對蔡夢弼冒認趙次公注的糾正。

如奉和賈至舍人早朝大明宫舍人先世掌絲綸，題下趙次公注：「賈至，曾之子。曾於睿宗末年及開元初再爲中書舍人，後與蘇晉同掌制誥，皆以文辭稱，時號蘇賈焉。玄宗幸蜀，時至拜起居舍人。帝曰：『昔先帝誥命，乃父爲之辭。今兹命册，又爾爲之。兩朝盛典出卿家父子，可謂繼美矣。』故云。」蔡夢弼抹去趙次公之名，寫作「考諸史氏」，似乎自己有勾稽考證兩唐書及唐代史籍之功。徐本將注文置於「欲知世掌絲綸美」句下，引作「趙（次公）曰」。又如觀薛稷少保書畫壁「鬱鬱三大字，蛟龍岌相纏」句，趙次公注：「稷所書慧普寺碑上三字，字方徑三尺許，筆畫雄勁。然公於李潮八分小篆歌云『八分一字直千金，蛟龍盤拏肉屈强』，是言八分及草書之纏糾，然後可言有蛟龍之勢也。然稷三大字乃真書，其勢豈若蛟龍耶？余嘗到慶壽寺觀之，三字之傍有贔屭纏捧，乃龍蛇岌相纏也。詩人道實事，爲壯觀之句耳。」趙次公是蜀人，方便到通泉縣（今四川遂寧）慶壽寺游歷，蔡夢弼身處福建，在南宋時期欲前往蜀中，頗不容易。草堂詩箋作：「稷所書惠普寺碑三字，字方徑三尺許，筆畫雄勁，今在通泉縣慶壽寺聚古堂，觀其所書三字之傍，有贔贔（屭）纏捧，乃龍蛇岌相纏也。」蔡夢弼很細心地將「余嘗到慶壽寺觀之」一句删去，改爲客觀敘述「今在通泉縣慶壽寺聚古堂」，以滅抄襲自趙次公注之痕迹。徐本引作「趙（次公）曰」，並完整保留了「余嘗到慶壽寺觀之」一句。其餘如陳拾遺故宅

「彦昭超玉價」句注、收京三首其一「聊飛燕將書」句注、寄董卿嘉榮十韻「自是一嫖姚」注、水宿遣興奉呈群公「登橋柱必題」句注、暮秋枉裴道州手札率爾遣興寄遞呈蘇渙侍御「入懷本倚崑山玉」句注、曲江對雨「何時詔此金錢會」句注、奉贈韋左丞丈二十二韻「行歌非隱淪」句注、遣憤「雷霆可震威」句注、杜鵑詩「重是古帝魂」句注、大曆三年春白帝城放船出瞿塘峽久居夔府將適江陵漂泊有詩凡四十韻「歷塊匪轅駒」句注、秋日荆南送石首薛明府辭滿告別奉薛尚書頌德叙懷斐然之作三十韻「槍壘失儲胥」句注、哭李常侍嶧二首其一「寒山落桂林」句注、憶昔行「辛苦不見華蓋君」句注、別董頲「南適小長安」句注，所謂「夢弼謂」、「夢弼詳考」、「夢弼按」、「余按」、「余謂」、「余詳味此詩」云云，實際皆爲趙次公注。徐本也皆引作「趙次公曰」。

第二，徐本對蔡夢弼冒認師古注的糾正。

如奉贈韋左丞丈二十二韻「王翰願卜鄰」句，草堂詩箋注：「夢弼謂：唐李邕有才名云云。」實爲師古注。徐本引作「（王彦）輔曰」。按，師古注常有源於更早注家注文的情況，而成書於政和三年（一一一三）的王得臣（彦輔）杜工部詩增注是最早的宋人杜注之一，故此條很可能最初出於王彦輔注，後爲師古注吸收。又如奉贈王中允維「一病緣明主」句，師古曰：「甫自言得肺疾只緣思君也。」草堂詩箋注：「魯訔云：維在賊時，以藥下痢，陽瘖。予謂非也，蓋甫自言其因思君之故而得肺渴之疾也。」蔡夢弼加上「予謂非也」，似乎接下來的反駁意見出於自己原創，其實是來自師古注。徐本引作「師（古）曰」。其餘如入奏行贈西山檢察使竇侍御題下注、登樓「玉壘浮雲變古今」句注、春日江村五首其五「登樓初有作，前席竟爲榮」兩句注、陪王侍御同登東山最高頂宴姚通泉晚攜酒泛江「聽曲低昂如有求」句注、早發射洪縣南途中作「更灑楊朱泣」句注、述古三首其二「市人日中集」篇末注、宴忠州張使君侄宅「自須游阮舍」句注、秋日寄題鄭監湖上亭三首其三「揮金應物理」句注、奉酬薛十二丈判官見贈「無心雲母屏」句注，所謂「夢弼曰」、「夢弼謂」、「余按」云云，皆爲師古注。徐本皆引作「師（古）曰」。另外，傷春五首其三「星辰屢合圍」句注、追酬故高蜀州人日見寄「服食劉安德業尊」句注所謂「夢弼謂」，皆爲師古注，徐本未予採納。

第三，徐本對蔡夢弼冒認其他注家注文的糾正。

蔡夢弼冒認其他注家注文的情況很少，僅有兩條。奉待高常侍「汶上相逢年頗多」句注所謂「予按」者，將赴成都草堂途中有作先寄嚴鄭公五首其一「酒憶郫筒不用沽」句注所謂「夢弼謂」者，據杜陵詩史、分門集注、補注杜詩引作「（杜）修可曰」，而所謂杜修可注（又或稱杜時可注），研究者公認即杜田補遺注文的異稱。徐本對這兩條注文皆引作「修可曰」。

總之，上述全部三十一條從未引起懷疑的蔡夢弼「冒認」他人注文，徐居仁本或直接指出注家名，或乾脆不予採納，辨識精準，無一失誤。

在杜集宋、元注本多爲書坊草率編纂而成的書籍製造大環境中，徐本全面利用杜集宋、元注本的認真細緻程度，簡直令人驚歎贊許！研究者過去往往懷有「分類本」爲坊本陋習的執念，對徐居仁本未予許可。如今思之，這一看法需要反思，對徐本注文的價值必須重新衡定。即使從「門類」這一篇目編次類型來看，徐本在某種意義上也可以視爲高崇蘭本的反思。高本以時間順序爲編次依據，徐本則以内容作爲編次標準。遵循自然時間順序與按内容分類，可以視作人類對外部世界認知的不同思維邏輯方式，用列維斯特勞斯野性的思維觀點來看，按内容分類代表了進一步的出於求知欲的好奇心與科學態度，任何一種分類都比自然狀態優越，它是通往理性秩序的第一步，「因爲即使是一種不規則的和任意性的分類，也能使人類掌握豐富而又多種多樣的事項品目；一旦決定要對每件事都加以考慮，就能更容易形成人的『記憶』」〔二〕。就杜集編纂而言，按内容分類可視爲對時間「自然狀態」的進一步精細加工，儘管它未必是最適合杜詩閱讀的編纂方式，但應該承認其中存在一種認真嚴肅的用意。

五、結語

回過頭看，對蔡夢弼杜工部草堂詩箋集注會箋刪去注家名做法的不够瞭解，造成了高崇蘭編集千家注批點杜工部詩集誤讀、誤引「夢弼曰」注文的缺陷，從注文歸屬的角度來看這當然是錯誤的。但這種文本錯誤具備了獨一無二的特殊辨識屬性，如同在正常的注文傳承「基因」中插入了一個不正常的錯誤「染色體」，原本難以辨識相互關係的各注本之間，因爲這一

「基因變異」變得具備了某種共同的面貌，其間的「親緣關係」得以確認。如此，可以藉此梳理清楚誤讀、誤引「夢弼曰」注文的高崇蘭本自身成書過程中具體而微的階段性，羅履泰本、徐居仁本也呈現出可以與高崇蘭本先、後銜接的「血緣輩分」，宋元「集注批點」杜集的三種注本系統得以建構出一個有意義的版本體系。總的看來，羅履泰本初創而失之粗略，高崇蘭本化用黄鶴補注杜詩繫年爲篇目編次頗具用心，徐居仁本辨識注文最爲準確。最後，在「文本基因」分析的基礎上，還有望誕生出一種經過篩選配比、結合了高崇蘭本編次與徐居仁本注文優點的「集注批點」杜集，它不但是「集注批點」杜集版本家族的新成員，也將成爲這一版本體系中的最佳品種。

【注釋】

〔一〕按，此書目録標爲集千家注批點杜工部詩集，第一卷卷首標爲集千家注杜工部詩，每爲藏家依目録之名稱作集千家注批點杜工部詩集，與高崇蘭本同名。

〔二〕此非本文研究重點，僅作簡要説明：宋代初刻五十卷在流傳過程中卷帙闕失，元刻本爲掩蓋闕失之迹，隨意調整卷次與詩篇目次，形成了四十卷加「補遺」十卷的新版本系統，編次（繫年）淆亂，却流傳最廣，近代以元本爲源頭的古逸叢書本草堂詩箋是其代表。宋本五十卷系統今已影印出版，較爲易見的有四十八卷，但也長期埋没，未得到合理使用，分别藏於國家圖書館、北京大學圖書館，北京圖書館出版社二〇〇六年中華再造善本影印出版草堂詩箋兩函十七册四十八卷，即爲合併兩館藏本（參見曾祥波蔡夢弼草堂詩箋整理芻議——兼議最早兩種宋人杜詩編年集注本之優劣，中國典籍與文化二〇一四年四期，總第九十一期）。今以五十卷宋本的四十八卷爲底本，再尋訪補配餘下二卷（藏上海圖書館、成都杜甫草堂博物館。按，二〇一八年五月末上海圖書館清點本部未編古籍書庫，發現了宋刻本杜工部草堂詩箋一册，爲卷二十、卷二十一，從鈐印「季振宜字詵兮號滄葦」看，爲清初藏書家季振宜所藏，與中華再造善本所據之國家圖書館藏本正是同一部。此二卷與成都杜甫草堂博物館所藏宋本屬同一版本系統，並無差異），可以恢復宋本五十卷完整繫年編次。

〔三〕全部近八百條注文辨正參見新定杜工部草堂詩箋斠證附録一，此不贅引。

〔四〕新定杜工部草堂詩箋斠證判斷注文所屬注家歸屬，重在出處源頭對蔡注之啓發，而本文對集千家注批點杜工部詩集所引「夢弼曰」是否屬於蔡夢弼注之辨證，重在其是否爲草堂詩箋删去注家主名所誤導。因是之故，凡其他注家隻言片語之注，雖出處早於草堂詩箋，然蔡氏進而有考核原書、張大其文、加以闡説之功，皆認定爲「夢弼曰」。如王洙注僅曰「事見禹貢」，而杜工部草堂詩箋注文作「尚書禹貢曰云云。孔穎達正義曰云云」，集千家注批點杜工部詩集引作「夢弼曰：尚書禹貢曰云云。孔穎達正義曰云云」，則本文判定爲

「是」。

〔五〕洪業撰、曾祥波譯杜甫：中國最偉大的詩人附録二杜詩引得序，上海古籍出版社二〇一一年，第二七〇頁。

〔六〕需要説明兩點：第一，這裹選取此頁而非第一卷或其他卷的首頁，因爲此頁最爲清晰，並且注文涵蓋的注家較多。選取其他各卷篇章，情況亦無實質差異。第二，高崇蘭編次集千家注批點杜工部詩集這一系列的版本源流演變實際上並未影響文本内容，换言之没有産生注文變動。選取元西園精舍刊本是因爲此書爲最早刻本之一，如選擇明刻本如玉几山人本、許自昌本亦可。

〔七〕説詳見曾祥波論宋代以降杜集編次譜系——以高崇蘭編劉辰翁評點集千家注杜工部詩集編次的承啓爲轉折，國學學刊二〇一六年一期。

〔八〕洪業杜詩引得序認爲：「朱（鶴齡）固未嘗有蔡（夢弼）本也。彼昔殆誤認集千家注杜工部詩集如明易山人本者之流，因其中有蔡氏跋，又載『夢弼曰』甚多，遂以爲是蔡氏書耳。……朱本次詩乃依違於集千家注本與錢（謙益）本之間。」（洪業杜甫：中國最偉大的詩人附録二杜詩引得序，頁三三二—三三三。）洪業此説有理，筆者曾一一比對朱鶴齡杜工部詩集輯注編次，其書雖號稱采用草堂詩箋的魯訔編次，然凡有草堂詩箋編次與集千家注批點杜工部詩集編次不同者，朱鶴齡基本遵從後者編次，足見其實際使用的底本正是集千家注批點杜工部詩集。

〔九〕洪業撰，曾祥波譯杜甫：中國最偉大的詩人附録二杜詩引得序，上海古籍出版社二〇一一年，頁二九一。

〔一〇〕杜集叙録僅推測羅本「與高楚芳（崇蘭）本不是一個系統」（齊魯書社二〇〇八年，頁一〇七），且將羅本置於高本之後，並不清楚高崇蘭本最初曾以羅本爲底本、隨後又加以揚棄的情況，也不清楚羅本實際是以草堂詩箋爲底本、删削之後又添入劉辰翁批點而成。

〔一一〕這是因爲草堂詩箋依照會箋體例將「問事競挽鬢……甘受雜亂聒」數句一併箋説，而集千家注分類杜工部詩已經將「兒女喜父歸，請問賊中之事，憂苦如何，復觀其須髮皆白，競來挽引」注文對應的詩句「問事競挽鬢」斷開，用僞蘇注、杜定功注作了另外注釋，故此處僅對「甘受雜亂聒」進行注釋，因此將「問事競挽鬢」句對應的注文删去，完全符合集千家注分類杜工部詩逐句注釋的體例。

〔一二〕〔法〕列維斯特勞斯著、李幼蒸譯野性的思維，商務印書館一九九七年，頁二一一—二一二。

（本文原載《文獻》二〇二一年第二期）

樊榭山房集　[清]厲鶚著　[清]董兆熊注　陳九思標校

劉大櫆集　[清]劉大櫆著　吴孟復標點

儒林外史彙校彙評(增訂版)　[清]吴敬梓著　李漢秋輯校

小倉山房詩文集　[清]袁枚著　周本淳標校

忠雅堂集校箋　[清]蔣士銓著　邵海清校　李夢生箋

甌北集　[清]趙翼著　李學穎、曹光甫校點

惜抱軒詩文集　[清]姚鼐著　劉季高標校

兩當軒集　[清]黄景仁著　李國章校點

惲敬集　[清]惲敬著　萬陸、謝珊珊、林振岳標校　林振岳集評

茗柯文編　[清]張惠言著　黄立新校點

瓶水齋詩集　[清]舒位著　曹光甫點校

龔自珍全集　[清]龔自珍著　王佩諍校點

龔自珍詩集編年校注　[清]龔自珍著　劉逸生、周錫䪖校注

水雲樓詩詞箋注　[清]蔣春霖著　劉勇剛箋注

人境廬詩草箋注　[清]黄遵憲著　錢仲聯箋注

嶺雲海日樓詩鈔　[清]丘逢甲著　丘鑄昌標點

夏完淳集箋校(修訂本)	[明]夏完淳著　白堅箋校
牧齋初學集	[清]錢謙益著　[清]錢曾箋注 錢仲聯標校
牧齋有學集	[清]錢謙益著　[清]錢曾箋注 錢仲聯標校
牧齋雜著	[清]錢謙益著　[清]錢曾箋注 錢仲聯標校
牧齋初學集詩注彙校	[清]錢謙益著　[清]錢曾箋注 卿朝暉輯校
李玉戲曲集	[清]李玉著 陳古虞、陳多、馬聖貴點校
吴梅村全集	[清]吴偉業著　李學穎集評標校
歸莊集	[清]歸莊著
顧亭林詩集彙注	[清]顧炎武著　王蘧常輯注 吴丕績標校
安雅堂全集	[清]宋琬著　馬祖熙標校
吴嘉紀詩箋校	[清]吴嘉紀著　楊積慶箋校
陳維崧集	[清]陳維崧著　陳振鵬標點 李學穎校補
屈大均詩詞編年校箋	[清]屈大均著　陳永正等校箋
秋笳集	[清]吴兆騫撰　麻守中校點
漁洋精華録集釋	[清]王士禛著 李毓芙、牟通、李茂肅整理
聊齋志異會校會注會評本	[清]蒲松齡著　張友鶴輯校
敬業堂詩集	[清]查慎行著　周劭標點
納蘭詞箋注	[清]納蘭性德著　張草紉箋注
方苞集	[清]方苞著　劉季高校點

辛棄疾詞校箋	[宋]辛棄疾著　吴企明校箋
姜白石詞編年箋校	[宋]姜夔著　夏承燾箋校
後村詞箋注	[宋]劉克莊著　錢仲聯箋注
瀛奎律髓彙評	[元]方回選評　李慶甲集評校點
雁門集	[元]薩都拉著 殷孟倫、朱廣祁校點
揭傒斯全集	[元]揭傒斯著　李夢生標校
高青丘集	[明]高啓著　[清]金檀注 徐澄宇、沈北宗校點
唐寅集	[明]唐寅著　周道振、張月尊輯校
文徵明集(增訂本)	[明]文徵明著　周道振輯校
震川先生集	[明]歸有光著　周本淳校點
海浮山堂詞稿	[明]馮惟敏著 凌景埏、謝伯陽標校
滄溟先生集	[明]李攀龍著　包敬第標校
梁辰魚集	[明]梁辰魚著　吴書蔭編集校點
沈璟集	[明]沈璟著　徐朔方輯校
湯顯祖詩文集	[明]湯顯祖著　徐朔方箋校
湯顯祖戲曲集	[明]湯顯祖著　錢南揚校點
白蘇齋類集	[明]袁宗道著　錢伯城校點
袁宏道集箋校	[明]袁宏道著　錢伯城箋校
珂雪齋集	[明]袁中道著　錢伯城點校
隱秀軒集	[明]鍾惺著　李先耕、崔重慶標校
譚元春集	[明]譚元春著　陳杏珍標校
張岱詩文集(增訂本)	[明]張岱著　夏咸淳輯校
陳子龍詩集	[明]陳子龍著 施蟄存、馬祖熙標校

王令集　［宋］王令著　沈文倬校點
蘇軾詩集合注　［宋］蘇軾著　［清］馮應榴注　黄任軻、朱懷春校點
東坡樂府箋　［宋］蘇軾著　［清］朱孝臧編年　龍榆生校箋
東坡詞傅幹注校證　［宋］蘇軾著　［宋］傅幹注　劉尚榮校證
欒城集　［宋］蘇轍著　曾棗莊、馬德富校點
山谷詩集注　［宋］黄庭堅著　［宋］任淵、史容、史季温注　黄寶華點校
山谷詩注續補　［宋］黄庭堅著　陳永正、何澤棠注
山谷詞校注　［宋］黄庭堅著　馬興榮、祝振玉校注
淮海集箋注　［宋］秦觀撰　徐培均箋注
淮海居士長短句箋注　［宋］秦觀著　徐培均箋注
清真集箋注　［宋］周邦彦著　羅忼烈箋注
石門文字禪校注　［宋］釋惠洪撰　周裕鍇校注
石林詞箋注　［宋］葉夢得著　蔣哲倫箋注
樵歌校注　［宋］朱敦儒著　鄧子勉校注
李清照集箋注(修訂本)　［宋］李清照著　徐培均箋注
吕本中詩集箋注　［宋］吕本中著　祝尚書箋注
陳與義集校箋　［宋］陳與義著　白敦仁校箋
蘆川詞箋注　［宋］張元幹著　曹濟平箋注
劍南詩稿校注　［宋］陸游著　錢仲聯校注
放翁詞編年箋注(增訂本)　［宋］陸游著　夏承燾、吴熊和箋注　陶然訂補
范石湖集　［宋］范成大撰　富壽蓀標校
于湖居士文集　［宋］張孝祥著　徐鵬校點
稼軒詞編年箋注(定本)　［宋］辛棄疾撰　鄧廣銘箋注

柳河東集　[唐]柳宗元著　[宋]廖瑩中輯注
元稹集校注　[唐]元稹著　周相録校注
長江集新校　[唐]賈島著　李嘉言新校
張祜詩集校注　[唐]張祜著　尹占華校注
三家評注李長吉歌詩　[唐]李賀著　[清]王琦等評注　蔣凡校點
樊川文集　[唐]杜牧著　陳允吉校點
樊川詩集注　[唐]杜牧著　[清]馮集梧注
温飛卿詩集箋注　[唐]温庭筠著　[清]曾益等箋注
玉谿生詩集箋注　[唐]李商隱著　[清]馮浩箋注　蔣凡校點
樊南文集　[唐]李商隱著　[清]馮浩詳注　錢振倫、錢振常箋注
皮子文藪　[唐]皮日休著　蕭滌非、鄭慶篤整理
鄭谷詩集箋注　[唐]鄭谷著　嚴壽澂、黄明、趙昌平箋注
韋莊集箋注　[五代]韋莊著　聶安福箋注
李璟李煜詞校注　[南唐]李璟、李煜著　詹安泰校注
張先集編年校注　[宋]張先著　吴熊和、沈松勤校注
二晏詞箋注　[宋]晏殊、晏幾道著　張草紉箋注
乐章集校箋　[宋]柳永著　陶然、姚逸超校箋
梅堯臣集編年校注　[宋]梅堯臣著　朱東潤編年校注
歐陽修詩文集校箋　[宋]歐陽修著　洪本健校箋
歐陽修詞校注　[宋]歐陽修著　胡可先、徐邁校注
蘇舜欽集　[宋]蘇舜欽著　沈文倬校點
嘉祐集箋注　[宋]蘇洵著　曾棗莊、金成禮箋注
王荆文公詩箋注(修訂版)　[宋]王安石著　[宋]李壁箋注　高克勤點校

玉臺新咏彙校	吴冠文、談蓓芳、章培恒彙校
王梵志詩校注(增訂本)	[唐]王梵志著　項楚校注
盧照鄰集箋注	[唐]盧照鄰著　祝尚書箋注
駱臨海集箋注	[唐]駱賓王著　[清]陳熙晉箋注
王子安集注	[唐]王勃著　[清]蔣清翊注
陳子昂集(修訂本)	[唐]陳子昂撰　徐鵬校點
孟浩然詩集箋注(增訂本)	[唐]孟浩然著　佟培基箋注
王右丞集箋注	[唐]王維著　[清]趙殿成箋注
李白集校注	[唐]李白著　瞿蜕園、朱金城校注
高適集校注(修訂本)	[唐]高適著　孫欽善校注
杜詩趙次公先後解輯校	[唐]杜甫著　[宋]趙次公注 林繼中輯校
新定杜工部草堂詩箋斠證	[唐]杜甫著　[宋]魯訔編 [宋]蔡夢弼會箋　曾祥波新定斠證
杜詩鏡銓	[唐]杜甫著　[清]楊倫箋注
錢注杜詩	[唐]杜甫著　[清]錢謙益箋注
杜甫集校注	[唐]杜甫著　謝思煒校注
岑參集校注	[唐]岑參著　陳鐵民、侯忠義校注
戴叔倫詩集校注	[唐]戴叔倫著　蔣寅校注
韋應物集校注(增訂本)	[唐]韋應物著　陶敏、王友勝校注
權德輿詩文集	[唐]權德輿撰　郭廣偉校點
王建詩集校注	[唐]王建著　尹占華校注
韓昌黎詩繫年集釋	[唐]韓愈著　錢仲聯集釋
韓昌黎文集校注	[唐]韓愈著　馬其昶校注 馬茂元整理
劉禹錫集箋證	[唐]劉禹錫著　瞿蜕園箋證
白居易集箋校	[唐]白居易著　朱金城箋校
柳宗元詩箋釋	[唐]柳宗元著　王國安箋釋

《中國古典文學叢書》已出書目

詩經今注	高亨注
楚辭今注	湯炳正、李大明、李誠、熊良智注
司馬相如集校注	[漢]司馬相如著　金國永校注
揚雄集校注	[漢]揚雄著　張震澤校注
張衡詩文集校注	[漢]張衡著　張震澤校注
阮籍集	[魏]阮籍著　李志鈞等校點
陸機集校箋	[晉]陸機著　楊明校箋
陶淵明集校箋(修訂本)	[晉]陶潛著　龔斌校箋
世説新語箋疏(修訂本)	[南朝宋]劉義慶撰　余嘉錫箋疏　周祖謨等整理
世説新語校釋(增訂本)	[南朝宋]劉義慶撰　[南朝梁]劉孝標注　龔斌校釋
鮑參軍集注	[南朝宋]鮑照著　錢仲聯增補集説校
謝宣城集校注	[南朝齊]謝朓著　曹融南校注集説
江文通集校注	[南朝梁]江淹著　丁福林、楊勝朋校注
文心雕龍義證	[南朝梁]劉勰著　詹鍈義證
詩品集注(增訂本)	[梁]鍾嶸著　曹旭集注
文選	[梁]蕭統編　[唐]李善注
蕭繹集校注	[南朝梁]蕭繹著　陳志平、熊清元校注